Patricia Carlyle liebt seit frühester Jugend historische Liebesromane, vor allem, wenn diese mit einer Prise Abenteuer und Spannung gewürzt sind. Was lag da näher, als irgendwann selbst mit dem Schreiben solcher Romane anzufangen? Nach dem Studium englischer Literaturwissenschaft arbeitete Patricia Carlyle zunächst als literarische Übersetzerin und freiberufliche Lehrerin. Nebenher verfasste sie weitere Romane, die nun nach und nach veröffentlicht werden. Patricia Carlyle ist verheiratet und hat zwei erwachsene Kinder.

Patricia Carlyle

HIMMEL ÜBER CHARLESTON

Roman

Überarbeitete Neuausgabe März 2021

© 2021 dp Verlag, ein Imprint der dp DIGITAL PUBLISHERS GmbH

Made in Stuttgart with ♥
Alle Rechte vorbehalten

Himmel über Charleston

ISBN 978-3-96817-433-4
E-Book-ISBN978-3-96817-430-3

Covergestaltung: Miss Ly Design
Umschlaggestaltung: ARTC.ore Design
Unter Verwendung von Abbildungen von
shutterstock.com: © DarkBird, © valzan, © James Casil,
© Dmitrii_Smirnov, © Ironika
Korrektorat: Katrin Gönnewig
Satz: dp DIGITAL PUBLISHERS GmbH
Druck und Bindung: Books on Demand GmbH, Norderstedt

PROLOG

In gleichmütigem Trott bahnten sich die zwei Pferde mit ihrer jeweils doppelten Last ihren Weg auf dem schmalen Pfad, der mit vielen Windungen entlang morastiger Sümpfe nach Lakewood führte.

Auf dem ersten Pferd saß Vivian Darcy hinter Samuel Munroe, einem der beiden Brüder, die zwar glühende Anhänger der Rebellion, aber zu gebrechlich waren, um selbst an den Kämpfen teilzunehmen. Auf dem zweiten Pferd hatte der Ältere der Brüder Georgia zu sich auf den Sattel gesetzt.

Hin und wieder, wenn Vivian nicht in Gedanken ihrem eigenen Kummer nachhing, warf sie besorgte Blicke auf die verstörte, dunkelhaarige junge Frau, die fast so etwas wie eine Schwägerin für sie war. Denn Georgia war verheiratet mit Simon Welsey, einem von drei Brüdern, mit denen zusammen Vivian aufgewachsen war.

Vivian seufzte unterdrückt, von der Sorge geplagt, was aus ihren Freunden geworden sein mochte. Simon war im Kampf um Charleston am Bein verwundet worden, das wusste sie. Trotzdem hatte er sich auf den Weg nach Bellarbres gemacht. Von dort war er wie ein Besessener weiter nach Lakewood geritten, wie Cole ihr erzählt hatte. Vivian malte sich lieber nicht aus, was Simon dabei gefühlt haben musste.

Von Tom und Paul, seinen Brüdern, nahm sie an, dass sie ebenfalls auf Lakewood waren. Tom war schon zu Beginn der Kämpfe um Charleston verwundet worden und zur Plantage seiner Eltern Ann und Herbert gebracht worden, um seine Verletzung dort auszukurieren. Paul hatte sich nach dem Fall Charlestons auf den Weg dorthin gemacht. Sie konnte nur hoffen, dass es beiden Brüdern gut ging und betete, dass ihnen sowie Ann und Herbert auf der Plantage nichts zugestoßen war.

Sie schüttelte den Kopf und versuchte, ihre trüben Gedanken zu verscheuchen, doch es gelang ihr nicht. Zu schlimm waren die Eindrücke der letzten Tage und Wochen. Erneut betete sie, dass auf Lakewood alles in Ordnung war. Sie konnte es kaum erwarten, endlich dort zu sein. Vor allem sehnte sie sich nach Ann. Ann war die Einzige, der sie ihren Kummer wegen Cole anvertrauen konnte. Ann würde sie nicht verurteilen, und wenn sie sich Cole gegenüber noch so kindisch benommen hatte. Sicherlich lag ihr Vertrauen in Ann auch daran, dass Vivians eigene Mutter schon gestorben war, als Vivian noch ein Kleinkind gewesen war. Ann war als Ersatzmutter eingesprungen, obgleich Vivian weiter im Haushalt ihres Vaters und ihrer englischen Tante Sophie, die zu ihrem Schwager und ihrer Nichte nach Charleston gezogen war, gelebt hatte. Aber vor allem dank Ann hatte Vivian eine unbeschwerte und wohlbehütete Kindheit und Jugend verbracht.

Während sie jetzt auf dem Pferderücken hinter dem Älteren der Munroe-Brüder vor Erschöpfung halb am Einschlafen war, fragte Vivian sich unwillkürlich, ob sie wohl je wieder so fröhlich und glücklich wie in den Tagen ihrer Kindheit sein würde. Vielleicht hätte sie in England bleiben sollen, wohin ihre Tante sie nach dem Tod ihres Vaters vor drei Jahren gebracht hatte. Dort, in der friedlichen Abgeschiedenheit des alten Landsitzes ihres Onkels Sir Frederic hatte es weder Krieg noch Verwundete noch niedergebrannte Plantagen gegeben! Aber schon während sie dies dachte, wusste Vivian, dass sie sich immer wieder für die Rückkehr nach Charleston entscheiden würde. Zwei Jahre hatte sie bei ihren adligen Verwandten in England gelebt und sich immer nur nach Charleston zurückgesehnt. Aber ihr Onkel, Sir William, und ihre Tante Sophie waren gegen ihre Rückkehr in die amerikanischen Kolonien gewesen. Doch unterstützt von ihrer Tante Elise, der Frau ihres jüngeren Onkels, hatte Vivian ihren Kopf durchsetzen können, wofür sie heute noch, allem augenblicklichen Elend zum Trotz, immer noch dankbar war. Im letzten Herbst endlich hatte sie England verlassen dürfen. Auf dem Schiff von Elises sehr viel jüngerem Bruder, dem Reeder John Chapman, war sie voller Freude in See gestochen.

Unwillkürlich fragte Vivian sich, wie es John jetzt wohl gehen mochte. Er hatte sie auf seinem Schiff bis Jamaika gebracht und war ihr ein guter Freund geworden. Sie hoffte, dass er sicher nach England zurückgekehrt war. Sie selbst war auf einem amerikanischen Blockadebrecher weiter nach Charleston gereist. Zu ihrer Überraschung war Robert Maine, ein Neffe von Ann und einer ihrer Jugendfreunde, dort als Offizier an Bord gewesen. Von Robert hatte Vivian immerhin in den letzten Tagen etwas gehört. Obwohl Lieutenant zur See, hatte er an den Kämpfen um Charleston teilgenommen und schlug sich jetzt irgendwo in den Sümpfen herum. Aber zumindest war er am Leben und unversehrt, anders als die vielen Verwundeten, die Vivian während ihrer Arbeit im Lazarett gepflegt hatte.

Bedrückt dachte Vivian an diese schrecklichen Wochen während Charlestons Belagerung durch die Engländer zurück. Obwohl Ann und Herbert vorsorglich die Stadt verließen, war Vivian geblieben und hatte als Krankenschwester verwundete Amerikaner gepflegt, als das Stadthaus der Welseys zum Lazarett umfunktioniert worden war. So viel Leid hatte sie dort gesehen, dass sie manchmal am Sinn des Krieges zu zweifeln begonnen hatte. Doch nicht einmal während dieser schrecklichen Tage war sie so erschüttert gewesen wie beim Anblick von Bellarbres.

Vivian warf einen weiteren bekümmerten Blick auf Georgia und seufzte leise. Genau wie die Welseys hatte auch Georgia Charleston verlassen und Zuflucht auf Bellarbres, der Plantage ihrer Eltern, gesucht, um dort in Ruhe das Kind, das sie erwartete, zur Welt zu bringen. Alle hatten geglaubt, dort, weit weg von den Kämpfen um Charleston, wäre es sicher. Aber Tories, englandfreundliche Amerikaner, hatten die Plantage niedergebrannt, Georgias Eltern und ihren Bruder Brad getötet und Georgia völlig verstört zurückgelassen.

Vivian konnte es immer noch nicht fassen, welcher Anblick sich ihren Augen geboten hatte, als sie und ihr treuer Diener Sam auf Bellarbres angekommen waren. Sam und sie waren tagelang durch den Sumpf marschiert, nachdem Vivian Charleston überstürzt hatte verlassen müssen. Einer der englischen Offiziere, die man nach der Niederlage Charlestons im Haus der Welseys einquartiert hatte, war zudringlich geworden, und nur Sams Eingreifen hatte Schlimmeres verhindert. Doch ein Angriff auf einen britischen Besatzungsoffizier, und sei er noch so berechtigt, konnte böse Folgen haben, sodass Vivian und Sam, mit Unterstützung eines anderen englischen Offiziers, vorsorglich aus der Stadt geflohen waren.

Als sie auf Bellarbres nur noch Trümmer vorgefunden hatten, waren sie geschockt. Groß war Vivians Erleichterung gewesen, dass zumindest Georgia noch lebte, und sie hatten sie mitgenommen auf ihrem Weg nach Lakewood, der Plantage der Welseys, ihrem endgültigen Ziel. Doch wenn Vivian geglaubt hatte, dass es nicht mehr schlimmer kommen konnte, so hatte sie sich geirrt. Denn nur einen Tag, nachdem sie und Sam zusammen mit Georgia aufgebrochen waren, war Sam durch einen dummen Zufall in die Hände der Engländer gefallen. Vivian hoffte inständig, dass er als Kriegsgefangener gut behandelt wurde! Jedoch hatte derselbe Zufall Cole zu ihnen geführt, der sich ihrer angenommen und sie zu einer im Sumpf versteckten Hütte geführt hatte, wo sie die Nacht verbracht hatten.

Vivian atmete tief durch und blinzelte ein paar Tränen fort, die sich bei dem Gedanken an Cole unwillkürlich in ihre Augen schlichen. Sie war so glücklich gewesen, als Cole wie aus dem Nichts aufgetaucht war und sie sich in seine Arme geworfen hatte! Nach der Niederlage Charlestons hatte sie wochenlang um sein Leben gebangt, da nicht klar war, wer von ihren Freunden die Schlacht überlebt hatte. Und Cole war nicht etwa nur irgendein Freund! Und dennoch hatte sie ihn vor ein paar Stunden erst beschimpft und getobt und ohne ein liebendes Wort zurück in den Kampf geschickt. Und das nur, weil sie es nicht ertragen konnte, dass er sie erst küsste und dann von einer Minute auf die andere wieder verließ. Sie bereute zutiefst, ihn mit ihren bösen Worten verletzt zu haben! Aber der Abschied war so abrupt gekommen, nachdem sie unvermittelt auf die Munroe-Brüder gestoßen waren! Cole hatte versucht, ihr zu erklären, dass er ein Kommando übernommen hatte und dringend bei seiner Truppe zurückerwartet wurde. Aber sie hatte sich im Stich gelassen gefühlt, obwohl seine Gründe, dass er gehen musste, vollkommen berechtigt waren! Und nun war er fort, und sie sehnte sich so entsetzlich nach ihm. Wenn sie doch nur ihre garstigen Worte zurücknehmen könnte! Aber dafür war es zu spät. Wie es schien, lernte sie einfach nicht aus ihren Fehlern. Schon damals, als Cole sich, noch unter seinem falschen Namen Gérard Dupont, geweigert hatte, ihr schützender Begleiter auf der Reise von England nach Jamaika zu sein, hatte sie ihn wild beschimpft, statt einmal darüber nachzudenken, ob er womöglich berechtigte Gründe für sein Verhalten hatte. Später auf John Chapmans Schiff, wo sie sich dann wiederbegegnet waren, hatte sie ihn erneut attackiert, als er ihr tiefe Gefühle gestand. Gewiss, sie war auch heute noch nicht sicher, ob Cole es damals ernst gemeint hatte. Aber hätte sie damals nicht die Chance vertan, mehr über ihn zu erfahren, wäre sie nicht so verzweifelt gewesen, als er kurz nach seiner Liebeserklärung spurlos vom Schiff verschwand. Erst viel später in Charleston, wo sie ihm dann wiederbegegnet war, hatte sie erfahren, dass Cole als Spion in England gewesen war. Sie war so schockiert gewesen, dass er in Wahrheit ein amerikanischer Rebellenoffizier war und kein Franzose, wie sie bis dahin geglaubt hatte, dass sie erneut sein ganzes Verhalten in Frage gestellt hatte.

Das Pferd, auf dem Vivian ritt, machte einen holpernden Schritt, und Vivian merkte, dass ihr die Augen zugefallen waren. Sie riss sie hastig wieder auf und sah sich um. Von feindlichen Engländern oder Tories war weit und breit nichts zu sehen, und doch blieb sie seltsam angespannt. Als Cole sie noch begleitet hatte, dachte sie niedergeschmettert, hatte sie sich nicht so verängstigt gefühlt. Aber Cole war fort, und Vivian empfand erneut die gleiche Leere wie schon bei seinem Abschied. Und während sie diesmal nicht gegen die Tränen ankämpfte, die ihr in die Augen stiegen, wollten ihr nicht die Gedanken aus dem Kopf gehen, die sie gehabt hatte, als Cole fortgegangen war: Cole zog wieder in den Kampf! An der Spitze der Männer, zu denen er stoßen wollte, würde er sich erneut tödlichen Gefahren aussetzen, bereit, für die Ideale, für die sie kämpften, notfalls sein Leben zu geben! Und sie hatte nichts Besseres zu tun gehabt, als ihn zu beschimpfen!

1

Todmüde und mit schmerzenden Gliedern trafen sie am frühen Abend endlich auf Lakewood ein.

Es war lange her, dass Vivian den Besitz zuletzt gesehen hatte. Er lag abseits der Hauptstraße, nur ein kleiner Seitenweg führte dahin, der aber doch breit genug für Wagen und Pferdefuhrwerke war. Inmitten eines Eichenhains erhob sich auf einem kleinen Hügel das Herrenhaus, ein rotes Backsteingebäude, an dessen Vorderfront eine weißgestrichene Galerie entlanglief. Eine Freitreppe führte zur Galerie hinauf, in deren Mitte sich der Haupteingang befand. Am Geländer der Galerie hingen Blumentöpfe herab, aus denen gelbe Blütenköpfe wie Sterne hervorleuchteten. Auch die Blumen in den Beeten vor dem Haus blühten in den verschiedensten Farben. Zusätzlich zum Haupteingang auf der Galerie gab es auch unten zwei Eingänge, jeweils rechts und links der Treppe. Eine vierte Tür war hinter dem Haus, die von den Bediensteten benutzt wurde und direkt in die Küche führte.

Rund um die Besitzung erstreckten sich weite Waldflächen, die nur hier und da durch vereinzelte Felder unterbrochen wurden, wo die Nahrungsmittel für den täglichen Bedarf angebaut wurden. Hinter dem Haus waren drei Koppeln, auf denen Herbert seine Zuchtpferde hielt. Links vom Haus ging es hinunter zum Fluss, einem Nebenarm des Cooper River. Dort befand sich auch ein kleines Bootshaus, wo die Welseys einen Schoner und mehrere Ruderboote liegen hatten.

Als Vivian und ihre Begleiter sich jetzt dem Anwesen näherten, erblickte Vivian drei Gestalten auf der Terrasse. Noch konnte sie nicht erkennen, wer es war, aber sie wusste instinktiv, dass eine von ihnen Ann sein musste. Sie kamen näher, und sie sah, dass sie recht gehabt hatte. Und neben Ann saßen Simon und Herbert.

Die Munroes zügelten ihre Pferde und schlugen vor, dass Georgia und Vivian abstiegen, damit die Bewohner von Lakewood sie auf die Entfernung besser erkannten. Und tatsächlich erblickten die drei auf der Terrasse in diesem Moment die Ankömmlinge. Vivian beobachtete seltsam teilnahmslos, wie Ann sich rasch erhob und etwas sagte. Dann stand auch Simon schwerfällig auf. Er schwankte leicht und musste sich am Treppengeländer festhalten. Sekundenlang schien er wie festgewurzelt, dann humpelte er, so schnell sein verletztes Bein es zuließ, die Treppe hinunter und lief ihnen mühevoll quer über die Wiese entgegen.

„Georgia!", rief er, mit einer Stimme, die zittrig klang vor fassungsloser Freude. „Georgia!"

Georgia, die bis zu diesem Moment wie in Trance neben Vivian und den Munroe-Brüdern hergegangen war, blieb ruckartig stehen und erstarrte. Vivian warf ihr einen besorgten Blick zu, doch da machte Georgia bereits einen ersten vorsichtigen Schritt auf Simon zu, dann noch einen und dann lief sie, so schnell ihre Füße sie trugen. Sekunden später lag sie in Simons Armen.

Einen Augenblick später fielen sich auch Vivian und Ann in die Arme. Während Vivian über Anns Schulter spähte, sah sie, wie Simon seine Frau fest an sich presste und Georgia an seiner Schulter hilflos schluchzte. Und auch Simon liefen Tränen über die Wangen.

Vivian selbst empfand in diesem Augenblick nur eine grenzenlose Erleichterung, endlich angekommen zu sein. Sie war froh, dass die Strapazen ein Ende hatten, und sie freute sich für Simon und Georgia. Die beiden hatten Schreckliches durchgemacht, aber die überwältigende Freude, die jetzt aus ihren Gesichtern leuchtete, war rührend. Unvermittelt überkam Vivian der Wunsch, sich auch in die Arme eines Mannes stürzen zu können und so gehalten zu werden wie jetzt Georgia, und eine widersinnige und dabei kaum erträgliche Sehnsucht nach Cole überkam sie. Aber Cole war fort, fort im Kampf. Und sie hatte ihm noch nicht einmal Glück gewünscht!

Später am Abend saßen alle zusammen auf der Galerie. Vivian und Georgia hatten gebadet und fühlten sich, wenn auch müde, so doch einigermaßen erfrischt. Georgia war sehr ruhig und wich nicht von Simons Seite. Es wurde Vivian schnell klar, dass Georgia inzwischen ganz genau wusste, was auf Bellarbres geschehen war. Doch nun, wo sie sich nicht mehr ins Vergessen flüchten konnte, war der Schmerz für sie umso schlimmer. Sie begann erst jetzt richtig zu begreifen, welchen Verlust sie erlitten hatte.

Simon bemühte sich rührend und liebevoll um seine unglückliche Frau, und das, obwohl seine Wunde immer noch nicht ganz ausgeheilt war. Er hatte noch immer starke Schmerzen beim Gehen und sollte Anns Meinung nach eigentlich im Bett liegen. Aber Simon fegte Anns Bedenken mit einem Lächeln beiseite. Und auch wenn er sich fröhlich gab, war nicht zu übersehen, dass er es ebenso wenig ertragen hätte wie Georgia, sich an diesem Abend auch nur einen winzigen Augenblick lang von seiner Frau zu trennen.

Vivian hatte dafür volles Verständnis. Der Schock, der Simon nach seiner Ankunft auf Lakewood an den Rand eines Zusammenbruchs gebracht hatte, wie sie von Ann erfuhr, zeigte sich noch immer in den tiefen Linien, die sich in den letzten Tagen in Simons schmale Wangen gegraben hatten. Sie waren noch nicht da gewesen, als Vivian Simon im Lazarett besucht hatte, waren also keine Folgen seiner Verwundung, sondern der letzten zwei Tage, die er sich, ohne zu essen, in seinem Zimmer eingeschlossen und niemanden an sich herangelassen hatte. Vorangegangen war ein wilder, verzweifelter Ritt von Bellarbres nach Lakewood, bei dem Simon nur von der Hoffnung aufrecht gehalten worden war, dass Georgia auf Lakewood Zuflucht gesucht hätte. Immer wieder hatten Ann und Herbert voller Sorge versucht, Simon aus seinem Zimmer zu locken. An diesem Nachmittag war es ihnen dann endlich gelungen. Mit hohlen Augen war Simon nach Anns flehentlichen Bitten auf der Terrasse erschienen und hatte sich wortlos neben sie gesetzt. Bis zu Georgias Ankunft hatte er still vor sich hingestarrt und auf jede Frage nur mit Ja oder Nein geantwortet. Die grenzenlose Dankbarkeit, dass Georgia noch lebte und er sie nun fest in den Armen halten konnte, leuchtete ihm daher jetzt umso deutlicher aus den Augen und zeigte sich in jeder kleinen Geste, mit der er seine Frau liebkoste.

Als Simon und Georgia sich schließlich Arm in Arm auf ihr Zimmer zurückzogen, sah Ann ihnen mit einem nachdenklichen Lächeln hinterher.

„Mein Gott, bin ich froh und dankbar, dass Georgia am Leben und halbwegs gesund ist!“, entfuhr es ihr mit einem tiefen Seufzer. „Vivian, du kannst dir nicht vorstellen, was für eine Angst wir hatten, dass Simon verbittern würde! Er war beinahe wahnsinnig vor Kummer, als er feststellte, dass Georgia nicht auf Lakewood war. Aber jetzt wird alles gut! Um Simon brauchen wir uns jetzt nicht mehr zu ängstigen, da bin ich sicher. Und Georgia päppeln wir auch wieder auf. Ich hoffe nur, dass sie nicht zu lange braucht, bis sie über den Tod ihrer Familie hinwegkommt. Es wäre wirklich nicht gut, wenn sie bis zur Niederkunft nicht wieder etwas kräftiger wäre.“

„Ich weiß, du wirst deine ganze Energie darauf verwenden“, lächelte Herbert, der bisher nur wenig gesagt hatte. „Das wird schon. Tom hast du ja auch wieder auf die Beine bekommen.“

„Das ist überhaupt nicht zu vergleichen“, widersprach Ann energisch. „Tom hatte eine leichte Wunde, sonst nichts. Georgia ist verstört, das ist etwas ganz anderes.“

„Na, wie du meinst“, seufzte Herbert und erhob sich. „Nehmt es mir nicht übel, aber ich würde gern noch einmal kurz in den Stall gehen und nach der trächtigen Stute sehen. Der Stallbursche meinte, sie würde noch heute Nacht fohlen. Und wahrscheinlich geht ihr ja sowieso bald ins Bett, oder? Vivian sieht schrecklich müde aus.“

„Aber bevor ich schlafen gehe, möchte ich wissen, wie es Paul und Tom geht“, lächelte Vivian. „Ich hatte eigentlich gedacht, die beiden wären auf Lakewood.“

„Oh, Toms Wunde ist bestens verheilt“, lachte Ann, während Herbert sich grinsend entfernte. „Nun will er wieder kämpfen. Als vor drei Tagen Robert mit einigen Rebellen hier auftauchte, waren weder Paul noch Tom zu halten und haben sich ihm angeschlossen.“

„Ich dachte“, warf Vivian verwundert ein, „Paul und Robert hätten bei der Kapitulation Charlestons ihre Entlassung aus der Armee erhalten und sich verpflichtet, nicht mehr zu kämpfen?“

Ann lächelte schief. „Liebe Vivian, diese Entlassung war eine entsetzliche Schweinerei!“

Vivian blieb vor Erstaunen beinahe der Mund offen stehen. Solche Worte aus Anns Munde! „Schweinerei? Wie, um Himmels willen, meinst du das, Ann?“

„Dieser Clinton, oder Sir Clinton, wie er gerne genannt werden möchte, hat bei der Entlassung leider nicht die Wahrheit gesagt“, versetzte Ann mit einem verächtlichen Schnauben. „Damals hieß es, jeder Mann, der die Waffen niederlege, könne nach Hause gehen und in seinem alten Beruf arbeiten. Das stimmt nur leider nicht!“

Verwirrt runzelte Vivian die Stirn. „Aber wieso denn nicht? Ich dachte –“

„Weil Clinton anschließend verlangte, dass jeder Bürger Charlestons und aus der Umgebung den Treueid auf Georg III. leisten muss. Verstehst du, was das bedeutet?“

Vivian schüttelte verständnislos den Kopf. „Nein. Nicht im Geringsten.“

„Es bedeutet“, erklärte Ann grimmig, „dass jeder Mann, der den Eid leistet, verpflichtet werden kann, gegen die Rebellen zu kämpfen. Verstehst du nun? Paul und Simon, die entlassen worden sind, müssten zum Beispiel gegen Tom oder Cole und viele andere ihrer Freunde kämpfen."

„Aber sie haben diesen Eid doch gar nicht geleistet!", widersprach Vivian verwirrt.

„Nein, aber sie könnten jederzeit dazu aufgefordert werden, es zu tun. Spätestens, wenn sie nach Charleston zurückkehren wollten, hätten sie keine andere Wahl, als diesen Eid abzulegen. Und dann könnten sie gezwungen werden, auf Seiten der Engländer zu kämpfen."

„Aber das ist doch unglaublich!", entfuhr es Vivian mit einem entrüsteten Blinzeln. „Das kann doch niemand verlangen!"

„Oh doch! Clinton schon!", entgegnete Ann mit einem energischen Kopfnicken. Dann seufzte sie. „Es ist schlimm genug, dass Paul, Tom und Simon und auch alle anderen, die den Treueid nicht leisten wollen, nicht nach Charleston zurückkönnen. Aber noch fürchterlicher ist, dass alle amerikanischen Soldaten, die jetzt noch kämpfen, gehängt werden sollen. Selbst gegen Zivilisten, die sich widersetzen, soll Clinton abschreckende Maßnahmen eingeführt haben."

„Was denn für Maßnahmen?", fragte Vivian beunruhigt.

„Nun, Paul sagte, sie würden enteignet werden! Und davon, sagt Paul, war in den Kapitulationsbedingungen niemals die Rede. Dort hieß es lediglich, man dürfte nicht mehr gegen Georg III. kämpfen, aber nicht, dass man für ihn kämpfen muss."

„Großer Gott!", stieß Vivian kopfschüttelnd hervor. „Dieser Clinton muss verrückt sein!"

„Ja, verrückt und enorm ehrgeizig“, bekräftigte Ann. Dann atmete sie tief durch und lächelte Vivian aufmunternd an. „Aber nun lass uns besser das Thema wechseln, Kind. Ich werde jedes Mal wütend, wenn ich darüber nachdenke! Erzähl lieber mal, wie es dir während der Belagerung in Charleston ergangen ist. Bisher hat sich ja alles um Georgia und Simon gedreht, aber ich glaube, du hast auch einiges zu erzählen, oder? Bisher hast du uns ja nur ganz grob ins Bild gesetzt, wieso du Charleston verlassen musstest und was unterwegs passiert ist. Ich glaube, das würde ich jetzt gerne mal etwas genauer hören. Vor allem, warum du jedes Mal so ein betretenes Gesicht machst, wenn Coles Name fällt. Habt ihr euch etwa gestritten?“

„Ach, Ann!“, klagte Vivian und ließ niedergeschlagen den Kopf hängen. „Es ist alles so entsetzlich kompliziert!“

„Na, dann lass doch am besten mal hören“, lächelte Ann. „Ich könnte wetten, dass alles viel weniger schlimm ist, wenn du erst darüber gesprochen hast.“

Vivian nickte zögernd. Dann fing sie an, stockend zu erzählen. Sie begann mit der Belagerung von Charleston und endete mit ihrer Ankunft auf Lakewood, ohne dass Ann sie ein einziges Mal unterbrach.

„So, und jetzt hast du Cole also gesagt, er soll sich zum Teufel scheren“, lächelte Ann, als sie ihren Bericht schloss. „Und meinst du das ernst?“

„Natürlich nicht!“, jammerte Vivian. „Eigentlich tut es mir schrecklich leid, was ich gesagt habe, aber … aber siehst du, Ann, es ist einfach alles so verwirrend! Und ich werde nicht schlau aus Cole! Er spricht von

Freundschaft, und dann küsst er mich, als ob ... Oh, es ist schrecklich!"

„Aber du hast ihn gern."

Vivian nickte verlegen. „Ja, schrecklich gern. Aber ... ich weiß einfach nicht, ob ich ihm trauen kann!"

„Wieso solltest du Cole denn nicht trauen können?", wunderte sich Ann mit einem erstickten Lachen.

„Ich weiß nicht, wie ich das erklären soll", seufzte Vivian und lehnte sich müde gegen ihre Stuhllehne. „Verstehst du, im Grunde vertraue ich Cole ja. Ich weiß, dass er jederzeit für mich da wäre, genau wie für jeden anderen von euch. Er ist rechtschaffen und anständig und ehrenhaft, und ich würde ihm jederzeit mein Leben anvertrauen. Aber ..."

„Aber?", hakte Ann nach, als Vivian unschlüssig verstummte.

„Nun, er ... er hat mir doch schon einmal etwas vorgemacht! Er war so überzeugend als ... als Gérard Dupont. Und dabei war alles nur eine Täuschung! Woher soll ich denn wissen, dass er jetzt ehrlich ist? Ich meine, nicht im Allgemeinen natürlich, aber ... aber was seine Küsse angeht und so."

„Und so?", lachte Ann, doch dann streichelte sie verständnisvoll Vivians Hand. „Vivian, was sagt dir denn dein Gefühl?" Und als Vivian sich errötend auf die Lippen biss, setzte sie lächelnd hinzu: „Weißt du, Vivian, ich denke, du solltest auf dein Gefühl hören. Du weißt doch ebenso gut wie ich, warum Cole dich damals ein wenig anschwindeln musste. Und wenn du mich fragst, hat er es bestimmt nicht gern getan. Davon abgesehen, steht ihm doch ins Gesicht geschrieben, was er für dich empfindet. Ich glaube nicht, dass er dir da etwas vormacht."

„Ach, ich hoffe es so sehr", gestand Vivian hoffnungsvoll, nur um gleich darauf stirnrunzelnd hinzuzusetzen: „Trotzdem, Ann, da ist noch etwas. Du kennst Cole doch schon länger. Hältst du ihn für ... für einen Schürzenjäger?"

„Kind, was stellst du für Fragen!", amüsierte sich Ann und schüttelte den Kopf.

„Ja, ich weiß, es ist albern, aber ... oh, bitte Ann, ich muss es wissen! Glaubst du, dass Cole ... dass Cole in der Lage wäre, sich nur für eine einzige Frau zu interessieren?"

Ann lachte laut auf. „Da habe ich nicht den geringsten Zweifel! Ich gebe zwar zu, Cole und Simon haben sich früher gern mal amüsiert. Irgendwie haben die beiden immer die hübschesten Mädchen am Arm gehabt! Aber Simon hat Georgia gefunden, und Cole ... nun, seit du in Charleston bist, habe ich ihn mit keiner anderen Frau mehr gesehen. Wie Simon bei anderer Gelegenheit einmal so treffend festgestellt hat: Der arme Kerl hat doch nur noch Augen für dich!"

„Meinst du?", seufzte Vivian. „Aber er sieht so gut aus! Und er versteht sich viel zu gut aufs –"

„Vivian", lächelte Ann, „lass das Grübeln. Gib Cole doch wenigstens eine Chance!"

Vivian runzelte die Stirn. „Ach, Ann, du glaubst nicht, wie sehr ich das möchte, aber ..."

„Lieber Himmel, Vivian!", stöhnte Ann lachend. „Warum wartest du nicht einfach ab, wie sich die Dinge zwischen dir und Cole entwickeln? Dann wirst du schon feststellen, ob er es ernst meint. Wovon ich absolut überzeugt bin!"

„Wahrscheinlich hast du recht, Ann, aber –"

„Vivian", lachte Ann, „lass es sein!"

Vivian blinzelte, lächelte verlegen und nickte.

2

Georgias Tochter wurde in der letzten Juliwoche geboren, an einem strahlend heißen Nachmittag. Ann und Vivian standen Georgia bei der Geburt bei, die erstaunlich leicht und schnell verlief. Schon nach wenigen Stunden lag das neugeborene kleine Mädchen im Arm seiner glücklich strahlenden Mutter.

Georgia hatte sich in den letzten Wochen vor der Geburt zumindest zum Teil erholt. Wenn sie an ihre Familie und die schrecklichen Ereignisse auf Bellarbres dachte, fing sie noch immer an zu weinen, aber zu aller Freude geschah das im Laufe der Zeit immer seltener. Simons liebevolle Fürsorge hatte ihr gutgetan, und sie hatte bald angefangen, lebhafter zu werden. Einzig, als Simon wieder in den Kampf zog, gab es einen kleinen Rückschlag. Nachdem er wieder völlig hergestellt war, hatte Simon es auf Lakewood nicht mehr ausgehalten. Nach dem, was die Tories Georgias Familie angetan hatten, war ein abgrundtiefer Hass gegen diese abtrünnigen Amerikaner in ihm gewachsen. Er wollte gegen sie kämpfen, jetzt noch mehr als früher. Hatten ihn vormals politische Gründe zur Waffe greifen lassen, so war er nun getrieben von dem Wunsch nach Rache. Vivian konnte gut verstehen, dass Georgia es lieber gesehen hätte, wenn Simon nicht wieder in den Kampf gezogen wäre, doch Simons Entscheidung war unumstößlich. Nicht einmal die Bitten seiner Frau konnten etwas daran ändern. Aus seiner Sicht war er es seiner Frau schuldig, dass er gegen die Mörder ihrer Familie

kämpfte. Dass Georgia das anders sah, hielt ihn nicht
auf.

Georgia fand sich nur schwer damit ab, dass Simon
Lakewood verließ, und Vivian und Ann fürchteten
schon, dass sie sich erneut vor ihnen verschloss. Doch
nun, nach der Geburt ihrer Tochter, schien Georgia
nach und nach aufzublühen. Sie lächelte wieder, fing
an, ihrem Baby beruhigende Melodien vorzusingen,
und nahm an dem Leben um sie herum teil. Vivian fiel,
genau wie Ann und Herbert, ein Stein vom Herzen.

Ann ihrerseits war eine stolze Großmutter, wie
Vivian voller Belustigung feststellte. Noch nie hätte sie
ein so hübsches Baby gesehen wie ihre erste Enkelin,
verkündete sie jedem, der es hören wollte. Sie war
schon jetzt überzeugt, dass die kleine Gwen einmal eine
Schönheit werden würde. Sie hoffte inständig, erklärte
sie lachend, dass auch ihre anderen beiden Söhne bald
heiraten und Kinder zeugen würden, da sie sich ein
ganzes Heer von Enkelkindern wünschte.

Auch Vivian beschäftigte sich oft und gern mit der
kleinen Gwen. Es machte ihr Spaß, sie zu wickeln und
im Arm zu halten. Sie war von Anfang an ganz vernarrt
in den mit ungewöhnlich vielen schwarzen Locken ge-
borenen Säugling und dachte inzwischen oft darüber
nach, wie schön es sein müsste, ein eigenes Kind zu haben. Zwangsläufig schlich sich bei diesen Überlegun-
gen fast jedes Mal auch Cole in ihre Gedanken, was ihr
immer wieder schmerzlich zu Bewusstsein brachte,
dass sie nach wie vor nicht wusste, wie sie in Zukunft
mit ihm umgehen sollte. Das wiederum erinnerte sie
daran, dass sie ihn bei ihrer letzten Begegnung ausgesprochen schändlich behandelt und verabschiedet

hatte, weswegen sie noch immer ein zutiefst schlechtes Gewissen hatte. Obendrein vermisste sie ihn entsetzlich und hielt beinahe täglich nach ihm Ausschau, in der irrwitzigen Hoffnung, dass er seine Ankündigung, sie auf Lakewood zu besuchen, trotz ihrer garstigen Worte wahrmachen würde. Jedoch wusste sie nur zu genau, dass Cole so schnell nicht kommen konnte, selbst wenn er gewollt hätte. Wie er selbst gesagt hatte, war er als erfahrener Offizier bei den anstehenden Kämpfen wahrscheinlich unersetzlich. Nichtsdestotrotz wünschte sie, dass sie zumindest gewusst hätte, ob und wo er im Augenblick kämpfte. Und vor allem hätte sie gerne gewusst, dass es ihm gut ging.

Dennoch war ihr klar, dass sie so schnell nichts von ihm hören würde, da sie auf Lakewood völlig abgeschieden von der Außenwelt lebten. Sie wussten nicht, was um sie herum vorging, ob und wo gekämpft wurde. Hin und wieder fragte Vivian sich, ob es überhaupt richtig war, dass die Männer weiterkämpften. Nach der Niederlage Charlestons war Süd-Karolina praktisch komplett von den Engländern besetzt, und Vivian überlegte, ob die Männer, die jetzt noch kämpften, sich nicht sinnlos den Gefahren aussetzten. Bei der Übermacht der Briten hatten sie wahrscheinlich kaum noch eine Chance, den Kampf zu gewinnen, und riskierten ihr Leben für nichts. Aber dann dachte sie wieder an die Ereignisse auf Bellarbres und an Sam, der in britischer Gefangenschaft war. Das waren Gründe genug, den Kampf nicht aufzugeben, wie sie fand.

Dann, eines Tages im August, tauchte Robert Maine auf Lakewood auf. Endlich gab es einmal gute Neuigkeiten, denn Robert brachte die Nachricht mit, dass

General Washington Truppen aus dem Norden geschickt hätte, die den Rebellen in Süd-Karolina zu Hilfe kommen sollten. Diese Truppen seien jetzt bereits in Nord-Karolina unterwegs, und er, Robert, sei auf dem Weg zu ihnen. Auch Simon und Tom wollten sich ihnen anschließen.

„Das sind großartige Nachrichten!", strahlte Vivian, während sie Robert die dritte Tasse starken Kaffee reichte. „Dann gibt es also doch noch eine Chance, dass wir den Krieg gewinnen!"

„Klar gibt es die", lachte Robert. „Und wir werden diese Chance mit beiden Händen ergreifen, verlasst euch drauf! Eine größere Schlacht steht unmittelbar bevor! Und da können die verdammten Rotröcke Fersengeld geben!"

„Was ist mit Paul?", fragte Ann mit einem besorgten Stirnrunzeln. „Wieso ist er nicht mehr bei euch?"

„Oh, der ist in den Wäldern mit der Beschaffung von Pferden beschäftigt", entgegnete Robert kauend und langte nach einem weiteren Hühnerschenkel. „Pauls Aufgabe ist es, dafür zu sorgen, dass wir immer genug Pferde haben. Was zugegebenermaßen nicht ganz einfach ist, jetzt, wo die Briten überall Pferde beschlagnahmen."

„Hoffentlich kommen sie nicht auch nach Lakewood", brummte Herbert, und Vivian konnte ihm insgeheim nur zustimmen.

Anschließend erzählte Robert weiter, dass Clinton das Oberkommando in Charleston inzwischen an Cornwallis abgegeben und sich wieder auf den Weg nach New York gemacht habe. Und Cornwallis, bestrebt aus Clintons Schatten herauszutreten, habe sofort danach Torytruppen ausgesandt, um neue Männer anzuwerben. Auf was für eine Art und Weise das geschehen würde, wäre ja wohl allen klar.

Charleston selbst, berichtete Robert schließlich, sei von Cornwallis gründlich zur Verteidigung vorbereitet worden. Sobald Cornwallis erfahren hätte, dass sich Rebellentruppen aus dem Norden näherten, hätte er ein Verbot erlassen, die Stadt ohne gültigen Passierschein zu verlassen. Diese Passierscheine gab es natürlich nur für die treuesten Tories und Kaufleute, welche die Stadt mit Lebensmitteln versorgten.

„Gütiger Himmel, das ist doch alles nicht zu fassen!“, stöhnte Ann. „Aber woher weißt du das alles, Robert? Du kannst doch unmöglich selbst in Charleston gewesen sein!“

„Gewiss nicht“, lachte Robert. „Aber wir haben genug Spione, die auf die abenteuerlichsten Weisen in die Stadt hinein- und wieder hinauskommen. Wie sie das machen, frag mich nicht. Vielleicht gibt es Geheimgänge, vielleicht auf den Wagen der Kaufleute, ich weiß es nicht. Aber sie kommen raus und rein, und ihre Informationen sind für uns mehr als wertvoll.“

„Du meine Güte“, staunte Vivian.

Robert grinste. „Übrigens, in Charleston soll es jetzt im Allgemeinen recht munter zugehen. Der neue Gouverneur, ein gewisser Balfour, feiert angeblich ständig Feste zu Ehren der tapferen Sieger. Dass die Tories dahin gehen, ist ja klar. Aber es soll sogar einige frühere Rebellen geben, die sich nicht schämen, mitzufeiern und sich ausgelassen im Kreise von Rotröcken und Tories zu vergnügen.“

„Das ist unfassbar", befand Ann ein weiteres Mal, und Robert nickte.

„Allerdings. Viele Leute glauben offenbar wirklich, zumindest hier in Süd-Karolina wäre der Krieg jetzt vorbei und sie wären wieder Untertanen des Königs. Eine Schande ist das! Aber Gott sei Dank kommen ja Washingtons Truppen. Ihr werdet sehen, in weniger als einem Monat sind wir diese verdammten Rotröcke los! Und die Tories können gleich mit ihnen verschwinden!"

Vivian runzelte skeptisch die Stirn. „Na ja, aber … selbst wenn Washingtons Armee siegt – ob dann wirklich gleich alle Briten gehen?"

„Denen wird gar nichts anderes übrig bleiben", versetzte Robert scheinbar leichthin, doch Vivian entging nicht der leicht verunsicherte Ausdruck in seinen Augen.

„Warten wir es ab", brummte Herbert. „Ich glaub das erst, wenn die Briten wirklich fort sind."

Robert zuckte die Achseln. „Wir werden's bald wissen. Ich jedenfalls kann es kaum abwarten, dass Charleston endlich wieder in unserer Hand ist. Es ist frustrierend, dass ich nicht einmal meine Mutter besuchen kann."

„Hast du eine Möglichkeit, sie wissen zu lassen, wie es dir geht?", erkundigte Ann sich stirnrunzelnd.

„Hin und wieder", nickte Robert. „Aber nicht so oft, wie ich gerne würde. Aber zumindest weiß ich, dass es ihr gut geht. Sie geht angeblich sogar hin und wieder mit ihren früheren Freundinnen ins Teehaus."

„Teehaus?", fragte Ann verwundert.

„Ach ja, richtig, das wisst ihr ja noch gar nicht. Die Gilberts sind zurück in Charleston. Allerdings ist ihr Kaffeehaus jetzt ein Teehaus. Auch Geschäftsleute müssen Zugeständnisse an die britische Herrschaft machen."

„Ich bin froh, dass es den Gilberts gut geht", lächelte Vivian.

„Da wäre noch etwas, Vivian", bemerkte Robert mit einem abrupten Themenwechsel. „Könnte ich dich vielleicht noch kurz allein sprechen?"

„Ja, natürlich", entgegnete Vivian verblüfft und folgte Robert unter den neugierigen Blicken der Welseys nach draußen in den Garten vor dem Haus, wo sie Robert erwartungsvoll ansah. „Also, was ist es, was du mir nicht vor den anderen sagen konntest?"

„Ich habe eine Nachricht für dich", versetzte Robert mit einem unterdrückten Grinsen. „Von Cole."

„Von Cole!", entfuhr es Vivian mit einem leichten Beben in der Stimme. Sie spürte, wie sich ihr Pulsschlag unwillkürlich beschleunigte. „Ihm ... ihm ist doch hoffentlich nichts passiert?"

Robert lachte. „Cole? – Nein, beileibe nicht! Er ist einer der besten Kämpfer, die wir haben. Dem passiert so schnell nichts! – Nein, ihm geht's bestens, aber von einem bestimmten Engländer kann man das nicht mehr behaupten!"

Irritiert runzelte Vivian die Stirn. Wieso glaubte Robert, sie würde sich für das Schicksal irgendeines Engländers interessieren? „Was meinst du damit?"

Robert grinste. „Na komm, Vivian, kannst du dir nicht denken, wen ich meine? – Cole hat mir von diesem Lieutenant Milford erzählt! Und er lässt dir ausrichten, dass dieser Widerling dich nicht mehr belästigen wird. Er ist jetzt unser Gefangener."

„Euer Gefangener!", rief Vivian überrascht aus. „Aber ich dachte, Milford wäre in Charleston stationiert!"

„Keine Ahnung. Cole und seine Leute haben ihn jedenfalls geschnappt, als er eine Nachricht von Cornwallis an Clinton überbringen sollte. Da hat Cole wohl zwei Fliegen mit einer Klappe geschlagen. Allein schon die Botschaft war von Bedeutung. Aber als Cole dann den Namen des Boten hörte, erinnerte er sich sofort an das, was dieser Milford getan hat. Einer von Coles Männern erzählte mir, er habe noch nie erlebt, dass Cole so grob mit einem Gefangenen umgegangen wäre. Milford kann vermutlich froh sein, dass er in ein Gefangenenlager überstellt worden ist und nicht unter Coles Aufsicht bleiben musste."

„Was meinst du mit grob? Cole ist doch wohl nicht gewalttätig geworden? Dieser Milford hätte es zwar verdient, aber dann würde Cole doch bestimmt Ärger bekommen!"

„Vivian", grinste Robert, „der Einzige, der Ärger bekommen hat, ist Milford! Und zwar von Cole! Glaub mir, Cole ist kein gewalttätiger Mensch, aber in seine Gefangenschaft möchte ich nicht geraten, wenn ich dir das angetan hätte, was Milford versucht hat. Cole soll so wütend gewesen sein, dass er beinahe Feuer gespuckt hat, und ich kann's ihm nicht verdenken."

„Oh", hauchte Vivian und blinzelte. Lebhaft stellte sie sich einen wütenden Cole vor. Sie konnte geradezu sehen, wie seine blauen Augen vor Zorn blitzten, und es war ein merkwürdiges Gefühl, dass sie der Grund sein sollte, dass Cole so in Rage geriet.

„Sag, Robert, hat Cole auch vor, sich dieser Armee von Washington anzuschließen?"

„Ja, allerdings. Wir wollen uns bald treffen. Wo, darf ich dir natürlich nicht sagen."

„Ihr wollt euch treffen?", horchte Vivian auf. „Dann ... dann könntest du Cole etwas von mir ausrichten?"

„Klar", lächelte Robert, mit einem amüsierten Glitzern in den Augen. „Und was?"

„Nun ja, ich ... ich habe mich unverzeihlich kindisch benommen, als Cole und ich uns das letzte Mal gesehen haben", gestand Vivian mit einem verlegenen Blinzeln. „Und es tut mir entsetzlich leid, was ich zu ihm gesagt habe. Es ... es wäre schön, wenn du Cole sagen könntest, dass ich ... dass ich es nicht so gemeint habe. Und dass ich mich wahnsinnig freuen würde, wenn er irgendwann nach Lakewood kommen könnte."

Mit einem erstickten Lachen entgegnete Robert: „Na, da bin ich ja froh, dass du das sagst. Als Cole mich bat, dir von Milfords Gefangennahme zu erzählen, meinte er nämlich, es gäbe zwei Möglichkeiten, wie du reagieren würdest, wenn ich dir eine Nachricht von ihm brächte. Und ich muss sagen, ich bin unendlich froh, dass du nicht auf die zweite Art reagiert hast."

„Die zweite Art?", lachte Vivian verunsichert.

Robert zwinkerte ihr zu. „Mich von Lakewood fortzuschicken, sobald ich Coles Namen in den Mund nehme."

„Gütiger Himmel! Das kann er doch nicht ernst gemeint haben!", entfuhr es Vivian entgeistert. „Und was ist die erste Möglichkeit?"

„Dass du dir Sorgen um ihn machst und erleichtert wärst, zu erfahren, dass es ihm gut geht." Unvermittelt lachte Robert. „Ehrlich gesagt, ich glaube nicht, dass Cole die zweite Möglichkeit je ernsthaft in Erwägung gezogen hat, auch wenn ihm der Streit mit dir ganz offensichtlich auf dem Magen lag. Aber du bist ihm nicht mehr böse, oder? Ich meine, du hast ihn doch gern, oder?"

Vivian lächelte verlegen. „Mehr, als ich sagen kann."

„Darf ich ihm das sagen?", fragte Robert mit einem breiten Grinsen.

„Untersteh dich!", stöhnte Vivian.

„Wie du meinst", lachte Robert. „Vielleicht sagst du es ihm ja auch besser selbst. Cole hat nämlich vor, nach Lakewood zu kommen, sobald wir die Schlacht, auf die wir uns jetzt alle vorbereiten, hinter uns haben."

„Er will wirklich kommen? Hierher?", strahlte Vivian.

Robert lachte schallend. „Ja, in der Tat! Und zumindest davon wirst du mich nicht abhalten, dass ich ihm erzähle, wie sehr du dich freust, dass er kommen will! Es wird ihm guttun, das zu hören, so vernarrt, wie er in dich ist. Aber wie auch immer, ich fürchte, ich muss jetzt los."

„Oh, lieber Himmel!", stöhnte Vivian und verdrehte die Augen. Mit einem verlegenen Lachen begleitete sie Robert zu seinem Pferd.

Mit einem schnellen Satz war Robert im Sattel, kaum dass Vivian ihm einen Kuss auf die Wange gedrückt hatte. „Wünsch uns Glück, Vivian", forderte er sie mit einem wehmütigen Lächeln auf, als er sich zum Abschied noch einmal zu ihr herunterbeugte. „Wir können es wirklich gebrauchen."

„Von ganzem Herzen!", beteuerte Vivian, unvermittelt beklommen. „Und pass auf dich auf, ja?"

„Klar", lächelte Robert. „Du auch."

Mit einem zittrigen Lächeln winkte Vivian ihm hinterher, als er in einem leichten Galopp davonritt. Auch wenn ihre Gefühle für Robert nicht mit denen für Cole zu vergleichen waren, so hatte sie ihn doch gern, und es bekümmerte sie, dass er wieder in den Kampf zog. Sie wünschte von ganzem Herzen, dass er die bevorstehende Schlacht heil und gesund überlebte. Und sie wünschte einen Sieg für Washingtons Armee. Nicht nur, damit die Engländer verjagt wurden, sondern vor allem, damit sie sich keine Sorgen mehr um Cole und ihre Freunde zu machen brauchte. Wer konnte wissen, wen sie nach dieser Schlacht noch wiedersehen würde. Wenn sie Robert richtig verstanden hatte, würde es eine bedeutende Schlacht werden. Beinahe alle ihre Freunde würden dabei sein. Und Cole wäre dabei. Lieber Gott, betete sie, lass uns diese Schlacht gewinnen, und vor allem: Lass niemandem etwas geschehen!

Tagelang hörten sie dann wieder nichts von der Außenwelt. Als Folge davon und den Nachrichten, die Robert gebracht hatte, lebten sie in einem Zustand ständiger Anspannung. Selbst Georgia vernachlässigte zuweilen die kleine Gwen und starrte gedankenverloren vor sich hin. Auch Ann war, anders als es ihrer Gewohnheit entsprach, in diesen Tagen höchst reizbar. Sie hatte zwei Söhne, die an der Schlacht teilnahmen, und ihr dritter Sohn führte ein gefährliches Leben im Sumpf. Das waren Gründe genug, nervös zu sein. Und doch bemühte Ann sich immer wieder um Gelassenheit, wofür Vivian sie insgeheim bewunderte.

Vivian selbst gelang es deutlich schlechter, ihre bohrenden Ängste unter Kontrolle zu bekommen. Tag und

Nacht war sie von kribbeliger Sorge erfüllt, vor allem um Cole. Die Vorstellung, dass ihm in der Schlacht etwas geschehen könnte, bereitete ihr schlaflose Nächte und ruhelose Tage. Gewiss, sie wäre in jedem Fall betroffen, wenn einem ihrer Freunde etwas zustieße. Aber der Gedanke, dass Cole verwundet oder getötet werden könnte, war am erschreckendsten. Von einer seltsamen Ahnung drohenden Unheils erfüllt, sehnte sie den Tag herbei, da er endlich auf Lakewood auftauchen würde, wie er es angekündigt hatte. Immer wieder versuchte sie sich einzureden, dass ihre Sorgen und Ängste unbegründet waren. Aber zu ihrem Kummer wusste sie nur zu genau, dass die Gefahr für ihn, wie auch alle anderen Rebellen, nur zu real war.

Um ihre Unruhe zu bekämpfen, griff sie irgendwann nach Nadel und Faden und nähte jede Menge kleiner Kleidchen für Gwen. Außerdem veränderte sie die Kleider, die sie von Ann erhalten hatte, um sie für sich passend zu machen. Sie brauchte diese neuen Kleider dringend, da ihre eigenen Sachen zum Teil in Charleston geblieben waren und sie den anderen Teil auf Sams Floß zurückgelassen hatte. Zu ihrem Verdruss jedoch beanspruchte das Nähen kaum ihren Geist, sodass ihre Gedanken immer wieder auf Wanderschaft gingen.

Andere Möglichkeiten sich zu beschäftigen gab es indessen kaum. Zwar war jetzt Hochsommer, und im Garten wäre eigentlich genug zu tun gewesen. Aber obwohl es heiß war, regnete es an manchen Tagen so stark, dass der Boden aufgeweicht und sumpfig war. Sogar die tiefer gelegenen Felder der Welseys unten am Fluss waren überschwemmt. Damit waren sie für die diesjährige Ernte unbrauchbar. Aber dann ließ der

Regen schließlich nach, und die Tage wurden wieder heiß und trocken.

An einem besonders heißen Tag spät im August beschloss Vivian, ihr Nähzeug liegenzulassen und spazieren zu gehen. Sie konnte ihre nervöse Unruhe kaum noch unter Kontrolle bekommen und hatte das Gefühl, vor Angst und Sorge zu zerplatzen, wenn sie sich nicht endlich etwas bewegte. Inzwischen war es über zwei Wochen her, dass Robert auf Lakewood gewesen war, ohne dass auch nur das Geringste an Neuigkeiten zu ihnen durchgedrungen wäre. Immer stärker wurde die dunkle Vorahnung, dass die lange Stille nichts Gutes zu bedeuten hatte. Und immer stärker wurde Vivians Sorge um Cole. Sie betete, dass ihre Sorge sich als unbegründet herausstellte, doch in ihrem Inneren nagte die Angst. Auch als sie an diesem Vormittag in Richtung Fluss losmarschierte, wurde sie das beklemmende Gefühl nicht los, dass etwas nicht stimmte. Noch nervöser als sonst folgte sie dem feuchten und morastigen Weg, der durch die Regenfälle der vergangenen Tage kaum noch passierbar war. Immer wieder versank sie bis zu den Knöcheln im Schlamm. Schließlich gab sie es auf und kehrte zu einer Weggabelung zurück, wo ein abzweigender Weg in den Wald hineinführte. Doch auch hier war es nicht wesentlich besser. Nachdem sie sich mindestens eine halbe Stunde lang durch schlammigen Waldboden gekämpft hatte und feststellen musste, dass sie dabei kaum vorangekommen war, kehrte sie frustriert um.

Sie war noch ungefähr eine Viertelstunde Fußmarsch vom Haus entfernt, als sie plötzlich undeutlich fremde Stimmen und Geräusche vernahm. Je mehr sie sich dem Haus näherte, desto lauter wurde es. Ihr Herzschlag beschleunigte sich, und ihr Atem ging schneller. Nie und nimmer waren das friedliche Besucher! Vivian merkte, wie sie zu zittern anfing. Bilder von Bellarbres schossen ihr durch den Kopf, die sie mit eiserner Willenskraft zu verscheuchen versuchte, doch es gelang ihr nicht. Von den entsetzlichsten Vorstellungen gepeinigt, raffte sie ihre Röcke und begann zu laufen, so schnell es der Morast zuließ.

Je näher sie dem Haus kam, desto mehr erkannte sie, dass es sehr viele Leute sein mussten, die sich auf dem Anwesen versammelt hatten. Sie hörte inzwischen heraus, dass es sich bei den lauten Stimmen um Männerstimmen handelte, doch konnte sie nicht verstehen, was gesagt wurde. Bald darauf begriff sie, dass Befehle gebrüllt wurden. Noch konnte sie nichts sehen, da der Blick auf das Haus vom Wald verdeckt wurde, aber der Tonfall der Männer klang bedrohlich. Wenn es nun wirklich Tories waren wie auf Bellarbres? Oder Plünderer?

Atemlos und mit schweißnasser Stirn erreichte sie schließlich den Waldrand, wo sie anhielt und sich hinter einem dichten Busch niederkauerte. Aus ihrer Deckung heraus blinzelte sie fassungslos auf das Geschehen auf dem Vorplatz des Hauses.

Vor dem Haus hatte ein Reitertrupp von etwa vierzig Mann Position bezogen. Ihre roten Röcke wiesen sie als Angehörige der britischen Armee aus. Die Dienerschaft Lakewoods hatte sich auf dem Vorplatz versammelt und starrte mit ängstlichen Mienen auf die Soldaten. Ein Sergeant und ein Offizier, ein Major, soweit Vivian erkennen konnte, standen Ann und Herbert auf der

Terrasse gegenüber. Wie vom Donner gerührt hörte Vivian, wie der Sergeant mit erhobener Stimme ein Dokument verlas: „Im Namen Seiner Majestät, Georgs III., König von ...“

Die nächsten Worte verhallten ungehört. Völlig entgeistert schlug Vivian sich eine Hand vor den Mund. Engländer auf Lakewood! War das nun besser oder schlimmer, als wenn Tories gekommen wären? Mit Wellen der Übelkeit kämpfend, versuchte sie angestrengt, die weiteren Worte zu verstehen:

„... wird der Lakewood genannte Besitz hiermit konfisziert, nachdem erwiesen ist, dass sich Tom Welsey, Sohn des Herbert Welsey, während der gegenwärtigen Rebellion in der Kolonie Süd-Karolina des Verrats an der Krone schuldig gemacht hat. Die Familie des Verräters wird hiermit aufgefordert, den konfiszierten Besitz zu verlassen und alles, mit Ausnahme einzelner persönlicher Dinge, zurückzulassen.“

Der Sergeant sagte noch einiges mehr, aber Vivian war zu geschockt, um weiter hinzuhören. Minutenlang hockte sie wie versteinert da, unfähig zu entscheiden, was sie jetzt tun sollte. Sobald ihr Verstand wieder anfing zu arbeiten, fragte sie sich, was größer war: ihre Erleichterung, dass Lakewood nicht geplündert und seine Bewohner getötet wurden, oder ihr Entsetzen, dass sie jetzt alle ihr Heim verloren. Dann ging es ihr durch den Kopf, dass der Sergeant von Tom gesprochen und ihn einen Verräter genannt hatte. Dass die Engländer seinen Namen kannten, konnte nur bedeuten, dass sie ihn entweder gefangen genommen oder getötet hatten. Ein fürchterlicher Gedanke, den Vivian lieber nicht zu

Ende dachte. Und wie erst musste Ann und Herbert zumute sein?

Ein Wimmern unterdrückend, riss sie sich zusammen und richtete sich langsam auf. Es hatte keinen Sinn, sich länger im Dickicht zu verstecken. Das Einzige, was sie tun konnte, war, sich Ann und Herbert anzuschließen und Lakewood so schnell wie möglich mit ihnen zusammen zu verlassen. Zaghaft machte sie einen ersten Schritt, um aus dem Schutz des Waldes hinauszutreten. Doch im selben Augenblick teilte sich das Gebüsch neben ihr, und eine wilde Gestalt kroch daraus hervor.

Vivian hätte vor Schreck fast laut aufgeschrien. Im letzten Moment presste sie die Hand vor den Mund und schluckte den Schrei hinunter.

„Robert! Um Himmels willen!", keuchte sie, woraufhin Robert sofort warnend einen Finger auf die Lippen legte.

Vivian nickte zittrig und musterte Robert voller Entsetzen. Das Haar hing ihm wirr in die Stirn, er war bleich und abgemagert, und die Kleidung zerrissen und blutbeschmiert. Er richtete sich schwankend auf, offenbar kaum noch in der Lage, sich auf den Beinen zu halten.

„Vivian, oh Gott, bin ich froh, dass ich dich gefunden habe!", japste Robert. „Du musst mir helfen!"

„Robert, um Gottes willen, was ist los? Bist du verletzt?"

„Nein, ich nicht, aber ... Vivian, bitte, du musst mit mir kommen!"

„Mitkommen?", wiederholte Vivian verständnislos. „Um Himmels willen, wohin?"

Er lehnte sich erschöpft gegen einen Baum, sah sie mit einem seltsamen Gesichtsausdruck an und entgegnete sehr leise: „Vivian, es geht um Cole. Er ist schwer verletzt. Er braucht unbedingt Hilfe!"

Vivian hatte das Gefühl, den Boden unter den Füßen zu verlieren. Ihre Knie schienen sie nicht mehr tragen zu wollen, sodass sie sich an Roberts Arm klammerte, um nicht zu fallen.

„Wo ... wo ist er?", brachte sie heiser mit einer ihr völlig fremden Stimme hervor.

„In Herberts Jagdhütte", flüsterte Robert. „Ich wollte ihn nach Lakewood bringen, aber ... Gott, bin ich jetzt froh, dass ich es nicht getan habe! Coles Wunde brach immer wieder auf, und ich konnte ihn nicht so weit tragen, also wollte ich ein Boot nehmen, aber auf dem Fluss wurde es zu gefährlich, es wimmelt dort im Moment nur so von Rotröcken. Kein Wunder, jetzt weiß ich ja auch, wo sie hinwollten."

Vivian setzte zu sprechen an, doch es wollte kein Wort herauskommen. Wie gelähmt starrte sie Robert an, ohne sich bewusst zu sein, dass ihr Gesicht sämtliche Farbe verloren hatte. Robert schüttelte sie leicht. „Vivian, um Gottes willen, reiß dich zusammen! Cole braucht so schnell wie möglich ärztliche Hilfe!"

„Ärztliche Hilfe?", wimmerte sie, verzweifelt bemüht, ihre sieben Sinne zu sammeln. „Aber ... um Himmels willen, Robert, woher denn? Selbst wenn es einen Arzt in der Nähe gäbe, könnten wir ihn doch nicht zu einem verletzten Rebellen bringen! Wir –"

„Es gibt keinen Arzt in der Nähe, Vivian, selbst wenn Cole kein Rebell wäre!", unterbrach Robert ungeduldig. „Die Einzige, die ihm helfen kann, bist du!"

„Oh, Gott!", stöhnte sie und atmete tief durch, verzweifelt bemüht, ihre aufsteigende Panik unter Kontrolle zu bekommen. „Robert, wie ... wie schlimm ist Cole verwundet? Ist ... ist er bei Bewusstsein?"

Niedergeschmettert schüttelte Robert den Kopf. „Er war besinnungslos, als ich ihn zurückließ. Ihm steckt eine Kugel im Oberschenkel, Vivian, und er hat viel Blut verloren. Ich fürchte, die Wunde ist entzündet, denn er hat hohes Fieber und ist in einem Zustand ... Vivian, du hilfst ihm doch?"

Vivian schluckte und kämpfte gegen die Tränen an, die ihr die Kehle zuzuschnüren drohten. „Kannst ... kannst du mich zu ihm bringen?", flüsterte sie.

Robert atmete auf und ergriff ihren Arm. „So schnell es nur geht! Komm!"

Vivian nickte und wollte ihm folgen, doch dann blieb sie abrupt stehen. „Gütiger Himmel, Robert! Was ist mit Ann? Sie wird sich Sorgen machen, wenn ich nicht zurück–"

„Ann weiß Bescheid", krächzte Robert zu ihrer Überraschung. „Ich erklär's dir, sobald wir etwas weiter von den Rotröcken entfernt sind. Und nun komm und versuch, so leise wie möglich aufzutreten. Und gleichzeitig so schnell wie möglich. Es wird Zeit, dass Cole Hilfe bekommt."

Vivian stellte keine weiteren Fragen und nickte. Je eher sie bei Cole war, desto besser, denn die Angst um sein Leben war schier unerträglich.

Schleichend führte Robert sie vom Anwesen der Welseys fort. So vorsichtig es ging, setzten sie einen Fuß vor den anderen, um auf keinen Ast zu treten, der knacken könnte. Erst als sie weiter weg waren, wagten sie, wieder zu reden. „Ich war im Haus bei Ann und Herbert", nahm Robert den Faden wieder auf. „Sie sagten mir, dass du spazieren gegangen wärst. Aus Sorge um Cole wollte ich keine Zeit verlieren, also bin ich dir gefolgt, unmittelbar bevor die Rotröcke auftauchten. Gütiger Himmel, wenn ich nur zwei Minuten später das Haus verlassen oder auf deine Rückkehr gewartet hätte ... Nun, wie auch immer. Ich habe Ann und Herbert natürlich gesagt, worum es geht. Wenn du nicht zurückkommst, werden sie sich denken können, dass ich dich gefunden habe und du mit mir gekommen bist."

„Gott sei Dank", wisperte Vivian.

„Ja, Gott sei Dank", stimmte Robert grimmig zu. „Denn wenn ich nicht vorher bei ihnen gewesen wäre und sie dich suchen lassen würden, wären wir geliefert. Aber das wird nicht geschehen. Übrigens bin ich heilfroh, dass du spazieren gegangen bist. Denn ich weiß nicht, ob wir es geschafft hätten, rechtzeitig zu verschwinden, wenn du im Haus gewesen wärst."

„Woher wusstest du, wohin ich gegangen bin?"

„Ann meinte, du wolltest zum Fluss runter. Als ich dich auf dem Weg nicht gefunden habe, dachte ich mir, dass du wegen des Schlammes einen anderen Weg eingeschlagen haben musstest, und bin wieder umgekehrt. Beinahe zu spät, denn so wie es aussah, warst du drauf und dran, zu den verdammten Rotröcken rüberzugehen."

„Lieber Himmel, das stimmt", stöhnte Vivian. „Dann hättest du mich niemals holen und zu Cole bringen können!"

„Ich hoffe nur, wir kommen nicht zu spät", versetzte Robert unheilverkündend, sodass Vivian ein kalter Schauder der Angst über den Rücken jagte. „Dass ich Cole in seinem Zustand in der Hütte allein zurücklassen musste ..."

„Werden die Engländer die Hütte nicht finden, wenn sie schon einmal in der Gegend sind?", flüsterte Vivian.

„Glaub ich nicht. Sie liegt gut versteckt im Dickicht."

„Wie weit ist es noch?"

„Nicht weit. Eine Stunde vielleicht."

Vivian beschleunigte ihre Schritte. Es war ihr egal, dass ihr Kleid mehrere Male am Buschwerk hängenblieb und zerriss. Die bohrende Sorge um Cole verdrängte jeden anderen Gedanken. Endlich hatten sie die Hütte erreicht, und Vivian stürzte hinein und an Coles Seite.

Cole lag auf einem Lager aus Felldecken, auf dem er sich unruhig hin und her wälzte. Seine Augen waren geschlossen, aber die Lider flackerten zuweilen, so als phantasiere er. Vivian hatte das Gefühl, eine eisige Hand griffe nach ihrem Herzen, als sie sich neben ihm niederkniete und ihm gemeinsam mit Robert vorsichtig die blutdurchtränkte Hose auszog. Bis zum Knie hinunter war Coles linker Oberschenkel mit einem notdürftigen Verband umwickelt, durch den zu Vivians Entsetzen noch immer ein feiner Strom frischen Blutes sickerte. Bekümmert ließ Vivian ihren Blick zu Coles aschgrauem Gesicht wandern und strich sanft eine Haarsträhne aus seiner glühend heißen Stirn.

„Wir ... wir müssen den Verband wechseln", brachte sie endlich hervor. „Die Blutung muss irgendwie zum Stillstand gebracht werden."

„Die Kugel steckt noch drin, Vivian, das habe ich dir doch gesagt! Die Wunde wird immer wieder aufbrechen und bluten, wenn die Kugel nicht herausgeholt wird. Oder die Entzündung bringt ihn um!" Robert packte ihren Arm und zwang sie, ihren Blick von Cole abzuwenden und ihn anzusehen. „Vivian, du musst die Kugel herausholen! Du hast doch im Lazarett gearbeitet!"

„Aber ich hab doch noch nie operiert!", schrie Vivian in Panik auf. „Wirklich, Robert, ich kann das nicht!"

„Du musst! Oder Cole stirbt!"

Cole durfte nicht sterben, nur das nicht! Vivian rang verzweifelt die Hände. Sie hatte Dr. Melling und Dr. Wilson bei vielen Operationen assistiert, aber doch nie selbst eine Kugel aus einer Wunde geholt! In der Theorie wusste sie, wie es ging, aber in der Praxis? Oh Gott! Und hier ging es um Cole! Wenn sie nun etwas falsch machte? Ein Würgen stieg ihr die Kehle hoch, aber sie kämpfte dagegen an. Sie musste jetzt ruhig bleiben, bloß ruhig bleiben. Auf keinen Fall durfte sie jetzt die Nerven verlieren!

Sie spürte, wie ihre Lippen unkontrolliert bebten, während sie tonlos flüsterte: „Leg Tücher und Laken bereit! Und heißes Wasser!" Dann schoss es ihr siedend heiß in den Kopf: „Aber Robert, woher sollen wir denn überhaupt Verbandszeug nehmen?"

Robert lächelte matt, unendlich erleichtert über Vivians Entschluss, die Operation durchzuführen. „Dies ist eine Jagdhütte, Vivian. Herbert hat hier allerlei deponiert, um Vorsorge für einen Jagdunfall zu treffen. Er hat hier eine richtige Hausapotheke."

Vivian atmete unmerklich auf. „Dann ... dann bereite alles vor. Ich nehme in der Zwischenzeit den Verband ab."

Robert tat, wie ihm geheißen, und Vivian machte sich mit zittrigen Fingern ans Werk. Behutsam begann sie, den Verband zu entfernen, aber sie war wohl nicht vorsichtig genug, denn Cole zuckte zusammen, stöhnte leise und öffnete einen Spaltbreit die Augen.

Verwirrt blinzelte er zu ihr hoch. Für einen Augenblick glaubte Cole, dass die liebreizende Erscheinung neben seinem Krankenlager nur ein Wunschbild seiner Phantasie sein konnte. Er wusste, dass er Fieber hatte, denn ganz sicher stand sein Krankenlager nicht in Flammen, auch wenn es ihm bei jedem Erwachen so schien. Wenn ihm nur nicht so heiß wäre, vielleicht wären dann auch die unbarmherzigen Schmerzen in seinem Bein erträglicher und es würde ihm leichter fallen, zwischen Traum und Wirklichkeit zu unterscheiden. Vermutlich war er im Delirium und alles, was er wahrzunehmen glaubte, nur ein Fieberwahn. Aber andererseits fühlten sich die Tränen, die auf sein Gesicht tropften, sehr real an, genau wie die herrlich kühlen Hände, die zärtlich seine heiße Wange streichelten. Durch den Schleier von Schmerz und Qual drang Vivians geliebte Stimme zu ihm durch, und ihm wurde schlagartig klar, dass er sich ihre Anwesenheit keineswegs nur einbildete. Er war überwältigt, dass sie bei ihm war und wie liebevoll sie ihn ansah, und wollte es ihr sagen, aber so sehr er sich auch anstrengte, seine Stimme wollte ihm offenbar nicht gehorchen und war kaum zu hören.

„Kleine ... Lady ... Vivian ... Wo ...?"

Vivian schluckte und musste gegen die Tränen an-
kämpfen, die ihr den Hals zuschnürten, aber sie lächelte tapfer dagegen an und strich ihm zärtlich die
dunklen Haare aus der schweißnassen Stirn. „Wir sind
in einer von Herberts Jagdhütten. Robert sagt, es wäre
hier sicher. Du ... du kannst hier in aller Ruhe gesund
werden, mein Liebster."

Er spähte blinzelnd zu ihr hoch, und für einen sehr
kurzen Augenblick verschwand der schmerzvolle Ausdruck aus seinen Augen, und ein überraschtes Lächeln
zuckte um seine blassen Lippen.

Da Robert inzwischen bemerkt hatte, dass Cole wach
war, kam er mit einem Becher in der Hand zu ihnen
herüber und hielt ihn Vivian hin. „Etwas Wasser wird
ihm guttun. Ist frisch aus dem Brunnen hinter der
Hütte. Ich hol jetzt die anderen Sachen, die du
brauchst."

Vivian nickte. Dann stützte sie behutsam Coles Kopf.
Bekümmert stellte sie fest, dass selbst das Schlucken
Cole so sehr anzustrengen schien, dass er erschöpft die
Augen schloss, während sie ihm nach und nach ein
paar Tropfen Wasser einflößte. Als sie den Eindruck
hatte, dass er genug getrunken hatte, ließ sie ihn vorsichtig aufs Lager zurückgleiten.

Die Augen öffnend, runzelte er schwach die Stirn,
schaute zu ihr hoch und flüsterte angestrengt: „Kleine
Lady, wie ... kommst du ... nur ... hierher ...?"

Vivian ergriff seine Hand und hielt sie fest, wobei sie
erschrocken war, wie heiß und kraftlos Coles Hand in
ihrer lag. „Ich dachte ... du würdest dich vielleicht
freuen, mich zu sehen", entgegnete sie sanft, sich daran
erinnernd, dass Cole das einmal zu ihr gesagt hatte.

„Kann dir ... gar nicht sagen ... wie sehr.“

„Ich ... ich muss mich jetzt nur noch ein wenig um dein Bein kümmern, Cole. Und dann wird alles wieder gut.“

„Beste ... Krankenschwester ... von ganz ... Charleston“, keuchte er mühsam, aber mit einem unbezwingbaren Zwinkern in den Augen. Vivian hatte einen Kloß im Hals, aber sie brachte ein Lächeln zustande und drückte seine Hand. Schwach erwiderte er ihren Händedruck, doch dann fielen ihm die Lider über die Augen, und seine Hand fiel schlaff herunter.

Vivian wischte sich mit dem Handrücken die Tränen aus dem Gesicht und fuhr vorsichtig mit dem Entfernen des Verbandes fort. Cole stöhnte unterdrückt und warf den Kopf zur Seite, als sie die Bandagen zaghaft von dem verkrusteten Blut löste.

„Es tut mir so leid“, flüsterte Vivian heiser. „Ich wünschte, ich müsste dir nicht so wehtun.“

Cole hatte offenbar nicht mehr die Kraft zu antworten und warf ihr nur unter den Wimpern einen blinzelnden Blick zu. Vivian war zum Heulen elend zumute, ihn so leiden zu sehen. Sie beugte sich über ihn und hauchte ihm einen sehr sanften Kuss auf die bleichen Lippen. „Bitte, bitte verlass mich nicht, Cole! Ich brauche dich so sehr!“

Es war unglaublich, aber irgendwie brachte er es fertig, mit einem zuckenden Lächeln zu flüstern: „Mach ... weiter so. Hab ... so lange ... darauf gewartet, dass du ... das sagst.“

„In Zukunft werde ich es so oft sagen, wie du nur willst“, versprach Vivian, sanft seine hagere Wange streichelnd.

„Gut", murmelte Cole kaum hörbar und schloss mit einem unendlich müden Seufzer die Augen. Unbewusst wappnete er sich vor weiteren schlimmen Momenten, als Vivian sich, liebevoll auf ihn einredend, erneut an seinem Bein zu schaffen machte. Aber so sehr er sich auch bemühte, er konnte nicht verhindern, dass ihm ein langgezogenes Stöhnen entfuhr, als sie die letzte Schicht des Verbandes von seiner Wunde abzog. Er hörte Vivian aufschluchzen und hätte ihr gerne gesagt, dass sie sich keine Sorgen um ihn machen sollte, aber er hatte einfach nicht mehr die Kraft dafür. Seine Lippen wollten keine Worte mehr formen, und sein Kopf, der sich schwer wie Blei anfühlte, rollte zur Seite. Er wehrte sich gegen die Dunkelheit, die ihn einzuhüllen drohte, um Vivians Stimme zu hören, aber seine Kräfte waren so erschöpft, dass sein Gehirn nicht einmal mehr verarbeiten wollte, was sie sagte.

„Oh, lieber Gott", wimmerte Vivian, als sie den letzten Verbandsrest von Coles Bein entfernt hatte. Beim Anblick der Wunde würgte es sie in der Kehle, und ihr wurde beinahe übel vor Angst. Der Bereich um die Einschussstelle war stark angeschwollen und von roten und blauen Streifen umzogen. Voller Verzweiflung fragte sie sich, wie sie aus einer derart entzündeten Wunde eine Kugel herausholen sollte. Obendrein hatte sie lange genug im Lazarett gearbeitet, um zu wissen, wie oft eine solche Entzündung tödlich verlief, sodass sie stumm, damit Cole es nicht hören konnte, ein flehentliches Gebet zum Himmel schickte: „Oh, lieber Gott, lass Cole nicht sterben! Lass ihn bitte, bitte nicht sterben!"

Unterdessen hatte Robert Wasser in einem großen Kessel über einer offenen Feuerstelle erhitzt und mehrere Tücher, die er aus einem Schränkchen geholt hatte, in saubere Streifen geschnitten. Mit versteinerter Miene holte er eine Pinzette und ein schmales Messer und hielt beides kurz in das Feuer. Vivian sah ihm an, dass auch ihm der Anblick von Coles Bein einen Schrecken einjagte. Anschließend beugte sie sich wieder über Cole. So behutsam wie möglich betastete sie die nähere Umgebung der Wunde. Cole stöhnte unterdrückt und wandte sich mühsam zur Seite.

„Robert, du ... du musst ihn festhalten!", stammelte Vivian. „Wenn Cole sich bewegt, während ich ..."

„Schon verstanden", entgegnete Robert knapp.

Mit bebenden Fingern langte Vivian nach der Pinzette, die Robert ihr reichte. Oh Gott, sie musste irgendwie ruhiger werden! Wie sollte es ihr sonst gelingen, die Kugel herauszuholen, ohne Cole neue und vielleicht schlimme Verletzungen zuzufügen! Ihr war so übel bei dem Gedanken, dass sie ihn mit ihren Bemühungen womöglich umbringen könnte. Aber wenn sie nichts unternahm, würde er mit Sicherheit sterben, was eine so grauenvolle Vorstellung war, dass sie leise wimmerte. Doch es half Cole nicht, wenn sie sich von ihren Ängsten beherrschen ließ, also atmete sie ein paarmal tief durch und kämpfte mit allergrößter Selbstbeherrschung gegen das Zittern ihrer Hände an. Als sie das Gefühl hatte, dass sie tatsächlich ein wenig ruhiger wurde, nahm sie allen Mut zusammen und machte sich an die Arbeit.

Das schockierte Stöhnen, das Cole entfuhr, als sie die verkrusteten Wundränder vorsichtig auseinanderzog, ging in ein qualvolles Keuchen über, sobald sie begann, mit der Pinzette nach der Kugel zu sondieren. Vivian spürte, wie sich Coles Muskeln vor Schmerz verspannten und sein Atem immer schneller ging, bis er nur noch stoßweise kam. Seine Finger krallten sich um die Felle, bis die Knöchel weiß hervortraten, und sein Körper zuckte unter Roberts Händen, die ihn eisern auf dem Lager hielten. Vivian flehte Gott an, dass Cole diese schreckliche Prozedur überstand. Kleine Schweißperlen traten ihr auf die Stirn, während sie sich angespannt in dem entzündeten Fleisch voranarbeitete. Sie bemühte sich eisern, sich auf das Herausholen der Kugel zu konzentrieren, obwohl es ihr beinahe das Herz zerriss, dass sie Cole einer solchen Tortur aussetzen musste.

In seiner Pein warf Cole den Kopf hin und her und presste die Zähne so fest zusammen, dass es knirschte, bis seine Selbstbeherrschung riss und ihm ein gurgelndes Stöhnen entfuhr. Er ahnte, dass er dem Tode im Augenblick näher war als dem Leben, und wusste, dass er kämpfen musste, was er nur konnte, wenn er bei Bewusstsein blieb. Er wollte nicht sterben, und schon gar nicht jetzt, wo Vivian bei ihm war! Aber die Qualen schienen kein Ende nehmen zu wollen, die Schmerzen waren so höllisch, dass er am liebsten laut geschrien hätte, und eine glühende Hitze schien ihn von innen heraus verbrennen zu wollen. Er wusste einfach nicht, wie er es noch länger aushalten sollte! Und noch während ein winziger Teil seines Gehirns mit der Frage rebellierte, ob er daraus wieder erwachen würde, glitt er leise seufzend in barmherzige Dunkelheit.

Vivian war nahe daran in Tränen auszubrechen, als Cole den Kampf gegen die Bewusstlosigkeit aufgab und in tiefe Besinnungslosigkeit versank. Eigentlich hätte sie froh sein müssen, denn es bedeutete, dass er die Schmerzen nun nicht mehr spürte. Aber es bedeutete auch, dass Cole die Grenzen seiner Belastbarkeit erreicht hatte, was ihr erneut eine fürchterliche Angst einjagte. Sie konnte nur beten, dass es nicht noch Schlimmeres bedeutete!

Sie wäre vor Erleichterung fast zusammengebrochen, als sie mit der Pinzette endlich auf etwas Metallisches stieß. Verzweifelt bemüht, keine Muskeln oder Sehnen zu verletzen, zog sie die Kugel Millimeter für Millimeter aus der Wunde heraus. Einmal wäre ihr das glatte Stückchen Metall beinahe aus der Pinzette gerutscht, aber nach Minuten voller Angst und Konzentration hatte sie es endlich geschafft. Zitternd atmete sie ein und hielt kurz inne, doch ein feiner Blutstrom, der auf die Felle floss, gemahnte daran, dass sie sich noch keine Ruhepause gönnen durfte. Sie nahm die vorbereiteten Bandagen und machte sich erneut an Coles Bein zu schaffen. Es dauerte eine Weile, bis der Oberschenkel fest und sauber verbunden war. Nachdem sie auch das bewältigt hatte, entfernte sie mit Roberts Hilfe die blutdurchtränkten Tücher, die sie unter Coles Bein ausgebreitet hatten. Äußerst behutsam zogen sie danach Cole die zerrissene und durchgeschwitzte Kleidung aus. Anschließend wusch Vivian Coles glühend heißen Körper und sein Gesicht mit warmem Wasser. Dann, nach einer Ewigkeit, wie ihr schien, deckte sie ihn zu.

Mit steifem Rücken richtete sie sich auf. Sie hörte, wie Robert irgendetwas sagte. Sie spürte, wie ihre Knie langsam nachgaben, und sah den Boden der Hütte auf sich zukommen. Das Letzte, was sie hörte, war, dass Robert ihren Namen rief.

Beim Erwachen lag Vivian, genau wie Cole, auf einem Stapel aus Felldecken. Eine weitere Decke war über sie gebreitet. Benommen richtete sie sich auf, und ihr Blick fiel auf Robert, der mit ausgestreckten Beinen in der offenen Tür saß. „Nun, wie geht's?", lächelte er.

„Oh, Robert, es ist mir so peinlich!", stöhnte Vivian. „War ich lange ohnmächtig?"

„Nur eine Viertelstunde. Nach dem, was du getan hast, finde ich das durchaus verständlich. Das war eine Meisterleistung, Vivian."

Vivian brachte ein Lächeln zustande, obwohl ihr eher zum Heulen zumute war. Das Lächeln erstarb, als sie sich leicht umwandte und voller Sorge Cole betrachtete, der jetzt regungslos auf seinem Lager lag. Vivian hatte ihn noch nie so still und blass gesehen. Seine Haut hatte eine beinahe aschgraue Farbe, und die Lippen waren blutleer. Sie erinnerte sich an die vielen Verwundeten bei der Belagerung von Charleston, die auch so ausgesehen hatten. Nicht alle hatten es überlebt. Sie unterdrückte ein Wimmern, voller Angst, dass auch Coles Zustand sich zum Schlimmsten wenden könnte. Das Gefühl hilflosen Kummers drohte sie zu ersticken. Doch da sie wusste, dass es Cole nicht half, wenn sie vor Sorge die Nerven verlor, bemühte sie sich, sich zusammenzureißen.

„Wie ist das mit Cole passiert?", fragte sie so beherrscht wie möglich, während sie sich auf die Beine raffte, um sich einen Becher Wasser einzuschenken.

„Das weiß ich nicht."

Vivian hielt in ihrer Bewegung inne und runzelte irritiert die Stirn. „Wie meinst du das, du weißt es nicht?"

„Na ja, alles, was ich weiß, ist, dass Cole bei Camden dabei war", seufzte Robert mit einem unterdrückten Gähnen.

„Camden?"

„Die letzte verheerende Schlacht, bei der Cole vermutlich verwundet wurde", erklärte Robert finster. „Cole hatte sich mit seinen Leuten den Kontinentaltruppen angeschlossen, die Washington geschickt hatte. Ich glaube, ich hatte dir davon erzählt."

„Ja, das hast du", bestätigte Vivian sofort. „Aber wolltest du dich nicht auch Washington anschließen? Und da du Cole hergebracht hast, dachte ich –"

„Du hast zwar recht, wir haben beide bei Camden gekämpft, aber während der Schlacht habe ich Cole aus den Augen verloren", unterbrach Robert bedrückt. „Am Ende der Schlacht hab ich nur noch irgendwie versucht wegzukommen, ohne dass die Rotröcke oder Tories mich erwischen. Da ich Schleichwege und Pfade benutzen konnte, die eigentlich nur wir Einheimischen kennen, gelang es mir letztendlich, den Mistkerlen zu entkommen. Und gestern habe ich dann Cole gefunden, nicht weit von hier entfernt."

„Wie ... wie meinst du das, du hast ihn gefunden?", stammelte Vivian.

„Na ja, wie gesagt, ich bin vor den Rotröcken in die Sümpfe geflohen und hatte vor, mich irgendwie nach Lakewood durchzuschlagen. Nach Hause zu meiner Mutter in Charleston kann ich ja nicht, also hoffte ich, Ann und Herbert würden mich für ein paar Tage bei sich aufnehmen. Irgendwann, als es nicht mehr allzu weit war und ich mich auf einen befestigten Weg gewagt hatte, sah ich zu meinem Schrecken eine Gestalt den Weg entlangtorkeln. Auf die Entfernung konnte ich zunächst nicht erkennen, ob es sich dabei um Freund oder Feind handelte. Klar war nur, dass der Mann nicht mehr gerade gehen konnte. Für mich war klar, dass er entweder sturzbetrunken oder verwundet sein musste. Oder dass das Ganze eine Falle war. Ich ging also hinter ein paar Büschen in Deckung und näherte mich nur sehr vorsichtig."

Vivians Herz zog sich mitleidig zusammen bei der Vorstellung, wie Cole sich mit seinem verletzten Bein durch die Sümpfe geschleppt haben musste. Sie warf einen besorgten Blick zu ihm herüber, da er wieder anfing, sich unruhig hin und her zu werfen. Bekümmert stellte sie ihren Becher ab, nahm den, aus dem Cole schon getrunken hatte, in die Hand und ging damit zu Cole hinüber und setzte sich neben ihn auf den Boden.

Robert fuhr unterdessen mit erschöpfter Stimme fort: „Während ich so von Busch zu Busch schlich, brach der Mann plötzlich mitten auf der Straße zusammen. Er rappelte sich aber wieder auf und kroch weiter, und nun, wo ich näher herangekommen war, hatte ich keinen Zweifel mehr daran, dass er verwundet war. Ich kam also aus der Deckung und lief auf ihn zu. Gott, du kannst dir nicht vorstellen, wie entsetzt ich war, als ich erkannte, dass es Cole war und in welchem Zustand er war!"

Er hielt kurz inne, als Cole leise stöhnte. Vivian beugte sich zu Cole herüber und strich ihm vorsichtig die Haare aus der schweißnassen Stirn. Anschließend stützte sie seinen Kopf und versuchte ihm etwas

Wasser einzuflößen, doch das meiste rann an seinen Mundwinkeln wieder heraus und blieb an den tagealten Bartstoppeln hängen, die sein Kinn bedeckten. Niedergeschmettert tupfte sie die Tropfen ab und wandte dann ihre Aufmerksamkeit wieder Robert zu, der sofort weitersprach:

„Cole muss mich erkannt haben, denn als ich bei ihm war, flüsterte er etwas, das wie Gott sei Dank oder so ähnlich klang. Aber, lieber Himmel, Vivian, er war vollkommen am Ende! Noch bevor ich mich zu ihm bücken konnte, sackte er zusammen und verlor die Besinnung.“

„Dann hat er dir also nicht sagen können, wie er verwundet wurde? Oder wie er nach der Schlacht in diese Gegend gekommen ist?“, fragte Vivian erschüttert.

„Nein. Du siehst ja, in was für einem jämmerlichen Zustand er ist. Obwohl er lange gegen die Bewusstlosigkeit angekämpft haben muss, denn sonst hätte er es niemals bis in diese Gegend geschafft. Irgendwie muss er wohl auch sein Bein verbunden haben. Aber ohne es schonen zu können, und dann noch mit der Kugel darin ... Ein Wunder, dass er nicht komplett verblutet ist!“

„Wo wollte er bloß hin?“, überlegte Vivian schaudernd. „Nach Lakewood, so wie du?“

„Vielleicht. Wenn er überhaupt wusste, wo er war. Ich meine, bei dem hohen Fieber ... Aber, stell dir bloß mal vor, er hätte es bis Lakewood geschafft und wäre dort aufgetaucht, nachdem es konfisziert worden war!“

„Es wäre ... sein Todesurteil gewesen!“, wimmerte Vivian.

„Ich hätte ihn ja selbst um ein Haar dorthin gebracht. Nicht nur, weil es ohnehin mein Ziel war, sondern auch, weil ich wusste, dass du dort bist. Dein Ruf als Krankenschwester hat sich unter allen Rebellen herumgesprochen, wusstest du das? Ich dachte, wenn jemand Cole helfen könnte, dann du. Und, bei Gott, bin ich froh, dass ich dich gefunden habe und du nicht schon von Lakewood weggegangen warst! Ich hätte nie und nimmer gewusst, wie ich die Kugel aus Coles Bein herausholen soll!"

„Es wundert mich, dass ich es geschafft habe", gestand Vivian bedrückt. „Ich habe bisher doch immer nur zugesehen. Und noch wissen wir gar nicht, ob ... ob Cole ... ob er ... ich meine ..."

„Ich weiß, was du meinst, aber so darfst du nicht denken!", tadelte Robert entschieden. „Cole schafft das! Jetzt, wo die Kugel heraus ist, ist er bestimmt bald wieder auf den Beinen."

Vivian blinzelte niedergeschmettert die aufsteigenden Tränen fort und biss sich auf die Lippen. Dann hob sie den Kopf und erkundigte sich ängstlich: „Und was ist mit ... mit der Schlacht? Du sagtest, du seist danach auf der Flucht gewesen. Heißt das, dass ... dass ihr die Schlacht verloren habt?"

Robert schloss müde die Augen und ließ den Kopf sinken. Der zuvor kurz gezeigte Anflug von Zuversicht war wie weggeblasen, als er heiser hervorstieß: „Ja, alles verloren! Die Schlacht und ... eben alles!"

Vivian starrte ihn mit vor Entsetzen großen Augen an.

Robert rappelte sich auf die Füße und begann, in der Hütte unruhig auf und ab zu gehen. Beinahe tonlos fing er an zu erzählen, und Vivian hörte voller Erschütterung zu.

„Wir trafen Washingtons Truppen so um den zwölften August herum: Tom, Simon, ich und noch ein paar Kameraden. Cole war mit seinem Trupp schon eingetroffen, genau wie Oberst Marion und auch einige andere Rebellentruppen hier aus Süd-Karolina. Die Kontinentalen wurden geführt von General Gates. Vielleicht hast du schon einmal etwas von ihm gehört. Seit seinem Sieg über General Burgoyne wird er ja allgemein als der Held von Saratoga bezeichnet. Aber von Cole und auch einigen anderen Männern, die schon im Norden unter Washington gekämpft hatten, habe ich gehört, dass sie Gates für einen Intriganten halten. Angeblich soll er sich sogar an Plänen beteiligt haben, Washington zu stürzen. Es gab Gerüchte, dass Washington deshalb lieber General Greene geschickt hätte. Aber er wurde vom Kongress überstimmt, und Gates erhielt das Kommando. Was eine Katastrophe war, denn später stellte es sich heraus, dass Gates die Gegend von Süd-Karolina überhaupt nicht kannte.“

„Und deshalb habt ihr die Schlacht verloren? Weil Gates sich in der Gegend nicht auskannte?“, fragte Vivian fassungslos.

„Es trug dazu bei, aber das war noch nicht alles“, entgegnete Robert bedrückt. „Du kannst dir sicher vorstellen, dass Gates Armee von dem langen, anstrengenden Marsch von New Jersey bis nach Süd-Karolina erschöpft war. Es waren erfahrene Soldaten, Vivian, ich hab sie gesehen, aber die meisten von ihnen hatten, als sie hier ankamen, tagelang nur wenig gegessen und waren die Sümpfe nicht gewohnt. Und wir, die wir aus dieser Gegend hier stammten, wie sahen wir denn aus! Wir hatten uns doch ständig in den Sümpfen vor den

Rotröcken verstecken müssen! Viele von uns besaßen nicht einmal richtige Gewehre! Doch Gates störte das nicht. Nicht einen Tag Ruhe gönnte er uns. Kaum waren wir im Lager, mussten wir auch schon wieder losmarschieren. Dann kam der Morgen, als wir bei Camden auf die Engländer stießen! Was für ein Unterschied zwischen ihrer und unserer Armee! Ausgeruhte Truppen gegen ein erschöpftes Heer! Das Ergebnis war eine totale Katastrophe!"

„Was ... was ist passiert? Wurdet ihr geschlagen?"

Robert schnaufte wütend. „Kannst du mir erklären, wie ein amerikanischer General sich einbilden kann, britische Generäle wie Cornwallis und Tarleton mal eben im Handstreich überlisten zu können? Diese beiden nämlich führten auf britischer Seite die Truppen in Camden. Und die glaubte Gates mal eben besiegen zu können!"

„War ... war es sehr schlimm?", wagte Vivian zaghaft zu fragen, als Robert vor unterdrücktem Zorn nicht weitersprach.

Er sah sie kopfschüttelnd an. „Vivian, es war verheerend! Die Engländer hatten so schnell die Oberhand, ich weiß gar nicht wie! Überall um mich herum sah ich unsere Leute im Feuer der Engländer zusammenbrechen! Innerhalb von Minuten lagen Dutzende von Toten und Verwundeten auf dem Schlachtfeld. Wir kämpften wie die Teufel, aber bei einer derart stärkeren Armee war das aussichtslos. Irgendwann gab es dann nur noch die Möglichkeit zu fliehen oder zu sterben. Ich bin geflohen, und viele andere haben's auch versucht. Aber ich fürchte, dass die Briten entsetzlich viele Gefangene gemacht haben."

Er hielt kurz inne. Vivian verließ ihren Platz an Coles Seite und setzte sich stumm neben Robert. Er ergriff ihre Hand und hielt sie fest. „Ich weiß nicht, wie viele von uns gestorben oder gefangen genommen worden sind. Ich dachte, wenn ich nach Hause oder besser nach Lakewood gehe, finde ich vielleicht ein paar versprengte Kameraden und Freunde, die es geschafft haben, so wie ich. Aber der Einzige, dem ich begegnet bin, ist Cole, und er ... nun ja." Hastig brach er ab und räusperte sich. „Die Briten haben Süd- und Nord-Karolina und sogar Georgia jetzt fest in der Hand, Vivian. Ich fürchte, sie haben den Krieg wirklich gewonnen."

„Das ist ... das ist fürchterlich!", flüsterte Vivian, nahe daran, erneut in Tränen auszubrechen. Nun war also doch alles umsonst gewesen. So viele hatten ihr Leben gelassen, nur damit die Zurückbleibenden schlimmer behandelt werden sollten als vorher! Selbst Cole, der stets so viel Zuversicht ausgestrahlt hatte, lag jetzt hilflos da und starb vielleicht.

„Es ist wohl besser", unterbrach Robert ihre Gedanken, „wenn ich draußen schlafe. Sollten sich doch einmal ein paar Feinde hierherverirren, kriege ich es vielleicht rechtzeitig mit, und wir können noch fliehen."

„Was ist mit Cole? Wie sollen wir ihn von hier fortbekommen?", fragte Vivian mit einem Kloß im Hals.

„Ich werde versuchen, ein Boot aufzutreiben. Wenn es Cole etwas besser geht, können wir ihn da hineinlegen und versuchen, ihn zu Freunden zu bringen, wo er in Ruhe gesund werden kann. Bis dahin ist es das Beste, wenn du dich um ihn kümmerst und ich mich um das Boot und unsere Sicherheit. Da hinten in der Kammer findest du ein paar Vorräte. Wenn du Essen machst, kannst du mir etwas nach draußen bringen. Und übrigens", setzte er mit einem müden Blinzeln noch hinzu, während er in seiner Jackentasche wühlte, „ich hab mir von Ann und Herbert noch schnell Rasierzeug und Zahnpulver mitgeben lassen und außerdem für Cole ein altes Hemd von Herbert. Weiß der Teufel, was Cole mit seinem eigenen Hemd gemacht hat. Er hatte jedenfalls unter seinem Jagdrock keines an, als ich ihn fand. Hier, nimm, was du für Cole und dich brauchst."

„Ja, danke. Aber –"

„Was?"

„Ach, Robert, du bist doch selbst so erschöpft! Wie willst du da noch auf uns aufpassen? Du musst doch auch irgendwann schlafen!"

„Oh, keine Sorge, das tue ich auch. Aber ich habe einen leichten Schlaf. Ich werd's schon merken, wenn jemand kommt."

Vivian lächelte matt. Obwohl Robert anzusehen war, dass er keineswegs so sicher war, wie er vorgab, tat es doch gut, zu wissen, dass er Wacht hielt.

Sobald er die Tür hinter sich zugezogen hatte, holte Vivian aus der Kammer etwas Reis und Trockenfrüchte und kochte daraus einen halbwegs genießbaren Brei. Eine große Portion davon brachte sie Robert nach draußen. Anschließend setzte sie sich mit ihrem Teller neben Coles Lager und versuchte zu essen. Doch obwohl sie hungrig war, hatte sie keinen Appetit. Sie stellte den Teller beiseite und entschied, dass sie es später versuchen würde.

Um irgendetwas zu tun, nahm sie das Rasierzeug und rasierte Cole, so vorsichtig es nur irgendwie ging, die tagealten Bartstoppeln aus dem Gesicht. Nach kurzer

Überlegung putzte sie ihm auch noch behutsam die Zähne, wobei sie erneut den Tränen nahe war. Die profane Prozedur der Körperpflege brachte ihr Coles augenblickliche Hilflosigkeit nur noch stärker zu Bewusstsein. Gleichzeitig wurde ihr klarer als jemals zuvor, was Cole ihr bedeutete.

Gedankenverloren stellte sie mit einem kurzen Blick aus dem einzigen Fenster der Hütte fest, dass bereits die Abenddämmerung eingesetzt hatte. Da sie zu Tode erschöpft war, sagte sie sich, dass es vermutlich das Beste wäre, ein wenig zu schlafen. Sie überlegte kurz, wo sie sich hinlegen sollte, und streckte sich nach kurzem Zögern neben Cole auf den Fellen aus. Sie rollte sich auf die Seite und beobachtete seinen unruhigen Schlaf. Vorsichtig streckte sie die Hand aus und strich ihm über das dunkle, verschwitzte Haar. Wenn nur das Fieber nicht wäre! Es bekümmerte sie, dass es so hoch war. Andererseits war das natürlich auch nicht verwunderlich, wenn Cole sich wirklich tagelang mit seiner Wunde durch die Gegend geschleppt hatte. Es grenzte vermutlich an ein Wunder, dass er überhaupt noch lebte.

Trotz ihrer Müdigkeit schlief Vivian wenig in dieser Nacht, denn Cole hörte nicht auf, sich im Fieber unruhig hin und her zu wälzen. Hin und wieder japste er keuchend nach Luft, dann wieder ging sein Atem flach und schnell, und Vivian bekam es mit der Angst zu tun. Immer wieder stand sie auf und holte feuchte Tücher, die sie ihm auf die Stirn und die Waden legte, und flößte ihm vorsichtig ein paar Tropfen Wasser ein.

Auch am nächsten Tag trat keine Besserung ein, im Gegenteil. Coles Stirn fühlte sich an wie heißes

Pergamentpapier, und er fing an zu phantasieren. Vivian konnte nicht verstehen, was er mit schwacher Stimme vor sich hin murmelte, doch hin und wieder wurde das Wispern lauter, und dann glaubte sie manchmal ihren Namen zu hören.

Robert hatte inzwischen ein Kaninchen erlegt, und Vivian kochte daraus eine dicke Fleischbrühe, die sie Cole einzuflößen versuchte, doch die Hälfte rann immer wieder aus seinen Mundwinkeln heraus. Das Fieber schien nicht sinken zu wollen, und Vivians Kräfte ließen ebenfalls nach, da sie es nicht mehr wagte zu schlafen, aus Angst, Cole könnte sterben. In ihrer Verzweiflung begann sie, ihm zärtliche Worte ins Ohr zu flüstern, und hatte das Gefühl, dass er tatsächlich etwas ruhiger wurde, wenn sie mit ihm sprach. Natürlich wusste sie, dass er sie nicht hören konnte, dass er viel zu tief in seiner Bewusstlosigkeit gefangen war, und doch war eine kleine Hoffnung da, dass ihre Stimme ihn vielleicht am Leben hielt. Dann wieder war irgendwann auch sie selbst so müde und erschöpft, dass sie anfing zu weinen. Sie flehte Cole an, dass er ihr verzeihen sollte, versuchte verzweifelt, ihm zu erklären, wie sehr ihr jedes ihrer garstigen Worte, die sie je zu ihm gesagt hatte, leidtat.

„Ach, Cole", flüsterte sie unter Tränen, „was soll ich nur tun, wenn du stirbst! Weißt du eigentlich, wie sehr ich dein Lachen liebe und deine funkelnden blauen Augen? Und weißt du, wie sehr ich es mag, wenn du mich kleine Lady nennst?"

Sie schniefte und kuschelte sich an Cole, der jetzt relativ ruhig dalag. Nur seine Hand glitt tastend über die

Bettdecke, und Vivian ergriff sie und hielt sie fest, doch ihre Tränen liefen nur umso heftiger.

In diesem Augenblick kam Robert herein. Hastig versuchte Vivian, sich aufzurichten, konnte sich aber nur auf einem Arm abstützen, da Cole ihre andere Hand erstaunlich fest umklammerte.

„Vivian, ich wollte dir nur sagen, dass ich morgen früh kurz nach Morgengrauen für ein paar Stunden fortgehe. Ich werde versuchen, ein Boot aufzutreiben, und vielleicht gelingt es mir ja auch, herauszufinden, wo die Welseys –“ Abrupt brach er ab, trat näher an sie heran und sah sie erstaunt an. „Du weinst ja!“

Vivian blinzelte und flüsterte erstickt: „Robert, ich habe solche Angst.“

„Um Cole?“, fragte Robert, und als sie nickte, warf er einen Blick auf den Kranken und lächelte dann aufmunternd. „Cole ist stark, Vivian. Er schafft das.“

„Er … er war stark. Aber das Fieber setzt ihm so zu. Ich habe den Eindruck, er wird von Tag zu Tag schwächer.“

Robert betrachtete aufmerksam Coles Finger, die Vivians Hand eisern umklammert hielten, und beharrte: „Er schafft das, Vivian, glaub mir.“

„Das würde ich so gern“, schluchzte Vivian. „Ich … ich will Cole nicht verlieren. Und außerdem fühle ich mich so schuldig!“

„Schuldig? Du?“, entfuhr es Robert verblüfft. „Wieso denn das?“

Vivian senkte beschämt den Blick. „Als wir … als wir uns das letzte Mal gesehen haben, da … da habe ich Cole gesagt, er … er soll zum Teufel gehen.“ Ihr Schluchzen wurde heftiger. „Robert, ich hätte ihm Glück wünschen sollen! Cole hat mal gesagt, es … es würde ihm helfen,

wenn ich ... Und stattdessen habe ich ..." Ihre Stimme
brach.

Robert kam zu ihr herüber, setzte sich neben sie und
legte ihr einen Arm um die Schulter. „Vivian, wenn ein
Mann sagt, es hilft ihm, dass eine Frau ihm Glück
wünscht, dann meint er, es gibt ihm Kraft, wenn es ihm
schlecht geht oder wenn er glaubt, nicht mehr zu können. Aber es bewahrt ihn nicht vor einer Kugel, die in
sein Bein dringt."

„Meinst du?", schniefte Vivian.

„Natürlich. Du solltest dir keine Vorwürfe machen,
im Gegenteil. Dir verdankt Cole es schließlich, wenn er
überlebt."

„Wenn er überlebt ...", wiederholte Vivian stockend.

„Vivian", sagte Robert ruhig, „leg dich schlafen. Du
bist hoffnungslos übermüdet. Und es hilft Cole nicht,
wenn du auch noch zusammenklappst."

„Wenn du meinst ...", stimmte Vivian zögernd zu.

„Ja, meine ich. Ich gehe jetzt wieder raus. Und du
schläfst. Und du wirst sehen, morgen sieht die Welt
schon wieder ganz anders aus."

Krampfhaft versuchte Vivian, Robert anzulächeln.
Nachdem sich die Tür hinter ihm geschlossen hatte,
legte sie sich wieder neben Cole und betrachtete mit
tränenverschleiertem Blick sein bleiches Antlitz. Er
war jetzt ruhiger, aber erschreckend blass und abgemagert. Vivian rückte, so nah es ging, an ihn heran, ohne
seinem verletzten Bein dabei wehzutun, und streichelte voller Verzweiflung seine schmale Wange.

„Ach, Cole, mein Liebster, bitte, bitte, stirb nicht!",
wimmerte sie erstickt.

„Ich ... denke ja ... gar nicht daran“, hörte sie Coles
schwache Stimme neben ihrem Ohr leise krächzen.

Ihr Kopf ruckte hoch, und sie blinzelte. „Cole? Bist ...
bist du wach?“

„Wach, und ... sehr aufmerksam ... was ... deine Wortwahl ... betrifft, meine ... Süße“, brachte Cole stockend
hervor und öffnete einen Spaltbreit die Augen. „Nur ...
leider ... viel zu müde, um ... näher darauf ... einzugehen.“

„Oh, Cole!“, stieß Vivian schluchzend hervor, und es
war ihr im Augenblick völlig egal, was ihre Wortwahl
über ihre Gefühle offenbarte, solange Cole nur wieder
gesund wurde. „Bitte, bitte, verlass mich nicht!“

Ein Schatten seines spöttischen, frechen Grinsens
huschte über sein blasses Gesicht. „Wie ... sollte ich? Wir
sind ... hier nicht auf ... einem Schiff, wo man ... des
Nachts ... heimlich ... verschwinden kann.“

Vivian lachte, doch die Tränen strömten nur umso
heftiger. Sie nahm Coles Hand und presste ihre Wange
hinein. „Ach, Cole! Du solltest nicht so viel sprechen. Es
strengt dich zu sehr an!“

„Und du ... solltest nicht ... so viel weinen.“

„Wahrscheinlich nicht. Aber –“

Cole unterbrach sie mit einem angedeuteten Zwinkern und flüsterte angestrengt: „Würde es ... helfen,
wenn ich ... verspreche, dass ich ... morgen auch noch ...
da bin?“

Vivian sah ihn mit großen Augen sprachlos an. Cole
lächelte blinzelnd zu ihr empor. Aber obgleich er unendlich müde und erschöpft wirkte, war zum ersten
Mal seit Tagen ein Glanz in seinen Augen, der nicht von
Fieber und Schmerzen herzurühren schien.

„Versuch ... zu schlafen, kleine ... Lady", murmelte Cole
schläfrig in ihre Gedanken hinein. „Du siehst ... mindestens genauso ... müde aus, wie ... ich mich fühle."

Vivian brachte ein zittriges Lächeln zustande, bettete
Coles Hand zurück auf die Decke und streichelte sanft
seine Wange. „Verzeih mir. Ich sollte dich nicht länger
wach halten. Du brauchst viel Schlaf, um gesund zu
werden."

„Vor allem ... brauche ich dich", flüsterte Cole.

Zutiefst berührt schluckte Vivian und brauchte ein
paar Sekunden, bis sie ihrer Stimme wieder sicher war.
„Cole? – Würde ... würde es dich sehr stören, wenn ich
bei dir liegen bleibe? Oder möchtest du lieber, dass ich
mich woanders hinlege, damit du ungestört schlafen
kannst?"

„Du stellst ... Fragen!", stöhnte Cole mit einem unterdrückten, schwachen Lachen, das Vivians Herz vor
Freude hüpfen ließ. „Wenn ich ... auch nur ein Quänt-
chen ... mehr Kraft hätte, würde ich ... dich jetzt in ...
meine Arme ziehen und ... dir zeigen, was ich ... von deiner Idee halte ... woanders ... zu schlafen!"

Mit einem glücklichen Lächeln legte Vivian ihren
Kopf auf Coles nackte Schulter und kuschelte sich vorsichtig an ihn. Coles Hand wanderte zu ihr herüber,
und sie legte ihre Finger hinein.

„Und jetzt ... schlaf gut ... kleine Lady", murmelte Cole
mit einem zufriedenen Seufzer.

Überwältigt von ihren Gefühlen, brachte Vivian kein
Wort hervor. Stattdessen hauchte sie Cole einen zärtlichen Kuss auf die Wange und rückte noch ein bisschen
näher an ihn heran. Einen Augenblick lang lauschte sie
noch Coles Atemzügen, die erfreulich gleichmäßig

kamen und ihre Hoffnung verstärkten, dass es ihm tatsächlich etwas besser ging. Dann schloss sie die Lider.

„Kleine Lady? Du … hast … keine Ahnung, wie sehr … ich … dich …", drang Coles Stimme noch einmal erschöpft wispernd an ihr Ohr, doch dann verstummte er und schlief ein. Für den Bruchteil einer Sekunde überlegte Vivian, was er wohl hatte sagen wollen. Dann schlief auch sie.

3

Als Cole das nächste Mal erwachte, war alles um ihn herum ruhig. Reglos und mit geschlossenen Augen lag er auf seinem Lager. Er war sich nicht ganz sicher, ob er wirklich wach oder noch bewusstlos war, doch der dumpfe Schmerz in seinem Bein sagte ihm, dass er wach sein musste. Langsam öffnete er die Augen und blinzelte, da die Strahlen der aufgehenden Sonne durch das kleine Fenster der Jagdhütte, in der er sich offenbar befand, direkt auf sein Gesicht leuchteten. Er drehte leicht den Kopf, und sein Blick fiel auf Vivian, die, einige Schritte von seinem Lager entfernt, an einer offenen Feuerstelle stand und irgendetwas umrührte. Die Sonne beleuchtete ihre goldblonden Locken, die offen und unbedeckt auf ihre Schultern fielen und sie beinahe wie ein Heiligenschein umgaben. Für den Bruchteil einer Sekunde fragte Cole sich beunruhigt, ob er vielleicht doch noch fieberte und Vivians bezaubernder Anblick nur ein Wunschbild seiner Phantasie war. Da er sich aber längst nicht mehr so erbärmlich fühlte, wenn man von einer bleiernen Müdigkeit einmal absah, war dieser Gedanke eigentlich absurd! Andererseits war es so unglaublich, dass Vivian tatsächlich hier war, dass es vielleicht nicht schaden konnte, wenn er sich Gewissheit verschaffte.

Sein Versuch, sich auf einem Ellenbogen aufzurichten, scheiterte jedoch kläglich. Es war lächerlich, aber er schaffte es noch nicht einmal, den Kopf zu heben! Mit einem frustrierten Stöhnen gab er seine Bemühungen auf und versuchte stattdessen zu sprechen, doch er brachte kaum mehr zustande als ein heiseres Krächzen. Aber obwohl seine Stimme kaum zu hören war, wandte Vivian sich augenblicklich um. Mit aufleuchtenden Augen legte sie ihren Rührlöffel beiseite und kam zu ihm herüber.

„Oh, wie schön, dass du wach bist!", strahlte sie und kniete neben seinem Lager nieder. Behutsam legte sie eine Hand auf seine Stirn. Als sie feststellte, dass seine Haut kühl und sein Blick klar und aufmerksam war, fragte sie mit einem glücklichen Lächeln: „Möchtest du etwas trinken? Ein bisschen Wasser? Oder vielleicht etwas Brühe?"

Cole räusperte sich und brachte endlich ein paar stockende Worte hervor: „Etwas ... Wasser wäre ... nicht schlecht."

Sie nickte, und Cole schaffte es, ein dankbares Lächeln zustande zu bringen.

Während Vivian sich erhob und an einen Tisch trat, um etwas Wasser in einen Becher zu schenken, schloss Cole die Augen und versuchte sich in Erinnerung zu rufen, was geschehen war. Doch so sehr er sich auch anstrengte, er konnte sich beim besten Willen nicht vorstellen, wie er in diese Hütte gekommen war. Gleichermaßen verwundert überlegte er, welchem Umstand er es wohl verdankte, dass Vivian hier war. Bilder tauchten vor seinem inneren Auge auf, wie Vivian schluchzend neben ihm gesessen und zärtliche Worte geflüstert hatte, aber er wusste nicht, ob das nun wirklich geschehen war oder nur in seiner Einbildung existierte. Möglicherweise hatte er es auch einfach nur geträumt. Dann kam die Erinnerung an die letzte Nacht zurück. Er hatte kurz mit Vivian gesprochen, die rührend besorgt um ihn gewesen war und seinetwegen geweint hatte. Das hatte er definitiv nicht geträumt, da war er sicher! Ein zuckendes Lächeln stahl sich auf seine Lippen. Lieber Himmel, er war schwach wie ein Neugeborenes, aber die Erinnerung daran, wie Vivian sich in der letzten Nacht an ihn gekuschelt hatte, sandte Gefühle durch seinen Körper, die nicht das Geringste mit Schmerzen zu tun hatten!

Als er die Augen wieder öffnete, kniete Vivian wieder neben ihm und betrachtete ihn aufmerksam. Cole brachte ein liebevolles Zwinkern zustande. „Keine Angst, ich bin ... nicht schon wieder ... eingeschlafen. Auch wenn ... Schlafen gerade ... eine meiner ... Lieblingsbeschäftigungen ... zu sein scheint."

„Das ist kein Wunder, so krank wie du warst", entgegnete Vivian mit einem bekümmerten Lächeln. „Komm, trink erst einmal etwas. Es wird dir guttun."

Behutsam legte sie ihren Arm um Coles Nacken und hielt seinen Kopf, sodass Cole mit kleinen Schlucken seinen Durst stillen konnte. Nachdem sie den Wasserbecher abgestellt hatte, hob Cole zittrig eine Hand und strich ihr zärtlich eine Locke aus der Stirn.

„Kleine ... Lady", seufzte er leise. „Ich wünschte wirklich, ich ... müsste dir nicht ... so zur Last fallen."

„Du fällst mir nicht zur Last, Cole", widersprach Vivian sanft und streichelte seine Wange. „Und im Augenblick wüsste ich nichts, was ich lieber täte, als mich um dich zu kümmern."

„Es ... macht dir nichts aus?"

„Es macht mir etwas aus, dass du verletzt bist und es dir so schlecht geht, weshalb ich von ganzem Herzen wünsche, dass du bald wieder gesund bist", erklärte

Vivian ruhig. „Aber glaubst du allen Ernstes, es würde mir etwas ausmachen, dich zu pflegen, wenn du mich brauchst?"

Wieder huschten Bilder von einer liebevoll besorgten Vivian durch seinen Kopf, und er fragte blinzelnd: „Hast ... du mich gepflegt? Die ganze Zeit?"

„Natürlich. Wieso fragst du?"

„Oh, nur so. Ich –", begann er und brach dann ab. Tief durchatmend schloss er die Augen.

„Cole?", fragte Vivian alarmiert. „Ist alles in Ordnung?"

„Ja. Aber ... Großer Gott, Vivian, ich ... ich kann dir nicht sagen, was es ... mir bedeutet, dass du ... hier bist!"

Vivian schluckte. „Es wird alles gut, Cole. Du bist bald wieder gesund."

„Na, was ... denkst du denn", flüsterte Cole und lächelte matt. Für einen kurzen Augenblick verschmolzen ihre Blicke, dann ließ Cole erschöpft seine Hand zurückfallen und schloss die Augen. Seine Hand glitt über die Felldecke, bis sie Vivians Finger gefunden hatte. Ein schwacher Druck genügte, dass Vivian schon wieder Tränen in die Augen stiegen. Sie war froh, dass Cole die Augen geschlossen hatte und nicht sehen konnte, wie jämmerlich ihr zumute war.

„Wag es ja nicht ... wieder zu weinen", flüsterte Cole, ohne die Augen zu öffnen, sodass sie verlegen lachte. „Ich hätte ... so viele Fragen ... Wie du ... hierherkommst ... Oder ... wo wir hier sind, aber ... ich glaube, ich ... war noch nie ... in meinem ganzen Leben ... so verdammt müde ..."

„Wir können über alles reden, wenn es dir besser geht", antworte Vivian mit einem Kloß im Hals.

„Du ... gehst nicht fort?"

Sie beugte sich zu ihm hinunter und hauchte ihm einen zärtlichen Kuss auf die Wange. „Natürlich nicht. Ich bleibe, solange du willst."

Er öffnete noch einmal kurz die Augen, in denen zu Vivians unfassbarer Freude das vertraute Glitzern aufglomm. „Klingt vielversprechend", flüsterte er mit einem zuckenden Lächeln. Dann rollte sein Kopf zur Seite und er schlief erschöpft ein.

Die nächsten Tage und Nächte verbrachte Cole fast ausschließlich schlafend. Nur gelegentlich wachte er auf, um etwas zu trinken oder von der dicken Fleischbrühe zu essen, die Vivian für ihn gekocht hatte. Doch von Mal zu Mal ging es ihm etwas besser, er blieb fieberfrei, und bald schaffte er es, zumindest für ein paar Minuten die Augen offen zu halten. Dennoch schlief Vivian nachts dicht bei ihm, um jede Änderung seines Zustandes sofort wahrzunehmen, da sie immer noch Angst vor einem Rückfall hatte.

Als Vivian eines Morgens die Augen aufschlug, war Cole schon wach und betrachtete sie aufmerksam. Die Spur eines Lächelns lag auf seinen blassen Lippen, und obwohl er immer noch stark mitgenommen und schwach wirkte, war ein Leuchten in seinen Augen, das Vivians Herzschlag einen Moment aussetzen ließ.

„Guten Morgen, kleine Lady", murmelte Cole mit einem trägen Grinsen. „Weißt du eigentlich, was für ... einen reizenden Anblick du bietest, wenn du ... frisch aus dem Schlaf kommst?"

„Lieber Himmel!", lachte Vivian verlegen und setzte sich auf. „Ich habe den Eindruck, dir geht es besser!"

„Ja, was ich ausschließlich ... dir verdanke“, lächelte Cole. „Und wenn ich dann noch ... das Glück habe, dich beim ... Erwachen neben mir zu finden ...“

„Du versuchst doch nicht etwa gerade mit mir zu flirten?“, fragte Vivian verblüfft, während sie sich mit den Fingern durch die Haare fuhr, um sie zumindest ein bisschen zu ordnen.

„Nenn mir einen Grund, warum ... ich es nicht tun sollte“, grinste er frech, wenn auch ein wenig atemlos.

Sie starrte ihn an. „Du bist krank!“

„Auf dem Wege der Besserung, wie du ... gerade selbst festgestellt hast“, lächelte er.

Sprachlos blinzelte sie in seine leuchtenden Augen. Dann fing sie an zu kichern. „Gütiger Himmel! Dir geht es wirklich besser! Aber damit Sie es wissen, Captain Ansinger, ich halte nicht das Geringste von Flirtversuchen eines Patienten am frühen Morgen!“

Sie war unendlich glücklich, ihn leise lachen zu hören. „Ist das so, Miss Darcy? Und wovon ... würden Sie etwas halten?“

„Ich würde sehr viel davon halten, dass Sie sich noch ein wenig ausruhen, während ich etwas Brühe heiß mache, Captain Ansinger“, lächelte Vivian. „Und dann werden Sie brav frühstücken.“

„Oh je, die Stimme der ... Vernunft“, murmelte Cole mit einem unterdrückten Grinsen. Nichtsdestotrotz schloss er erschöpft die Augen.

Vivian lächelte vor sich hin, während sie aufstand, die Brühe heiß machte und ein wenig davon auch zu Robert nach draußen brachte, der gerade dabei war, seinen Schlafplatz unter dem Vordach der Hütte aufzuräumen.

„Wie geht es Cole?", fragte Robert sofort, als er sie mit dem Teller in der Hand erblickte.

„Besser", lächelte Vivian. „Er versucht zu flirten. Obwohl es ihn wahnsinnig anstrengt."

Robert schüttelte lachend den Kopf.

Sobald sie wieder in der Hütte war, gab Vivian Cole etwas Wasser zu trinken. Danach fütterte sie ihn löffelweise mit der heißen Fleischbrühe, was ihm ein belustigtes Zwinkern entlockte. Dennoch wirkte er unendlich mitgenommen, sodass Vivian am Ende der Mahlzeit vorschlug, dass er versuchen solle, wieder ein bisschen zu schlafen.

Cole grinste matt. „Das zu versuchen, dürfte ... mir nicht schwerfallen. Trotzdem würde ich ... vorher gern wissen, wie ... ich eigentlich ... in diese Hütte gekommen bin. Und wie lange ... wir schon hier sind."

Vivian stellte den Teller beiseite und setzte sich neben ihn auf die Felle. „Bald eine Woche. Du hattest großes Glück, dass Robert dich gefunden und hierhergebracht hat. Anschließend holte er mich, weil er hoffte, dass ich dir helfen könnte. Lakewood ist ja Gott sei Dank nicht allzu weit entfernt."

Die Müdigkeit schien ihn schon wieder überwältigen zu wollen, aber er kämpfte hartnäckig dagegen an und fragte stirnrunzelnd: „Hast du ... die Kugel aus meinem Bein ... geholt, oder ... irre ich mich da?"

„Ja, das habe ich", bestätigte Vivian und errötete angesichts der Bewunderung, die aus Coles Augen leuchtete. „Ich ... ich hab gedacht, ich kann´s nicht, Cole! Aber Robert hat gesagt, ich müsste es tun, weil ich doch im Lazarett gearbeitet hätte und er es schon gar nicht könnte. Ach, Cole, du glaubst ja nicht, was für eine Angst ich dabei ausgestanden habe!"

„Ich hab ja ... immer gewusst ... dass du ... die mutigste kleine Lady bist, die ... ich kenne."

„Mutig!", lachte Vivian zittrig und schüttelte verwundert den Kopf. „Lieber Himmel, Cole, was wäre denn die Alternative gewesen! Du hast keine Ahnung, wie unerträglich der Gedanke war, dass du sterben könntest!

Cole schwieg, aber seine Augen leuchteten blauer als sonst, und um seine Lippen zuckte ein Lächeln.

„Ich glaube, du solltest jetzt wirklich wieder ein bisschen schlafen", erklärte Vivian, unter seinem durchdringenden Blick errötend, und erhob sich.

„Habe ich dir ... eigentlich schon einmal ... gesagt, dass du ... etwas ganz Besonderes bist, kleine ... Lady?"

Vivian lachte und spähte unter halb geschlossenen Lidern verlegen in Coles entspannte Miene. Es war nicht zu fassen, überlegte sie verwundert: Cole war krank, blass und abgemagert, aber er sah so glücklich und gelöst aus, wie sie ihn noch nie gesehen hatte. Jedoch erwartete er wohl keine Antwort auf seine Frage, denn er schloss die Augen und murmelte schläfrig: „Was ist eigentlich ... mit Simon und Georgia? Ist das Kind ... inzwischen ... auf der Welt?"

„Ja, Georgia hat eine gesunde Tochter geboren", entgegnete Vivian. „Und auch ihr selbst geht es wieder deutlich besser, dank Simon."

„Wenn ich wieder ... auf den Beinen bin, werde ich ... versuchen, die beiden auf Lakewood ... zu besuchen."

Vivian überlegte kurz, ob sie Cole sagen sollte, dass Lakewood konfisziert und Georgia und Simon, ebenso wie Ann und Herbert, nicht mehr dort waren.

Andererseits war er noch so schwach, dass es vielleicht besser war, wenn sie ihm diese bittere Neuigkeit erst einmal ersparte. Jedoch wollte sie auch nicht lügen, was ihr die Wortwahl erschwerte. Doch sie wurde einer Antwort enthoben, denn unvermittelt rollte Coles Kopf schlaff zur Seite und er schlief ein.

Mit einem Lächeln deckte Vivian seinen bloßen Oberkörper etwas fester zu. Aus Herberts Hausapotheke holte sie Nadel und Faden, auch wenn diese eigentlich für einen anderen Zweck vorgesehen gewesen waren, und begann, damit Coles Hose zu flicken. Als sie die blutdurchtränkte Jagdhose vor ein paar Tagen im Creek hinter der Hütte gewaschen hatte, hatte sie es mit der beklemmenden Furcht getan, dass Cole sie nie wieder tragen würde. Mittlerweile hegte sie keinen Zweifel mehr, dass Cole wieder gesund werden würde, ganz gleich wie schlafbedürftig er im Augenblick auch noch war. Er würde seine Hose bald wieder brauchen, obwohl er zunächst nur darin herumhumpeln würde. Sie lächelte gedankenverloren vor sich hin. Es würde gewiss eine Weile dauern, bis Cole wieder richtig laufen konnte. Sein verletztes Bein würde ihn eine Zeitlang davor bewahren, wieder in den Krieg ziehen zu müssen. Und in dieser Zeit konnte sie bei ihm sein.

Coles Genesung machte von nun an große Fortschritte. Bald war er so kräftig, dass er sich mit Vivians Hilfe aufsetzen und, in Herberts Hemd gekleidet, gegen die Wand lehnen konnte. Jetzt hielt Vivian die Zeit für gekommen, ihn zu fragen, wie es zu seiner Verwundung gekommen war.

In Coles Stimme schwangen Bitterkeit und Zorn, als er anfing zu erzählen. Wie Vivian schon von Robert wusste, hatte Cole sich mit einigen Leuten den Kontinentaltruppen angeschlossen. Diese standen zwar unter Gates Kommando, worüber Cole ebenso entsetzt gewesen war wie Robert, doch Gates zur Seite stand Generalmajor von Kalb, ein deutscher Baron, der kurz nach Beginn des Krieges in die amerikanische Armee eingetreten und hoch geachtet war. Cole hatte geglaubt, Gates und von Kalb würden ihre Entscheidungen gemeinsam treffen. Doch Gates dachte gar nicht daran, auf den Baron zu hören, und zog gegen dessen Rat in die Schlacht. Cole selbst blieb nichts anderes übrig, als Gates Befehlen Folge zu leisten, nachdem er sich nun einmal unter das Kommando des ranghöheren Offiziers gestellt hatte. Während der Schlacht kämpfte er zunächst unverwundet, anders als von Kalb, der elfmal verwundet wurde und dann vom Pferd stürzte. Um Cole herum fielen die amerikanischen Soldaten reihenweise, sodass mancher schließlich nur noch die Möglichkeit zur Flucht sah, um zu überleben. Cole selbst kämpfte bis zum Schluss, doch als die Schlacht endgültig verloren war, floh auch er. Doch noch während er seinem Pferd die Sporen gab, spürte er einen heftigen Schlag am linken Oberschenkel, als eine Musketenkugel ihn traf. Des Schmerzes ungeachtet, trieb er sein Pferd durch Sümpfe und Gestrüpp, bis er irgendwann erschöpft zu Boden stürzte. Als er wieder zu sich kam, war sein Pferd fort, und er musste seinen Weg zu Fuß fortsetzen, was angesichts der Wunde in seinem Bein eine mühselige und schmerzvolle Angelegenheit war. Aus seinem Hemd fertigte er sich einen Notverband. Dann marschierte er, auf einen Stock gestützt, los. Irgendwann fand er ein verlassenes Ruderboot und legte sich hinein. In der Hoffnung, irgendwann den Santee River zu erreichen, ließ er sich treiben. Doch er wurde vom Fieber geschüttelt und musste wohl irgendwann den richtigen Abzweig verpasst haben. So ließ er das Boot schließlich liegen und humpelte zu Fuß weiter. Dann kam er in eine Gegend, die ihm bekannt vorkam. Er verbrachte manchen Tag hilflos unter einem Baum liegend, vom Fieber zu sehr gepackt, um noch gehen zu können. An anderen Tagen schleppte er sich mühsam durch den Sumpf. Als er schon nahe daran war, die Hoffnung aufzugeben, sah er eines Tages einen Mann auf sich zukommen. Vollkommen am Ende seiner Kräfte und unfähig, auch nur noch einen Schritt weiterzugehen, konnte er dem Mann nur noch hilflos entgegenblinzeln. Als er in dem Herannahenden Robert erkannte, war seine Erleichterung so überwältigend, dass ihn auch die letzten Kräfte verließen und er besinnungslos zusammenbrach. Das Nächste, woran er sich erinnerte, war, dass er in der Jagdhütte aufgewacht war und Vivian neben ihm gesessen hatte.

„Du kannst dir gar nicht vorstellen, wie froh ich war, dich zu sehen", schloss Cole seinen Bericht mit vor Erschöpfung müder Stimme.

Vivian lächelte und streichelte seine Wange. „Sicher nicht so froh wie ich jetzt, dass es dir besser geht."

Coles Augen funkelten, und um seine Lippen spielte ein vorsichtiges Lächeln. „Dann gibst du also endlich zu, dass du mich ein bisschen gernhast?"

„Natürlich", lachte Vivian unsicher. „Hast du das je bezweifelt?"

„Wenn ich ehrlich sein soll", murmelte Cole träge, aber mit leuchtenden Augen, „nicht im Geringsten."

In gespielter Empörung warf Vivian ihren Kopf hoch. „Wie mir scheint, kehrt mit deiner Gesundheit auch deine Überzeugung von dir selbst zurück!" Doch dann lächelte sie zärtlich. „Aber mir soll´s recht sein!"

„Wirklich?" Er zwinkerte ihr zu. „Könnte das vielleicht daran liegen, dass du mein Lachen so liebst oder meine leuchtenden blauen Augen?"

Vivian merkte, wie sie bis zu den Fußspitzen errötete. „Das ... das hast du gehört?"

„Ich war mir nicht sicher, ob ich es gehört habe oder es nur ein schöner Traum war." Er grinste frech. „Aber nun weiß ich, dass ich es gehört habe."

„Na ja, wenn du das alles gehört hast, dann wäre es ja sowieso sinnlos zu behaupten, ich hätte dich nicht gern", entgegnete Vivian mit einem hilflosen Lächeln.

Cole erwiderte ihr Lächeln und schloss die Augen. „Absolut sinnlos", bestätigte er schleppend. Das Erzählen hatte ihn angestrengt, und er merkte, dass er kurz vorm Einschlafen war. „Aber falls es dich beruhigt, kleine Lady ... Deine Gefühle werden erwidert."

Gegen Mittag des gleichen Tages begann Cole, nach einem erholsamen Schlummer, mit seinen ersten Gehversuchen. Jeweils mit einem Arm auf Roberts und Vivians Schultern gestützt, wankte er mit zittrigen Gliedern durch die Hütte. Natürlich war sein verletztes Bein noch nicht belastbar, und Cole war vom Blutverlust und dem langen Liegen so geschwächt, dass ihm schon nach wenigen Sekunden der Schweiß ausbrach und er sich schwindlig wieder setzen musste. Nichtsdestotrotz war er der Meinung, dass ihm die Übung guttat, und beharrte darauf, es nach einer kurzen Ruhepause noch einmal zu versuchen. Robert und Vivian schüttelten mitleidig die Köpfe und meinten, dass es viel zu früh wäre, dass er sich einer solchen Anstrengung aussetzte, doch Cole kämpfte sich verbissen wieder in die Höhe.

„Ich habe lange genug ... nutzlos herumgelegen", keuchte er atemlos, während ihm beinahe schwarz vor Augen wurde. „Wenn ich ... irgendwie wieder ... in Form kommen will, hilft nur ... ein wenig ... Übung!"

„Ja, aber fürs Erste reicht es", bestimmte Vivian mit einem besorgten Blick in Coles blasse und erschöpfte Miene. „Ob du willst oder nicht, du setzt dich jetzt. Robert, lass uns Cole zu seinem Lager bringen."

Robert nickte grinsend und führte Cole zusammen mit Vivian zu seinem Lager aus Fellen. Sobald Cole saß, machte Robert sich zu einem Kontrollgang in die Umgebung auf. Vivian setzte sich lächelnd neben Cole und reichte ihm ein Glas Wasser.

„Ich hatte ... keine Ahnung, wie ... tyrannisch du ... sein kannst, Vivian", schimpfte Cole mit hochgezogener Braue, nachdem er es geleert und ihr zurück in die Hand gedrückt hatte. Jedoch war er trotz seines Protestes so unendlich erschöpft, dass er sich vorsichtig und dankbar auf seinem Lager ausstreckte.

Vivian reckte in gespielter Empörung das Kinn vor. „Bisher hat mir noch kein Patient vorgehalten, dass ich herrschsüchtig wäre! Aber wenn du mich ohnehin dafür hältst, wird es dich sicherlich nicht wundern, wenn ich jetzt anordne, dass du ein wenig schläfst, während ich das Mittagessen zubereite. Du brauchst nämlich unbedingt ein bisschen Ruhe."

„Ist das so?", fragte Cole mit einem unterdrückten Lachen.

„Ja, das ist so“, bekräftigte Vivian, froh, dass Cole seine gute Laune wiedergefunden zu haben schien. „Und ich werde dich erst wieder wecken, wenn das Essen fertig ist!“

Als Vivian den Haferbrei fertig hatte, schlief Cole tief und fest. Überzeugt, dass Erholung nach der Anstrengung am Vormittag erst einmal das Beste für ihn war, ließ Vivian ihn schlafen und brachte zunächst einen gefüllten Teller zu Robert nach draußen. Dieser war gerade von seinem Kontrollgang zurückgekehrt und stürzte sich heißhungrig auf die warme Mahlzeit.

Während er den Haferbrei gierig hinunterschlang, berichtete Robert, dass er endlich ein altes Ruderboot aufgetrieben und hinter der Hütte im Gebüsch am Ufer des kleinen Creeks versteckt habe. Der Creek war so schmal und flach, dass er von den großen Transportschiffen der Engländer nicht befahren werden konnte, sodass er einen relativ sicheren Fluchtweg darstellte, erklärte Robert. Vor allem aber war eine Flucht per Boot die beste Lösung für Cole, der schließlich noch weit davon entfernt war, wieder laufen zu können.

Tatsächlich war es möglicherweise an der Zeit, die Hütte zu verlassen, setzte Robert seine Erklärungen mit einem besorgten Stirnrunzeln fort. Er habe während seines Streifzugs nämlich festgestellt, dass die neuen Besitzer Lakewoods anfingen, systematisch ihre Besitzungen zu erkunden.

„Tja, und so abseits die Jagdhütte auch liegt, sie befindet sich auf dem Land der Welseys“, schloss Robert seine Ausführungen. „Somit ist es vermutlich nur noch eine Frage von Tagen, bis die neuen Plantagenbesitzer auch einen Ausflug in den Sumpf machen und die Hütte entdecken. Bis dahin müssen wir fort sein."

„Unbedingt!", stimmte Vivian mit aufkeimender Sorge zu. „Aber wohin?"

„Keine Ahnung. Auf jeden Fall erst einmal fort von hier. Am besten mit dem Boot."

„Wir sollten Cole informieren", befand Vivian. „Vielleicht hat er eine Idee."

„In Ordnung. Im Augenblick ist die Luft rein, also kann ich für ein paar Minuten mit reinkommen. Erzählen wir Cole also erstmal, was los ist."

Als Cole, nachdem sie ihn geweckt hatten, mit dem Rücken an der Wand lehnend, von der veränderten Lage erfuhr, runzelte er verärgert die Stirn. „Großartig, dass es keiner von euch für nötig gehalten hat, mir eher zu sagen, dass wir inmitten eines verdammten Torynestes sitzen!"

„Was hätte das geändert, Cole?", gab Robert, der Cole im Schneidersitz gegenübersaß, achselzuckend zurück. „Du warst nicht in der Verfassung, von hier zu verschwinden. Und bisher bestand kaum eine Gefahr."

„Kaum eine Gefahr?", schnappte Cole mit blitzenden Augen. „Zum Teufel, Robert, was meinst du wohl, was man mit Vivian macht, wenn man sie in unserer Gesellschaft erwischt! Wenn ich gewusst hätte, dass hier Tories in der Nähe sind, hätte ich darauf bestanden, dass du Vivian in Sicherheit bringst!"

„Cole, das ist doch Unsinn", tadelte Vivian, kniete sich neben ihm nieder und drückte seine Hand. „Egal, wohin Robert mich auch hätte bringen wollen, dort können doch überall Tories oder Engländer sein! Mal ganz davon abgesehen, dass ich dich um nichts in der Welt allein gelassen hätte, solange du so krank warst!“

„Robert hätte dich von vornherein gar nicht erst zu mir bringen dürfen!“, schimpfte Cole.

„Ach so, du wärst also lieber gestorben!“, ätzte Vivian und funkelte ihn herausfordernd an.

„Natürlich nicht!“, widersprach Cole verdrossen. „Aber ich würde dich gerne in Sicherheit wissen!“

„Ich würde dich auch gerne in Sicherheit wissen, Cole“, konterte Vivian und entzog ihm ihre Hand. „Aber hält dich das etwa davon ab, wieder in den Krieg zu ziehen, sobald du gesund genug bist?“

Er zog die Brauen zusammen und starrte sie finster an.

Vivian zuckte in gespieltem Gleichmut die Achseln. „Dann halt Robert und mir nicht vor, dass wir auch bereit sind, ein gewisses Risiko einzugehen. Zumal, wenn es keine Alternative gibt.“

Cole atmete tief durch und schüttelte hilflos den Kopf. „Ich halte euch nichts vor. Im Gegenteil. Ich bin euch dankbarer, als ich jemals werde ausdrücken können. Es ist nur …“

„Es ist nur, dass deine eigene Hilflosigkeit dich augenblicklich reizbar und ungerecht macht“, versetzte Robert mitleidig, als Cole seinen Satz unvollendet ausklingen ließ. „Wofür du mein vollstes Verständnis hast. Aber statt uns unnütze Vorhaltungen zu machen, solltest du deinen Grips lieber dafür einsetzen, zu überlegen, wo wir hingehen könnten.“

„Ich wünschte, ich hätte eine Ahnung“, brummte Cole nach einem tiefen Atemzug. „Wie Vivian schon sagte, jede Besitzung von Leuten, die wir kennen, könnte inzwischen in Toryhand sein. Wobei wahrscheinlich eher die gut gehenden Plantagen konfisziert werden, sodass wir es vielleicht bei einem der kleineren Farmer versuchen könnten, die auf unserer Seite stehen. Mit dem Boot müssten wir –"

„Ich habe eine bessere Idee!", unterbrach Vivian aufgeregt und sprang auf. „Lieber Himmel, dass mir das nicht gleich eingefallen ist!"

„Wovon sprichst du?", fragten Cole und Robert beinahe gleichzeitig.

Vivian lachte. „Von Summerville! Meiner Plantage!"

„Deiner ... Plantage?", staunte Robert mit offenem Mund.

„Ja, Herbert hat mir erklärt, dass Summerville mir gehört!", frohlockte Vivian, während sie hektisch im Raum auf und ab marschierte. „Mein Vater hat vor seinem Tod zwar eine Hypothek auf unser Stadthaus aufgenommen, die verfallen ist, sodass ich das Stadthaus verloren habe. Aber Summerville war unbelastet und gehört, wie Herbert behauptet, rechtlich mir. Ohne finanzielle Mittel, um die Plantage wiederaufzubauen, habe ich natürlich nichts mit dem Besitz anfangen können. Summerville ist daher ziemlich heruntergekommen, fürchte ich. Aber das ist ja nun gerade das Gute! Die Briten sind doch nur an reichen, gut gehenden Besitzungen interessiert! Was sollen sie mit einer heruntergewirtschafteten Plantage!"

„Ich weiß nicht", murrte Robert. „Die Rotröcke reißen sich doch alles unter den Nagel, was sie kriegen können."

„Ja, aber dafür müssten sie ja erst einmal wissen, dass es die Plantage gibt! Und selbst wenn sie es wissen:

Summerville liegt so weit abseits der Straßen, dass es für Fremde nicht leicht zu finden ist."

„Ist zumindest ein Flusslauf in der Nähe, dass wir es mit dem Boot erreichen können?", fragte Robert skeptisch.

„Ja, ein Nebenarm des Ashley Rivers fließt nur wenige hundert Meter vom Haus entfernt. Kommen wir da von hier aus hin?"

„Der Creek hier ist mit dem Ashley River verbunden. Es müsste zu machen sein", räumte Robert widerstrebend ein. „Aber wenn sich nun doch einmal Rotröcke dahin verirren, was dann?"

„Irgendein Versteck würde sich sicherlich finden lassen", warf Cole nachdenklich ein. „Und wenn tatsächlich alles so schäbig ist, wie Vivian behauptet, würden die Rotröcke sicherlich schnell wieder abziehen."

„Dann seid ihr also damit einverstanden, dass wir versuchen, nach Summerville zu gehen?", fragte Vivian hoffnungsvoll und blieb dicht vor Cole stehen.

„Warum nicht", stimmte Cole gleichmütig zu. „Mir fällt im Augenblick jedenfalls nichts Besseres ein."

„Na ja, vielleicht ist der Vorschlag zu gebrauchen", nickte auch Robert. „Auch wenn ich Vivians Enthusiasmus nicht ganz teilen kann."

„Dann sollten wir so schnell wie möglich aufbrechen", befand Vivian. „Je eher wir Cole in Sicherheit bringen, desto besser!"

Coles Braue zuckte in die Höhe. „Ich nehme an, du wolltest sagen, je eher wir uns alle in Sicherheit bringen, desto besser."

„Genau das", lachte Vivian, als sie das spöttische Funkeln in seinen Augen entdeckte.

Robert schüttelte grinsend den Kopf. „Na, dann bleibt nur zu hoffen, dass Summerville hält, was es verspricht! Also, Vivian, auf ans Packen! Da hinten in der Ecke liegen Coles Waffen, die er bei sich hatte, als ich ihn fand, die kannst du schon mal ins Boot bringen. Alles andere ist schon draußen und muss nur noch verstaut werden. Wenn wir in einer Stunde aufbrechen, können wir heute noch ein gutes Stück Abstand zwischen uns und die Tories von Lakewood legen. Und Cole“, setzte er noch hinzu, als er sah, dass Cole sein offen stehendes Hemd zuknöpfte, „du bleibst liegen, bis wir fertig sind.“

„Erteilst du jetzt neuerdings Befehle?“, murrte Cole mit zusammengekniffenen Augen, sodass Robert lachte und scherzhaft salutierte.

„Würde mir nie einfallen, Captain Ansinger, Sir! Nur einen gutgemeinten Rat!“

„Ist ja beruhigend, Lieutenant Maine“, spottete Cole, während er mit den Fingerspitzen nach seinem Jagdrock angelte, der mit etwas Abstand neben seinem Lager auf dem Boden lag.

„Cole, was hast du vor?“, fragte Vivian verblüfft. „Willst du dich jetzt etwa selber anziehen?“

„Wenn du mir verrätst, wo du meine Hose gelassen hast, würde es mir vielleicht sogar gelingen!“, gab Cole ungewohnt gereizt zurück.

„Willst du nicht lieber warten, bis Robert und ich mit dem Packen unserer Sachen fertig sind?“, zweifelte Vivian. „Du bist immer noch schrecklich schwach, und ich –“

„Vivian“, stöhnte Cole, „ich werde hier nicht untätig herumliegen, wenn irgendwelche Tories im Anmarsch sind! Also, wo, verdammt nochmal, sind meine Beinkleider?"

Vivian holte tief Luft, um Cole für sein Benehmen gehörig zu maßregeln, doch dann überlegte sie es sich anders, als sie sich daran erinnerte, was Robert gesagt hatte, nämlich, dass Cole nur so reizbar und ungerecht wegen seiner momentanen Hilflosigkeit war. Und das konnte sie, bei genauerer Betrachtung, nur zu gut verstehen! Deutlich milder gestimmt, lächelte sie daher, ging zu dem Stuhl in der Ecke, wo sie seine gewaschene und geflickte Jagdhose abgelegt hatte, und reichte sie ihm.

„Möchtest du, dass ich dir beim Anziehen behilflich bin?", bot sie an, ohne Cole dabei anzusehen, da sie sich schrecklich verlegen fühlte bei dem Gedanken, ihm in seine Hose zu helfen. Sie wusste, wie albern das war, denn sie hatte seinen ganzen Körper gewaschen und ihn gepflegt, als er bewusstlos gewesen war. Aber ein wacher, sehr aufmerksamer und männlicher Cole war etwas ganz anderes als ein hilfsbedürftiger Kranker!

„Danke, aber ich brauche kein Kindermädchen", murrte Cole.

„Nun, wie du meinst", seufzte Vivian. „Dann helfe ich jetzt Robert beim Packen."

Besorgt, wie er wohl klarkommen würde, holte sie Coles Muskete und sein Jagdmesser und ließ Cole in der Hütte zurück. Mit den Waffen bepackt ging sie ins Freie, wo Robert bereits das Boot aus dem Gestrüpp geholt und ruderbereit gemacht hatte. Gemeinsam verstauten sie den Proviant und die Decken, die Robert schon seit einigen Tagen zusammengepackt hatte, im vorderen Teil des Bootes.

Als Vivian in die Hütte zurückkehrte, nachdem alles verstaut war, stellte sie stirnrunzelnd fest, dass Cole es in der Zwischenzeit tatsächlich geschafft hatte, sich vollständig anzukleiden. Mit bleichem, angespanntem Gesicht und fest zusammengepressten Lippen versuchte er gerade, sich mit den Händen an der Wand hochzuziehen. Es war nicht zu übersehen, dass ihm der Versuch auf die Beine zu kommen, Schmerzen verursachte, doch irgendwie schaffte er es und stand schließlich unsicher schwankend auf einem Bein neben seinem Lager. Da sie fürchtete, dass er sich kaum lange aufrecht halten konnte, eilte Vivian an seine Seite.

„Du solltest dich besser wieder hinlegen, bis Robert kommt", mahnte sie, während sie sanft versuchte, Cole zurück auf die Felle zu drängen. „Du wirst nur stürzen und deine Wunde wieder aufreißen, wenn du weiter so unvernünftig bist."

„Ich werd´s auch ohne Robert bis zum Boot schaffen", brummte er unwillig. Doch schon während er es sagte, musste er sich erschöpft und mit Schweißperlen auf der Stirn an die Wand lehnen.

„Du bist zu schwach, um zu gehen", protestierte Vivian besorgt.

„Ach, du lieber Himmel! Ich hab´s durch die Sümpfe geschafft, nun werde ich es doch wohl aus dieser Hütte herausschaffen! Komm, hilf mir!"

Da Cole nicht umzustimmen war, stellte Vivian sich kopfschüttelnd neben ihn, sodass er seinen Arm um ihre Schultern legen konnte, und schlang ihre eigenen Arme um seinen Körper. Anschließend humpelte Cole mit ihrer Hilfe durch den Raum. Er stützte sich schwer auf sie, aber gemeinsam schafften sie es bis zur Tür, sodass er triumphierend grinste. Doch als Vivian die Tür öffnen wollte, wurde sie von außen aufgerissen.

Im letzten Moment unterdrückte Vivian einen erschrockenen Aufschrei, als Robert ihr verzweifelte Zeichen machte, leise zu sein.

„Robert, um Himmels willen, was ist los?", wisperte sie ängstlich.

„Tories!", raunte Robert grimmig. „Sie kommen genau in unsere Richtung! Ich glaube, es sind die Leute von Lakewood! Verdammt, die sind viel eher dran, als ich dachte! Ich hab wirklich geglaubt, wir hätten noch ein, zwei Tage Zeit, ehe die hier aufkreuzen! Aber die sind schon ganz in der Nähe!"

„Wie viel Zeit haben wir?", fragte Cole angespannt.

„Höchstens zehn oder fünfzehn Minuten, schätze ich. Wir müssen sofort los!"

„Oh Gott!", wimmerte Vivian. In dem Tempo, in dem sie und Cole vorankamen, würden sie allein zehn Minuten brauchen, um zum Boot zu gelangen!

Doch Robert fackelte nicht lange. Ohne viele Umstände schob er sie beiseite, packte Cole an der Taille und warf ihn sich über die Schultern. „Tut mir wirklich leid, Cole!", wisperte er. „Aber so geht´s schneller!"

„Oh, zum Teufel!", keuchte Cole und unterdrückte nur mit Mühe ein Stöhnen, als Robert losstürmte. Schmerzhaft wurde er durchgeschüttelt, aber da er die Notwendigkeit von Roberts Aktion vollauf einsah, verkniff er sich einen weiteren Kommentar.

Vivian eilte hinterher, verwundert, wie mühelos Robert mit Coles Gewicht auf den Schultern laufen konnte. Augenblicke später hatten sie das Boot erreicht. Vivian kletterte hastig hinein, Robert legte Cole auf den Boden des Bootes und ergriff die Ruder. Innerhalb weniger Sekunden setzte sich das schwere Ruderboot unter Roberts kräftigen Schlägen in Bewegung. Immer wieder spähte Vivian ängstlich zurück zur Hütte, bis sie aus ihrem Blickfeld geriet und sie sich halbwegs in Sicherheit fühlte.

Cole lag unterdessen mit vor Schmerz zusammengebissenen Zähnen auf dem Boden des Bootes. Vivian rückte zu ihm herüber und legte seinen Kopf auf ihren Schoß. Dankbar brachte er ein Lächeln zustande. Der Transport auf Roberts Schultern hatte seinem Bein absolut nicht gutgetan. Angesichts des heftigen Pochens in seinem Oberschenkel hatte seine Hoffnung, bald wieder gehen zu können, einen kräftigen Dämpfer bekommen. Doch ebenso schnell, wie er gekommen war, verebbte der Schmerz auch wieder, was Cole als gutes Zeichen wertete. Davon abgesehen, war seine Lage auf Vivians Schoß gar nicht so unbequem, und er hatte schon Schlimmeres überstanden als eine Flucht in einem Ruderboot, bei der er von kühlen Händen gestreichelt und liebevoll umsorgt wurde. Die Tories schienen ihnen nicht zu folgen, unmittelbare Gefahr bestand daher wohl nicht, er konnte sich also entspannen. Ein verhaltenes Lächeln stahl sich auf seine Lippen. Es würde wohl noch eine Weile dauern, bis er wieder kampffähig wäre. Aber die bleierne Müdigkeit, die ihn bis vor Kurzem gequält hatte, ließ allmählich nach, die Schmerzen wurden von Tag zu Tag erträglicher, und bis er wieder in den Kampf ziehen konnte, wäre Vivian an seiner Seite. Die nächsten Tage versprachen also durchaus interessant zu werden.

Es dauerte nicht lange, da waren sie von Lakewood schon ein ganzes Ende entfernt. Cole war in einen unruhigen Schlaf gefallen. Vivian kniete mit schmerzenden Gelenken von der ungewohnten Haltung im Boot, immer noch seinen Kopf auf ihrem Schoß, während Robert das kleine Boot stetig vorantrieb.

Schließlich steuerte er es in ein dichtes Gestrüpp am Flussufer. Es war erst früher Nachmittag, aber Robert hielt es für das Beste, sich tagsüber zu verstecken und lieber nachts zu fahren. Auf diese Weise, so meinte er, entgingen sie eventuell vorbeireitenden Torystreifen. Vivian musste ihm wohl oder übel zustimmen. Aber auch wenn sie einsah, dass Roberts Taktik nur ihrer eigenen Sicherheit diente, machte sie die aufgezwungene Untätigkeit am helllichten Tage nervös und ungeduldig. Es fiel ihr schwer, bei strahlendem Sonnenschein Schlaf zu finden, aber wenn sie beim Weiterfahren in der Nacht nicht völlig erledigt sein wollte, musste sie schlafen. So streckte sie sich neben Cole aus, so gut es in der Enge des Bootes eben ging, legte sich ihren Arm über die Augen und versuchte zu schlafen.

Sie hatte das Gefühl, eben erst eingeschlafen zu sein, als Robert sie auch schon wieder weckte. Es war bereits dunkel, sodass Robert die Fahrt fortsetzen wollte. Der Mond spiegelte sich auf dem glatten Wasser, das auf Vivian wie schwarzes Elfenbein wirkte. Vivian war früher oft draußen gewesen, wenn es dunkel war, aber jetzt war es anders. Die Stille, die nur durch die Laute einiger Tiere, die des Nachts jagten, unterbrochen wurde, wirkte auf sie unheimlich und bedrohlich. Nicht einmal die Ruderschläge waren unter Roberts geschickten Bewegungen zu hören. Von Robert selbst, der vor ihr saß, waren nur die Konturen zu erkennen, und die Büsche am Ufer warfen bizarre Schatten, die auf sie zuzukommen schienen. Vivian wusste, dass sie keine Angst zu haben brauchte, und dennoch lief ihr ein Schauer über den Rücken.

Unvermittelt spürte sie, wie Cole ihre Hand ergriff und sie sanft drückte. Sie wandte ihm den Blick zu. In der Dunkelheit war nicht viel von ihm zu erkennen, aber seine Augen leuchteten aus den Umrissen seines Gesichts hervor. Vivian erwiderte seinen Händedruck und hatte das Gefühl, plötzlich viel weniger allein zu sein. Sie lächelte verträumt, in der Gewissheit, dass Cole es nicht sehen konnte, und empfand ein beglückendes Gefühl der Geborgenheit.

Zwei Tage später erreichten sie Summerville. Vivian war als Kind einige Male bei ihrem Onkel zu Besuch gewesen, und so fiel es ihr nicht allzu schwer, den Besitz wiederzufinden. Inmitten eines Hains von Topelobäumen lag die Plantage abseits aller Straßen und Wege. Vivian und ihre Begleiter erreichten sie über einen Nebenarm des Ashley Rivers, der in der Nähe Summervilles floss. Robert vertäute das Boot locker an der Wurzel einer alten Sumpfeiche und kletterte an Land.

„Ihr wartet hier", ordnete er kurzerhand an. „Ich sehe nach, ob sich auf der Plantage oder in der Umgebung irgendwelche Tories oder Rotröcke herumtreiben. Wenn ich in einer Stunde nicht zurück bin, fahrt ihr so schnell und leise wie möglich weiter."

„In Ordnung", stimmte Cole ohne zu zögern zu. „Sei vorsichtig."

„Aber meint ihr nicht, es wäre besser, wenn wir zusammenbleiben?", fragte Vivian beunruhigt.

„Wenn hier wirklich Feinde sind, wäre Cole nicht wendig genug, wenn er erst an Land ist“, widersprach Robert kopfschüttelnd. „Und nun mach nicht so ein Gesicht, Vivian. Es ist nur eine Vorsichtsmaßnahme, und ich bin gleich wieder da.“

Zu Vivians grenzenloser Erleichterung behielt Robert recht. Schon nach etwas mehr als einer halben Stunde kehrte er mit einem fröhlichen Grinsen zurück und erklärte, dass von Feinden weit und breit keine Spur zu sehen wäre und Vivian ihre Plantage bedenkenlos in Besitz nehmen könnte.

Vivian wusste, dass Summerville stark heruntergekommen war, denn ihr Vater hatte vor seinem Tod in einem ausführlichen Brief den Zustand des Anwesens beschrieben. Dennoch war sie bei seinem Anblick entsetzt. Sie erinnerte sich, dass das große Herrenhaus früher, strahlend weiß gestrichen und von wildem Wein berankt, ein stattliches Gebäude gewesen war. Nun aber bröckelte die Farbe an vielen Stellen ab, die Fensterläden hingen schief herunter, und viele Scheiben waren zersplittert. Die Felder, die früher von schneeweißer Baumwolle übersät waren, lagen jetzt brach und waren großenteils überschwemmt.

Die Innenräume des Hauses boten schon einen erfreulicheren Anblick. Zwar waren viele Möbel, die hier früher einmal hergehört hatten, verschwunden, doch wenigstens Betten, Sitzmöbel und ein paar Schränke waren noch vorhanden, sodass sie es sich einigermaßen behaglich machen könnten. Dennoch würde es einige Mühe kosten, denn Spinnen und Ameisen hatten sich überall in dem verlassenen Haus eingenistet, und dicke Staubschichten lagen auf den wenigen Möbeln.

Offensichtlich hatte sich niemand nach dem Tode ihres Onkels die Mühe gemacht, die Möbel abzudecken, was seltsam war, da es hier früher viele Dienstboten gegeben hatte. Vivian fragte sich unwillkürlich, was wohl aus ihnen geworden war. Sie wusste nur, dass sie schon fort gewesen waren, als ihr Vater die Plantage übernommen hatte.

Ein Blick in die Vorratskammern war ebenfalls enttäuschend. Außer einigen Gläsern verschimmelter Gurken war nichts mehr vorhanden. Und die Vorräte, die sie aus Herberts Jagdhütte mitgenommen hatten, waren auch schon so gut wie aufgebraucht. Es würde Robert also nichts anderes übrig bleiben, als bald auf die Jagd zu gehen, überlegte Vivian. Vor allem für Cole war es wichtig, dass er handfeste Mahlzeiten bekam, um wieder zu Kräften zu kommen.

Cole humpelte unterdessen auf zwei dicke Äste gestützt, die als Krücken dienten, ins Haus hinein. Er hatte darauf beharrt, selbst gehen zu können, und hatte sich auf keinen Fall wieder tragen lassen wollen. An seinem Entschluss, endlich wieder auf eigenen Beinen zu stehen, war nicht zu rütteln, selbst wenn das bedeutete, dass er fast zehn Minuten länger als Vivian brauchte, um vom Boot zum Haus zu gelangen. Seine Miene war bleich und angespannt, als er jetzt zusammen mit Robert die Halle betrat, in die Vivian gerade von ihrer Inspektion zurückkehrte. Doch als er Vivian erblickte, blitzte ein triumphierendes Grinsen in seinem Gesicht auf. Er konnte gehen, und das schien ihm eine ungeheure Genugtuung zu verschaffen.

Vivian empfand eine seltsame Mischung aus Stolz und Mitgefühl und lächelte. „Meinst du, du schaffst es, mir in den Salon dort zu folgen, Cole?"

Schweißperlen standen ihm bereits auf der Stirn vor Anstrengung, aber er grinste unerschütterlich und zwinkerte ihr zu. „Wohin immer du willst, kleine Lady."

Vivian lachte. Robert hingegen blieb mit der Bemerkung zurück, dass er ein paar Kaninchenfallen aufstellen würde.

Ein einziges Sofa stand noch in dem großzügig geschnittenen Salon, der einst behaglich, jetzt aber karg und verschmutzt wirkte. Vivian deutete lächelnd auf das Sitzmöbel und fragte: „Willst du dich nicht lieber etwas hinlegen, Cole? Es tut deinem Bein bestimmt nicht gut, wenn du zu lange herumläufst."

„Ganz im Gegenteil", entgegnete Cole mit einem gezwungenen Lächeln. „Es wird Zeit, dass ich wieder auf die Beine komme. Ein bisschen Übung kann nicht schaden."

„Aber es ist das erste Mal, dass du länger auf den Beinen bist. Du solltest es wirklich nicht übertreiben", mahnte Vivian besorgt.

„Keine Sorge, das tue ich auch nicht", brummte Cole und setzte seine Gehversuche verbissen fort.

Vivian blinzelte ihn argwöhnisch an. Sie hatte da so ihre Zweifel. Aber offenbar war Cole nicht zu überzeugen, und wenn sie ehrlich war, hatte sie das auch nicht erwartet. Mit einem Kopfschütteln ließ sie ihn weiter im Raum auf und ab marschieren und machte sich daran, zumindest einige Räume des Hauses in einen einigermaßen bewohnbaren Zustand zu versetzen. Sie wählte drei nebeneinanderliegende, an den Salon angrenzende Zimmer, ein kleines für Robert und ein großes für Cole, damit er mit seinen Krücken nirgendwo gegen stieß. Sie selbst bezog ein unscheinbares, kleines Zimmerchen, das direkt neben seinem lag, um schnell bei ihm zu sein, falls er sie brauchte.

Als sie fertig war, kehrte sie in den Salon zurück, wo Cole sich mittlerweile doch auf das Sofa gesetzt hatte, sein verletztes Bein weit von sich gestreckt.

„Nun, hast du also doch endlich Vernunft walten lassen und es dir bequem gemacht?", lächelte Vivian.

„Von bequem kann leider keine Rede sein", seufzte Cole mit einem schiefen Grinsen. „In meinem Bein brennt es wie Feuer."

Blitzschnell war Vivian neben ihm. „Es blutet doch hoffentlich nicht wieder?"

Er winkte ab, als sie nach seinem Bein sehen wollte und lächelte gequält. „Nein, ich habe wohl nur meine Kräfte ein wenig überschätzt. Sämtliche Muskeln scheinen nur noch aus Pudding zu bestehen. Verdammt, Vivian, ich fühle mich wie ein eingerosteter Ritter!"

Sie lachte erleichtert auf. „Na, wenn es weiter nichts ist! Ich bin überzeugt, dass du bald wieder ein strahlender Ritter in glänzender Rüstung sein wirst!"

Cole warf ihr einen belustigten Blick zu. Doch plötzlich änderte sich sein Ausdruck, und in seinen Augen glomm dieses spezielle Glitzern auf, das jedes Mal Vivians Herz aus dem Takt brachte. Zärtlich lächelnd streckte er die Hand nach ihr aus und zog sie zu sich heran. Vivian hielt den Atem an und war Sekundenbruchteile in Versuchung, sich zu ihm herunterzubeugen. Doch im letzten Moment wich sie zurück und richtete sich kerzengerade auf.

„Robert wird sicherlich bald zurück sein", erklärte sie entschuldigend. „Ich glaube, ich sollte mal sehen, was wir noch zu essen haben."

Nach einem unmerklichen Zögern lachte Cole leise. „Kann das nicht warten, kleine Lady?"

„Nein, ich ... ich glaube nicht", widersprach sie, obwohl ihr verräterisches Herz heftig pochte.

„Oh, ich glaube doch", murmelte Cole, und ein unaussprechlich zärtliches Lächeln umspielte seine Lippen. Er streckte die Hand nach ihrer aus und sah sie mit diesem seltsamen Leuchten in den blauen Augen an, das ihren Puls zum Flattern brachte.

Vivian holte tief Luft. Alles in ihr drängte danach, nachzugeben und sich in Coles Arme zu schmiegen. Sie sehnte sich so unerträglich nach seiner Nähe und, wenn sie ehrlich war, auch nach seinen Küssen! Und dennoch schüttelte sie den Kopf.

„Vivian ...", flüsterte Cole, und in seinen Augen stand eine unausgesprochene Frage.

Unter Aufbietung aller Willenskraft wandte Vivian ihm den Rücken zu. „Ich glaube, ich ... ich muss mich wirklich ums Essen kümmern!", keuchte sie atemlos und lief hinaus.

Aufgewühlt machte sie sich auf den Weg in die Küche, die am anderen Ende der Eingangshalle lag. Auch hier war alles verstaubt, aber sie fand ein paar Töpfe, die allerdings erst einmal gereinigt werden mussten, ehe man sie benutzen konnte. Sie wollte gerade ans Werk gehen, als Coles Stimme sie zusammenfahren ließ, sodass sie herumwirbelte:

„Findest du es fair, einen hilflosen Invaliden einfach sitzenzulassen und davonzurennen?", fragte er mit hochgezogener Augenbraue.

Vivian blinzelte zu ihm hoch. Er lehnte im Türrahmen, die Krücken in einer Hand. Vivian fand, dass er verheerend anziehend wirkte. „Cole, ich … ich dachte, du wolltest dich ausruhen!", stammelte sie.

„Würde ich gern", stimmte er stirnrunzelnd zu. „Aber vorher müssen wir mal etwas klären."

„So? Was denn?", fragte Vivian, wobei sie hektisch Wasser in eine Schüssel umfüllte, um nicht in seine glitzernden Augen blicken zu müssen.

„Ich denke, das weißt du."

Schräg von unten sah sie zu ihm auf, was sich als eindeutiger Fehler herausstellte, da sein Blick sie augenblicklich gefangen nahm. Es wäre so einfach, jetzt nachzugeben! Doch ein letzter Rest ihres Selbsterhaltungstriebs zwang sie, abermals den Kopf zu schütteln.

Cole stöhnte entnervt auf und humpelte zu einem Hocker, auf dem er sich vorsichtig niederließ und sein verletztes Bein weit von sich streckte. Erschöpft lehnte er sich mit dem Rücken gegen die Wand. „Warum nicht?", fragte er, sie unverwandt ansehend.

„Warum nicht – was?", fragte Vivian ausweichend zurück.

„Warum willst du nicht, dass ich dich küsse?"

Sie atmete heftig ein und ließ beinahe den Topf fallen, den sie gerade zu schrubben begonnen hatte. Sie hatte nicht damit gerechnet, so unverblümt zur Rede gestellt zu werden, und fühlte sich völlig aus dem Gleichgewicht gebracht. „Oh, das … das ist ganz einfach", stammelte sie. „Wenn ich … wenn ich einen Mann küsse, dann ... dann möchte ich, dass ... dass mich mit ihm mehr verbindet als nur Freundschaft."

Cole kniff die Augen zusammen. „Und das ist bei uns nicht der Fall, ja?"

„Du ... du hast selbst gesagt, dass ... dass du nur Freundschaft willst!"

Coles Brauen zogen sich bedrohlich zusammen. „Wann soll ich so einen verdammten Blödsinn gesagt haben?"

Mit weichen Knien erwiderte Vivian: „Auf ... auf dem Silvesterball ... bei den Meuniers."

„Ich glaube, du bringst da etwas durcheinander", schnappte Cole, sichtlich verärgert. „Du warst es, die nur Freundschaft wollte, nicht ich!"

Vivian schüttelte den Kopf. „Freundschaft – nichts anderes ... das waren deine Worte."

„So, waren sie das?"

Vivian nickte heftig. Coles Stimme klang absolut tonlos, aber er sah sie seltsam ruhig und nachdenklich an. „Wenn ich einen solchen Unsinn gesagt habe", erklärte er schließlich schleppend, „dann nur, weil du ganz offensichtlich nichts anderes wolltest."

Vivian starrte Cole ungläubig an. Ihr Herz schlug einen wilden Trommelwirbel bei der atemberaubenden Erkenntnis, dass sie Cole damals auf dem Ball missverstanden haben könnte. Wenn er wirklich etwas anderes gewollt hatte ...

Cole erhob sich unvermittelt unter großer Mühe von seinem Hocker und humpelte zu ihr heran. Auf die Krücken gestützt, spähte er ihr forschend in die Augen. „Oder wolltest du etwas anderes, Vivian?"

Vivian blinzelte und senkte errötend den Blick.

Plötzlich, während sie noch völlig verwirrt darüber nachdachte, was sie erwidern sollte, hörte sie Cole leise lachen. „Verdammt, kleine Lady, weißt du eigentlich, wie sehr du mich mit deinem Widerstand um den Verstand gebracht hast? Und alles wegen eines Missverständnisses!"

„Wie ... wie meinst du das?", fragte Vivian verwirrt und spähte vorsichtig zu ihm hoch. Verwundert stellte sie fest, dass Cole sie geradezu liebevoll ansah. Doch statt zu antworten, humpelte er zurück zu seinem Hocker und setzte sich wieder. Vivian entging nicht, wie sehr es ihn anstrengte, eine aufrechte Haltung zu bewahren. Er musste am Ende seiner Kräfte sein, überlegte sie entsetzt. Wie konnte sie so hartherzig sein, mit ihm zu diskutieren, solange er immer noch nicht ganz wiederhergestellt war! Sie trocknete sich die Hände ab und ging zu ihm hinüber.

„Cole", erklärte sie sanft, „ich glaube, du gehörst ins Bett. Wir können uns ja morgen weiter unterhalten."

„Das ist genau das, was ich meine", erwiderte Cole, lächelnd zu ihr aufsehend. „Du bemutterst mich, bist liebevoll und zärtlich und gibst mir das Gefühl, etwas Besonderes für dich zu sein. Doch sobald ich dir näherkomme, weist du mich zurück."

„Ich ... ich will dich ja gar nicht zurückweisen", antwortete Vivian kleinlaut, woraufhin Coles Augen sofort aufleuchteten. „Ich ... ich hab dich wirklich sehr gern, Cole. Aber ... verstehst du, ich ... ich möchte auch nicht irgendeine von deinen vielen Liebschaften sein."

Das Leuchten in Coles Augen erlosch und machte einem geradezu fassungslosen Ausdruck Platz. „Viele –

Liebschaften?", vergewisserte er sich, wütende Ungläubigkeit in der Stimme.

„Lieber Himmel, wie soll ich das nur erklären!", jammerte Vivian, von dem verwirrenden Gefühl gepeinigt, dass sie gerade im Begriff war, alles zu verderben. „Wirklich, Cole, deine Freundschaft ... oder was auch immer ... ist mir sehr viel wert, und ich möchte sie nicht riskieren, indem ich dich küsse und dann –"

„Meine Freundschaft *oder was auch immer*?", schnappte Cole und starrte sie an, als hätte sie den Verstand verloren. „Könntest du mir vielleicht erklären, was genau du darunter verstehst?"

„Ich dachte, das wäre klar", seufzte Vivian und kehrte sehr langsam zu ihrem Platz an der Spüle zurück.

„Klar!", entfuhr es Cole mit einem heiseren Lachen, sodass Vivian verunsichert zu ihm hinübersah. „Und vermutlich soll mir auch klar sein, wieso du irgendetwas riskierst, wenn du mich küsst!"

„Ich möchte einfach sichergehen, dass ich mich nicht irgendwann in die Reihe deiner abgelegten Geliebten einreihen muss!", fuhr Vivian ihn heftiger als beabsichtigt an.

Cole blinzelte entgeistert. „Gütiger Himmel, was für einen verdammten Blödsinn redest du denn da?"

„Das ... das ist kein Blödsinn, Cole", konterte Vivian und vergaß ihren Vorsatz, mit Cole in seinem angeschlagenen Zustand nicht zu diskutieren. „Oder willst du etwa behaupten, dass es für dich außer mir keine andere Frau gäbe? In England jedenfalls hast du mich sehr schnell gegen eine andere eingetauscht, sobald ich dir den Rücken zugekehrt hatte!"

Coles Miene war ein Spiegelbild hilfloser Verwirrung. „Verdammt nochmal, Vivian, wovon redest du eigentlich? Seit ich nach England geschickt wurde, lebe ich enthaltsamer als jeder Mönch!"

„Oh, wirklich?", zweifelte Vivian und reckte trotzig das Kinn vor. „Und was ist mit der hübschen jungen Lady, mit der du so heftig geflirtet hast, nachdem ich dich auf Agnes Ashleys Verlobungsball auf der Terrasse stehen lassen hatte? Streitest du etwa ab, dass sie dir gefallen hat?"

„Großer Gott, Vivian, das ist nicht dein Ernst!", stöhnte Cole und schüttelte den Kopf. Er wusste wirklich nicht, ob er lachen oder weinen sollte! Müde lehnte er sich mit dem Rücken gegen die Wand und rieb sich sein schmerzendes Bein. „Nach allem, was inzwischen war, willst du mir doch nicht wirklich vorhalten, dass ich damals mit dieser albernen Gans geflirtet habe!"

„Oh doch, weil es mir gezeigt hat, wie schnell du in der Lage bist, mich für eine andere zu vergessen!", hielt Vivian ihm entgegen und schrubbte energisch einen völlig verschmutzten Topf.

„Gütiger Himmel, Vivian! Wir kannten uns damals doch kaum! Und davon abgesehen, der einzige Grund, weshalb ich mich mit dieser jungen Lady überhaupt abgegeben habe, war der, dir zu beweisen, dass ich nicht der geeignete Reisepartner für dich war! Du hast keine Ahnung, wie sehr mir ihr albernes Geplapper auf die Nerven ging! Und du glaubst allen Ernstes, ich hätte sie dir vorgezogen?"

Vivian wich seinem Blick aus und überlegte angestrengt, was sie antworten sollte. Lieber Himmel, sie benahm sich wie ein unreifer Backfisch, überlegte sie, entsetzt über ihr eigenes Verhalten. Sie hatte das unselige Gefühl, dass sie Cole mit jedem ihrer Worte zunehmend reizte und verletzte, und das war das Letzte, was sie eigentlich wollte! Verwundert fragte sie sich, was sie überhaupt dazu getrieben hatte, ihm zu unterstellen, er würde sie zu seiner Geliebten machen und dann irgendwann beiseiteschieben. Sie kannte ihn besser, er würde sich niemals so schäbig verhalten! Wie hatte sie ihm nur etwas so Dämliches und Gemeines vorwerfen können? Warum nur ließ sie zu, dass Cole sie so durcheinanderbrachte, dass sie keinen klaren Gedanken zustande brachte und ihm die absurdesten Dinge vorwarf? Warum nur konnte sie seine Annäherungsversuche nicht abweisen, ohne dabei das Gefühl zu haben, etwas grundlegend falsch zu machen? Wie ein dummes Mädchen vom Lande lief sie davon, sobald er zärtliche Absichten erkennen ließ! Warum nur? Sie seufzte, denn im Grunde kannte sie die Antwort. Es war eigentlich ganz einfach: Sie liebte Cole!

Mit einem resignierenden Lächeln wandte sie sich zu ihm um. Cole wirkte unendlich erschöpft, und sie hatte ein schrecklich schlechtes Gewissen, dass sie keine Rücksicht auf seine Verfassung genommen hatte. Doch ehe sie zu einer Entschuldigung ansetzen konnte, kam Cole ihr mit einem müden Kopfschütteln zuvor:

„Meine Güte, was bist du nur für eine Kratzbürste! Was, zum Teufel, bringt dich eigentlich auf die Idee, dass ich jedem Weiberrock hinterherschmachten würde, der mir über den Weg läuft! Am besten wir vergessen das Ganze!"

Erschrocken registrierte Vivian, wie schwerfällig er sich erhob. Sofort machte sie einen eiligen Schritt auf ihn zu. „Cole, ich –"

„Vergiss, es Vivian!", schnappte Cole und humpelte mühsam zur Tür. „Du bist wirklich ein noch viel größerer Kindskopf, als ich dachte!"

„Ja, vielleicht", seufzte Vivian mit einem verlegenen Lächeln. „Aber –"

„Spar dir deinen Widerspruch, Vivian!", knurrte Cole, ohne sich zu ihr umzuwenden. „Und mach dir keine Sorgen, dass ich so schnell noch einmal versuchen werde, dich zu küssen!"

Stumm und niedergeschlagen blinzelte Vivian. Es war offensichtlich, dass sie Cole über Gebühr verärgert hatte. Am liebsten hätte sie sich in seine Arme geschmiegt und ihn um Verzeihung gebeten. Jedoch wirkte Cole nicht nur wütend, sondern auch unendlich mitgenommen, sodass jetzt wohl nicht der richtige Zeitpunkt dafür war.

„Wenn du dich ausruhen möchtest – dein Zimmer liegt gleich neben dem Salon am Anfang des westlichen Flügels", erklärte sie daher kleinlaut, während Cole sich voranquälte. „Das Bett ist frisch bezogen."

Cole humpelte kommentarlos aus der Tür.

Gedankenverloren starrte Vivian ihm sekundenlang hinterher. Dann atmete sie tief durch und machte sich halbherzig wieder an das Reinigen der Töpfe. Sie brauchte einige Stunden, bis alles zu ihrer Zufriedenheit glänzte. Anschließend holte sie einen Eimer und füllte einen Zuber in der Waschküche mit kaltem Wasser, in welchem sie ihre Haare und ihren Körper wusch. Sie war gerade eben wieder angekleidet, als Robert von der Jagd und der Erkundung der Gegend zurückkehrte. Er brachte ein erlegtes Kaninchen mit, das Vivian sofort zubereitete. Endlich gab es mal wieder eine warme Mahlzeit, ein wahrer Luxus, den sie in der letzten Zeit hatten entbehren müssen. Mangels richtiger Gewürze schmeckte Vivian das Fleisch mit einigen Kräutern ab, die sich zwischen dem wild wuchernden Unkraut im Küchengarten behauptet hatten. Schweigend nahmen sie die Mahlzeit ein, zu der sich auch Cole nach einem längeren Schlummer gesellte. Er wirkte zwar immer noch verärgert, doch der Genuss an dem warmen Essen stand auch ihm deutlich ins Gesicht geschrieben, sodass Vivian am Ende der Mahlzeit wagte, ihn vorsichtig anzulächeln. Auch wenn er ihr Lächeln nicht erwiderte, so blieb doch zumindest sein Blick daran hängen, was Vivian als hoffnungsvolles Zeichen wertete.

Robert erzählte, dass er in einem der Schuppen ein paar Fallen gefunden hatte, die er aufgestellt hatte. Er rechnete fest damit, darin einige Tiere zu fangen, sodass sie auch in den nächsten Tagen genug zu essen haben würden. Feindliche Soldaten waren seiner Meinung nach nicht in der Nähe, jedenfalls hatte er keine Spuren oder irgendwelche Anzeichen dafür finden können.

„Ich denke, dass wir diese Nacht ruhig schlafen können", schloss er gähnend und erhob sich. „Und was mich betrifft, so werde ich mich jetzt auch umgehend ins Bett packen. Was ist mit euch?"

„Du hast vollkommen recht, wir sollten alle schlafen gehen", erklärte Vivian sofort. „Ich bin todmüde, und Cole sieht aus, als könnte er jeden Augenblick vom Stuhl kippen."

Cole warf ihr einen finsteren Blick zu. „Wieder ganz besorgte Krankenschwester, Vivian?"

Errötend hielt sie seinem Blick stand. „Als Krankenschwester weiß ich zumindest, was richtig oder falsch ist. Was ich nicht immer von mir behaupten kann, wenn es ... um persönliche Dinge geht. Da liege ich mit meinen Einschätzungen manchmal leider ziemlich daneben."

Coles Braue zuckte hoch, und er sah sie mit einem Ausdruck ungläubiger Verblüffung an. Aber Vivian sah auch, wie erschöpft und müde er immer noch wirkte, und so setzte sie schnell hinzu: „Wir ... wir können morgen noch einmal über alles reden, wenn du willst, Cole. Jetzt lass uns schlafen gehen. Du gehörst wirklich ins Bett!"

Stirnrunzelnd betrachtete er sie, doch dann nickte er und erhob sich unter einiger Mühe von seinem Platz. „Manchmal, kleine Lady, frage ich mich, ob du eigentlich weißt, was du willst."

Sie lächelte verlegen, insgeheim glücklich und erleichtert, dass Cole dazu zurückgekehrt war, sie ‚kleine Lady' zu nennen, erwiderte aber nichts. Kopfschüttelnd verließ Cole den Raum.

Am nächsten Morgen war Vivian noch gar nicht richtig wach und lag noch im Bett, als sie aus dem Nebenraum ein lautes Poltern und anschließend einen wilden Fluch vernahm. Hastig warf sie sich ihr Kleid über und stürmte ohne zu klopfen in Coles Zimmer, wo Cole, ein Stöhnen unterdrückend, auf dem Boden saß und sich mit einer Hand sein offenbar schmerzendes Bein rieb, während er sich mit der anderen Hand abstützte.

„Um Himmels willen, Cole, was ist passiert?", stieß Vivian atemlos hervor und eilte an seine Seite.

Er blinzelte mit finsterer Miene zu ihr hoch. „Diese verdammten Stöcke sind mir weggerutscht!"

„Alle beide?", staunte Vivian.

„Ja, zum Teufel! Du musst diesen Boden wohl mit Schmierseife gescheuert haben!"

Da Cole allem Anschein nach nichts weiter passiert war, außer dass sein Zorn heraufbeschworen worden war, fand Vivian es eher lustig, wie er so dasaß. Lachend sammelte sie die beiden Stöcke ein, die in zwei verschiedene Ecken des Zimmers gerutscht waren. Mit den Krücken in der Hand kehrte sie zu Cole zurück, legte sie neben ihm ab und half ihm mit einem vergnügten Kichern hoch.

Coles Ärger verflog angesichts Vivians guter Laune schnell. Vivian hatte einen Arm um seine Taille geschlungen, um ihn zu stützen. Ihr gegen seinen gepresster Körper fühlte sich sanft und weich an, ihre fein geschwungenen Lippen lächelten einladend, und ihr Haar verströmte einen verlockenden Duft. In seinen Augen blitzte es kurz auf, ehe er sie dichter zu sich heranzog und sie fest in seine Arme schloss. Vergessen war sein gestriger Zorn, vergessen war sein Vorsatz, nicht noch einmal den Versuch zu unternehmen, sie zu küssen. Bevor Vivian noch ihre sieben Sinne sammeln konnte, spürte sie schon seinen Mund auf ihren Lippen. Ein prickelndes und erregendes Gefühl ergriff sie, Wellen der Erregung fuhren durch ihren Körper, ohne dass sie sich dagegen zu wehren vermochte. Cole küsste sie mit einer Leidenschaft, die sie einem kaum genesenen Mann nicht zugetraut hätte. Heiß und kalt lief es ihr den Rücken hinunter. Atemlos flüsterte sie zwischen seinen heißen Küssen: „Oh, Cole, lass das! Bitte!"

„Warum?", raunte er heiser, während er fortfuhr ihren Hals mit weiteren Küssen zu bedecken. Wenn Vivian schon nicht wusste, was sie wollte – er wusste es genau!

Vivian wurde schwindelig, und der Verstand schien ihr auszusetzen. Sie wusste, dass ihre Gefühle ihre Worte Lügen straften und sie nichts sehnlicher wünschte, als in seinen Armen zu bleiben, aber vorher lag ihr noch etwas auf der Seele, und so stammelte sie: „Cole, bitte! Wirklich, ich … ich möchte jetzt nicht. Ich möchte lieber mit dir reden!"

Zögernd lockerte Cole seine Umarmung. Er erblickte in ihren Augen etwas, das ihn an der Ernsthaftigkeit ihrer Worte zweifeln ließ. Aber andererseits, wenn Vivian wirklich nicht wollte, und er sich ihr aufzwang, würde sie ihm das vermutlich nie verzeihen. Gleichermaßen enttäuscht und verärgert über sich selbst, dass er entgegen besserem Wissen schon wieder seiner Leidenschaft freien Lauf gelassen hatte, ließ er sie los und richtete sich auf. Verdrossen humpelte er zum Bett hinüber und ließ sich darauf nieder.

Eigentlich hatte er damit gerechnet, dass Vivian jetzt verstimmt sein Zimmer verlassen würde. Doch stattdessen sah sie ihn seltsam bedrückt an, kam zu ihm und setzte sich neben ihn. Verwundert zog er eine Braue hoch. „Nanu, du wagst dich noch in die Höhle des Löwen?"

Unsicher verschränkte sie die Hände. „Cole, ich … ich wollte mich entschuldigen. Wegen gestern. Es war dumm von mir, anzudeuten, dass … dass du mich zu einer von zahlreichen Geliebten machen wolltest. Ich weiß, dass ... dass du so etwas nicht tun würdest."

„So, weißt du das?" Missmutig ließ er den Blick über sie gleiten. „Und wieso, wenn man fragen darf, bist du dann überhaupt auf so eine blödsinnige Idee gekommen?"

Vivian warf ihm ein vorsichtiges Lächeln zu. „Vielleicht weil ... weil du so umwerfend gut aussiehst? Oder ... weil du so charmant bist ... Oder weil du ein so wunderbarer Mann bist, dass einfach jede Frau ein Auge auf dich werfen muss?"

Sie hätte am liebsten laut gelacht bei dem verdatterten Ausdruck, der über Coles Gesicht huschte.

„Nun", versetzte er schließlich schleppend, „immerhin recht schmeichelhafte Gründe. Aber findest du sie ausreichend, mich deshalb zu einem unverbesserlichen Casanova abzustempeln?"

Vivian schüttelte schuldbewusst den Kopf. „Nein. Ich habe auch nur eine einzige Entschuldigung dafür. Und ich kann nur hoffen, dass du meine Erklärung akzeptierst."

Cole verschränkte die Arme vor der Brust und sah sie ausdruckslos an. „Und die wäre?"

Vivian warf ihm unter den Wimpern einen vorsichtigen Blick zu. „Na ja, könnten wir uns ... vielleicht auf ... niederträchtige Eifersucht einigen?"

Statt etwas zu erwidern, ließ Cole sekundenlang seinen Blick auf ihr ruhen. Vivian konnte an seiner Mimik nicht ablesen, wie seine Antwort ausfallen würde, und scharrte nervös mit den Füßen.

„Ich denke, das könnten wir", entgegnete Cole nach einer Weile gedehnt und in gänzlich teilnahmslosem

Tonfall. Scheinbar gleichmütig, ohne mit der Wimper zu zucken, begegnete er Vivians Blick, als sie es wagte, ein kleines bisschen näher an ihn heranzurücken und ihm hoffnungsvoll in die Augen zu sehen. Zuerst war sie sich nicht sicher – doch dann entdeckte sie lachende Fünkchen darin. Mit einem Seufzer der Erleichterung warf sie Cole die Arme um den Hals.

„Vivian", stöhnte Cole und legte seinen Arm um ihre Taille, „weißt du, dass du mich manchmal um den Verstand bringst?"

„Ja, ich … ich glaube", gab Vivian kichernd zu. „Aber … das ist nur gerecht, weißt du, weil … weil es umgekehrt ja auch nicht anders ist!"

„Aha", lächelte Cole. Und mit einem Augenzwinkern setzte er hinzu: „Ich nehme an, dass du mir jetzt als Nächstes sagen wirst, dass du ganz dringend in die Küche musst, um das Frühstück vorzubereiten?"

„Ja, das … das könnte schon sein", lachte Vivian.

Cole zog sie fester zu sich heran. Seine Augen fingen an zu glitzern. „Und wenn ich dich dann fragen würde, ob das noch ein bisschen warten kann?"

„Ich glaube, dann würde ich sagen … das … das hinge davon ab, wie überzeugend deine Argumente wären", flüsterte Vivian und versank in der Tiefe seiner schimmernden Augen.

Mit den Lippen ganz dicht an ihrem Mund murmelte Cole heiser: „Ich könnte dir ja eine Kostprobe von meinen Argumenten geben."

„Ich … ich glaube, ich kann es kaum erwarten."

Wenige Augenblicke später versank die Welt in einem Taumel.

Von dem Gefühl berauscht, dass Cole tatsächlich mehr für sie empfand als bloß Freundschaft, erwiderte Vivian seinen Kuss zum ersten Mal ohne jeglichen Widerstand, und Cole war überwältigt, wie leidenschaftlich sie reagierte. Er hatte keine Ahnung, woran es lag, dass sie ihm so bereitwillig entgegenkam, aber die Art und Weise, wie sie seinen Kuss erwiderte und ihre Hände in seinem Haar wühlten, erregte ihn beinahe mehr, als er ertragen konnte. Er stöhnte und flüsterte ihren Namen, und Vivian drängte sich nur noch fester an ihn. Im letzten Moment hielt er die Worte, die ihm auf der Zunge lagen, zurück, aus einer diffusen Angst heraus, etwas zu zerstören, das gerade erst begann. Er war erfüllt von Glück, dass Vivian ihn endlich nicht mehr bekämpfte, doch war es vielleicht klüger, die Dinge nicht zu überstürzen. Jedoch lächelte Vivian ihn mit einem solchen Strahlen in den Augen an, als er seine Umarmung lockerte, dass sein Entschluss zu schweigen stark ins Schwanken geriet.

Vivian ihrerseits war überwältigt, wie liebevoll Cole sie ansah und von dem Gefühlsansturm, dem er sie gerade ausgesetzt hatte. „Ich gestehe, deine ... Argumente sind ungemein überzeugend“, flüsterte sie zärtlich und leicht außer Atem.

Coles Augen funkelten, während er mit dem Zeigefinger sanft ihre Lippen entlangfuhr. „Liebste kleine Lady ... Ich hätte möglicherweise noch mehr auf Lager. Und ich frage mich ...“

„Was fragst du dich?“, flüsterte Vivian mit rasendem Pulsschlag und sah ihn erwartungsvoll an.

In Coles Blick lag ein seltsamer Glanz, und um seine Lippen zuckte ein verhaltenes Lächeln, als er nach kurzem Zögern dazu ansetzte, seinen angefangenen Satz zu beenden: „Nun, ich frage mich, ob meine Argumente vielleicht noch überzeugender wären, wenn ich dir sagen würde, dass ich –"

„Vivian? – Wo steckst du denn? Ich habe ein paar Hühner gefunden!", wurde Cole von Roberts Stimme jäh unterbrochen.

Vivian fuhr zusammen und löste sich hastig aus Coles Umarmung. Mit einem atemlosen Lachen glättete sie ihre Röcke und ordnete ihr Haar. „Lieber Himmel! Ich glaube, ich habe tatsächlich völlig vergessen, dass Robert hungrig sein muss! – Robert, ich komme sofort!"

Sekundenbruchteile später steckte Robert seinen Kopf zur Tür herein und blickte sich suchend um. „Ach, hier bist du. Ich habe ein paar Hühner und Eier gefunden. Oder gibt es heute kein Frühstück?"

„Ich ... Cole waren die Krücken weggerutscht!", erklärte Vivian lahm.

Robert warf einen Blick auf Vivians erhitztes Gesicht und Coles schiefes Grinsen. „Oh, ich verstehe!", lachte er.

Mit hochrotem Kopf rauschte Vivian zur Tür. Doch ehe sie hinausging, blickte sie sich noch einmal um. „Cole? Kommst du klar? Oder brauchst du noch irgendwie Hilfe?"

Er zwinkerte ihr zu. „Keine Sorge, kleine Lady, ich komme schon zurecht."

Vivian strahlte, dann machte sie sich auf den Weg zur Küche.

Cole blickte ihr verträumt hinterher, und Robert lächelte. „Tut mir leid, wenn ich gestört habe", erklärte er fröhlich.

Cole zuckte scheinbar gleichmütig die Achseln. „Ist vielleicht gar nicht so schlecht, dass du hereingeplatzt bist. Vermutlich hat mich das gerade vor einer großen Dummheit bewahrt."

„Was denn für eine Dummheit?", fragte Robert mit einem Lachen.

„Vivian zu sagen, dass ich sie liebe."

„Und was soll daran dumm sein?"

„Ich habe schon einmal den Fehler begangen, wie ein dummer Schuljunge viel zu früh mit meinen Gefühlen herauszuplatzen, und das hat mich nicht weit gebracht", versetzte Cole nachdenklich. „Vielleicht sollte ich es diesmal etwas langsamer angehen."

„Sei kein Narr", grinste Robert. „Ist dir mal aufgefallen, wie Vivian dich ansieht? Sie liebt dich."

„Ich bin mir sogar ziemlich sicher, dass sie das tut", stimmte Cole zu. „Aber so lange sie es nicht begreift und bereit ist, es zuzugeben, werde ich mich hüten, ihr irgendwelche Geständnisse zu machen!"

„Ich verstehe, dass du keine weitere Abfuhr riskieren willst, aber hältst du das für klug?"

Coles grinste müde. „Keine Ahnung. Ehrlich gesagt, wenn Vivian im Spiel ist, versagt mein Verstand. Und auch wenn ich glaube zu wissen, was sie fühlt, bin ich mir nie hundertprozentig sicher."

„Du und nicht sicher?", spottete Robert mit einem fröhlichen Grinsen. „Dann muss es dich ja schlimm erwischt haben!"

„Tödlich!", bestätigte Cole mit einem unterdrückten Lachen. „Aber sag das ja nicht Vivian!"

„Na, wie du meinst!", lachte Robert und schritt zur Tür. „Dann werde ich jetzt mal sehen, wie weit Vivian mit dem Frühstück ist!"

Cole blieb noch einen Augenblick sinnend auf dem Bett sitzen, ehe auch er sich mühsam erhob, um in die Küche zu humpeln. Er überdachte, was er zu Robert gesagt hatte. Er war nahe daran gewesen, Vivian wider besseres Wissen seine Gefühle zu gestehen, und war sich nicht sicher, wie sie reagiert hätte. Vivian sollte die Zeit bekommen, die sie brauchte, um sich ihrer Gefühle für ihn sicher zu sein. Er konnte nur hoffen, dass sie dafür nicht zu lange brauchte! Aber so zärtlich wie sie heute gewesen war ... Und als sie ihn gepflegt hatte, hatte sie ihn da nicht sogar ihren Liebsten genannt?

Cole humpelte in die Küche und beobachte Vivian, die am Herd stand und ihm bei seinem Eintritt ein liebevolles Lächeln zuwarf. – Er zwinkerte ihr zu und lehnte sich entspannt gegen den Türrahmen. Ja, die nächsten Tage versprachen äußerst angenehm zu werden. Eine verliebte, zärtliche Vivian an seiner Seite – die Aussicht war alles andere als unerfreulich. Und dann, eines Tages vielleicht ... Verträumt lächelte er vor sich hin.

Die kommenden Wochen vergingen für Vivian wie im Fluge. Aus Wild und Fischen, die Robert erlegte, und frischen Kräutern und Obst, das hinter dem Haus wuchs, kochte sie die täglichen Mahlzeiten. Sie wusch regelmäßig die wenige Kleidung, die sie besaßen, und nähte aus alten Laken neue Hemden für Cole und Robert, nachdem sie in einem der kargen Räume einen prall gefüllten Nähkasten gefunden hatte. Auch Coles verschlissene und zerschossene Jagdkleidung besserte sie aus, sodass er sie wieder anziehen konnte, ohne darin wie eine Vogelscheuche auszusehen.

Robert kümmerte sich nach wie vor um das Herbeischaffen von Nahrung und um ihren Schutz. Doch je besser es Cole ging, desto mehr Aufgaben übernahm auch er. Zwar konnte er zunächst noch nicht ohne Krücken gehen, aber er beteiligte sich zunehmend an der Zubereitung der Mahlzeiten und begann Robert bei seinen Rundgängen um das Haus, auf Krücken gestützt, zu begleiten. Bald genügte ihm dann ein Stock und nur kurze Zeit später gelang es ihm, ganz ohne Gehhilfe auszukommen.

Vivian freute sich mit ihm über die Rückkehr seiner Kräfte, auch wenn damit der Tag des Abschieds immer näher rückte. Sie wusste, dass Cole wieder in den Krieg ziehen würde, sobald er gesund genug dafür wäre, aber sie versuchte die Augen davor zu verschließen, um sich die Gegenwart nicht verderben zu lassen. Die Wochen in Coles unmittelbarer Nähe erschienen ihr wie ein Idyll, so als gäbe es den Krieg um sie herum nicht. Tatsächlich lag Summerville so abgeschieden, dass sich niemand zu ihnen verirrte, weder Freund noch Feind. Für Vivian hätte dieser Zustand ewig andauern können.

Sie versuchte ihre Zeit so einzuteilen, dass sie ihre freien Minuten mit Cole verbringen konnte, wenn Robert auf der Jagd war. Cole zeigte sich ihr gegenüber zärtlicher als je zuvor, seit sie ihren Widerstand ihm gegenüber aufgegeben hatte. Und Vivian genoss seine Umarmungen und jeden einzelnen seiner Küsse, als wäre es der letzte. Doch auch wenn Cole sie noch so leidenschaftlich küsste, so ging er nie darüber hinaus.

Vivian war sich durchaus bewusst, dass er sie spielend leicht hätte verführen können, wenn er es darauf ankommen lassen hätte. Sie ahnte, warum er es nicht tat: weil er irgendwann wieder in den Krieg ziehen und sie verlassen würde. Und was sollte aus ihr werden, wenn sie womöglich unverheiratet und schwanger zurückblieb? Sie schätzte diese fürsorgliche Seite an ihm. Überhaupt entdeckte sie beinahe täglich neue Seiten an ihm, die sie faszinierten, und wenn er sie in den Armen hielt, hatte sie das Gefühl, niemand könnte ihr etwas anhaben. Jedoch sprach er nie die Worte aus, die sie so sehr zu hören hoffte. Nicht, dass sie deswegen an seiner Zuneigung gezweifelt hätte. Aber ein wenig enttäuscht war sie schon.

Als Cole allmählich wieder zu Kräften kam und nur noch ganz leicht humpelte, verkündete Robert eines Abends bei der gemeinsamen Mahlzeit in der Küche, dass er Summerville verlassen würde.

„Ihr müsst das verstehen“, schloss er, einen letzten Bissen Hühnerklein zerkauend. „Wir haben hier beinahe fünf Wochen lang ein sehr ruhiges Leben geführt! Ich habe Beeren gesammelt, gejagt, gefischt, und – na, ihr wisst schon. Aber das ist nichts für einen Seemann oder Soldaten! Und ich glaube, Cole, du bist nun gesund genug, dass du und Vivian allein zurechtkommt. Ich will endlich wieder für mein Land kämpfen!“

„Oh, gesund genug bin ich schon“, versetzte Cole mit einem Stirnrunzeln. „Jedoch gedenke ich nicht, während des weiteren Krieges auf Summerville tatenlos vor mich hinzuträumen!“

„Großartig!“, strahlte Robert. „Dann willst du also auch zurück zur Truppe?“

Cole warf Vivian, die neben ihm saß, einen vorsichtigen Blick zu, dann nickte er zögernd. „Mein Bein ist so gut wie verheilt und schmerzt kaum noch. Es wird Zeit, dass ich wieder kämpfe."

Vivian hatte das Gefühl, ihr würde der Bissen im Halse steckenbleiben, aber Robert grinste begeistert: „Ja, und an deiner alten Behändigkeit fehlt auch nicht mehr viel. Die Krücken brauchst du ja schon längst nicht mehr. Ich denke, es spricht nichts dagegen, dass du mich begleitest."

„Nein, nichts", stimmte Cole mit einem Seitenblick in Vivians niedergeschmetterte Miene zu. „Aber erst, wenn wir Vivian in Sicherheit gebracht haben."

„Das Ruderboot, mit dem wir gekommen sind, liegt noch gut vertäut am Flussufer", überlegte Robert. „Damit kommen wir erst einmal ein gutes Stück von hier fort. Dann finden wir heraus, wo die Welseys hin sind, liefern Vivian dort ab, beschaffen uns Pferde und schließen uns unserer Truppe wieder an. Die können bestimmt jeden Mann gebrauchen, nachdem sie bei Camden so hohe Verluste erlitten haben!"

„Wie wollt ihr herausfinden, wo Ann und Herbert hingegangen sind?", fragte Vivian, verzweifelt bemüht, sich ihre jähe Traurigkeit nicht anmerken zu lassen. Natürlich hatte sie gewusst, dass Cole eines Tages wieder in den Kampf ziehen musste. Aber doch nicht so bald! Er war ja kaum wieder gesund, geschweige denn kampffähig! Beim letzten Mal wäre er fast umgekommen! Aber Vivian wusste inzwischen nur zu gut, dass an Coles einmal gefassten Entschlüssen nicht zu rütteln war.

„Wir könnten es bei ihren Verwandten versuchen“, schlug Robert vor. „Vielleicht sind sie auf der Plantage von Anns Bruder, Miles Burnham.“

„Und wenn die auch konfisziert wurde?“, zweifelte Vivian. „Ihr würdet viel Zeit verlieren, wenn ihr mich von einem Ort zum anderen begleiten müsstet. Von der Gefahr für euch gar nicht zu reden.“

„Ich könnte dich zu meinem Onkel nach Topelo Hill bringen“, schlug Cole mit einem seltsamen Gesichtsausdruck vor, den Vivian nicht recht deuten konnte.

„Ich glaube, das ist keine gute Idee“, entgegnete sie nach einem kurzen Zögern. „Ich würde deinem Onkel gewiss nur zur Last fallen.“

„Auf Topelo Hill ist Platz genug“, beharrte Cole. „Und ich bin sicher, dass du –“

„Ohne dir einen Strich durch die Rechnung machen zu wollen, Cole“, fiel Robert ihm ins Wort. „Es dürfte inzwischen allgemein bekannt sein, dass du für die Rebellen kämpfst. Glaubst du nicht, dass sich die Rotröcke auch Topelo Hill unter den Nagel gerissen haben?“

Cole kniff die Augen zusammen, und ein Muskel in seinem schmalen Gesicht zuckte. „Vermutlich“, brummte er schließlich verdrossen.

Leicht verwundert, dass Robert und Cole glaubten, die Engländer könnten an einer einfachen Farm interessiert sein, erklärte Vivian niedergeschlagen: „So wie es aussieht, gibt es keinen Ort außerhalb Charlestons, wo ihr mich hinbringen könnt, ohne Gefahr zu laufen, in die Hände der Engländer zu fallen. Ich glaube daher wirklich, es ist das Beste, wenn ich zurück nach Charleston gehe.“

„Nach Charleston?", entfuhr es Robert überrascht.
„Was, zum Teufel, willst du da? Ich denke, du bist aus
der Stadt geflohen?"

„Ja, aber dieser grässliche Lieutenant Milford ist doch
längst fort! Ich könnte wieder im Kaffeehaus arbeiten!"

„Du meinst im Teehaus", brummte Robert. „Inmitten
von Scharen von Engländern und Tories."

„Das wird sich nicht ändern lassen", seufzte Vivian.
„Aber ich kann mich wenigstens nützlich machen und
auf eigenen Beinen stehen. Und ganz gewiss hat
Melissa Gilbert auch eine Unterkunft für mich."

Robert und Cole wechselten einen kurzen Blick. Cole
blieb ungewohnt schweigsam, und seine Miene wirkte
verschlossen, aber Robert schüttelte missbilligend den
Kopf: „Verdammt, Vivian, hast du vergessen, dass du einen Treueid auf George III. leisten musst, wenn du in
Charleston leben und arbeiten willst?"

„Nein, natürlich nicht!", fuhr Vivian auf. „Aber versteht das doch bitte! Ihr seid Männer, ihr könnt kämpfen! Aber ich kann das nicht! Es gibt nicht einen Ort, an
dem man mich wirklich braucht, an dem ich mich
nützlich machen könnte. Was ich auch tue, es ändert
nichts daran, ob wir den Krieg gewinnen oder nicht.
Und wohin ich auch gehe, ich falle allen nur zur Last. –
Aber wenn ich nach Charleston gehe, dann kann ich
für mich selbst sorgen. Niemand braucht sich um mich
zu kümmern. Ich würde mich ... nicht so nutzlos und
überflüssig fühlen!"

„Aber der Treueid, Vivian!", erinnerte Robert noch
einmal unwirsch.

„Bah, was heißt das schon. Ein paar gemurmelte
Worte, sonst nichts!", versuchte Vivian sich selbst zu

überzeugen. „Ich kann nicht einfach irgendwo herumsitzen und nichts tun. Ich will arbeiten, und das kann ich nur in Charleston!"

Robert schüttelte verständnislos den Kopf. „Also ich werde jedenfalls keinem König die Treue schwören, das kannst du mir glauben!"

Cole hingegen betrachtete sie nachdenklich und meinte: „Du würdest dich unter Umständen sehr einsam in Charleston fühlen, Vivian. Die Welseys werden nicht zurückkehren, solange Charleston besetzt ist. Und was Robert und mich betrifft und jeden anderen kämpfenden Rebellen ... Du weißt, dass wir uns in Charleston nicht blicken lassen können, oder?"

Vivian atmete tief ein und schluckte. „Ich weiß."

„Und du bist sicher, dass du trotzdem nach Charleston willst?"

Sie nickte, obwohl ihr ganz jämmerlich zumute war bei dem Gedanken daran, dass sie Cole bald nicht mehr sehen würde. Blinzelnd sah sie zu ihm auf, während er sie unverwandt mit einem seltsam forschenden Ausdruck betrachtete und mit einer Hand sanft ihre Wange entlangstrich. Ihre eigenen Zweifel an der Richtigkeit ihrer Entscheidung verstärkten sich unter seiner zärtlichen Berührung. Sie war kurz davor, ihm zu sagen, dass sie es sich anders überlegt hätte und irgendwo hingehen wollte, wo er sie hin und wieder besuchen könnte, als Cole unvermittelt die Hand sinken ließ. Sie glaubte, einen kurzen Anflug von Enttäuschung in seinen Augen zu erkennen. Doch er hatte sich schnell wieder unter Kontrolle und brachte sogar einen gleichmütigen Tonfall zustande, als er schleppend versetzte: „Nun, vielleicht hast du recht."

„Du ermutigst sie auch noch?", keuchte Robert entrüstet. „Verdammt, Cole, würdest du den Treueid leisten?"

Cole lachte hart auf. „Kaum. Schon gar nicht, nach dem, was wir durchgemacht haben. Aber ich denke, für Vivian ist das etwas anderes."

„Und wieso, bitte?", fragte Robert gereizt.

„Sieh es doch mal so: Die Gilberts stehen auch auf unserer Seite und haben trotzdem den Eid geleistet. Und viele andere auch, um arbeiten zu können. Warum nicht auch Vivian? Sie ist eine Frau, man kann sie nicht zum Dienst an der Waffe heranziehen, wie man es mit uns tun würde, wenn wir den Eid ablegten."

Vivian warf Cole einen überraschten Blick zu, dass er so vehement ihre Entscheidung verteidigte, obwohl er doch Augenblicke zuvor selbst eher skeptisch gewesen war. Er bemerkte ihren Blick, zuckte die Achseln und zwinkerte ihr mit einem ungewohnt harten Glanz in den Augen spöttisch zu. „Ich weiß, dass dir Ehrlichkeit über alles geht, aber ... du würdest den Eid trotzdem nicht ehrlich meinen, oder?"

„Ich werde die Finger kreuzen", versprach sie, mit dem mulmigen Gefühl, dass Cole ihre Entscheidung, trotz seiner unterstützenden Worte, missbilligte, sodass sie unsicher hinzusetzte: „Cole? Du ... verstehst doch, weshalb ich nach Charleston möchte, nicht wahr?"

„Sicher", brummte er.

„Und warum ... warum bist du dann so böse?"

Er blinzelte verblüfft. „Wie kommst du darauf, dass ich böse wäre?"

„Ich weiß nicht."

Er zuckte die Achseln. „Ich bin nicht böse. Ich hatte mir nur ...“, er biss sich kurz auf die Lippen, „etwas anderes gewünscht.“

„Oh. Und ... was?“

„Vivian“, versetzte er entnervt, „wenn du das immer noch nicht weißt, dann ist dir nicht zu helfen.“

4

An einem der letzten Oktobertage kehrte Vivian nach Charleston zurück. Cole und Robert brachten sie in der Nacht mit dem Ruderboot bis kurz vor die Stadtgrenze, ungefähr drei Meilen von Charleston entfernt. Sich der Stadt noch weiter zu nähern, wäre für die beiden Männer zu gefährlich gewesen, aber sie blieben bei Vivian, bis der Morgen graute und es Zeit wurde, endgültig Abschied zu nehmen.

„Ich wünschte, du müsstest nicht zu Fuß allein durch Charleston marschieren", bemerkte Cole leise, während Robert das Boot befestigte, damit Vivian aussteigen konnte.

„Oh, ich bin schon oft allein durch Charleston spaziert", erwiderte Vivian äußerlich leichthin. „Es macht mir nichts aus."

„Ja", knurrte Cole, „aber zu der Zeit war Charleston auch noch nicht von den Engländern besetzt!"

Er war ihr beim Aussteigen aus dem Boot behilflich und ging kurz mit an Land. Beklommen blinzelte sie zu ihm hoch, da ihr voll Kummer bewusst wurde, dass nun wirklich der Zeitpunkt der Trennung gekommen war. Am liebsten wäre sie jetzt mit ihm zurück ins Boot gestiegen und ganz egal wohin mitgefahren, nur um noch ein wenig länger mit ihm zusammen zu sein. Doch natürlich wusste sie, wie unsinnig und unmöglich das wäre.

„Keine Tränen, kleine Lady", murmelte Cole, während er ihr sanft über das Haar strich. „Es war deine

Entscheidung nach Charleston zu gehen, vergiss das nicht."

„Ich weiß. Aber ..." Mit einem Schluchzer brach sie ab und schlang ihm die Arme um den Hals. „Du passt auf dich auf, ja?"

Er hob ihr Kinn und sah ihr für einen langen Augenblick mit einem sehnsüchtigen Lächeln tief in die Augen. „Bei unserem letzten Abschied hast du mich zum Teufel geschickt ... Ich glaube, das hier gefällt mir wesentlich besser."

„Cole, ich ...", flüsterte Vivian, ohne genau zu wissen, was sie eigentlich sagen wollte.

Doch Cole hatte ohnehin anderes im Sinn als zu reden. Er presste sie an sich und küsste sie ungeachtet Roberts Anwesenheit so stürmisch und leidenschaftlich, dass sie mit bebenden Knien vor ihm stand, als er sie schließlich losließ.

„Kleine Lady", raunte er heiser, „glaubst du, dass du es eines Tages fertigbringst, dir klarzuwerden, was du eigentlich willst?"

„Wie meinst du das?", fragte Vivian verwirrt. Sie hatte auf gänzlich andere Worte von Cole gehofft.

In seinen Augen lag ein sonderbarer Glanz. „Summerville wird für mich unvergesslich bleiben, Vivian. Und falls du –"

„Cole! Wir müssen weiter!", fuhr Roberts Ruf ungeduldig dazwischen. „Es dauert nicht mehr lange, bis hier die ersten Boote aus Charleston auftauchen!"

Vivian zuckte zusammen. „Lieber Himmel! Ich hatte ganz vergessen, dass Robert auch noch da ist!"

Mit einem leisen Lachen versetzte Cole, für Vivian völlig unverständlich: „Na, das ist dann ja immerhin ermutigend!" Er umarmte sie ein letztes Mal und drückte ihr einen flüchtigen Kuss auf die Wange. „Ich muss jetzt los, kleine Lady. Und wenn es dir in Charleston schwer ums Herz wird, vielleicht denkst du dann ja hin und wieder an mich."

„Das werde ich! Jeden Tag!", schluckte Vivian. „Viel … viel Glück, Cole!"

Er verabschiedete sich mit einem letzten Blick über die Schulter, löste die Knoten, mit denen das Boot an einer alten Wurzel befestigt war, und sprang mit einem erstaunlich behänden Satz ins Boot.

Mit Tränen in den Augen blinzelte Vivian dem Ruderboot hinterher, das auf dem Ashley River kleiner und kleiner wurde, und fühlte sich dabei so elend und jämmerlich wie schon lange nicht mehr. Sie schalt sich selbst eine Närrin, dass sie in letzter Zeit so nah am Wasser gebaut war, und versuchte sich einzureden, dass sie gar keinen Grund für Kummer hatte, aber es gelang ihr nicht wirklich. Schweren Herzens machte sie sich auf den Weg und hatte nicht einmal Augen dafür, dass Charleston sich im Lichte der aufgehenden Sonne von seiner schönsten Seite zeigte.

Mit hängenden Schultern und müde herabhängendem Kopf passierte sie schließlich das Stadttor. Natürlich hatte sie keinen Passierschein, aber als sie erklärte, sie käme vom Lande und wolle in Charleston arbeiten, wurde ihr widerstandslos einer ausgestellt. Sie hatte das Tor schon fast durchquert, als der Posten sie zurückrief und gemahnte, ja nicht zu vergessen, den Treueeid auf George III. abzulegen.

„Nein, gewiss nicht", antwortete Vivian brav, auch wenn sie innerlich mit den Zähnen knirschte. Als sie ihren Entschluss gefasst hatte, nach Charleston zurückzukehren, hatte sie gewusst, dass sie von nun an vor den Engländern kuschen musste. Nichtsdestotrotz empfand sie in diesem Augenblick einen wilden Hass auf alle Tories und Briten, die sie zwangen, vor ihnen zu kriechen. Für einen winzigen Augenblick bereute sie, nach Charleston zurückgekehrt zu sein. Wenn es ihr im Kaffeehaus nun nicht gelang, ihren Abscheu zu verbergen? Sicherlich würde sie ihre Arbeit verlieren. Und wovon sollte sie dann leben? Aber es musste eben gehen. Sie würde freundlich sein und so tun, als machte es ihr nichts aus, britischen Offizieren und reichen Tories Kaffee und Kuchen zu verkaufen. Bei diesem Gedanken lachte Vivian hart auf. Es würde bei Melissa ja überhaupt keinen Kaffee mehr geben, nur Tee! Und das, wo sie Tee seit geraumer Zeit von Herzen verabscheute!

Bedrückt schlug sie die Richtung zum Gilbert'schen Teehaus ein. Während sie die Meeting Street entlangeilte, von wo aus sie einen Blick auf den Hafen werfen konnte, verschlechterte sich ihre Laune weiter. Es war erschreckend, wie viele britische Schiffe jetzt im Hafen lagen, viel mehr als vor ihrer Abreise. Angewidert wandte sie den Blick ab und versuchte ihrer Umgebung keine Beachtung zu schenken. Obendrein wurde sie zusehends nervöser, je mehr sie sich dem Teehaus näherte, von der Frage gequält, ob Melissa überhaupt bereit wäre, sie wieder einzustellen. Was sollte sie tun, falls sie es nicht tat?

Schließlich stand sie dann vor der Tür des Kaffeehauses, nur dass jetzt der Name ‚Gilberts Teehaus‘ darüber hing.

Zu Vivians überwältigenden Erleichterung zeigte sich Melissa hocherfreut, sie wiederzusehen. „Selbstverständlich kannst du deine alte Stellung wiederhaben, Vivian!", lachte sie, während sie Vivian eine Tasse Tee einschenkte und ein Stück Apfelkuchen reichte. „Oh, ich freue mich so, dass du wieder da bist! Und das nicht nur, weil unser Teehaus seit Charlestons Kapitulation besser besucht ist denn je und wir wirklich jede Kraft gebrauchen können!"

„Was ist mit den anderen Mädchen? Sind die auch wieder da?"

„Betsy schon, aber Olivia hat sich hier nicht wieder blicken lassen, seit wir das Kaffeehaus damals schließen mussten. Ich habe an ihrer Stelle Careen O'Connor eingestellt. Du wirst sie sicher bald kennenlernen. Sie ist etwas schüchtern, aber sehr nett."

„Ich bin sicher, dass wir uns verstehen werden", lächelte Vivian.

Melissa erwiderte ihr Lächeln und fragte dann: „Sind die Welseys eigentlich inzwischen nach Charleston zurückgekehrt? Wirst du wieder bei ihnen wohnen?"

„In ihrem Haus sind augenblicklich britische Offiziere einquartiert", erklärte Vivian, ohne auf die weiteren Umstände ihrer Trennung von den Welseys einzugehen. „Ich werde mich nach einem Zimmer umsehen müssen, aber ich wollte erst einmal sehen, ob ich überhaupt Arbeit bekomme und in Charleston bleiben kann."

Melissa klopfte ihr resolut auf die Schulter. „Dann wohnst du hier. Oben im Dachgeschoss ist noch eine Kammer, die kannst du haben. Sie ist nicht groß, aber sauber und ordentlich, und vor allem hast du sie für dich allein. Betsy und Careen teilen sich ein anderes Zimmer."

„Oh, Melissa, ich bin so froh!", strahlte Vivian. „Ich hatte solche Sorge, dass ich Lieutenant Darrington im Haus der Welseys um Unterkunft bitten müsste! Und wenn dort inzwischen ein anderer unangenehmer Offizier einquartiert worden wäre, wie Lieutenant Milford zum Beispiel ..." Sie schüttelte heftig den Kopf.

Melissa lachte und fragte Vivian, wer Lieutenant Milford wäre. Daraufhin schilderte Vivian, wie es ihr seit der Kapitulation ergangen war, sodass Melissa ein paarmal entsetzt nach Luft schnappte. Doch da am Ende alles gut ausgegangen war, lachten sie schließlich zusammen und freuten sich über ihr Wiedersehen.

Trotzdem musste Vivian noch einmal das Haus der Welseys aufsuchen. Sie hatte viele Kleider zurückgelassen, als sie Charleston so überstürzt verlassen hatte. Das wenige, das sie mitgenommen hatte, war auf der Flucht mit dem Floß verlorengegangen. In Herberts Jagdhütte und auf Summerville hatte sie mit dem auskommen müssen, was sie am Leibe trug und es ständig gewaschen. Das Kleid war inzwischen abgenutzt und stellenweise sogar zerrissen, auch wenn sie es immer wieder geflickt hatte. Es war undenkbar, dass sie darin in Charleston herumlief oder gar im Teehaus arbeitete. Schon auf dem Weg zum Teehaus waren ihr immer wieder erstaunte Blicke zugeworfen worden. Sie brauchte unbedingt ein paar ordentliche Sachen, wenn sie endlich wieder ein normales Leben führen wollte.

Für ihren Besuch bei Lieutenant Darrington lieh sie sich von Melissa einen weiten Mantel, der ihr zerschlissenes Kleid bedeckte. Natürlich war der Mantel viel zu groß für sie, aber sie wickelte ihn sich so fest um die Schultern, dass es nicht weiter auffiel. Mit einem flauen Gefühl in der Magengegend stand sie schließlich vor dem Haus der Welseys. Sie wusste, dass Lieutenant Milford nicht mehr dort war, da er inzwischen ein Gefangener der Rebellen war. Und dennoch nagte die unsinnige Angst an ihr, dass er plötzlich vor ihr stehen könnte. Das war natürlich völlig ausgeschlossen, aber Vivians Miene war bleicher und entschlossener als für gewöhnlich, während sie darauf wartete, dass die Tür geöffnet wurde.

Insgeheim atmete Vivian auf, als nicht der verhasste Milford, sondern ein junges Mulattenmädchen die Tür öffnete und sie freundlich fragte, was sie wünschte.

Nachdem Vivian dem Mädchen kurz den Grund ihres Kommens erklärt hatte, wurde sie in den Salon geführt. Sie war entsetzt, was während ihrer Abwesenheit daraus geworden war. Geschmackloser Tand, wie Büsten und zu prunkvolle Vasen, stand überall herum und überdeckte die stille Vornehmheit, die der Raum einmal ausgestrahlt hatte. Vivian fragte sich kopfschüttelnd, wer dafür verantwortlich sein mochte. So einen schlechten Geschmack hatte sie nicht einmal einem Engländer zugetraut!

„Wenn Sie bitte hier warten wollen, Miss Darcy“, erklärte das Mädchen. „Ich werde jemanden von den Herrschaften holen.“

„Wohnt Lieutenant Darrington noch hier?“, fragte Vivian zögernd und war sehr froh, als das Mädchen ihre Frage bejahte.

Schon einen Augenblick später hörte Vivian Schritte durch die Halle eilen. Aber es waren nicht die schweren

Schritte eines Soldaten. Eher klang es ganz nach hochhackigen Damenschuhen. Vivian erstarrte fast zu Stein, als Sekunden später Olivia Hale den Salon betrat. Sie hatte nicht damit gerechnet, dass Olivia noch hier wohnen würde. Lieutenant Darrington hatte sich, soweit sie sich erinnern konnte, nie etwas aus Olivia gemacht. Aber scheinbar hatte sie sich geirrt.

Zu ihrer Überraschung konnte Vivian nicht umhin zuzugeben, dass Olivia hervorragend aussah. Ihr rotes Haar war zu einer eleganten Frisur aufgetürmt und war mit einer Smaragdnadel an der linken Schläfe verziert. Dazu trug sie ein passendes, ebenfalls smaragdgrünes Seidenkleid, das durch zahlreiche Perlenstickereien aufwendig verziert war. Dieses Kleid, überlegte Vivian verwundert, musste ein Vermögen gekostet haben!

„Meine liebe Vivian!", kam Olivia süßholzraspelnd auf sie zu. „Wie geht es dir? Ich habe ja so lange nichts von dir gehört!"

„Danke", gab Vivian kühl zurück und erhob sich von dem Sessel, auf dem sie gesessen hatte. „Mir geht es gut."

„Was kann ich für dich tun, meine Liebe?", säuselte Olivia weiter.

„Ich würde gerne meine Sachen holen. Ich habe noch einiges hier", erwiderte Vivian und widerstand dem Drang, Olivia dabei finster anzusehen.

„Sonst nichts? Du willst also nicht wieder hier wohnen, wo du nun nach Charleston zurückgekommen bist?"

„Nein, danke. Ich wohne bei den Gilberts."

„Aber das ist doch keine passende Unterkunft für dich, meine Liebe! Wirklich, du kannst gerne die Dachkammer haben, die ich früher hatte. Ich selbst habe mir selbstverständlich inzwischen das große Boudoir genommen."

„Anns Boudoir? Ann wird nicht begeistert sein, wenn sie wieder hier ist!"

Olivia lachte laut auf. „Aber Vivian! Weißt du denn nicht, dass dieses Haus inzwischen konfisziert ist? Deine geliebten Welseys sind Rebellen, sie werden ihr Haus nicht zurückbekommen. Colonel Munrose hat es beschlagnahmt und mich als Besitzerin eingetragen. Für treue Dienste an der britischen Krone!"

„Nein!", fuhr Vivian auf. „Wie konntest du ...!"

„Ach, Vivian, sei doch nicht so naiv! Du hättest diese Chance doch auch genutzt! – Aber glaub mir, ich bin nicht nachtragend, was dein Verhalten von damals betrifft. Ich werde dich gerne als Dienstmädchen einstellen, damit du eine Unterkunft hast. Wer weiß, vielleicht lernst du auch bald einen netten britischen Offizier kennen, der dir –"

„Nie und nimmer!" Vivian konnte ihren Ärger nicht länger verbergen und reckte das Kinn vor. „Ich kann mir schon denken, was du getan haben musst, um in den Besitz dieses Hauses zu kommen! Aber wenn du glaubst, ich würde mit einem britischen Offizier anbändeln ...! Und nun gestatte bitte, dass ich meine Kleider hole."

„Oh, aber sicher!", lachte Olivia gehässig.

Tränen der Demütigung standen Vivian in den Augen, aber sie blinzelte sie fort und eilte auf ihr Zimmer. Zutiefst verstimmt, verstaute sie ihre Habseligkeiten in ihrem alten Reisekoffer und verließ damit das Haus, in dem sie früher einmal eine so schöne Zeit verbracht hatte.

Sie war erst wenige Schritte vom Gartentor entfernt, als hinter ihr plötzlich eine tiefe Stimme erklang: „Einen schönen guten Tag, Madam."

Irritiert drehte sie sich um und erblickte einen hochgewachsenen Offizier um die dreißig, der einen britischen Waffenrock trug. Ihr Herz begann wie wild zu hämmern.

Der Offizier zog unterdessen höflich den Hut. „Verzeihen Sie, wenn ich Sie so ungehörig auf der Straße anspreche, aber ich sah Sie aus diesem Haus kommen, mit dem schweren Koffer in der Hand. Haben Sie hier etwas abgeholt?"

„Ich wüsste nicht, was Sie das angeht!", konterte Vivian brüsk und wollte hastig weitergehen.

„Es geht mich insofern etwas an, als ich dort wohne", entgegnete ihr Gegenüber freundlich, aber bestimmt. „Und ich habe Sie dort noch nie gesehen."

Dann musste dieser Mann Colonel Munrose sein, Olivias Geliebter! Ein Grund mehr, das Gespräch so schnell wie möglich zu beenden, entschied Vivian. „Sie können mich nicht gesehen haben, weil Sie dort noch nicht gewohnt haben, als ich dort lebte. Ich hatte lediglich ein paar Sachen zurückgelassen, die ich dringend brauche. Und nun entschuldigen Sie mich bitte!"

„Oh, dann sind Sie Miss Darcy!"

„Ja." Vivians Hand krallte sich um den Griff ihres Koffers. „Wenn Sie mich jetzt bitte gehen lassen würden, Sir!"

Der Colonel schmunzelte. „Sie mögen die Briten wohl nicht besonders?“

„Sagen wir, ich mag Ihre Geliebte nicht!“, versetzte Vivian eisig.

Colonel Munrose brach in schallendes Gelächter aus. „Das kann ich verstehen! Sie hat Ihnen ja auch den armen Lieutenant Milford ausgespannt!“

„Was hat sie?“, keuchte Vivian, und ihre Augen blitzten vor unterdrücktem Zorn. Entschlossen marschierte sie los.

Colonel Munrose folgte ihr blitzschnell und betrachtete sie forschend. „Es ist also nicht wahr?“

„Natürlich nicht!“, schnappte Vivian. „Glauben Sie allen Ernstes, ich würde mich mit einem britischen Offizier einlassen?“

Kaum waren die Worte raus, schlug sie die Hand vor den Mund. Doch ihr kurzer Anflug von Furcht machte einem empörten Trotz Platz. Sollte dieser Engländer sie doch einsperren lassen! Herausfordernd funkelte sie ihn an.

Doch zu ihrem Erstaunen musste sie feststellen, dass der Colonel nach einem verblüfften Stirnrunzeln unterdrückt grinste. Mit einer Geste, die keinen Widerspruch duldete, nahm er Vivians Hand und küsste sie. „Sie haben Mut, Miss Darcy. Eine bewundernswerte Eigenschaft. Und verzeihen Sie mir bitte, dass ich mich von Olivia täuschen lassen habe. Aufgrund ihrer Bemerkungen über Sie musste ich annehmen, dass Sie ein genauso lockerer Vogel sind wie die liebe Miss Hale.“

„Lockerer Vogel! – Oh wirklich!“, keuchte Vivian. „Würden Sie das auch zu einer Lady in England sagen?“

Colonel Munrose lachte über Vivians schockierten Gesichtsausdruck. „Nein, und ich bitte demütigst um Verzeihung! Und außerdem – Sie mögen etwas seltsame Kleider tragen, aber der Vogelwelt gehören Sie ganz eindeutig nicht an!"

Widerstrebend musste Vivian anerkennen, dass dieser Colonel über einen gewissen Humor verfügte. Und seine Manieren waren deutlich besser, als sie in Anbetracht der Umstände erwartet hatte! „Nun, dann werde ich Ihnen wohl verzeihen müssen", erklärte sie widerstrebend. „Aber Sie müssen mich bitte trotzdem entschuldigen. Ich bin wirklich in Eile."

Colonel Munrose lächelte herzlich. „Dann will ich Sie nicht weiter aufhalten. Aber ich hoffe, wir sehen uns irgendwann wieder, Miss Darcy."

Das fehlte gerade noch, dachte Vivian unfreundlich, doch um den Colonel nicht weiter zu reizen, erwiderte sie ausweichend: „Das wird die Zukunft zeigen, Colonel."

Er lachte. „Ganz gewiss, Miss Darcy. Dann also auf Wiedersehen."

„Leben Sie wohl."

Sie eilte davon und atmete auf, als sie außer Sichtweite des Colonels war. Kurz fragte sie sich, wie es Olivia gelungen war, einen eigentlich gebildeten und wohlerzogenen Mann wie Colonel Munrose für sich gewinnen zu können. Aber letztendlich war es ihr egal.

In ihrer Kammer im Teehaus zog sie sich rasch um und machte sich dann erneut auf den Weg, da es an der Zeit war, den Untertaneneid zu leisten. Und nun, da ihre Probleme hinsichtlich Unterkunft und Arbeit erst einmal gelöst waren und sie den Kopf wieder frei hatte, sah sie sich zum ersten Mal seit ihrer Rückkehr nach Charleston bewusst um. Voller Entsetzen fiel ihr jetzt auf, wie viele Spuren die Belagerung von Charleston noch zurückgelassen hatte. Schutt und Aschehaufen lagen an vielen Ecken, und die Wände vieler Häuser waren schwarz gefärbt. Auch der Kirchturm von Sankt Michael, der vor der Belagerung schwarz gestrichen worden war, um keine Zielscheibe für die englischen Schiffskanonen zu bilden, ragte immer noch dunkel und bedrohlich in den Himmel.

Nachdenklich schlenderte Vivian durch die Tradd Street. Vor der Besetzung hatten hier in den Auslagen der Geschäfte die schönsten Dinge gelegen. Jetzt waren viele Läden immer noch geschlossen, und die Scheiben der einst prachtvollen Fenster waren vielerorts zersplittert. In den Läden, die geöffnet hatten, beobachtete Vivian britische Offiziere, die von Toryfrauen begleitet wurden, die sich nicht genierten, sich mit ihnen in der Öffentlichkeit sehen zu lassen. Wie sollten sie auch, überlegte Vivian verächtlich, sie wollten die Briten ja hierbehalten!

Bald musste sie erkennen, dass ihr Vorsatz, von der Anwesenheit der Engländer keine Notiz zu nehmen, nicht durchzuführen war. Überall saßen oder standen britische Soldaten herum, die sich laut lachend unterhielten. Charleston war von ihnen besetzt, und der Stadtkommandant schien das jedem Bürger klarmachen zu wollen, indem er seinen Soldaten genügend Freizeit ließ, die Stadt unsicher zu machen. Vivian spürte, dass sie jetzt, da sie wieder gepflegt und manierlich aussah, viele Blicke auf sich zog. Beinahe bedauerte sie, sich umgezogen zu haben, denn in ihrem verschlissenen Kleid war sie wenigstens nur neugierig begafft, aber nicht anzüglich angestarrt worden. Es hatte ihr vor der Belagerung nie etwas ausgemacht, allein durch Charleston zu spazieren. Nun aber wünschte sie, sie hätte eine männliche Begleitung an der Seite, die ihr ein Gefühl von Sicherheit gegeben hätte. Ein unsinniger Wunsch, gewiss, denn alle Männer, die sie sich an die Seite gewünscht hätte, waren Rebellen und somit außerstande, einen Fuß nach Charleston zu setzen.

Indessen gelangte sie unversehrt zur Stadtkommandantur in der Queen Street, wo sie mit monotoner Stimme die Worte herunterleierte, die ihr ein britischer Soldat vorsprach und mit denen sie schwor, eine treue Untertanin Georges III. von England zu sein. Während sie die Finger der linken Hand in ihrer Rocktasche kreuzte, um dem Eid die Wirkung zu nehmen, musste sie an Cole denken. Er hatte verstanden, warum sie bereit war, den Eid zu leisten, und sie in ihrem Entschluss bestärkt. Robert hingegen hatte es zwar auch verstanden, aber dennoch verurteilt. Er war einer jener Patrioten, die lieber gestorben wären, als den Eid zu leisten. Vivian fragte sich, ob sie wohl keine richtige Patriotin war, wenn sie den Eid leistete. Sie hasste die Engländer, weil sie sich in ihr Leben einmischten und beinahe Cole getötet hätten, und dennoch passte sie sich ihren Bedingungen an. Wäre sie wirklich eine gute Rebellin, hätte sie wahrscheinlich nicht nach Charleston zurückkommen dürfen. Sie machte sich Vorwürfe, dass sie es getan hatte.

Voller Selbstzweifel dachte sie daran zurück, wie ihr Onkel, Sir William, sie in England stets als Rebellin beschimpft hatte. Damals hatte sie sich fast als Heldin gefühlt, weil sie allen Widerständen zum Trotz durchgesetzt hatte, nach Amerika zurückkehren zu können. Sie hatte geglaubt, eine gute Rebellin zu sein, der nichts wichtiger war als die Unabhängigkeit ihres Landes. Nun musste sie sich eingestehen, dass ihr Amerikas Freiheit weniger bedeutete als ihre eigene Unabhängigkeit, sodass sie sich beinahe ein wenig schämte.

Schon einen Tag später arbeitete Vivian wieder hinter dem Kuchentresen bei den Gilberts. Die meisten ihrer Kunden waren britische Offiziere und Tories. Einige von ihnen kannte Vivian bereits aus der Zeit vor der Besetzung, aber es kamen auch Leute, die ihr unbekannt waren.

„Weißt du, dass die meisten von denen es sich vor dem Krieg gar nicht hätten leisten können, ihre heruntergewirtschafteten Plantagen zu verlassen?", fragte Betsy Vivian nach Feierabend, als sie in der Küche gemeinsam etwas von dem übrig gebliebenen Kuchen aßen. „Jetzt aber haben viele von ihnen Landgeschenke erhalten. Die Engländer sollen sehr großzügig zu denen sein, die ihnen treu waren."

„Woher weißt du das alles?", fragte Vivian verblüfft.

„Aber das weiß doch jeder!", rief Betsy erstaunt aus. „Die Tories brüsten sich doch selbst damit, dass sie für ihre treuen Dienste belohnt worden sind. Sogar Mrs. Malloghan – du erinnerst dich doch bestimmt an diese dicke Pute? – also sogar Mrs. Malloghan, das heißt, eigentlich ja sie und ihr Mann, na ja, jedenfalls Mrs. Malloghan, die doch vor dem Krieg schon reich war, ist noch reicher geworden."

Vivian lehnte sich auf dem Stuhl, auf dem sie saß, nachdenklich zurück. Dann waren die Malloghans, mit denen zusammen sie Charleston kurz nach der Kapitulation verlassen hatte, also ebenfalls zurückgekehrt. Sie seufzte, denn auf den weiteren Umgang mit diesen Herrschaften hätte sie gerne verzichtet.

„Stell dir vor", erzählte Betsy weiter, „Mrs. Malloghan und ihr Mann haben Charleston nach der Kapitulation verlassen. Und weißt du warum? – Um sich schon einmal nach Rebellenbesitzungen umzusehen, die ihnen gefallen könnten. Und denk dir, Mrs. Malloghan prahlt überall damit herum, dass sie tatsächlich die Besitzung erhalten haben, die sie sich ausgesucht hatten."

„Oh ja, genau wie die Leute, welche den Welseys ihre Plantage gestohlen haben!", empörte Vivian sich.

„Ach, ich weiß nicht. Findest du nicht, dass gestohlen ein wenig übertrieben ist?", fragte Betsy verunsichert.

„Ganz im Gegenteil! Diese verwünschten Tories sind allesamt Diebe!", beharrte Vivian. „Land anzunehmen, das vorher von Rebellenfamilien konfisziert oder zu einem Spottpreis erworben wurde – das ist doch schändlich!"

„Weißt du", überlegte Betsy ungewohnt ernst, „manchmal denke ich, man kommt im Leben nur weiter, wenn man sich den bestehenden Verhältnissen anpasst. Meinst du nicht auch?"

Vivian blinzelte, dann wandte sie den Kopf ab. „Mag schon sein", murmelte sie ausweichend. Vielleicht war es nicht klug, Betsy gegenüber zu vertrauensselig zu sein. Betsy war zu redselig und tratschte zu viel. Der Himmel mochte verhüten, dass sie herausbekam, dass Vivian ausnahmslos mit Rebellen befreundet war! Vivian nahm sich vor, mit dem, was sie sagte, in Zukunft vorsichtiger zu sein.

Im Teehaus zumindest blieb ihr ohnehin keine andere Wahl, als den Engländern und Tories gegenüber freundlich und zuvorkommend zu sein. Tag für Tag musste sie so tun, als täte sie nichts lieber, als ihre Wünsche zu erfüllen, auch wenn sie sie insgeheim zum Teufel wünschte.

Nichtsdestotrotz stellte sie widerwillig fest, dass die britischen Offiziere größtenteils korrekte, ordentliche Leute waren, die sich anständig verhielten. Wäre Vivian ihnen während ihres Aufenthalts in England begegnet, hätte sie den ein oder anderen mit Sicherheit sogar sympathisch gefunden. Und einige von ihnen äußerten sogar offen Kritik an der Besatzungspolitik ihrer eigenen Führung. Je länger Vivian wieder im Teehaus arbeitete, desto mehr erkannte sie, dass nicht nur den Rebellen, sondern auch vielen Engländern die Methoden missfielen, welche der Stadtkommandant Balfour gegen die Frauen und Männer walten ließ, die immer noch nicht den Untertaneneid geleistet hatten. Aber Clinton hatte Balfour nun einmal mit uneingeschränkter Macht ausgestattet, und so konnte Balfour einen aufständischen Amerikaner nach dem anderen inhaftieren und enteignen lassen. Die Familien dieser Männer konnten dann sehen, wie sie zurechtkamen. Vielen der Offiziere gefiel diese Art nicht, das ließ sie in Vivians Achtung steigen. Dabei musste sie jedoch zwischen jenen Männern unterscheiden, die Balfour tatsächlich wegen seiner Vorgehensweise verurteilten, und jenen, die auf ihn herabsahen, weil er kein Aristokrat war. Sogar einige Tories gab es, die Balfour für einen, wie sie es nannten, plumpen Bauern hielten, der das Amt, das er innehielt, nicht verdiente. Vivian fragte sich oft, warum sie sich wohl für etwas Besseres als Balfour hielten. Gewiss hatte sich im Laufe der Jahrzehnte in den südlichen Kolonien, zu denen ja auch Süd-Karolina gehörte, eine eigene Art von Aristokratie gebildet, die sich größtenteils aus den reich gewordenen Pflanzern zusammensetzte. Aber wenn es stimmte, was Betsy erzählte, waren einige der Tories, die jetzt am lautesten auf Balfour schimpften, vor dem Krieg nicht mehr als kleine Farmer gewesen. Dass sie sich jetzt so erhaben fühlten, nur weil sie plötzlich Geld besaßen, ließ sie in Vivians Augen noch verabscheuungswürdiger erscheinen, als es ihre politische Gesinnung schon tat. Und doch war Vivian freundlich zu ihnen, denn ihre Stellung verlangte es nun einmal.

Dass sie vorsichtig damit sein musste, ihre politische Meinung zu vertreten, wurde ihr indessen immer bewusster. Careen, die neue Kellnerin, war offensichtlich ganz vernarrt in einen jungen britischen Offizier. Vivian konnte nicht umhin zuzugeben, dass er gut aussah und über tadellose Manieren verfügte. Stets war in seinen Augen ein lustiges Zwinkern, wenn er Careen erblickte, welches diese errötend mit einem Lächeln beantwortete. Es war ganz eindeutig, dass er ehrlich in Careen verliebt war, und zu anderen Zeiten hätte Vivian sicherlich munter mit Careen über ihre neue Eroberung geplaudert. Da es sich bei Lieutenant Wilberfox aber um einen Engländer handelte, tat sie so, als bemerkte sie nicht, was vor sich ging. Sie mochte Careen gern, und sie wollte ihre gute Beziehung nicht aufs Spiel setzen. Sie hielt daher in Hinblick auf Careens großen Schwarm lieber den Mund.

Bald hatte sich Vivian völlig an den Tagesablauf im Teehaus gewöhnt. Nach einem gemütlichen gemeinsamen Frühstück, das meistens aus deftigem Speck und Eiern bestand, ging es an die Arbeit. Während die Gilberts sich um die Zubereitung der diversen Kuchen und Plätzchen kümmerten, reinigten die Mädchen den Gastraum, stellten frische Blumen hin und sorgten dafür, dass alles ordentlich aussah. Manchmal schickte Melissa auch zwei von ihnen los, um Einkäufe zu erledigen. Sie ließ nie eines der Mädchen allein gehen, aus Sorge vor eventuellen Belästigungen. Wenn sie dann abends mit dem Ausräumen des Tresens fertig waren, saßen die Gilberts und die Mädchen zusammen in der großen Küche und aßen gemeinsam zu Abend. Anschließend zogen sich die Mädchen auf ihre Zimmer zurück und ließen den Eheleuten ihre wohlverdiente Ruhe.

Als Vivian es sich eines Abends gerade in ihrem Sessel bequem gemacht hatte und nach langer Zeit zum ersten Mal ihr Nähzeug hervorgeholt hatte, klopfte jemand an ihre Zimmertür. Auf ihr „Herein“ stürmte Betsy in ihr Zimmer, mit Augen groß vor Neugier.

„Du, Vivian, unten vor der Tür steht ein Mann, der dich sprechen möchte.“

Vivian warf einen überraschten Blick auf die Uhr. Es war fast zehn! „Mich? Wer ist es denn?“

„Ich weiß es nicht“, kicherte Betsy. „Aber er sieht nett aus.“

„Doch hoffentlich kein Engländer?“, rutschte es Vivian heraus.

„Nein, bestimmt nicht, er trägt keine Uniform. – Aber, Himmel nochmal, Vivian, wenn du nicht bald runtergehst, läuft er noch weg! Das wäre doch schade!“

„Ja, ja, ich geh ja schon“, stöhnte Vivian. Rasch warf sie sich noch einen Schal über und eilte dann die Treppe hinunter. Ihre Freunde waren ausnahmslos Rebellen, von denen keiner in der Stadt war, sodass sie sich unbehaglich fragte, wer sie wohl so spät am Abend sprechen wollte.

Vor dem Eingang zum Teehaus wartete ein hochgewachsener Mann in einem rehbraunen, gut geschnittenen Gehrock. Eilig kam er auf sie zu, sobald er sie in der Tür erblickte. „Guten Abend, Miss Darcy“, grüßte er freundlich.

„Guten Abend, Sir“, murmelte Vivian und betrachtete ihn aufmerksam. Im Schein der Hauslaterne kam ihr der junge Mann, der höchstens Mitte zwanzig sein konnte, irgendwie bekannt vor, aber sie konnte ihn nicht einordnen.

„Erinnern Sie sich nicht an mich?“, fragte der Fremde. „Mein Name ist Arthur Cameron. Ich habe Sie im Kaffeehaus einmal zusammen mit Tom Welsey besucht.“

„Ja, natürlich!“, rief Vivian aus und streckte ihm ihre Hand entgegen. „Jetzt erinnere ich mich! Oh, wie schön! Wie geht es Ihnen, Mr. Cameron?“

„Sehr gut, Miss Darcy. Sehen Sie, ich bin damals bei Charlestons Belagerung verwundet worden, aber nur leicht. Aber das ist schon lange her, und seitdem kann ich nicht klagen.“

„Es freut mich, dass es Ihnen gut geht. Und was machen Sie jetzt? Leben Sie hier in Charleston?“

„Wie man's nimmt", lachte Arthur. „Meine Eltern besitzen eine Plantage am Goose Creek, und ich bin hier, um, na ja, ihre Interessen zu wahren. Mit den Briten lassen sich recht gute Geschäfte machen."

Vivian schluckte und wandte enttäuscht den Blick ab. „Oh. Ja, natürlich. Ich verstehe."

„Vivian", raunte Arthur und trat unvermittelt dicht an sie heran, „können wir nicht irgendwo ungestört miteinander reden? Ich meine, allein, wo uns niemand hört?"

Verblüfft blinzelte Vivian und wandte ihm den Blick wieder zu. „Aber hier stört uns doch niemand! Wir sind doch ganz allein hier draußen!"

Arthur schüttelte den Kopf und sah sie sonderbar an. „Das weiß man nie! Bitte, Vivian!"

Vivian atmete heftig ein, und ein seltsames Zittern durchlief ihren Körper. Sie hatte auf einmal das Gefühl, dass hinter Arthur Camerons Besuch möglicherweise mehr steckte, als es zunächst den Anschein hatte. Sie wusste nicht, ob es klug war, ihm zu vertrauen, denn sie kannte ihn eigentlich kaum. Aber er war Toms Welsey Freund, und so schlug sie leise vor: „Wir könnten ja einen Spaziergang machen."

„Gut. Zum Hafen?"

„Ich hole mir nur schnell einen Mantel."

Eilig rannte sie die Treppen hinauf, schnappte sich ihren warmen Wollmantel und stürzte wieder hinaus. Auf der Treppe begegnete ihr Betsy.

„Na, du hast es aber eilig!", staunte sie. „Ist der Mann dort unten etwa ein Verehrer von dir?"

„Ja, genau!", stieß Vivian hervor, um weiteren neugierigen Fragen zu entgehen.

„Schade", murmelte Betsy. „Der Mann hätte mich interessiert! Bist du sicher, dass er dein Verehrer ist?"

„Frag ihn doch selbst!", gab Vivian unwirsch zurück. Manchmal ging ihr Betsys Neugier einfach entsetzlich auf die Nerven, auch wenn sie eigentlich ein nettes Mädchen war. Doch dann blieb sie kurz stehen. „Ich kann ihn dir bei Gelegenheit ja einmal vorstellen", lenkte sie ein. Was konnte Betsy schließlich dafür, dass sie so nervös war!

„Oh ja!", strahlte Betsy. „Das wäre schön!"

Arthur schritt bereits ungeduldig vor der Tür auf und ab, als Vivian wieder hinunterkam. Nebeneinander gingen sie durch die Stadt in Richtung Hafen. Arthur war schweigsam, was Vivian eigentlich nicht erwartet hatte. Sie brannte darauf, seine geheimnisvollen Neuigkeiten zu hören, die er ihr vor dem Teehaus nicht hatte anvertrauen wollen. Aber er zog es vor zu schweigen. Vivian machte ein paar belanglose Bemerkungen, auf die sie zwar eine Antwort erhielt, aber sie hatte das Gefühl, dass Arthur innerlich abwesend war.

Schließlich bogen sie in eine kleine Nebenstraße ein, die zum Kai hinabführte. Im Hafenviertel war es jetzt, in den Abendstunden, ruhig. Still schwankten die Schiffe, von einer leichten Brise bewegt, hin und her. Zum Teil leuchteten einladende Lichter aus den Schiffsluken, und hier und da waren einzelne Matrosen auf den Decks zu sehen. Auf den Kaianlagen selbst war jetzt kein Betrieb mehr, nur einige Pärchen schlenderten Arm in Arm am Ufer entlang und genossen die für die Jahreszeit milde Abendluft.

„Schön ist es hier jetzt“, murmelte Vivian. „Die salzige Meeresluft ist so schön frisch. Und sehen Sie nur, wie ruhig das Wasser ist.“

Ein einsilbiges „Ja“, war Arthurs ganze Antwort. Ein verliebter junger Lieutenant der britischen Armee spazierte mit einem elegant gekleideten Mädchen am Arm an ihnen vorbei. Als sie sich etwas entfernt hatten, drehte Arthur sich einige Male in alle Richtungen um und vergewisserte sich, dass sie allein waren. Dann erst eröffnete er leise und mit sehr ernster Miene das Wort: „Vivian, werden Sie das, was ich Ihnen jetzt sage, für sich behalten?“

Sie sah mit angehaltenem Atem zu ihm auf. „Oh ja, bestimmt!“

Er atmete unmerklich auf. „Gut. Bei allem, was ich Ihnen jetzt sage, setzen Sie bitte Ihr hübschestes Lächeln auf, und tun Sie so, als wären Sie verliebt in mich. Nur für den Fall, dass wir beobachtet werden, ja?“

„Ja“, raunte Vivian mit plötzlich vor Erregung heiserer Stimme. Sie hakte sich bei Arthur ein und blickte lächelnd zu ihm auf, nicht ohne ein leichtes Zittern zu verspüren.

„Gut so“, flüsterte Arthur. „Und nun hören Sie zu. Ich habe Nachrichten von Simon für Sie!“

„Von Simon!“, hauchte Vivian und packte Arthurs Arm unwillkürlich fester.

Er lächelte kurz. „Ja. Er hat gesagt, ich könnte Ihnen trauen, also hören Sie zu: Ich habe Ihnen vorhin gesagt, ich hätte in Charleston geschäftlich für meine Eltern zu tun. Nun, das stimmt auch – nach außen hin! Für die Engländer sind die Camerons brave Tories geworden. Aber, Vivian, glauben Sie bitte nicht, dass das wirklich so ist! Diese Geschäfte sind nur ein Vorwand für mich, um ungehindert nach Charleston rein- und rauszukommen. Viele angebliche Tories sind in Wahrheit treue Amerikaner, glauben Sie mir! Nur zwingt die Lage hier nun einmal viele – eben auch mich –, so zu tun, als wünschten wir einen Sieg der Engländer."

Arthur wartete auf ein Nicken Vivians, dann fuhr er fort: „Nun, auf diese Weise gelingt es mir, Informationen aus Charleston herauszuschmuggeln, die für die Kriegsführung unserer Freunde zum Teil von großer Bedeutung sein können. Umgekehrt kann ich natürlich auch Nachrichten von außen in die Stadt hineinbringen. Verstanden?"

„Oh ja", raunte Vivian. Sie hatte verstanden! Arthur war ein amerikanischer Spion! Und wer konnte wissen, wie viele Leute, die sie als Tories verachtete, aus den gleichen Gründen wie er handelten! Oh, es war so schön zu wissen, dass nicht alle aufgegeben hatten! „War es das, was Sie mir sagen wollten?", flüsterte sie aufgeregt.

„Nein", lächelte Arthur, „das war nur eine einleitende Erklärung, wieso ich Nachrichten von Simon für Sie habe."

„Oh, richtig, Simons Nachrichten! Es ist ihm doch hoffentlich nichts passiert?"

„Nein, es geht ihm gut. Und seinen Eltern ebenfalls. Die beiden sind jetzt zusammen mit Georgia bei Anns Bruder und Schwägerin, den Burnhams. Außerdem soll ich Ihnen sagen, dass Tom nach der Schlacht von Camden gefangen genommen wurde. Und Paul hat sich einigen Rebellen in den Sümpfen angeschlossen. Mit ihren Blitzüberfällen auf Briten und Torytrupps sorgen sie in der ganzen Gegend dafür, dass Cornwallis beschäftigt ist. Auf diese Weise soll es ihm schwerfallen, sich mit Clinton zu vereinigen."

„Oh, das klingt phantastisch, auch wenn ich nicht alles verstehe!" Sie warf ihm einen hoffnungsvollen Blick zu: „Aber, Arthur, wissen Sie zufällig auch, wie es Robert Maine und Cole Ansinger geht? Die beiden wollten sich vor einigen Wochen wieder ihren Truppen anschließen, nachdem Cole eine schwere Verwundung auskuriert hatte, und ich –"

„Oh, sicher weiß ich das", grinste Arthur. „Vor ein paar Tagen erst habe ich selbst mit Robert gesprochen. Er ist jetzt zusammen mit Paul Welsey bei Oberst Marion im Sumpf. Ich sage Ihnen, Vivian, ich hätte nie gedacht, dass jemand, der eigentlich Seemann ist, so gut schießen kann! Aber nach allem, was ich gehört habe, schießt Robert einem Eichhörnchen auf zwanzig Meter Entfernung ein Auge aus! Aber das sollen ja wohl alle diese Sumpfkämpfer können. Ich muss gestehen, ich selbst würde dabei wohl schlechter abschneiden."

Vivian lächelte pflichtschuldigst, dann hakte sie mit einem nervösen Beben in der Stimme nach: „Und Cole?"

Arthur musterte sie aufmerksam. „Ach ja, richtig, Cole. Nun, der hat's richtig gemacht. Er hat sich einem Regiment angeschlossen, das Ende Oktober bei King's Mountain einen bedeutenden Sieg über die Briten errungen hat. Genauer gesagt, unsere Leute haben dort ein Toryregiment angegriffen und vernichtend geschlagen. Das war aber auch nötig nach der Niederlage von Camden! Und Cole, nun, der humpelt noch ein wenig, aber das hindert ihn, nach allem, was ich gehört habe, nicht daran, wie ein Verrückter zu kämpfen. Ich hab selbst mal eine Weile lang gemeinsam mit ihm gekämpft, als Charleston belagert wurde. Ich kann Ihnen sagen, wie der mit einer Waffe umgehen kann ..." Er lachte kurz und warf Vivian einen interessierten Blick zu. „Cole war es übrigens, der Simon darüber informiert hat, dass Sie hier in Charleston sind. Simon hat mir erzählt, dass Cole glaubt, Sie könnten hier ein wenig einsam sein. Weshalb Simon mich gebeten hat, Kontakt zu Ihnen aufzunehmen."

„Oh, ich verstehe!", lächelte Vivian, glücklich und unendlich erleichtert, dass Cole offenbar gesund und munter war und obendrein an sie dachte. „Wo liegt King's Mountain eigentlich? Ist das weit weg von hier?"

"Oh, nahe der Grenze nach Nord-Karolina. Aber wissen Sie, Vivian, das Schöne an dem Sieg von King's Mountain ist, dass Cornwallis jetzt seinen Marsch nach Norden abgebrochen hat und nach Süd-Karolina zurückgekehrt ist. Und bis er erneut aufbricht, dürfte wohl einige Zeit vergehen."

Tatsächlich hatte Vivian von Cornwallis Rückkehr schon gehört. Aber sie hatte nicht gewusst, dass Cole an diesem Erfolg beteiligt gewesen war. Zuerst hatte sie nicht verstanden, was so wichtig daran war, wo Cornwallis sich befand. Sie hatte eigentlich geglaubt, man könnte froh sein, ihn aus Süd-Karolina los zu sein. Aber aus Gesprächen zwischen Engländern und Tories im Teehaus hatte sie aufgeschnappt, was Cornwallis' Marsch nach Norden bedeutete. Cornwallis hatte vorgehabt, sich mit der nach Süden marschierenden Armee Clintons, der seinen Hauptstützpunkt in New York hatte, zu vereinigen. Die gelungene Durchführung dieses Plans hätte bedeutet, dass die Briten den gesamten Bereich der ehemaligen Kolonien vom nördlichsten bis zum südlichsten Punkt unter ihrer Kontrolle gehabt hätten. Danach wäre es ihnen ein Leichtes gewesen, Washingtons Armee zu vernichten. Clinton hatte gehofft, diesen Plan noch vor Jahresende durchführen zu können, denn damit wären die Rebellen geschlagen gewesen. Doch obwohl die Rebellentrupps nicht stark genug waren, Cornwallis in offener Schlacht zu schlagen, war es ihnen gelungen, ihn mit Scharmützeln und plötzlichen Attacken so in Atem zu halten, dass sein Marsch immer wieder verzögert wurde. Der amerikanische Sieg von King's Mountain schließlich war der krönende Erfolg dieses Vorgehens.

„Ach, Arthur", flüsterte Vivian, „es ist so schön zu wissen, dass noch Hoffnung für die Rebellion besteht!"

„Oh ja, Hoffnung besteht noch! Und nach dem Sieg von King's Mountain mehr denn je. – Aber, Vivian, denken Sie daran: Wir beide haben über diese Dinge nie gesprochen! Ich bin ein Tory und mache Ihnen den Hof. Egal, wer Sie fragt, sagen sie nie, worüber wir wirklich geredet haben. So, wie wir unsere Spione haben, haben auch die Briten die ihren. Jeder kann ein Feind sein, auch wenn er noch so freundlich tut. Vergessen Sie das nie, Vivian!"

„Ja, ich weiß", hauchte Vivian. „Von mir erfährt niemand etwas."

„Gut so. Dann lassen Sie uns jetzt nach Hause gehen."

Während sie sich in Bewegung setzten, sah Vivian Arthur erwartungsvoll an: „Werde ich noch einmal von Ihnen hören, Arthur? Oder war das heute ein einmaliges Treffen?"

Er zwinkerte ihr zu. „Als Ihrem Verehrer steht es mir doch zu, Sie öfter zu sehen, oder? Dann können wir unsere heutige Unterhaltung fortsetzen."

Strahlend erwiderte sie sein herzliches Lächeln. „Liebend gern! Ach, Arthur, Sie ahnen ja nicht, wie ich mich freue!"

„Oh doch. Ich weiß, wie es ist, nur noch von Tories und Engländern umgeben zu sein. Auch mir tut es unendlich gut, mit jemandem zu reden, der auf unserer Seite steht." Er lächelte verzerrt. „Wenn ich nicht wüsste, wie wichtig diese Spionagegeschichte ist, würde ich am liebsten zu Marion und seinen Leuten in den Sumpf gehen und kämpfen."

„Immerhin sehen Sie unsere Freunde manchmal. Sie wissen nicht, wie sehr ich Sie darum beneide."

„Ich werde Ihnen Nachrichten überbringen, so oft ich kann", versprach er.

Vivian nickte und würgte einen Kloß im Hals herunter. „Danke. Sie wissen nicht, was mir das bedeutet."

In den nächsten Wochen trafen Arthur und Vivian sich regelmäßig. Gelegentlich brachte Arthur Neuigkeiten, manchmal plauderten sie einfach über Belanglosigkeiten. Um nach außen hin den Anschein zu erwecken, Vivian den Hof zu machen, hielt Arthur es für richtig, dass sie sich trafen, auch wenn er nichts Neues zu berichten hatte. Vivian freute sich auch dann, ihn zu sehen, denn die Treffen mit ihm gaben ihr jedes Mal das Gefühl, nicht allein zu sein. Arthur war ein Verbindungsglied zwischen ihr und ihren Freunden. Er wünschte die Briten genauso nach England zurück wie sie selbst, und ihre Gespräche mit ihm erinnerten sie daran, dass es außerhalb, aber auch innerhalb

Charlestons noch genug Männer gab, die für die Unabhängigkeit Amerikas kämpften.

Der Gedanke an diese Männer, zu denen viele ihrer Freunde zählten, richtete Vivian auf, wenn ihre Nerven nach langen Tagen im Teehaus zum Zerreißen gespannt waren. Vor allem, wenn sie hörte, wie verächtlich viele der neureichen Tories sich über die Amerikaner äußerten, wurde Vivian fast übel vor Wut. Die tapfersten Soldaten, ob General oder Lieutenant, wurden von ihnen glattweg als dumme Bauern, Hinterwäldler oder noch Schlimmeres bezeichnet. Dabei war Vivian überzeugt, dass viele dieser Möchtegernaristokraten nicht einmal wussten, wie man diese Worte überhaupt buchstabierte. Am schlimmsten aber war, dass es den Engländern und Tories an nichts mangelte und ihre Soldaten bestens ausgerüstet waren, während viele der Rebellen nicht einmal richtige Stiefel an den Füßen hatten.

Arthur erzählte Vivian, dass Ann neue Jagdanzüge für Paul und Simon genäht hatte, da ihre alten aufgetragen waren. Vivian schmunzelte bei dem Gedanken daran, wie resolut Ann wohl mit Nadel und Faden umgegangen sein mochte. Als sie aber später allein in ihrem Zimmer darüber nachdachte, wie schlecht es tatsächlich um die Ausrüstung der Männer stand, traten ihr die Tränen in die Augen. Bekümmert fragte sie sich, ob Cole wohl jemanden hatte, der einen neuen Jagdanzug für ihn nähte, oder ob er schon in Lumpen und barfuß herumlief. Längst waren die Zeiten vorbei, da die Rebellen in blauen Uniformen wie jener glänzten, die Cole so gut gestanden hatte. Vivian war sich dessen jetzt nur allzu bewusst.

Ihr Kummer darüber verstärkte sich, als Mitte Dezember bekannt wurde, dass gerade wieder drei britische Schiffe in Charlestons Hafen eingelaufen waren, die Waffen, Munition sowie neue Uniformen für die britischen Soldaten brachten. Ach, sollten diese Schiffe doch bloß wieder auslaufen, stöhnte Vivian. In Charleston gab es wahrlich schon genug Engländer!

So sehr Vivian die Briten auch verwünschte, das Teehaus zumindest wurde besser besucht denn je, und die Gilberts und ihre Mädchen hatten alle Hände voll zu tun. Die Anwesenheit der Briten lockte nicht nur zahlreiche Toryfamilien in die Stadt, sondern zog auch viele Kaufleute von den Westindischen Inseln an, die hofften, dass sich mit den reichen Engländern und Tories gute Geschäfte machen ließen. Vor Charlestons Besetzung hatten sie ihre Verträge mit Rebellenfamilien abgeschlossen. Nun, da sich die Zeiten geändert hatten, drehten sie ihr Fähnchen nach dem Wind, handelten mit den Tories und taten überhaupt so, als hätte es für sie nie kriegsführende Amerikaner gegeben. Durch all diese Menschen war Charleston so hoffnungslos überfüllt, wie Vivian es noch nie erlebt hatte. Dennoch gab es auch genügend Leute, denen diese Fülle gefiel. Vivian hörte eines Tages, wie Mrs. Malloghan zu einer Tischnachbarin sagte: „Ist es nicht wundervoll, wie viel Leben jetzt in der Stadt ist? Man könnte fast meinen, man wäre in London bei einer Parade des Königs!"

Vivian, die selbst voller Bedauern und Sehnsucht an die vornehme Stille zurückdachte, die Charleston einst geprägt hatte, fragte sich unwillkürlich, ob wohl alle Tories so dachten wie Mrs. Malloghan. Die Antwort kam von einer Seite, von der sie es am allerwenigsten erwartet hätte.

Einige Tage vor Weihnachten tauchte Olivia Hale in Begleitung Colonel Munroses im Teehaus auf. Sie trug ein teures Kleid aus cremefarbener Atlasseide mit blassgrüner Spitze, dazu einen übergroßen Hut in der passenden Farbe. Ihren dunkelgrünen Kapuzenmantel trug der Colonel locker über seinem linken Arm.

In vollem Staat rauschte Olivia an den Tisch neben der stets anwesenden Mrs. Malloghan. Die beiden Frauen begrüßten sich knapp. Beide trugen eine arrogante, überhebliche Miene zur Schau, über die Vivian sich zu anderen Zeiten vermutlich amüsiert hätte. Heute aber sah sie in den beiden Frauen nur die verhassten Tories. Dass beide sich zu den Tories bekannten, hinderte sie zwar, offene Feindseligkeiten auszutauschen, doch es war nicht zu übersehen, dass Mrs. Malloghan die Gesellschaft der Geliebten eines Offiziers alles andere als angenehm war. Olivia ihrerseits hatte Mrs. Malloghan noch nie ausstehen können.

Vivian stand bei Olivias Erscheinen hinter ihrem Kuchentresen, wo sie zu ihrer Erleichterung von Olivia und Colonel Munrose nicht gesehen wurde. Sie hatte gerade keine Kunden, und so zog sie sich noch weiter in eine Ecke zurück, um weiter unbemerkt zu bleiben. Als die Stimmen, die aus der Richtung von Mrs. Malloghans Tisch kamen, lauter wurden, konnte sie jedoch nicht umhin, der Unterhaltung zu folgen.

Wieder einmal war Mrs. Malloghan bei ihrem Lieblingsthema, dem bunten Leben, das die Anwesenheit der britischen Offiziere mit sich brachte. „Oh, wie ich es liebe, auf die Bälle zu gehen, die der

Stadtkommandant veranstaltet! Man trifft dort so viele interessante Leute!"

Darauf vernahm Vivian, wie Olivia, vermutlich an Colonel Munrose gerichtet, bemerkte: „Ist es nicht merkwürdig, dass es immer noch Leute gibt, die Prunk und Protz brauchen, um sich wohlzufühlen? Also, ich ziehe eine vornehme Zurückhaltung vor."

Vivian reckte vorsichtig den Kopf vor, um zu sehen, wie der Colonel auf diese Heuchelei reagierte. „Meine Liebe, das sagst du doch nur, weil du zu diesen Bällen gar nicht erst eingeladen wirst."

Olivia lief hochrot an. Beinahe tat sie Vivian leid. Mrs. Malloghan hingegen lächelte süffisant und wandte sich an Colonel Munrose: „Es freut mich, dass Sie auf meiner Seite stehen, Colonel!"

„Oh, keineswegs", gab dieser kühl zurück. „Ich bin auch nicht für den Trubel, der hier herrscht. Aber ich versuche eben, das Beste aus der Situation zu machen."

„Indem Sie sich eine Geliebte nehmen?", schnaubte Mrs. Malloghan verächtlich.

„Warum nicht? Wissen Sie einen besseren Zeitvertreib?" Er lachte spöttisch, als Mrs. Malloghan sich empört abwandte.

Auch Vivian fühlte sich belustigt. Dass ausgerechnet ein Engländer es verstanden hatte, gleich zwei hochnäsigen Torydamen auf einmal eins auszuwischen, gefiel ihr.

Sie sah, wie Olivia wütend das Teehaus verließ. Vivians Lächeln erstarb jedoch, als sie bemerkte, dass der Colonel sie entdeckt hatte und auf sie zukam. „Ja, sieh an, unsere reizende Patriotin! Was machen Sie denn hier?"

„Das sehen Sie doch, ich arbeite hier“, gab Vivian unwillig zurück.

„Das sehe ich, in der Tat. Und ich erinnere mich, dass Olivia einige Male erwähnt hat, dass Sie vor Charlestons Belagerung hier gemeinsam gearbeitet hatten. Aber ich wusste nicht, dass Sie jetzt wieder hier sind, sonst wäre ich längst einmal gekommen.“

Vivian lächelte säuerlich. „Ich bin auch so zurechtgekommen.“

„Oh, das bezweifle ich nicht.“ Er lächelte gewinnend. „Haben Sie keine Sorge, dass ich mich Ihnen aufdrängen möchte. Ich weiß wohl zwischen Ihnen und Miss Hale zu unterscheiden.“

„Zu freundlich von Ihnen“, knirschte Vivian zwischen zusammengebissenen Zähnen. Zum Glück kam Kundschaft, und sie konnte sich abwenden.

Der Colonel jedoch lehnte sich an die Wand, die Arme vor der Brust gekreuzt, und wartete geduldig. Als Vivians Kunden fort waren, zuckte er bedauernd die Achseln. „Nun gut, ich sehe schon, Sie haben nicht viel für mich übrig. Liegt das nun an mir oder an meiner Uniform?“

Vivian brachte ein höfliches Lächeln zustande. „An Ihrer Uniform, denke ich.“

„Meinen Sie, es nützt etwas, wenn ich sie ausziehe?“

Sie unterdrückte den überraschenden Impuls zu lachen. „Ich fürchte, nein.“

„Wie schade.“ Fröhlich streckte er ihr seine Hand entgegen. „Auf Wiedersehen, Miss Darcy. Man kann eben nicht bei jeder Lady Glück haben. Trotzdem wünsche ich Ihnen alles Gute.“

Vivian lächelte mit mehr Wärme, als sie für möglich gehalten hätte. „Auf Wiedersehen. Und vielen Dank für Ihr Verständnis."

„Nichts zu danken", grinste er spöttisch. „Aber auch wenn es Ihnen missfällt, so denke ich doch, dass wir uns wiedersehen werden. Zwar nicht aus den Gründen, die ich mir wünschen würde, aber ... Sie werden sehen, wir treffen uns eher wieder, als Sie glauben."

„Oh wirklich!", entfuhr es Vivian wenig begeistert.

Er lachte leise. „Keine Sorge, ich führe keine Gemeinheiten im Schilde, ganz im Gegenteil. Ich denke, ich habe eine nette Überraschung für Sie. Aber Sie müssen noch ein wenig abwarten."

Überraschungen von einem Engländer konnten nichts Gutes bedeuten, überlegte Vivian alarmiert. Der Colonel jedoch begegnete ihrem verwirrten Blick mit einem spöttischen Lächeln, zog seinen Hut und verabschiedete sich ohne eine weitere Erklärung.

Bei ihrem nächsten Treffen mit Arthur erzählte sie ihm von ihrem Gespräch mit Colonel Munrose. Arthur zeigte sich jedoch nicht übermäßig beunruhigt. „Ich glaube nicht, dass er etwas Übles im Schilde führt. Was sollte er dir schon antun können?"

„Unsere Treffen –"

„Sind doch erlaubt, oder etwa nicht? Wer wollte es mir verbieten, eine hübsche junge Dame auszuführen?"

Arthurs Worte beruhigten sie etwas. Wahrscheinlich wusste der Colonel wirklich nichts. Woher denn auch? Aber der Gedanke, dass er sie mit etwas überraschen wollte, gefiel ihr überhaupt nicht.

Sie beruhigte sich etwas, als der Colonel in den nächsten Tagen nicht im Teehaus erschien. Arthur versorgte sie nach wie vor stetig mit Neuigkeiten, und zu ihrer großen Freude stellte sie fest, dass diese von Mal zu Mal aktueller wurden. Zu Beginn ihrer Treffen hatten zwischen Arthurs Informationen und den betreffenden Kriegsereignissen noch Wochen gelegen, jetzt waren es nur noch wenige Tage. Außerdem verfügten die Rebellen inzwischen scheinbar über ein ausgedehntes Informationsnetz, dem es gelang, Neuigkeiten selbst in dem abgeriegelten Charleston auf schnellstem Wege bekannt zu machen. Selbstverständlich wurden die Erfolge der Revolutionäre nicht in den königlichen Gazetten bekannt gemacht. Aber das, was Vivian von Arthur erfuhr, konnte sie teilweise genau wie die übrigen Bewohner Charlestons an jeder Mauer oder Hauswand lesen. Balfour, der Stadtkommandant, kochte, dass es ihm nicht gelang, diesen Informationsschmuggel einzudämmen, wollte er doch die Stadt möglichst vollständig nach außen hin abschließen. Er war jedoch gezwungen, Lebensmittel in die Stadt schaffen zu lassen, um die große Anzahl der jetzt dort lebenden Menschen zu versorgen. Eine komplette Abschirmung Charlestons war daher unmöglich, und so flossen nicht nur Lebensmittelströme, sondern auch ständig neue Informationen über die Tätigkeiten der Rebellen nach Charleston, die Balfour lieber geheim gehalten hätte.

Schließlich stand Weihnachten vor der Tür. Im Teehaus wurden noch mehr Plätzchen und Kuchen gebacken als sonst, und die Leute kauften, als würden sie nie wieder etwas Süßes bekommen. Vivian stand von morgens bis abends hinter ihrem Tresen, bis ihr die Füße und der Rücken schmerzten. Selbst an den Feiertagen war das Teehaus voll besetzt. Vivian erschienen die Weihnachtstage daher eher wie gewöhnliche Arbeitstage und nicht wie etwas Besonderes.

Erst am Abend, als sie allein in ihrem Zimmer war, dachte sie wehmütig daran zurück, wie fröhlich es im letzten Jahr zu Weihnachten bei Ann im Hause zugegangen war. Damals war Vivian gerade aus England zurückgekehrt und hatte geglaubt, am Ziel ihrer Wünsche angelangt zu sein. Sie hatte sich nicht vorstellen können, dass der Krieg ihr eigenes Leben in irgendeiner Weise beeinflussen könnte, und doch war genau das geschehen. Alles war anders gekommen, als sie es sich erhofft hatte, und nun wäre sie nicht einmal mehr zufrieden gewesen, dieses Weihnachtsfest im Kreise von Anns Familie zu verbringen. Sie war von einer Unzufriedenheit und unbestimmbaren Sehnsucht erfüllt, die sie früher nicht gekannt hatte. Das, was sie früher für das größte Glück auf Erden gehalten hatte, nämlich in Charleston zu sein, hatte jetzt an Bedeutung verloren. Sie war in Charleston, aber sie fühlte sich ruhelos und bedrückt. Die Gespräche mit Arthur heiterten sie zwar jedes Mal für einen Augenblick auf, aber sie vertrieben nicht die Unruhe, von der Vivian seit ihrer Rückkehr nach Charleston geplagt war.

Als sie einmal mit Arthur über ihre Unzufriedenheit sprach, meinte er: „Vielleicht liegt es an der Arbeit im Teehaus. Du bist es durch deine Erziehung doch nicht gewohnt, wie ein Dienstbote behandelt zu werden."

Doch Vivian schüttelte den Kopf. „Nein, das ist es nicht. Natürlich ist es nicht gerade angenehm, wenn diese neureichen Tories mir mehr oder weniger deutlich zu verstehen geben, dass ich ein Nichts bin. Ein Teehausmädchen eben. Aber ich habe doch schon im letzten Jahr im Kaffeehaus gearbeitet. Und da gab es auch solche Leute. Aber es hat mir nie etwas ausgemacht, schließlich weiß ich, warum und wofür ich arbeite. Ich tue doch nichts Falsches, Arthur."

Er betrachtete sie nachdenklich. „Wenn es nicht an der Arbeit liegt, dass du so unzufrieden bist, vermisst du vermutlich deine Familie. Warum gehst du nicht zu den Welseys?"

„Ach, Arthur, ich ... ich würde ihnen nur zur Last fallen. Und außerdem ..."

Er lächelte mitfühlend. „Ich verstehe schon. Ich glaube, es gibt da jemanden, den du besonders vermisst, oder?"

Sie blinzelte kurz, verblüfft, dass sie so leicht zu durchschauen war. „Ja, ich ... ich fürchte, das stimmt."

Er lächelte ihr aufmunternd zu. „Irgendwann ist dieser Krieg vorbei, Vivian. Und dann werden sich die Dinge schon regeln. Mach dir nicht so viele Gedanken."

„Ja, du hast bestimmt recht", seufzte Vivian. Doch ihre Niedergeschlagenheit blieb.

An Vivians Gemütszustand änderte auch der Jahreswechsel nichts. Sie verbrachte den Silvesterabend still auf ihrem Zimmer. Das Jahr 1781 begann, und alles lief so weiter wie gewohnt. Vivian versah ihre Arbeit mit gleichbleibender Routine. Doch nach wie vor war sie voller Unruhe und Sorgen.

Immerhin entwickelte sich Arthur im Laufe der Zeit zu einem treuen und zuverlässigen Freund, auch wenn ihm die Gabe fehlte, ihr den Mut und die Zuversicht zu geben, nach der sie sich so sehnte.

Wenn Cole hier wäre, dachte sie oft, würde er es sicher schaffen, sie aufzumuntern. Aber Cole war fort, irgendwo im Kampf, und sie musste zusehen, wie sie allein zurechtkam. Hin und wieder gestand sie sich ein, dass wahrscheinlich genau das der Grund für ihre Trübseligkeit war. Sie vermisste Cole, ja, sie sehnte sich ganz schrecklich nach ihm, und die Sorge, dass ihm etwas zustoßen könnte, war nahezu unerträglich. Aber es ging vielen so in dieser Zeit, und so kämpfte sie gegen ihr Unbehagen an und versuchte eine fröhliche Miene zur Schau zu tragen.

Den ganzen Neujahrstag über verkaufte sie Kuchen und Kekse. Unzählige Male musste sie in der Küche nachfragen, ob noch Apfelkuchen oder Nusskuchen da war, denn so schnell wie an diesem Tag gekauft wurde, kam Mr. Gilbert mit dem Backen kaum hinterher. Schon im Dezember hatte er einen zusätzlichen Bäcker eingestellt, aber der war an diesem Tag krank und lag im Bett. Gegen Abend, als dann die letzten Besucher gegangen waren, machte Vivian zusammen mit Betsy und Careen noch in der Teestube sauber. Die Gilberts waren zu einem Neujahrsball eingeladen und ausnahmsweise nicht da. Schließlich zogen sich auch Betsy und Careen auf ihre Zimmer zurück, und Vivian ließ sich erschöpft auf einen Stuhl sinken. Eigentlich war sie müde und wollte ins Bett, doch ein paar Augenblicke lang genoss sie die ungewohnte Ruhe in der Teestube. Sie war gerade im Begriff, sich zu erheben, um auf ihre Kammer zu gehen, als es an der Tür klopfte. Verwundert, wer das jetzt noch sein mochte, öffnete sie. Sie fühlte sich noch elender als zuvor, als Colonel Munrose vor ihr stand.

„Bitte entschuldigen Sie die späte Störung, Miss Darcy", lächelte er. „Ich bin absichtlich so spät

gekommen, weil ich endlich die Überraschung, von der
ich neulich gesprochen habe, mitgebracht habe.“

Voller Unbehagen ließ Vivian ihn eintreten. Was
sollte sie tun, wenn er nun ähnliche Absichten hegte
wie damals Lieutenant Milford?

„Sie sehen aber gar nicht gut aus, Miss Darcy. Ich
hoffe, Ihnen fehlt nichts?“, bemerkte Colonel Munrose,
während er sie beim Schließen der Tür beobachtete.

„Oh, es ist nichts“, murmelte Vivian. „Ich hatte viel zu
tun heute.“

Verlegen bot sie Colonel Munrose einen Stuhl an. Wie
albern sie sich benahm, überlegte sie entsetzt. Was
konnte der Colonel ihr schon antun, Betsy und Careen
waren ja im Haus. Wenn er wirklich etwas im Schilde
führte, brauchte sie nur laut genug zu schreien, und sie
würden hinunterkommen.

Colonel Munrose blieb jedoch stehen. Er lächelte und
zwinkerte ihr beinahe vertraulich zu. „Miss Darcy, haben Sie gehört, dass im Dezember drei britische Schiffe
in den Hafen eingelaufen sind?“

„Ja, sicherlich“, entgegnete sie und sah ihn verblüfft
an.

Colonel Munrose zündete sich gemächlich eine Pfeife
an. „Wissen Sie auch den Namen der Schiffe? – Nein?
Nun, dann werden Sie gewiss staunen, wenn ich Ihnen
jetzt sage, dass eines der Schiffe Dolphin heißt.“

„Dolphin!“, entfuhr es Vivian, und ihre Augen weiteten sich.

„Sie staunen?“, lächelte Colonel Munrose. „Sie wissen
natürlich, wer der Schiffseigner ist?“

„Natürlich weiß ich es! Aber ... lieber Himmel! John
Chapman wird doch nicht so verrückt gewesen sein,

noch während des Krieges sein Schiff nach Charleston geschickt zu haben!“

Genüsslich blies der Colonel den Pfeifenqualm in die Luft, ging zur Tür und winkte jemanden heran. „Nun, dann sehen Sie doch mal, wer hier ist!“

Vivians Herz schlug bis zum Hals. Der Colonel trat beiseite, und ein strahlender John Chapman eilte auf Vivian zu. „Liebste Vivian!“

Vivian starrte fassungslos in Johns vertrautes Gesicht. Tränen stürzten ihr in die Augen, und sie suchte noch in ihrer Rocktasche nach einem Taschentuch, als John auch schon vor ihr stand und sie in die Arme schloss.

„Liebste Vivian!“, stieß er heiser hervor. „Wie freue ich mich, dich zu sehen!“

Vivian wischte sich lachend mit einer Hand über die Augen. „Oh, John! Wie kommst du denn hierher!“

Seine Augen strahlten. „Erstaunt es dich? Ich bin mit der Dolphin gekommen.“

„Aber ... wieso ...?“

Er lachte. „In England wurden private Reeder gesucht, die bereit waren, Uniformen und dergleichen nach Charleston zu transportieren. Und da die Dolphin gerade keine andere Fracht geladen hatte, bot ich sie an. Wie du siehst, gefiel sie den Herren von der Kriegsmarine.“

Er führte Vivian zu einem Stuhl, zog sich selbst einen heran und setzte sich ihr gegenüber an einen der Teehaustische.

„Aber, John, ich kann es nicht fassen!“, lachte Vivian. „Dass du hier bist ...“

„Du weißt doch, die Kolonien interessieren mich“, grinste John. Dann stand er noch einmal auf, holte vom Nebentisch zwei Kerzen an ihren Tisch und zündete sie an. Er stellte sie so, dass der Lichtschein ihre Gesichter traf, und bemerkte lächelnd: „Außerdem war da noch ein anderer Grund für meine Reise hierher. – Du.“

„Ich?“, staunte Vivian. „Wieso ich?“

„Na, du kannst Fragen stellen!“ John lachte leise. „Meine Liebe, ist dir eigentlich klar, dass wir monatelang nichts von dir gehört haben? Elise war schon ganz krank vor Sorge, und selbst dein Onkel William begann nervös zu werden. Na, und Sophie erst! Die Gute sah dich schon von den Rebellen aufgespießt und den Geiern zum Fraß vorgeworfen! Ich hätte nie gedacht, dass sie eine derartige Phantasie entwickeln kann!“

Vivian lachte schuldbewusst. Es stimmte, sie hatte seit Monaten nicht mehr nach England geschrieben, aber das war ja auch völlig unmöglich gewesen! Allerdings hätte sie auch nicht gedacht, dass man sich dort ihretwegen solche Sorgen machen würde. „Ach, John“, brachte sie atemlos hervor, „ich freue mich ja so, dass du da bist!“

Hinter ihrem Rücken vernahm sie ein leises Lachen. „Hört, hört, wer hätte gedacht, dass unsere kleine Patriotin solche Worte zu einem Engländer sagen könnte!“

Verspätet wurde Vivian sich bewusst, dass Colonel Munrose immer noch anwesend war. Mit einem verlegenen Lächeln blinzelte sie ihn an.

Breit grinsend trat er neben sie an den Tisch. „Gestatten Sie, dass ich mich verabschiede, Miss Darcy. Ich glaube, ich habe hier meine Schuldigkeit getan.“

Vivian streckte ihm errötend die Hand entgegen. „Verzeihen Sie mir, Colonel Munrose. Wenn ich gewusst hätte, worin Ihre Überraschung besteht ...“

Er lachte. „Dann hätten Sie mir vermutlich nicht geglaubt! Aber lassen Sie es gut sein. Auch wir bösen Engländer machen gern mal jemandem eine Freude.“

Er ging mit einem Lächeln, und Vivian und John blieben allein zurück. „Ach, John“, strahlte Vivian, „du musst mir erzählen, wie es allen in England geht! Ich hab ja auch so lange von euch nichts gehört!“

„Oh, von der Sorge um dich einmal abgesehen, geht’s allen gut“, lachte John. „Alles ist beim Alten geblieben, nur dass du nicht mehr da bist. Ach ja, und Margaret – du weißt doch, deine Cousine – also, Margaret hat geheiratet. Aber sonst hat sich nicht viel verändert.“

Vivian lächelte. Sie konnte beinahe bildlich vor sich sehen, wie Onkel William weiter seine Hausangestellten herumkommandierte, wie Tante Sophie nervös auf und ab lief und Elise versuchte, bei allem die Ruhe zu bewahren.

Grinsend fuhr John fort: „Also, die eigentliche Aufregung um dich begann, als Sophie feststellte, dass sie dir kein Geld schicken konnte. Du kannst dir vorstellen, dass sie da anfing, wie ein aufgescheuchtes Huhn durch die Gegend zu flattern. Völlig verdreht war sie! – Na ja, schließlich wurde es mir zu viel, und ich sagte ihr, ich würde nach Charleston segeln und sehen, was aus dir geworden ist. Da begannen die Gemüter sich dann allmählich wieder zu beruhigen.“

Vivian strahlte ihn an und drückte seinen Arm. „Ach, John, du bist wirklich zu gut!“

„Gut, du lieber Himmel!", stöhnte er mit einem Lachen. „Ich glaube, es gibt genügend Leute, die dir da widersprechen würden! Ganz davon abgesehen, dass ich durchaus persönliche Gründe hatte herzukommen."

„Wann bist du denn überhaupt angekommen? Soviel ich gehört habe, sind die Schiffe doch schon seit einigen Wochen im Hafen. Wieso besuchst du mich erst jetzt?"

„Weil ich keine Ahnung hatte, wo du bist", seufzte er. „Nach meiner Ankunft ging ich sofort zu der Adresse der Welseys, die du mir genannt hattest. Aber dort fand ich nur eine aufgetakelte junge Frau vor, die mir erzählte, du hättest Charleston schon vor langer Zeit ganz plötzlich verlassen." Er lachte leise auf. „Meine Güte, die Person war vielleicht aufdringlich! Ich wusste kaum, wie ich ihre Annäherungsversuche abwehren sollte!"

Vivian gluckste fröhlich. „Oh ja, das ist typisch Olivia!"

„Kennst du sie gut?"

„Besser als mir lieb ist. Aber lassen wir das. – Was hast du dann getan?"

„Ich versuchte herauszufinden, wohin du gegangen bist, was mir aber nicht gelang. Nebenbei stand ich Captain Crawlings beim Löschen der Ladung zur Seite. Irgendwann suchte ich noch einmal diese Miss Hale auf, in der Hoffnung, doch noch etwas mehr von ihr zu erfahren, und da traf ich Colonel Munrose. Und er erzählte mir dann, dass er dich vor gar nicht langer Zeit in Charleston getroffen hätte, aber leider nicht wüsste, wo du wohnst. Nachdem er dir hier dann begegnet war, hatte ich inzwischen dummerweise Charleston verlassen, um die Plantage der Welseys aufzusuchen, nur um festzustellen, dass dort niemand war, der dich kannte. Du kannst dir nicht vorstellen, wie groß meine Enttäuschung war. Aber als ich nach Charleston zurückkehrte, informierte mich Colonel Munrose sofort, wo ich dich finden kann. Und wie du siehst – hier bin ich!"

Vivian lachte. „Oh ja, das sehe ich! Und wie lange kannst du bleiben?"

„So lange es mir beliebt. Und da ich festgestellt habe, dass mir Charleston gut gefällt, werde ich wohl eine ganze Weile bleiben."

„Oh, John, das ist schön! Dann werden wir uns hoffentlich oft sehen?"

In seinen Augen lag ein warmer Glanz. „So oft du willst. Ich stehe ganz zu deiner Verfügung."

Vivian kicherte unterdrückt. Sie war so glücklich, mit jemandem reden zu können, der sie verstand, der ein guter Freund war.

Zögernd erhob John sich. „Es ist schon spät, Vivian. Ich glaube, ich sollte besser gehen. Aber wir sehen uns morgen, wenn du einverstanden bist."

„Ja, sehr gern. Ich werde versuchen, morgen freizubekommen."

Er zog eine Braue hoch. „Freizubekommen? Dann bist du also wirklich hier angestellt?"

„Natürlich. Was hast du denn gedacht?"

Er zuckte die Achseln. „Ach, nichts. Das heißt, ich weiß nicht genau. Aber das ist auch nicht so wichtig. Hauptsache, wir sehen uns morgen."

„Oh ja! Ich freue mich jetzt schon auf morgen!"

Betsy war die Erste, die ihre Neugier am nächsten Morgen beim Frühstück nicht im Zaum halten konnte:

„Sag mal, Vivian, wer war denn dein Besuch gestern Abend? Wieder ein neuer Verehrer?"

„Was meinst du?", wich Vivian aus, während sie hastig einen Schluck Kaffee trank.

„Na, ich hab doch gehört, wie du dich gestern Abend noch mit jemandem unterhalten hast."

„Das war doch kein Verehrer! Das war nur ein Freund von früher."

„Aus England?"

Vivian hob stirnrunzelnd den Kopf. „Hast du gelauscht?"

„Ach was! Aber eure Stimmen waren ja nicht zu überhören!"

„Nun, wenn du schon alles gehört hast, weißt du ja auch, wie ich zu Mr. Chapman stehe!", erwiderte Vivian gereizt, während sie einen herzhaften Bissen gebratenen Speck verspeiste.

„Aber ich habe ja nicht alles gehört!"

„Also, was soll man dazu sagen!", entfuhr es Vivian mit einem Kopfschütteln.

„Vivian", warf Careen mit sanfter Stimme ein, „Betsy möchte doch nur wissen, ob der freundliche Mr. Cameron jetzt für sie frei ist."

„Ja", nickte Betsy eifrig. „Er sieht nämlich verflixt gut aus!"

Vivian unterdrückte ein Lachen. „Meinetwegen kannst du gern dein Glück bei ihm versuchen. Mit Arthur verbindet mich nur Freundschaft."

„Ja, ja, immer nur Freundschaft, ich weiß!", stöhnte Betsy.

„Wirklich!", beteuerte Vivian kauend.

Melissa lächelte nachsichtig. „Vivian, bist du nun wirklich so unschuldig oder tust du nur so?"

Indigniert zuckte Vivian die Achseln. „Also, wenn selbst du schon so fragst!"

„Hast du das nun ernst gemeint, oder nicht?", beharrte Betsy unterdessen. „Du bist wirklich nicht böse, wenn ich mit Mr. Cameron ausgehe?"

„Nein, bestimmt nicht", beteuerte Vivian. „Aber hast du denn schon eine Idee, wie du Mr. Camerons Aufmerksamkeit wecken willst?"

„Darauf kannst du dich verlassen!", kicherte Betsy.

„Nun, dann viel Glück", meinte Vivian gleichmütig, legte ihre Gabel beiseite, erhob sich und ging achselzuckend hinaus.

Nachmittags holte John Vivian wie verabredet ab. Nebeneinander spazierten sie unter den alten Bäumen nahe dem Großmarkt an der Broad Street entlang. Es war ein herrlicher Tag, die Sonne schien, und Vivian fühlte sich so unbeschwert wie schon lange nicht mehr. John war bester Laune, ließ sich von Vivian voller Interesse durch die Stadt führen und zeigte sich von seiner liebenswürdigsten und charmantesten Seite. Gespannt hörte er zu, während Vivian sehr grob zusammenfasste, wie es ihr ergangen war, seit sich ihre Wege vor über einem Jahr getrennt hatten. John seinerseits schilderte so bildhaft, was ihre Verwandten in England in der Zwischenzeit gemacht hatten, dass Vivian am Ende seiner Schilderungen vergnügt lachte.

Im Laufe der nächsten Wochen trafen Vivian und John sich häufiger. John erkundigte sich nach immer weiteren Einzelheiten aus Vivians Leben in Charleston, und sie erzählte voller Begeisterung. Allerdings ebbte ihre Freude am Erzählen etwas ab, als sie feststellte, dass John es vermied, mit ihr über den Krieg zu reden. Sie hatte geglaubt, ihm, auch wenn er Engländer war, anvertrauen zu können, was sie wirklich von der britischen Besatzung hielt. Aber sobald sie darauf zu sprechen kam, wich er aus und wechselte mit einer lustigen Bemerkung das Thema. Nachdem das einige Male vorgekommen war, unterließ Vivian irritiert weitere Bemerkungen über den Krieg. Die ungute Ahnung keimte in ihr auf, dass John wenig Verständnis für alle immer noch kriegsführenden Amerikaner hatte. Sie war daher froh, John gegenüber bisher weder etwas von ihrer Verachtung für die Besatzer noch von ihrer Liebe zu einigen Rebellen – und einem davon insbesondere – preisgegeben zu haben.

Als Arthur von Vivians Treffen mit John erfuhr, zeigte er sich erstaunt: „Hältst du es für richtig, so eng mit einem Engländer zu verkehren?", fragte er stirnrunzelnd. „Ich meine, es zwingt dich doch niemand."

„Ach, Arthur", seufzte Vivian, „du weißt doch, dass ich die Briten genauso sehr wie du so schnell wie möglich aus Charleston fortwünsche. Aber John ist mein Freund. Er hat mir geholfen, von England nach Charleston heimreisen zu können. Ich kann ihn doch nicht als Feind betrachten, nur weil er Engländer ist. Auch wenn du das wahrscheinlich nicht verstehst."

Arthur zeichnete mit dem rechten Fuß kleine Kreise in den Sand und antwortete erst nach einem kurzen Zögern mit ungewohnt ernster Miene. „Natürlich verstehe ich das. Ich kenne selbst einige britische Offiziere, die bessere Menschen sind als manche Amerikaner. Und dass man zu einem Freund hält, das ist richtig und gut so." Er hob den Kopf, und seine Stimme nahm einen geradezu beschwörenden Tonfall an: „Aber, Vivian, so sehr du ihn auch magst: Vergiss nie, dass er Engländer ist! Erzähl ihm nicht zu viel, vor allem nicht, wenn es um den Krieg geht. Und lass ihn schon gar nicht wissen, dass du Kontakt zu kämpfenden Rebellen wie Cole oder Simon oder zu Spionen wie mir hast! Man weiß nie, was stärker wäre: seine Freundschaft zu dir oder sein Pflichtgefühl seinen Landsleuten gegenüber. Und selbst wenn die Freundschaft siegt und er nichts verrät, du könntest ihn in schwere Gewissenskonflikte stürzen, wenn du ihm zu viel anvertraust."

Vivian senkte den Kopf und strich nervös ihren Rock glatt. Ohne aufzusehen, erwiderte sie: „Ich weiß. Du hast recht. Und ich glaube, John weiß es auch. Ich habe versucht, mit ihm über den Krieg zu sprechen, aber er ist mir stets ausgewichen. Ich glaube, er wollte nicht hören, dass ich zu den Rebellen stehe. Ich hatte so sehr gehofft, er würde mich verstehen, aber ..." Resignierend zuckte sie die Achseln, bemerkte dann aber Arthurs finsteren Blick und setzte eilig hinzu: „Natürlich hätte ich ihm nie gesagt, dass du ein Spion bist oder dass ich ... dass meine engsten Freunde Rebellen sind!"

Arthur nickte. „Ich weiß. Und ich weiß, dass ich dir vertrauen kann. – Behalte nur deinen englischen Freund. Aber sei auf der Hut!"

Vivian versprach aufzupassen, was sie sagte, und Arthur verabschiedete sich. Unbehaglich fragte sie sich, was wohl ihre übrigen Freunde dazu sagen würden, wenn sie wüssten, dass sie mit einem Engländer befreundet war. Ob Cole sie verstehen würde? Er kannte John beinahe ebenso gut wie sie selbst. Oder würde er sie verurteilen? Im Geiste sah sie Coles lachendes Gesicht vor sich, wie er an der Reling der Dolphin lehnte und sich mit John unterhielt. Ob einer dem anderen wohl etwas antun würde, falls sie sich, was Gott verhüten möge, einmal begegnen sollten? Der Gedanke war unerträglich, und sie verscheuchte ihn eiligst. Und doch, ein beklemmendes Gefühl blieb.

5

Am Tag nach ihrer Unterredung mit Arthur herrschte wieder strahlender Sonnenschein, und Vivian wäre am liebsten hinausgegangen. Aber im Teehaus wimmelte es nur so vor Besuchern, und so war an eine Unterbrechung ihrer Arbeit gar nicht zu denken. So ging es einige Tage lang, sodass Vivian weder ihre weiteren Verabredungen mit Arthur noch mit John einhalten konnte. Sie vermisste es, Neuigkeiten zu erfahren, und bedauerte es, ausgerechnet jetzt, wo sie ihre Zeit zwischen zwei Freunden aufteilen musste, so viel zu tun zu haben. Aber es war nun einmal nicht zu ändern. Sie vertröstete John auf die nächste Woche und bat Arthur, sofern es ihm möglich wäre, irgendwann einmal abends vorbeizukommen, damit sie zumindest ansatzweise über die Geschehnisse auf dem Laufenden blieb und, was noch viel wichtiger war, erfuhr, wie es ihren kämpfenden Freunden erging. Tatsächlich kam Arthur mehrmals abends vorbei, aber jedes Mal war Vivian mit ihrer Arbeit noch nicht fertig und konnte nicht fort, sodass sie und Arthur sich auf oberflächliche Plaudereien in der Teestube beschränken mussten und kein ernsthaftes Gespräch zwischen ihnen möglich war.

Dann, am Donnerstagabend, teilte Arthur Vivian mit, dass er sich für Sonntag mit Betsy Parker verabredet hätte. Vivian wunderte sich, wie Betsy es wohl geschafft haben mochte, diese Verabredung zu erreichen. Sie lachte und wünschte Arthur viel Spaß mit seiner Eroberung, war aber nichtsdestotrotz enttäuscht. Sie hatte für Sonntag von den Gilberts freibekommen und hatte gehofft, dann bei einem Treffen mit Arthur endlich wieder etwas über Cole, Simon und die anderen zu erfahren. Daraus wurde nun nichts. Um den freien Tag nicht gänzlich zu vergeuden, verabredete sie sich für Sonntag mit John, doch sie freute sich nur halbherzig darauf.

Am Freitag kam Careen freudestrahlend auf sie zu und erzählte ihr, dass sie sich am Sonntag mit Lieutenant Wilberfox verloben werde. „Oh, Vivian, ist das nicht wundervoll?", hauchte sie mit leuchtenden Augen.

Vivian nickte pflichtschuldigst, umarmte Careen und drückte ihre Glückwünsche aus. Careen lud sie ein, zu ihrer Verlobungsfeier zu kommen. Lieutenant Wilberfox plante, einige Kameraden in das Haus, in das er einquartiert worden war, einzuladen, und auch Careen durfte einige Gäste mitbringen. Vivian schüttelte lächelnd den Kopf und erklärte, sie hätte schon eine Verabredung, Careen möge sie daher bitte entschuldigen. Careen bedauerte zwar, dass Vivian nicht kommen konnte, unternahm aber keinen Versuch, sie zum Kommen zu überreden, worüber Vivian insgeheim sehr froh war.

Der Samstag war lang und anstrengend wie immer. Wie üblich traf Mrs. Malloghan bereits gegen Mittag im Teehaus ein und bestellte Gebäck und Tee. Ausnahmsweise wurde sie von ihrem Mann begleitet. Er erinnerte sich noch an Vivian, die er vor einigen Monaten auf seinem Schiff aus Charleston herausgebracht hatte, und erkundigte sich höflich, ob es ihr in Savannah nicht länger gefallen hätte.

Vivian brachte ein höfliches Lächeln zustande und erwiderte, sie wäre gar nicht bis nach Savannah gekommen. Stattdessen habe sie ein Unterkommen bei Freunden auf dem Land gefunden.

Mr. Malloghan hob bedauernd die Hände. „Na, dann müssen Sie Ihren Besuch dort aber unbedingt bald nachholen. Savannah ist wirklich eine reizvolle Stadt, Miss Darcy.“

Vivian versicherte, das würde sie ganz bestimmt einmal tun. Mr. Malloghan nickte zufrieden, und Vivian war froh, als er zu seiner Frau an den Tisch zurückkehrte.

Nach einiger Zeit gesellte sich ein weiteres Ehepaar zu den Malloghans. Schon nach kurzer Zeit erhoben sich die beiden Männer und ließen ihre Frauen allein zurück. Vivian erinnerte sich, diese Dame schon öfter in Begleitung Mrs. Malloghans im Teehaus gesehen zu haben. Ihr Name war Mrs. Eusten.

„Lasst euch den Kuchen schmecken“, hörte sie Mr. Eusten im Gehen sagen. „Und denkt dran, dass euch nur das Beste zusteht! Wenn das Gebäck nicht gut ist, gebt es zurück. Wir können für unser Geld schließlich etwas verlangen. Und nun kommen Sie, Henry. Unsere Geschäfte dürfen nicht warten.“

Mrs. Eusten und Mrs. Malloghan kicherten. Sie hielten seine Worte offenbar für einen gelungenen Witz.

„Meine Güte“, flüsterte Careen Vivian ins Ohr. „Der tut aber wichtig.“

Vivian nickte. Sie konnte sich schon denken, mit was für Geschäften Mr. Eusten sein Geld verdiente. Im Gegensatz zu Mr. Malloghan, der schon vor dem Krieg große Ländereien besessen hatte und ein angesehener

Mann war, sah Mr. Eusten mit seinem roten, aufgedunsenen Gesicht wie ein zu Geld gekommener Farmer aus. Sein Tonfall und seine Gebärden unterstrichen diesen Eindruck noch. Vivian war überzeugt, dass er zu jenen Tories gehörte, die freiheitsbewusste Amerikaner um ihren rechtmäßigen Besitz brachten und diesen dann an die Briten verschacherten. Es war eine Schande!

Während des ganzen Nachmittages musste Vivian sich das Gerede von Leuten dieses Schlages anhören. Sie verabscheute diese hochnäsigen Tories von Herzen, und doch musste sie ihnen freundlich ins Gesicht lächeln und ihre Wünsche erfüllen. Sie fühlte sich wieder einmal erbärmlich.

Doch dann, kurz vor Ladenschluss, hörte sie etwas, das ihr Herz vor Freude hüpfen ließ: Die Rebellen hatten einen bedeutenden Sieg errungen! Sie wusste zunächst nicht, wovon die Rede war, als einer der anwesenden britischen Offiziere sagte, Tarletons Niederlage sei eine Blamage. Gewiss, wer Tarleton war, wusste sie natürlich. Dieser Oberst der britischen Armee führte in Süd-Karolina ein Kavallerieregiment der Tories und galt gemeinhin als grausam und hart. Trotz seiner Jugend wurde er von vielen seiner Brutalität wegen gefürchtet, doch bei den Briten war er angesichts seiner bisherigen Erfolge hochgeachtet.

Eifrig lauschte Vivian weiter dem Gespräch der Offiziere und erfuhr schnell, welche Niederlage Tarletons gemeint war: Oberst Banastre Tarleton war mit seiner Kavallerie in der Schlacht von Cowpens auf den amerikanischen General Daniel Morgan getroffen und von ihm besiegt worden. Für den siegverwöhnten Tarleton war dieses seine erste bedeutende Niederlage. Seine Truppen waren vernichtet und zersprengt worden, sodass schließlich auch Tarleton, der den Gerüchten zufolge wie ein Besessener gekämpft hatte, nur noch die Flucht geblieben war. Für die Rebellen war dies der erste Sieg in einer offenen Schlacht, nachdem sie monatelang mit Scharmützeln und Scheingefechten kleinere Truppeneinheiten der Briten in Atem gehalten hatten. Die Briten waren sich der Bedeutung des amerikanischen Sieges durchaus bewusst und fürchteten nichts mehr, als dass die Rebellen in den südlichen Kolonien wieder stärker werden könnten. Wie es schien, war die Schlacht von Cowpens ein erstes Anzeichen für eine solche Entwicklung.

Vivians Laune war für diesen Abend gerettet. Ein Sieg der Amerikaner war genau das, was sie jetzt aufheitern konnte. Zufrieden, dass die Rebellion doch noch nicht ganz verloren war, schlüpfte sie schließlich ins Bett. Ein Sieg der Amerikaner, dachte sie vor dem Einschlafen schläfrig. Ob Cole wohl dabei gewesen war? Und falls ja – ging es ihm gut? Seufzend drehte sie sich auf die andere Seite. Ach, sie vermisste ihn einfach entsetzlich! Wenn sie doch nur einmal wieder etwas von ihm hören würde!

Am Sonntag bat John Vivian, kurz mit ihm bei Colonel Munrose vorbeizuschauen. Der Colonel hatte bei einem Außenposten, zu dem er abkommandiert worden war, einen Schulterschuss von einem Scharfschützen der Rebellen erhalten. Jetzt lag er hilflos im Bett und langweilte sich zu Tode. Da er einer der wenigen Männer war, die John in Charleston bereits näher kannte, wollte er ihm gern einen Krankenbesuch abstatten.

Vivian sträubte sich zunächst. Sie hatte nichts gegen Colonel Munrose, im Gegenteil, seit er John zu ihr gebracht hatte, war er in ihrer Achtung deutlich gestiegen. „Aber in dem Haus wohnt noch immer Olivia, und ihr möchte ich nun wirklich nicht über den Weg laufen.“

John nickte. „Das verstehe ich. Aber ich werde ja auch nicht lange bleiben. Und ich könnte Colonel Munrose bitten, sie aus dem Zimmer zu schicken, solange wir da sind.“

Vivian schüttelte den Kopf. „Das wird kaum gehen, schließlich behauptet sie, dass ihr das Haus gehört. Nein, wirklich, John, ich möchte sie nicht sehen.“

„Bitte, Vivian“, bettelte John. „Colonel Munrose ist doch ein netter Kerl. Bedenke, dass er uns zusammengebracht hat.“

Nach einigem Zögern willigte Vivian widerstrebend ein. „Na gut, wenn es unbedingt sein muss. Aber ich warte so lange im Garten. Da werde ich Olivia hoffentlich nicht begegnen.“

Sichtlich zufrieden nahm John ihren Arm. Während sie an den Läden der Meeting Street vorbeischlenderten, erkundigte er sich nachdenklich: „Diese Olivia – die ist jetzt also die Eigentümerin des Hauses?“

„Ja. Zumindest hat sie mir erzählt, Colonel Munrose hätte sie als Eigentümerin eintragen lassen.“

„Eine solche Dummheit hätte ich einem Mann wie ihm nicht zugetraut. Aber es scheint für britische Offiziere demnach ziemlich einfach zu sein, hier ein Haus zu erwerben.“

„Erwerben?“, höhnte Vivian. „Colonel Munrose hat das Haus doch nicht gekauft!“

Irritiert runzelte John die Stirn. „Ja, was denn dann?"

„Gestohlen hat er es! Das heißt, beschlagnahmt, sagt man wohl! Weil Ann und Herbert Söhne haben, die als Revolutionäre kämpfen, hat man ihnen ihr Stadthaus und auch ihre Plantage weggenommen."

„Ach, so ist das." John verlangsamte seine Schritte und blieb vor einem Hutmacherladen stehen. „Und kann das jeder? – Ich meine, jemanden enteignen, wenn ihm ein Haus gefällt?"

„Nur Engländer natürlich", erwiderte Vivian verdrossen.

„Hm."

Eine ungute Vorahnung beschlich Vivian, als sie in Johns nachdenkliche Miene blickte. „John, was ist los? Du willst doch nicht etwa ein Haus für dich beschlagnahmen lassen?"

„Nein, natürlich nicht. – Ich denke nur gerade darüber nach, was du mir über dein Stadthaus erzählt hast."

„Ich habe kein Stadthaus, wie du weißt", klärte Vivian ihn auf. „Ich habe dir doch erklärt, dass das Haus wegen der Hypothekenbelastung an die Bank gefallen ist und jetzt jemand anders gehört."

„Oh, ich weiß", lächelte John. „Aber was würdest du davon halten, wenn ich es dir zurückkaufen würde?"

Vivian schnappte nach Luft. „Das kann ich nie und nimmer annehmen! Das ist völlig unmöglich!"

„Warum? Wir sind doch verwandt, oder etwa nicht?"

„Nein, so verwandt nicht." Vivian starrte nervös auf einen grünen Hut mit drei langen Fasanenfedern, der in einem Schaufenster ausgestellt war. Ihre Stimme zitterte, als sie fortfuhr: „Es … es würde so aussehen, als wäre ich ... als würde ich ... – Na ja, es wäre eben nichts anderes als bei Olivia!"

John lachte laut auf. „Ach, so siehst du das! Ich habe aber wirklich keine unehrenhaften Absichten! Es soll alles seinen Anstand haben!"

Vivian wandte den Kopf zur Seite und atmete tief durch. Leise sagte sie: „Es geht trotzdem nicht. Wirklich nicht."

Für Vivian war das Thema damit erledigt. Sie würde sich kein Haus schenken lassen, und wenn Johns Absichten noch so ehrenhaft sein mochten. Eigentlich war es schon merkwürdig, dass er überhaupt denken konnte, sie würde es annehmen.

Trotz ihres Widerwillens, Colonel Munrose einen Krankenbesuch abzustatten, war sie beinahe froh, als sie das Haus erreichten und John das Gespräch nicht fortsetzen konnte. Gedankenverloren schlenderte sie unter den alten Eichen im Garten der Welseys entlang, während John zum Zimmer des Colonels geführt wurde. Es bedrückte sie, wie sehr John sich für die Möglichkeit der Enteignung von Häusern interessiert hatte. Sie hoffte inständig, dass sie sich in seinen Absichten täuschte. Indessen merkte sie nicht, dass sie nicht mehr allein war.

„Guten Tag, Vivian", säuselte Olivia Hales Stimme plötzlich hinter ihrem Rücken. „Das ist ja eine Überraschung, dass ich dich in meinem Garten antreffe."

Vivian biss sich verstimmt auf die Lippen und verdrehte die Augen, ehe sie sich zu einem höflichen Lächeln zwang und sich umwandte. „Ich wollte hier nicht einfach eindringen, Olivia, es tut mir leid. Ich habe einen Freund begleitet, der Colonel Munrose einen

Krankenbesuch abstattet, und er hat mich gebeten, hier auf ihn zu warten.“

„Oh, der gutaussehende Bursche dort oben ist dein Freund? Wie interessant! Ich dachte, du magst keine Engländer?“

Erleichtert sah Vivian bereits John auf sich zusteuern. Sie schluckte die unfreundliche Antwort herunter, die ihr auf der Zunge gelegen hatte, und entgegnete stattdessen ausweichend: „Das kommt ganz darauf an, wer es ist. Aber jetzt entschuldige mich bitte, Olivia, ich glaube, Mr. Chapman möchte gehen.“

Sie gab Olivia keine Gelegenheit zu einer Antwort, sondern wandte sich mit einem knappen Lächeln ab.

„Nanu“, meinte John lächelnd, während er sie auf die Straße führte, „ich hatte Miss Hale doch gesagt, dass du gern eine Weile allein wärst. Es tut mir leid, dass sie mich wohl missverstanden hat.“

Vivian zuckte die Achseln. „Eben das hättest du wahrscheinlich nicht sagen dürfen. Aber was soll’s, so schlimm war es gar nicht. Nur werde ich bestimmt nicht noch einmal mit herkommen.“

„Nein, das verstehe ich“, lächelte John.

Am Ende der nächsten Woche fragte Arthur, ob er Vivian an einem der nächsten Tage sehen könnte. Da sie endlich etwas weniger zu tun hatte, schlug sie vor, am nächsten Vormittag einen Stadtbummel mit ihm zu unternehmen. Arthur stimmte stirnrunzelnd zu. Gegen seine Gewohnheit verabschiedete er sich mit einem Händedruck von Vivian. Erstaunt stellte sie fest, dass er ihr etwas, das sich wie ein Stück Papier anfühlte, in die Hand drückte und sie dabei mit einem durchdringenden Blick beschwor, sich nichts anmerken zu lassen. Sie begriff sofort und blieb äußerlich ruhig, obwohl ihr vor Aufregung das Herz hüpfte. Arthurs Verhalten ließ nur einen Schluss zu: Das Papier beinhaltete eine wichtige Nachricht für sie, vielleicht von Simon oder – bei diesem Gedanken beschleunigte sich ihr Pulsschlag – von Cole. Geschickt fasste sie so zu, dass das Papier von niemandem gesehen werden konnte, und ließ es geschwind in ihrer Rocktasche verschwinden. Dann schenkte sie Arthur ein erleichtertes Lächeln. Er verbeugte sich knapp, verabschiedete sich von Careen und Betsy und verließ das Teehaus.

„Was wollte Mr. Cameron denn?", fragte Betsy neugierig, kaum dass er fort war.

Vivian war so erleichtert, dass die Nachricht sicher in ihrer Rocktasche aufgehoben war, dass sie Betsy ihr herzlichstes Lächeln schenkte. „Nichts Besonderes, Betsy. Du weißt doch, wir sind nur Freunde."

Betsy kicherte. „Allmählich glaube ich dir das sogar. Mr. Cameron und ich sind nämlich für nächsten Montagabend wieder verabredet."

„Er gefällt dir wohl wirklich, nicht wahr?", lächelte Vivian.

„Oh, und wie!", strahlte Betsy. „Mir hat noch nie ein Mann so gut gefallen!"

„Oh, Betsy", warf Careen mit sanfter Stimme ein, „wäre es nicht schön, wenn wir eine Doppelhochzeit feiern könnten? Du und Mr. Cameron und ich und David – Lieutenant Wilberfox, meine ich natürlich!"

„Ich weiß nicht … vielleicht", lachte Betsy unsicher. „Dann fehlt nur noch Vivian, nicht wahr? Eine Dreierhochzeit, das wäre doch noch besser!"

„Oh ja, Vivian, das wäre schön!", flötete Careen. „Warum heiratest du nicht Mr. Chapman?"

„Oh nein, dazu müsste ich ihn ja lieben!", wehrte Vivian lachend ab.

„Ach, tu doch nicht so!", kam es von Betsy. „Mr. Chapman ist doch sehr nett. Oder gibt es da einen anderen?"

Strahlend blaue Augen begannen in ihren Gedanken zu tanzen und blinzelten sie verschmitzt an. Vivian fühlte sich ertappt und keuchte eine Spur zu hastig: „Du lieber Himmel, nein!"

Betsy und Careen kicherten einvernehmlich. „Bist du ganz sicher?"

Sie warf den Kopf zurück und funkelte die beiden Mädchen entrüstet an. „Lieber Himmel, das geht euch gar nichts an!"

Die beiden wechselten einen vielsagenden Blick. „Reg dich doch nicht gleich auf, Vivian", beschwichtigte Betsy. „Es war ja nicht böse gemeint."

Vivian nutzte die erste Gelegenheit, um nach oben in ihr Zimmer zu stürmen. Endlich allein, zerrte sie die Nachricht aus ihrer Rocktasche. Sie glättete das zu einem winzigen Zettel zusammengefaltete Papier und las mit bebenden Fingern die wenigen Zeilen:

Liebste Vivian,
ich wollte gern, dass du es von mir erfährst: Sam ist frei.
Er ist bei mir und kämpft mit mir. Es geht ihm gut. –
Mir übrigens auch, nur falls es dich interessiert.
Alles Gute, Cole.
– PS: Wie ich höre, triffst du dich mit John Chapman.
Muss das sein? Was macht er überhaupt in Charleston?
Mir gefällt das ganz und gar nicht!

Vivian schluchzte auf und presste den kleinen Zettel in der Faust an ihre Brust. Cole ging es gut! Und Sam war frei! Es war unendlich beruhigend zu wissen, dass er die britische Gefangenschaft heil überstanden hatte. Und nun kämpfte er zusammen mit Cole! Es war nahezu unglaublich!

Vivian legte sich auf ihr Bett und blickte mit Freudentränen in den Augen blinzelnd an die Decke. Sie hatte so lange nichts von Cole gehört! Sie hatte sich so sehr nach einem Lebenszeichen von ihm gesehnt! Und nun schickte er ihr eine solch wunderbare Nachricht. Sie presste den kleinen Zettel voller Inbrunst an ihre Brust.

Dann, als die erste Freude allmählich abklang und sie anfing, ruhiger zu denken, sagte sie sich, dass es schrecklich gefährlich für Arthur gewesen sein musste, ihr eine Nachricht von einem Rebellen nach Charleston zu bringen. Nicht auszudenken, wenn Arthur am Stadttor kontrolliert worden wäre! Womöglich hätte man ihn als Spion enttarnt und gezwungen, alles, was er über den Aufenthaltsort der Rebellen wusste, zu verraten. Vivian schüttelte den Kopf. Oh ja, sie war glücklich, die Nachricht von Cole erhalten zu haben. Aber gleichzeitig verurteilte sie seinen Leichtsinn.

Am Sonntag holte John Vivian wie verabredet ab und besuchte mit ihr eine neu eröffnete Teestube in der Cumberland Street. Der Kuchen war nicht annähernd so gut wie bei den Gilberts, obgleich er durchaus genießbar war.

„Es ist erst früher Nachmittag, und das Wetter ist großartig", meinte John mit einem Lächeln, während er den letzten Bissen seines Käsekuchens verspeiste. „Wie wäre es, wenn wir noch eine Spazierfahrt aus der Stadt heraus machen?"

„Das wäre wundervoll!", stimmte Vivian begeistert zu. „Ich würde mich freuen, einmal aus Charleston herauszukommen. Die Stadt ist so schrecklich überfüllt."

„Großartig. Dann warte bitte einen Augenblick hier im Teehaus, während ich bezahle und uns dann einen Wagen besorge. Es dauert nicht lange." Er zwinkerte ihr zu. „Mach dich auf eine Überraschung gefasst."

Verwundert, was für eine Überraschung er meinen konnte, nickte Vivian. Um die Wartezeit auf seine Rückkehr zu überbrücken, stellte sie insgeheim Vergleiche zwischen dieser Teestube und dem Teehaus der Gilberts an. Eindeutig strahlte Melissas Gastraum mehr Behaglichkeit aus. Vivian überlegte gerade, wie man dem Raum mit ein paar Blumen und anderen Möbeln etwas mehr Flair geben könnte, als Olivia Hale am Arm eines älteren Offiziers das Teehaus betrat. Und natürlich erblickte sie Vivian sofort. Sie raunte ihrem Begleiter etwas ins Ohr, der sich nach einem kurzen Nicken an einen der Tische setzte. Olivia hingegen eilte zu Vivian hinüber.

„Vivian, meine Liebe, was für eine Überraschung! Aber bist du denn ganz allein hier?"

Vivian hätte Olivias falsches Lächeln am liebsten mit einer gebührenden Antwort quittiert, doch sie riss sich zusammen und lächelte freundlich. „Nein, Olivia, ich warte nur auf meinen Begleiter. John wird gleich wieder hier sein."

„John? John Chapman, der nette Engländer, der neulich bei uns zu Besuch war?"

„Ja, richtig. Und was ist mit dir? Bist du gar nicht am Krankenbett deines Colonels?"

„Ach Gott", lachte Olivia und machte eine wegwerfende Handbewegung. „Das ist so langweilig. Der Gute muss ja immer noch das Bett hüten, obgleich es ihm allmählich besser geht. Ich vertreibe mir nur in der Zwischenzeit ein wenig die Zeit."

„Und du meinst, dass er viel Verständnis dafür aufbringen wird?", fragte Vivian mit einem süßsauren Lächeln.

„Oh, natürlich. Allerdings glaubt er, ich würde gerade eine Freundin besuchen. Was ich an einem anderen Tag natürlich auch tun werde."

„Olivia, du bist unmöglich", entfuhr es Vivian, und sie blickte kopfschüttelnd zur Seite.

„Findest du?", gab Olivia leichthin zurück, aber in ihren Augen fing es an zu funkeln. „Na was soll's. Ich nehme es dir nicht übel, dass du immer so kühl zu mir bist. Im Gegenteil, ich freue mich für dich, dass du dich so gut mit diesem John Chapman verstehst. Er ist wohl sehr reich, oder?"

„Keine Ahnung", gab Vivian gelangweilt zurück.

„Du solltest dich dafür interessieren, es ist wichtig. Du hast ja keine Ahnung, was ein wohlhabender Mann alles für dich tun kann! Nebenbei bemerkt, was ist denn eigentlich aus deinem gutaussehenden Begleiter von damals geworden? Seht ihr euch noch?"

Vivian zuckte unmerklich zusammen. „Ich weiß überhaupt nicht, von welchem Begleiter du sprichst."

„Oh, aber natürlich weißt du das! Du warst doch ganz vernarrt in ihn, als ihr zusammen im Kaffeehaus wart! Und bei Charlestons Belagerung habe ich gesehen, wie er zu dir ins Lazarett gekommen ist und ihr zusammen in der Küche verschwunden seid!"

„In der Küche haben wir damals die Verwundeten verbunden", erklärte Vivian entrüstet.

„Ja sicher!", lachte Olivia höhnisch. „Aber du brauchst dich nicht aufzuregen, ich frage ja nur aus Interesse! Offen gesagt, bin ich froh, wenn du mit diesem Mann Schluss gemacht hast. Er wäre nicht der Richtige für dich gewesen."

„Olivia, ich glaube wirklich nicht, dass wir uns auf so freundschaftlichem Fuß befinden, dass ich so persönliche Dinge mit dir diskutieren würde!"

„Ach, würdest du nicht? Schade. Dabei meine ich es doch nur gut. Der Mann hätte dir das Herz gebrochen, glaub mir." Sie schüttelte lachend den Kopf. „Obwohl ich ja zugeben muss, dass dein Milizcaptain wirklich phantastisch aussah! Und küssen konnte er, das muss man ihm lassen. Und im Bett ..."

Vivians Teetasse schepperte so laut auf die Untertasse, dass die anderen Gäste in der Teestube sich umsahen.

Genüsslich lächelte Olivia in Vivians kreidebleiches Gesicht. „Ach, habe ich dir wehgetan? Das tut mir leid. Wenn ich gewusst hätte, dass du doch noch etwas für ihn übrig hast ... Bitte entschuldige."

„Du hast mir nicht wehgetan", log Vivian und nippte wie zum Beweis gleichmütig an ihrem Tee. „Außerdem glaube ich dir kein Wort."

„Wie dumm von dir", tadelte Olivia, die offensichtlich sehr wohl bemerkt hatte, dass sie mit ihrer Bemerkung ins Schwarze getroffen hatte. „Wirklich, Vivian, wie ich schon sagte, ich meine es nur gut. Du bist einfach so

eine naive Unschuld und glaubst immer an das Gute im
Menschen."

„Ich bin weder naiv noch so unschuldig, wie du
denkst!", rechtfertigte sich Vivian in unvernünftiger
Empörung. „Und im Übrigen betrachte ich unsere Unterhaltung als überflüssig!"

„Nein, was für ein Hochmut!", spottete Olivia. „Du
glaubst wohl wirklich, du bist etwas Besseres, wie?
Aber glaub mir, dein Rebellenoffizier wird dich genauso wenig heiraten wie Colonel Munrose mich. Ich
kenne diese Sorte Mann. Sie lieben die Frauen – aber
eben nicht nur eine! Oder hat dein Liebster etwa schon
um deine Hand angehalten?"

Irgendwie brachte Vivian es fertig, sich scheinbar gelassen zu erheben. „Ich frage mich, was ich dir getan
habe, dass du so gehässig bist", versetzte sie eisig. „Seit
ich dir bei Charlestons Belagerung das Zimmer bei den
Welseys vermittelt habe, lässt du keine Gelegenheit
aus, dich mit mir anzulegen. Warum eigentlich?"

„Warum? – Na, du bist ja drollig! Du warst ein Teehausmädchen, genau wie ich! Und trotzdem hast du
immer alles gehabt! Geld, reiche Freunde ... und gutaussehende Männer! Den ganzen Kuchen eben, während
ich nur die Krümel abbekam! Aber mir steht auch etwas vom Kuchen zu, verstehst du!"

„Dann pass nur auf, dass du dich nicht an deinem Kuchen verschluckst!"

„Keine Sorge", grinste Olivia herausfordernd. „Ich
habe es schon immer verstanden, meinen Anteil zu genießen. Und manche Kuchenstücke waren besonders
lecker. Vor allem die in der Gestalt von Rebellenoffizie-
ren!"

Sprachlos blinzelte Vivian Olivia an, ehe sie sich abrupt abwandte. Sie achtete nicht auf Olivias hämisches Gelächter, während sie grußlos aus dem Teehaus stürmte. Draußen vor der Tür versuchte sie angestrengt, ihren wilden Atem unter Kontrolle zu bringen, während sie nervös auf und ab schritt und sich suchend nach John umsah. Wo blieb er denn nur? Es konnte nicht wahr sein, was Olivia sagte! Oder doch? Hatte sie selbst nicht immer wieder den Verdacht gehegt, dass Cole ein Schürzenjäger war? Aber er würde doch nicht so ein falsches Spiel mit ihr treiben! Er war so liebevoll gewesen, und er hatte Gefühle in ihr ausgelöst ... Lieber Himmel, sie hatte sich in ihn verliebt, sie liebte ihn – aber liebte er sie auch? Oder war sie für ihn nur eine von vielen Eroberungen? Hatte er wirklich Olivia Hale geküsst, so wie er sie geküsst hatte? Oder war er gar noch weiter gegangen?

Sie zitterte am ganzen Körper, und Tränen stiegen ihr in die Augen. Oh, sie musste sich unter Kontrolle bekommen! Es konnte doch nicht angehen, dass ein paar böse Worte einer gemeinen Frau ausreichten, sie so aus der Fassung zu bringen! Gleich würde John zurückkehren, sie durfte sich unter gar keinen Umständen anmerken lassen, wie verstört sie war!

Sie atmete ein paarmal tief durch und schalt sich eine Närrin, dass sie so heftig auf Olivias Worte reagierte. Olivia war durchtrieben und boshaft und alles andere als eine liebe Freundin. Cole hingegen hatte ihr oft genug seine Freundschaft bewiesen, selbst wenn von Liebe vielleicht nicht die Rede war. Obwohl sie auf Summerville sogar dieses Gefühl in seinen Augen zu erkennen geglaubt hatte! Wie konnte sie also so töricht sein, Olivia auch nur zuzuhören! Olivia nutzte keine Gelegenheit aus, sie zu verletzen, während Cole alles Mögliche getan hatte, um sie zu trösten oder zu schützen. Nein, was auch immer er sonst sein mochte, Cole war ihr Freund! Olivia war es nicht! Sie würde Olivia nicht glauben!

Sie hörte das Rattern von Rädern, und ein eleganter Zweispänner fuhr vor und hielt vor dem Teehaus. Verblüfft erkannte sie in dem Fahrer John, der heruntersprang und lächelnd auf sie zukam. Rasch blinzelte sie die Tränen fort und setzte ein überraschtes Lächeln auf.

„Aber, John, das ist doch keine Mietkutsche!", rief sie. „Hast du dir etwa einen Wagen gekauft?"

John grinste breit. „Weißt du, ich hatte es allmählich satt, immer auf einen Mietwagen angewiesen zu sein. Da habe ich mir letzte Woche kurzerhand einen eigenen kleinen Zweispänner zugelegt. Ich wollte dich damit überraschen. Willst du ihn ansehen?"

Vivian nickte und beschloss, dass es klüger war, ihren Kummer eine Weile zu vergessen. John führte sie zu dem Wagen und fragte, was sie davon hielt. In aufrichtiger Bewunderung bestaunte sie das zweirädrige Gefährt, das von zwei hellbraunen, vollblütigen Rassepferden gezogen wurde. Vivian verstand genug von Pferden, um zu sehen, um was für edle Tiere es sich handelte. Sanft strich sie ihnen über die Nüstern.

„Was für herrliche Stuten!", stieß sie begeistert hervor. „Oh John, wo hast du die bloß her? Ich dachte, es wäre so schwer, Pferde zu bekommen, weil die britische Armee alle Tiere braucht!"

John lachte unbekümmert. „Das stimmt. Aber wenn man die richtigen Beziehungen hat …"

Vivian schluckte und ein Teil ihrer Begeisterung verblasste. „Ach ja, natürlich. Du bist ja Engländer. Wie habe ich das vergessen können."

„Das klingt aber nicht sehr freundlich", tadelte John mit einem vorwurfsvollen Stirnrunzeln.

„Nein, entschuldige, so habe ich es nicht gemeint!", beteuerte sie hastig. „Aber sag, hast du denn vor, länger in Charleston zu bleiben? Ich meine, wenn du dir eine eigene Kutsche und Pferde kaufst …"

Statt zu antworten, ergriff er ihren Arm, führte sie zum hinteren Teil des Wagens und zeigte begeistert auf eine dort angebrachte Vorrichtung. „Sieh mal hier, Vivian! Das ist ein aufklappbares Verdeck! Es war gar nicht so einfach, so etwas hier in den Kolonien zu bekommen. Selbst in England ist diese Art von Verdeck noch eine Neuerung. Du kannst dir vorstellen, wie schwierig es war, hier so eine Kutsche zu besorgen! Aber ich habe sie bekommen, wie du siehst!"

Es amüsierte Vivian, wie sehr John im Augenblick einem kleinen Jungen glich, der mit glänzenden Augen sein neues Spielzeug vorzeigte. Sie lächelte darüber und meinte neckend: „Nun, wie es scheint, bekommst du wohl immer, was du willst."

„Das muss sich erst noch zeigen", entgegnete John stirnrunzelnd, und seine Ausgelassenheit schien wie weggeblasen. „Komm, lass uns einsteigen. Sonst wird es zu spät für unsere Ausfahrt. Wenn die Sonne erst untergeht, hat man nichts mehr von dem schönen Wetter."

Höflich half er Vivian auf den Kutschbock, nahm neben ihr Platz und ergriff die Zügel. Mit einem aufmunternden Zungenschnalzen gab er den Pferden den Befehl zum Start. Schon nach kurzer Zeit hatten sie das nördlich gelegene Stadttor erreicht. Da John sich als Engländer ausweisen konnte, hatten sie keine Schwierigkeiten, das Tor zu passieren.

Vivian hatte inzwischen ihren Ärger über Olivias Worte verdrängt und genoss die Fahrt in vollen Zügen. Es war fast vier Monate her, dass Robert und Cole sie nach Charleston gebracht hatten, und seitdem hatte sie die Stadt nicht mehr verlassen. Damals wie heute war der Himmel strahlend blau, aber die Landschaft sah nun ganz anders aus. Sie war im Herbst nach Charleston zurückgekommen, doch jetzt war es Frühling, und alles stand in voller Blüte. Die ersten Narzissen und Veilchen blühten zusammen mit Pflanzen, die Vivian nicht kannte, am Wegesrand. Birn- und Apfelbäume, welche die Allee säumten, waren von weißen Blütendolden übersät, in denen eifrig Bienen summten, und die Wälder, die in der Ferne zu sehen waren, leuchteten in einem frischen Grün. Es fiel Vivian schwer, sich umgeben von dieser Idylle vorzustellen, dass es noch so etwas wie einen Krieg gab.

Nach einem unbeschwerten, heiteren Nachmittag kehrten sie erst spät nach Sonnenuntergang nach Hause zurück. Als die Kutsche vor dem Teehaus der Gilberts hielt, sprang John vom Wagen, half Vivian hinunter und fragte ungewöhnlich ernst: „Vivian, könnte ich vielleicht noch einen Augenblick mit hineinkommen? Ich hätte noch etwas Wichtiges mit dir zu besprechen.“

„Ja, natürlich", entgegnete Vivian verwundert, obwohl sie nach dem langen Tag eigentlich müde war und sich gern auf ihr Zimmer zurückgezogen hätte. „Wir können uns in die Gaststube setzen, wenn du willst. Es ist nach Feierabend, und wir sollten dort ungestört reden können."

John nickte und führte Vivian an der Küche vorbei, aus der das Klappern von Geschirr klang, in den hintersten Winkel der Gaststube. Umständlich zog er zwei Stühle heran und bat Vivian, Platz zu nehmen. Er setzte sich ihr gegenüber, doch schon nach kurzer Zeit stand er wieder auf und begann, unruhig auf und ab zu gehen. Irritiert von diesem völlig uncharakteristischen Benehmen, sah Vivian ihn stirnrunzelnd an.

Er bemerkte ihren Blick und lächelte verlegen, dann setzte er sich wieder und fing endlich an zu reden. Er sprach von seiner Begeisterung, in Amerika zu sein, von seinen großen Plänen, die er hatte, dass er selbst Land in der Nähe Charlestons erwerben und sich irgendwo niederlassen wollte. Eine große Plantage würde er errichten, auf der er die schönsten Monate des Jahres zu verbringen gedachte. Lediglich für ein paar Wochen im Jahr wollte er zurück nach England, um dort seine Familie zu besuchen und seine dortigen Geschäfte zu beaufsichtigen. Aber vielleicht könnte er den Hauptsitz seiner Firma eines Tages völlig nach Charleston verlegen, und, wer konnte das wissen, brauchte dann überhaupt nicht mehr von hier fort.

Vivian hörte John geduldig zu und nickte ab und zu. John hatte gewiss genug Geld, um seine Pläne zu verwirklichen, und die notwendige Begeisterung stand ihm ja ins Gesicht geschrieben. Doch obwohl John redete und redete, hatte sie das merkwürdige Gefühl, dass er immer noch nicht zum Kern seines Anliegens gekommen war.

Als er schließlich innehielt und eine Antwort von ihr zu erwarten schien, lächelte Vivian aufmunternd und bemerkte: „Ich finde, das hört sich doch alles sehr gut an, John. Aber bist du sicher, dass es dich nicht doch nach England heimzieht?"

Er sah sie lange an, mit einem sonderbaren Ausdruck in den Augen, ehe er sehr ruhig und gedehnt entgegnete: „Nicht mit dir an meiner Seite, Vivian."

„John, was ... was meinst du?"

John sah ihr fest in die Augen, ergriff ihre Hand und erklärte ernst: „Ich meine, dass ich dich heiraten möchte, Vivian."

Vivian schnappte nach Luft und entzog ihm hastig ihre Hand, sodass er irritiert die Stirn runzelte. Sie schluckte und wich nervös seinem bohrenden Blick aus. Lieber Himmel, das hatte ihr gerade noch gefehlt! Wie um alles in der Welt kam John darauf, dass sie mehr in ihm sehen könnte als einen guten Freund? Wie hatte sie nicht bemerken können, dass er sich mit Heiratsabsichten trug?

Hilflos rang sie um Worte: „Mein Gott, John, du ... du kannst doch nicht wirklich meinen, dass ... dass du mich zur Frau willst!"

„Doch genau das!", versetzte John energisch. Er erhob sich, zog seinen Stuhl neben ihren und setzte sich zu ihr. Vivian widerstand dem Impuls, sofort wieder von ihm abzurücken, und blickte widerstrebend in seine hoffnungsvoll leuchtenden Augen. „Vivian, ich möchte dich heiraten. Du musst doch bemerkt haben, was du mir bedeutest. Und ich verspreche dir, wenn du Ja sagst, dann wirst du das nicht bereuen. Ich bin nicht gerade unvermögend und, wie man so sagt, im besten heiratsfähigen Alter. Daheim in England gelte ich als gute Partie und, ohne eitel erscheinen zu wollen, genügend Frauen würden behaupten, ich sehe gut aus. Ich kann dir alles geben, was eine Frau sich nur wünschen kann, Vivian: ein gemütliches Heim in der Heimat deiner Wahl, Reichtum, Schmuck. Irgendwann aller Wahrscheinlichkeit nach sogar einen Titel. Eben alles, was du nur willst. Sag Ja, Vivian!"

„Oh nein!", stöhnte Vivian und sprang abrupt auf. „John ich ... ich hatte ja keine Ahnung!"

„Du scheinst nicht gerade erfreut", bemerkte John mit einem Stirnrunzeln.

„Lieber Himmel, ich dachte, du wärst in Charleston wegen deiner Geschäfte! Aber – oh Gott, jetzt verstehe ich erst, dass –"

„Hast du Angst, ich würde dich aus Charleston fortbringen?", unterbrach John und erhob sich ebenfalls. „Ich habe dir doch gesagt, dass wir hierbleiben können."

„Nein, das ist es nicht, John, ich –"

„Nun komm, Vivian, gib mir doch wenigstens eine Chance!", tadelte John sanft. Verhalten lächelnd versuchte er, sie in seine Arme zu ziehen.

Vivian wich hektisch vor ihm zurück und stieß mit dem Rücken gegen die Wand. „Oh, John, bitte nicht!"

Er hielt kurz inne und sah sie forschend an. „Warum nicht? Magst du mich nicht?"

„Doch ... sehr sogar!", versicherte Vivian erschüttert. „Natürlich mag ich dich! Aber –"

„Dann ist doch alles gut", fiel er ihr ein weiteres Mal ins Wort und streckte erneut die Arme nach ihr aus. Diesmal war seine Bewegung so schnell, dass Vivian ihm nicht ausweichen konnte. Sie ließ ihn widerstrebend gewähren, als er ihr einen Kuss auf die Lippen presste, und versuchte notgedrungen festzustellen, ob sein Kuss irgendwelche Gefühle bei ihr auslöste. Aber alles, was sie empfand, war eine heftige Abneigung gegen seinen feuchten, heißen Mund und seine Hände, die mit unangenehmem Druck über ihren Rücken glitten. Sehnsüchtig erinnerte sie sich an das herrliche Schwindelgefühl, das Coles Küsse bei ihr auslösten, während gleichzeitig ihr Widerwille gegen Johns Umarmung so heftig wurde, dass sie sich schließlich mit einem Ruck daraus befreite.

John atmete scharf ein und trat zögernd einen Schritt zurück. „Vivian, ich –"

„Nein, John, bitte!", keuchte Vivian. „Ich ... ich kann nicht deine Frau werden, John! Es tut mir fürchterlich leid, ich habe dich wirklich schrecklich gern, aber ... es geht einfach nicht!"

„Du liebst mich nicht", stellte er trocken fest. „Richtig?" Als sie bekümmert nickte, presste er kurz die Lippen zusammen und fragte dann schleppend: „Und das ist der einzige Grund?"

Verblüfft blinzelte sie in seine enttäuschte Miene. „Genügt das nicht?"

Er seufzte und brachte ein dünnes Lächeln zustande. „Du bist die Nichte eines englischen Baronets, auch wenn du das gern zu ignorieren scheinst, Vivian. Ich selbst werde eines Tages einen Titel führen. In unseren

Kreisen sind arrangierte Ehen ohne Liebe an der Tagesordnung. Ich sehe also kein Problem."

„Kein Problem?", staunte Vivian. „Das kann nicht dein Ernst sein, John!"

„Großer Gott, in unseren Kreisen werden die meisten Ehen ohne Liebe geschlossen, Vivian!", beharrte John verdrossen. „Auch wenn ich mir gewünscht hätte, dass du meine Gefühle erwiderst, ist deine Liebe für mich kein absolutes Muss! Bei genauerer Betrachtung sind Freundschaft und Zuneigung vermutlich sogar eine viel bessere Basis für eine gute Ehe. Und wer weiß, vielleicht wird ja eines Tages sogar mehr daraus."

„Nein, John", widersprach Vivian leise. „Ich glaube nicht, dass ... dass Freundschaft allein reicht. Ich muss meinen Mann lieben können, mit allen Vorzügen und Fehlern."

John warf ihr einen finsteren Blick zu. „Und du meinst nicht, dass du das eines Tages könntest? Wenn du mich heiraten würdest, meine ich?"

„Ich glaube nicht", erwiderte sie mit erstickter Stimme und wandte sich hastig ab.

John war einen Augenblick lang ruhig, dann trat er hinter sie und legte ihr die Hände auf die Schultern. „Es ist gut, Vivian. Ich werde dich jetzt nicht weiter bedrängen. Aber bitte überleg es dir noch einmal. Vielleicht kommst du ja doch noch zu dem Schluss, dass es richtig sein könnte, mich zu heiraten."

„John, ich –"

„Zum Teufel, sag jetzt nicht Nein!", unterbrach er hastig und in einem Tonfall, der keinen Widerspruch duldete. „Ich wünsche mir nichts sehnlicher, als dich zu heiraten, aber ich will dich nicht bedrängen!

Nichtsdestotrotz möchte ich, dass du dir deine Entscheidung noch einmal reiflich überlegst!"

„John, versteh doch, ich –"

„Ich habe es nicht eilig, du kannst dir ein paar Wochen Zeit nehmen", knurrte John verstimmt. „Ich werde Charleston sowieso aus geschäftlichen Gründen für ein paar Wochen verlassen. Aber ich erwarte, dass du in der Zwischenzeit über meinen Antrag nachdenkst. Wenn ich zurückkomme, kannst du mir deine Antwort geben. Falls es bei deiner Ablehnung bleibt, werde ich sie respektieren. Aber erst dann und nicht jetzt. Ist das klar?"

Verärgert über seinen anmaßenden Tonfall, atmete Vivian tief durch. Dennoch zügelte sie ihr Temperament, da ihr John auch gleichermaßen leidtat, sodass sie missmutig einwilligte: „Also gut. Ich werde darüber nachdenken. Aber du solltest dir keine allzu großen Hoffnungen machen, John. Es wird bei meiner Entscheidung bleiben."

„Versuch nicht, die Entscheidung vorwegzunehmen", mahnte John übellaunig und marschierte zur Tür. „Du hast gerade gesagt, du denkst darüber nach."

„Ja, aber ich werde nicht ohne Liebe heiraten!"

„Wie schön!", höhnte John, die Tür öffnend. „Da ich dich liebe, wäre diese Bedingung ja erfüllt! Dann kannst du ja schon einmal dein Brautkleid aussuchen!"

Vivian wurde blass. „Gütiger Himmel, John! Was ist nur in dich gefahren!"

„Du kannst ja mal raten!", schnappte John und schlug die Tür hinter sich zu.

Vivian blinzelte ihm ratlos hinterher. Dann machte sie sich schweren Herzens auf den Weg zu ihrem

Zimmer. Gedankenverloren registrierte sie, wie die Tür zu Betsys und Careens Zimmer sich gerade schloss, als sie daran vorbeikam. Offenbar waren die beiden mit dem Aufräumen der Küche inzwischen fertig geworden.

Sobald sie in ihrem Zimmer war, machte sie sich für das Bett fertig und schlüpfte zwischen die kühlen Laken. Lieber Himmel, was für ein nervenzehrender Sonntag, dachte sie erschöpft und schloss müde die Augen.

Der Schlaf jedoch wollte nicht kommen. Sie fühlte sich schrecklich allein und verlassen und sehnte sich geradezu unerträglich nach Cole. Sie sah ihn vor sich, mal lachend, mal spottend, dann wieder ernst. Die Erinnerung an seine glühenden Küsse stieg in ihr auf, und sie fragte sich niedergeschmettert, ob an dem, was Olivia behauptet hatte, wirklich etwas dran war. Ihr Herz weigerte sich, es zu glauben, denn Cole war so zärtlich zu ihr gewesen und liebevoll – es konnte einfach nicht sein! Und ganz gewiss war es Olivia zuzutrauen, dass sie aus reiner Bosheit heraus etwas behauptete, nur um sie zu verletzen. Andererseits hatte sie ja schon immer den Verdacht gehabt, dass Cole sich ausgezeichnet aufs Flirten verstand! Und da sie selbst ihn vor Charlestons Belagerung oft genug zurückgewiesen und brüskiert hatte, war es durchaus möglich, dass er sich anderswo Trost gesucht hatte. Sie seufzte bei diesem deprimierenden Gedanken und kuschelte sich tiefer in die Decke. Seit den wundervollen Tagen auf Summerville war sie so sicher gewesen, dass sie Coles Herz gewonnen hatte, auch wenn er ihr nicht ausdrücklich seine Liebe gestanden hatte. Doch jetzt kamen alle Zweifel wieder hoch.

Hinzu kam, dass sie jetzt noch ein weiteres Problem am Hals hatte. Es war vollkommen klar, dass sie Johns Heiratsantrag ablehnen würde, doch es war ihr ein Rätsel, wie sie die richtigen Worte dafür finden sollte. Sie hätte sich nicht überreden lassen dürfen, über seinen Antrag nachzudenken, sagte sie sich verdrossen. Womöglich hatte sie ihn damit ermutigt zu glauben, es gäbe überhaupt eine Chance für ihn. Aber sie konnte John unmöglich heiraten, denn sie liebte einen anderen! Auch wenn dieser andere möglicherweise ein Schürzenjäger war und ihre Liebe vielleicht – oh Gott, was für ein schrecklicher Gedanke – nicht erwiderte!

In den folgenden Tagen war Vivian so verunsichert, dass sie sich kaum noch auf ihre Arbeit konzentrieren konnte. Etliche Male kam es vor, dass sie erst auf wiederholte Ansprache hin den gewünschten Kuchen verkaufte, und ein paarmal hätte sie beinahe falsche Beträge an Wechselgeld herausgegeben. Nach Feierabend zog sie sich, so früh es ging, auf ihr Zimmer zurück, wo sie, im Bett liegend, weiter vor sich hin grübelte.

Zutiefst mit ihren Problemen beschäftigt, ging sie Gesprächen mit den anderen Mädchen, so gut es ging, aus dem Weg. Auch Arthur wimmelte sie, Unpässlichkeit vorschützend, ab, als dieser ihr am Samstag eine Nachricht schickte, dass er dringend mit ihr sprechen müsste. Sie ließ sich von Careen entschuldigen, überzeugt, dass Arthur sich nochmals melden würde, falls es wirklich wichtig wäre. Tatsächlich kehrte Arthur schon am nächsten Tag wieder und baute sich ungeachtet der übrigen Gäste breitbeinig und mit finster zusammengezogenen Brauen vor ihrem Tresen in der Teestube auf. Obwohl Vivian alle Hände voll zu tun hatte, blieb er beharrlich stehen, bis Melissa Vivian einen verständnisvollen Wink gab, dass sie ihn in ein Hinterzimmer führen sollte.

„Um Gottes willen, Arthur, was ist los?", brach es aus Vivian heraus, kaum dass sie allein waren.

Arthur drückte ihr stirnrunzelnd einen ähnlich zusammengeknüllten Zettel in die Hand, wie sie ihn schon einmal erhalten hatte. „Von Cole", brummte er in einem so eisigen Tonfall, dass Vivian zusammenzuckte.

„Oh Gott! Ist er ... ist ihm etwas passiert?"

Arthur grunzte verächtlich. „Blödsinn. Könnte er dann schreiben?"

Vivian stieß einen Stoßseufzer aus. Während Arthur gereizt im Zimmer auf und ab marschierte, faltete sie mit zittrigen Fingern den Zettel auseinander. Voller Ungeduld begann sie Coles Nachricht zu lesen, doch schon bei den ersten Worten schoss ihr das Blut ins Gesicht, und ihr entfuhr ein zorniges Schnauben:

Närrischer Kindskopf!
Was höre ich da, dass du John Chapman heiraten willst? Hast du den Verstand verloren? Wenn du schon unbedingt heiraten musst, dann bitte mich! Ich denke nicht im Traum daran, dich diesem britischen Möchtegern-Aristokraten zu überlassen! Du gehörst zu mir und zu niemandem sonst, dass das ein für alle Mal klar ist!
Cole

- PS.: Ich liebe dich, Vivian! Hast du das immer noch nicht begriffen? Arthur wird dich zu mir bringen, damit wir uns ausführlicher darüber unterhalten können!

Fassungslos schleuderte Vivian den Zettel auf den Boden. „Dieser ungehobelte, arrogante, impertinente Flegel!", keuchte sie. „Wie kann Cole es wagen! Was fällt ihm eigentlich ein!"

Arthur hielt in seiner Wanderung inne und warf ihr einen grimmigen Blick zu. „Was hast du erwartet? Etwa Glückwünsche?"

„Glückwünsche?! – Lieber Himmel, bist du noch bei Trost? Und da behauptet Cole, ich hätte den Verstand verloren!"

„Behauptet er das? Nun, ich kann es ihm nicht verdenken!"

Mit einem empörten Ausruf ließ Vivian sich in einen Sessel fallen. „Na wunderbar! Dann will ich dir mal was sagen! Der Einzige, der hier den Verstand verloren hat, ist Cole! Ich und zu ihm gehören! Nur weil ein anderer mich jetzt heiraten will! Von allein ist Cole bisher jedenfalls nicht auf diese Idee gekommen!"

Ein widerwilliges Grinsen huschte über Arthurs Züge. „Tatsächlich nicht? Wie unklug von ihm."

„Ja, nicht wahr?", stimmte Vivian heftig nickend zu. „Dabei hätte er jede Gelegenheit gehabt, wenn er ... Aber er will ja gar nicht! Er turtelt viel lieber mit anderen Frauen herum! Behauptet Olivia jedenfalls, auch wenn ich nicht weiß, ob ich ihr glauben soll, aber selbst wenn nicht ... Und jetzt dieser Brief! Was ist denn das für ein Antrag!"

Arthur unterdrückte ein belustigtes Grinsen. „Cole hat dir auf diesem Zettel einen Antrag gemacht? Na, da hol mich doch der Teufel! Und was willst du ihm antworten?"

„Antworten?", entfuhr es Vivian entgeistert. „Nie und nimmer werde ich einen solchen Brief einer Antwort würdigen!"

„Und ob du das wirst!", bekräftigte Arthur. „Glaubst du allen Ernstes, ich würde mich noch ein einziges Mal Coles Wutausbrüchen aussetzen? Wenn du ihm die Meinung sagen willst, dann kannst du das schön selbst tun. Schließlich hast du dir die Suppe ja auch eingebrockt!"

„Nichts dergleichen werde ich tun! Und was meinst du überhaupt: Welche Suppe soll ich mir eingebrockt haben?"

„Na, dass du deinen Engländer, diesen John Chapman, heiraten willst."

Wie von einer Tarantel gestochen, fuhr Vivian von ihrem Sessel hoch: „Was will ich? John heiraten?"

Arthur runzelte überrascht die Stirn. „Stimmt es etwa nicht?"

„Natürlich nicht! Wie, um Himmels willen, kommst du denn bloß auf diese absurde Idee?"

Er starrte sie verblüfft an. „Nun, Betsy hat es gesagt. Sie hat dich und Mr. Chapman letzte Woche belauscht, als er dir einen Antrag gemacht hat. Und sie behauptet, du hättest seinen Antrag angenommen."

„Gütiger Himmel! Wie kann Betsy nur so einen Blödsinn erzählen!" Sie registrierte das verärgerte Aufblitzen in Arthurs Augen und beeilte sich hinzuzusetzen: „Es stimmt, John hat mir einen Heiratsantrag gemacht!

Aber ich habe abgelehnt. Niemals würde ich ihn heiraten. Wirklich nicht! Ich liebe ihn doch gar nicht!"

„Ich kann dir nicht sagen, wie froh ich bin zu hören, dass du keinen Feind heiraten willst!", versetzte Arthur grinsend. „Allerdings – was hat es dann mit dem Brautkleid auf sich, dass du dir angeblich aussuchen sollst?"

„Um Himmels willen!", stöhnte Vivian. „Das hat John doch nur im Zorn gesagt! Und zwar weil ich seinen Antrag abgelehnt hatte!"

Arthur schüttelte den Kopf und verschränkte die Arme. „Zum Teufel, ich hätte besser nachdenken sollen, als Betsy mir das von dir und Chapman erzählte! Aber sie wird schön was zu hören kriegen für ihre Lügengeschichten, das kannst du mir glauben! Und ich Idiot erzähl auch noch Cole davon!"

„Arthur, sie hat es bestimmt nicht böse gemeint!", widersprach Vivian sofort. „Betsy und Careen waren in der Küche, als ich mit John gesprochen habe, und vermutlich hat Betsy nur Bruchstücke unserer Unterhaltung mitbekommen. Obwohl sie natürlich trotzdem kein Recht hatte, es dir gleich weiterzuerzählen, selbst wenn ich Johns Antrag angenommen hätte."

„Hm", brummte Arthur, und es war ihm anzusehen, dass sein Ärger noch nicht verflogen war.

Vivian seufzte. „Trotz allem, Arthur, warum hast du mich nicht gefragt, ob es stimmt, was Betsy gesagt hat, bevor du Cole davon erzählt hast?"

Mit einem schuldbewussten Lächeln erklärte er: „Nun, eigentlich wollte ich Cole um Rat fragen, was ich in dieser Sache unternehmen soll. Ich meine, weil du ja immerhin einen Feind heiraten wolltest, wie ich glaubte. Wenn ich allerdings geahnt hätte, dass Cole deshalb so aus der Fassung geraten würde, hätte ich mich natürlich nicht ausgerechnet an ihn gewandt. Obwohl ich es mir ja eigentlich hätte denken können! So oft wie du nach ihm gefragt hast, hätte mir klar sein müssen, dass ihr mehr seid als bloß Freunde."

Errötend schüttelte Vivian den Kopf. „Du hast Cole also allen Ernstes erzählt, ich würde John heiraten?"

Arthur nickte betreten. „Glaub mir, ich war wirklich überzeugt, dass du diesen Engländer heiraten wolltest. Und das habe ich Cole auch so gesagt."

„Lieber Himmel!" Sie warf Arthur einen unsicheren Blick zu. „Weißt du, was in Coles Brief steht?"

Arthur grinste. „Nein, aber ich weiß, wie Cole sich aufführte, als ich ihm erzählte, du wolltest diesen Chapman heiraten. Sein Verhalten ließ über den Inhalt einige Schlüsse zu."

„War er sehr ärgerlich?"

„Ärgerlich?", stöhnte Arthur. „Ärgerlich ist überhaupt kein Ausdruck! Getobt hat er wie ein Wilder und immer wieder geflucht, du seist verrückt! Und er ließe nicht zu, dass du in dein Unglück rennst. Du müsstest blind sein, schimpfte er, blind und närrisch. Schließlich setzte er sich hin und schrieb diesen Brief, nicht ohne dabei weiter wild zu fluchen! Dass du diesen Chapman heiraten wolltest, sei ja wohl das Letzte! Wo du doch froh wärst, endlich aus England fort zu sein, wie könntest du da auch nur in Erwägung ziehen, einen Engländer zu heiraten. Cole konnte sich kaum beruhigen."

„Deshalb hat er mir also einen Antrag gemacht!", entfuhr es Vivian mit vor Enttäuschung bebender Stimme. „Er will also sein Junggesellendasein opfern, um mich vor einem unglücklichen Schicksal zu bewahren! Nun, das kann er sich sparen!"

„Ich glaube, das siehst du falsch", widersprach Arthur sofort. „Cole war außer sich, als ich ihm erzählte, du würdest Chapman heiraten! Ich glaube –"

Niedergeschmettert schüttelte Vivian den Kopf. „Ich weiß, was du glaubst. Und ich wünschte so sehr, du hättest recht. Aber ich fürchte, du irrst dich."

„Du liebst Cole doch, oder etwa nicht?", beharrte Arthur.

„Selbst wenn ich es tue ... Ich werde keinen Mann heiraten, der mir nur aus ... aus Pflichtgefühl oder Dankbarkeit einen Antrag macht."

„Dankbarkeit?", fragte Arthur mit einem unterdrückten Lachen.

Niedergeschmettert nickte Vivian. „Cole glaubt, ich hätte ihm das Leben gerettet, als er schwer verwundet war."

„Vivian, Cole will dich hundertprozentig nicht aus Dankbarkeit heiraten, da kannst du sicher sein", lachte Arthur.

„Ach, Arthur, ich wünschte, ich wäre da so sicher wie du!"

„Übrigens", bemerkte Arthur wie nebenbei, „ich soll dich morgen früh zu ihm bringen."

„Ist ... ist er verrückt geworden?", rief Vivian entsetzt aus.

„Pst, nicht so laut! Was sollen denn die Gäste in der Teestube denken?", mahnte Arthur und deutete schmunzelnd auf die Tür.

„Ich glaube, Cole ist hoffnungslos übergeschnappt!", stöhnte Vivian und setzte sich mit weichen Knien auf einen nahestehenden Stuhl, um erst einmal den Schrecken zu verdauen. „Was denkt Cole sich denn bloß dabei, mich irgendwo hinzubestellen, als handele es sich um einen simplen Morgenspaziergang? Cole ist ein Rebell, und dieser Einfall, mich zu treffen, kann ihn das Leben kosten!"

„Er wird schon wissen, was er tut."

„Nein, das weiß er nicht", schimpfte Vivian. „Außerdem will ich ihn nicht sehen! Ich muss mir erst einmal klarwerden, was ich ihm sagen soll. Ich werde nicht mitkommen!"

„Oh doch, du wirst! Ich denke nicht daran, Cole noch einmal Hiobsbotschaften von dir zu überbringen. Das magst du schön selber tun."

Hilflos rang Vivian die Hände. Arthur beobachtete lächelnd ihr Mienenspiel. „Aber ich kann nicht aus der Teestube fort. Ich –"

„Sag Mrs. Gilbert, jemand sei krank, meine Mutter zum Beispiel, und ich hätte dich gebeten, zu ihr zu kommen. Ich bin sicher, dass sie das versteht."

„Aber ich will nicht mit!", jammerte Vivian. Verzweifelt suchte sie nach einem Grund, der Arthur einleuchten würde. „Wozu soll denn ein Treffen mit Cole gut sein, außer dass er leichtfertig riskiert, den Briten in die Hände zu fallen, wenn er sich so nah an Charleston heranwagt!"

„Meinst du nicht, dass Cole zumindest ein Recht hat, es von dir selbst zu erfahren, dass du ihn nicht heiraten willst? Ich meine, falls das wirklich so ist?"

Da war natürlich etwas dran, auch wenn Vivian weiche Knie bei dem Gedanken bekam, sich mit Cole über ihre Gefühle für ihn oder John auseinandersetzen zu müssen. Unschlüssig spähte sie in Arthurs grinsende Miene. Es bestand kein Zweifel daran, dass er in dieser Angelegenheit auf Coles Seite stand. „Und wo soll ich Cole treffen?", lenkte sie mit einem resignierenden Seufzer ein.

Arthur lachte fröhlich auf und langte nach seinem Spazierstock und seinem Hut. „Das siehst du morgen. Oder möchtest du, dass jemand davon erfährt, wo du einen amerikanischen Rebellen triffst? Dann könnten wir ja gleich einen Hinrichtungsbefehl für Cole ausstellen lassen."

Obwohl die Worte leicht hingeworfen waren, schüttelte Vivian sofort erschrocken den Kopf. Noch einmal auflachend, verabschiedete Arthur sich. „Dann also bis morgen, Vivian. Um zehn Uhr bin ich hier. Und sieh zu, dass du etwas Passendes anziehst für einen Ausflug aufs Land."

Arthur hatte eine zierliche Mietkutsche organisiert, in der sie Charleston am nächsten Morgen verließen. Außerdem hatte er einen Passierschein für sie beide besorgt, was ihm als angeblichem Tory nicht schwergefallen war. Hinten in den Wagen hatten sie einen Korb mit einem Imbiss und Getränken gestellt, damit alles so aussah, als unternähmen sie einen Ausflug aufs Land. Arthur selbst hatte Melissa gebeten, Vivian zu seiner angeblich mit einer schweren Erkältung im Bett liegenden Mutter bringen zu dürfen, sodass diese etwas Gesellschaft hätte. Melissa war zwar überrascht gewesen, dass er nicht nach Betsy verlangt hatte, hatte aber ihre Einwilligung gegeben.

Für die Dauer der Fahrt war Vivian schweigsam. In Gedanken versunken, hatte sie sich in eine Ecke des

Wagens zurückgezogen, während Arthur neben ihr die Zügel führte. Schon bald hatten sie Charleston hinter sich gelassen und fuhren an sonnenbeschienenen Feldern vorbei. Nicht lange danach wichen sie von der Hauptstraße ab und bogen auf einen kleineren Weg ein, der von einer zierlichen Kutsche gerade eben noch befahren werden konnte. Rechts und links säumten dichte Wälder den Weg, der unebener wurde, je weiter sie fuhren, bis er schließlich nur noch ein schmaler Pfad war. Hier bat Arthur Vivian auszusteigen, um zu Fuß weiterzugehen. Nach einer Weile bog der Weg winklig ab und führte über einen schnell dahinfließenden Bach. Er war nur knöcheltief, und auf Arthurs Armen kam Vivian trocken hinüber.

Nach einer weiteren Viertelstunde wurde der Pfad wieder breiter und führte auf eine offene Lichtung. Arthur bat Vivian, sich auf einen der herumliegenden Steine zu setzen. Er selbst kniete sich ins noch feuchte Gras und breitete den Inhalt des Picknickkorbes auf einer kleinen Decke vor ihnen aus.

„Sollen wir hier Cole treffen?", fragte Vivian nervös.

„Er wird gleich hier sein, nehme ich an", nickte Arthur.

Er reichte Vivian ein Stück kalten Schweinebraten, an dem sie lustlos und schweigend knabberte. Zu tief in ihre Gedanken versunken, um auf ihre Umgebung zu achten, überhörte sie das Rascheln im Gebüsch hinter ihrem Rücken. Arthur hingegen bemerkte es sofort. Als er sah, wer dort aus den Büschen hervortrat, lächelte er, doch er sagte nichts. Vivian jedoch war zu Tode erschrocken, als sie sich plötzlich von starken Armen umfangen fühlte, die sie hochhoben. Ehe sie wusste, wie ihr geschah, wurde sie an eine breite Männerbrust gezogen und so fest umarmt, dass sie kaum noch Luft holen konnte. Ihr verräterisches Herz begann, wie wild zu klopfen, als sie den Kopf hob und in Coles strahlend blaue Augen blickte.

„Lieber Himmel, kleine Lady, wenn du wüsstest, wie sehr ich dich vermisst habe!“, murmelte er heiser, während er zärtlich mit dem Daumen ihre Wange entlangstrich.

Sie erschauerte unter seiner sanften Berührung. Obwohl sie sich fest vorgenommen hatte, nicht schwach zu werden, ehe nicht ein paar grundsätzliche Dinge zwischen ihnen geklärt wären, war doch ihre Freude, Cole sehen und fühlen zu können, zu groß. Verzückt schloss sie die Augen, als Cole den Kopf senkte, um sie zu küssen.

Sein Kuss löste in Vivian einen Wirbel von Gefühlen aus, heiß und kalt wurde ihr, bis sie glaubte, ihr müsste der Atem ausgehen. Jeglicher Widerstand schwand dahin, und wie von selbst schlangen sich ihre Arme um Coles Nacken, während sie voller Hingabe seinen Kuss erwiderte.

Als Cole sie schließlich losließ, zitterte sie so sehr, dass sie sich kaum auf den Beinen halten konnte. Mit einem sanften Lachen bot Cole ihr seinen Arm als Stütze und hielt sie mit dem anderen Arm fest. Nach Luft ringend, konnte Vivian ihn nur fassungslos anstarren, bis sie endlich ihre Sprache wiederfand:

„Oh, du Schuft! Wüstling! Lass mich sofort los!“

Sichtlich irritiert, spottete Cole: „Aber, aber, kleine Lady, seit wann fluchst du denn so?“

„Du sollst mich loslassen! Sofort! Ich kann durchaus allein auf meinen Beinen stehen!"

„Da habe ich leider so meine Zweifel", gab Cole mit einem Grinsen zurück, ließ sie aber nichtsdestotrotz los und trat einen Schritt zurück, um sie daraufhin eindringlich zu mustern.

Vivian warf ihm einen vernichtenden Blick zu, obgleich sie nicht umhinkonnte, insgeheim voller Freude festzustellen, wie gut er aussah. Anstelle der blassen Gesichtsfarbe, die er nach seiner Verwundung gehabt hatte, zeigte sich jetzt wieder eine tiefe Sonnenbräune, und seine ganze Körperhaltung zeugte von geballter Energie. Er humpelte überhaupt nicht mehr und wirkte vollkommen gesund und in seinem rehfarbenen Jagdanzug männlicher denn je. Umso schwerer fiel es ihr, ihren Vorsatz durchzuhalten, auf Distanz zu gehen, ehe sie nicht wusste, wie ernst es ihm mit seinem seltsamen Heiratsantrag war. Doch trotz ihres Herzklopfens brachte sie einen kritischen Tonfall zustande: „Wo ist Arthur? Eben war er doch noch da!"

„Arthur kommt bald wieder. Er weiß lediglich, was der Anstand einem Mann gebietet."

„Indem er uns hier allein lässt?"

Cole lächelte träge. „Warum sollte er nicht?" Er trat einen Schritt vor und versuchte, Vivian erneut in seine Arme zu ziehen.

„Bitte ... rühr mich nicht an!", keuchte Vivian und floh zwei Schritte rückwärts, denn einem weiteren Ansturm von Coles Küssen wäre sie hundertprozentig nicht gewachsen!

Coles Braue zuckte hoch, und sein Lächeln erstarb. „Ich dachte, diese Rühr-mich-nicht-an--Phase hätten wir hinter uns?"

„Dann hast du falsch gedacht!"

„Auf Summerville hast du mir aber einen anderen Eindruck vermittelt", versetzte Cole, äußerlich gelassen, aber mit einem Anflug schmerzlicher Verwirrung in den Augen. Ein Wangenmuskel in seinem schmalen Gesicht begann, verdächtig zu zucken.

„Seit Summerville haben sich die Dinge eben geändert", gab Vivian schnippisch zurück, obwohl es ihr beinahe das Herz zerriss.

Cole fuhr zurück und starrte sie stirnrunzelnd an. „So, haben sie das? Und warum, wenn ich fragen darf?"

„Ich bezweifle, dass meine Antwort dir gefallen würde", wich sie aus.

„Ich glaube, ich hätte dich nicht nach Charleston gehen lassen sollen!", entfuhr es Cole ratlos. „Vivian, was ist los mit dir? Ich hatte gedacht, du würdest dich freuen, mich zu sehen!"

Hilflos wandte Vivian den Blick ab. Was, um Himmels willen, sollte sie Cole sagen? Dass sie sich wünschte, er würde ihr sagen, wie sehr er sie liebte? Dass sie ohne ihn nicht leben konnte, aber es nicht ertrug, dass er sie aus den falschen Gründen heiraten wollte?

Er trat einen Schritt vor und zwang sie, ihn anzusehen, indem er mit einer Hand ihr Gesicht zu sich drehte. „Himmel nochmal, Vivian! Würdest du mir vielleicht wenigstens eine Antwort geben!"

Vivian schluckte hörbar und gestand widerstrebend: „Doch, ich freue mich, dich zu sehen. Aber ich ... ich möchte nicht, dass du mich noch einmal küsst. Jedenfalls nicht, ehe –“

Cole atmete scharf ein und schien zu Eis zu erstarren. Seine gute Laune war wie weggeblasen. „Warum nicht?“, unterbrach er sie hart. „Stimmt es wirklich, dass du diesen Chapman mir vorziehst?“

„Er … er ist sehr nett, aber –“

„Du triffst dich mit ihm?“

„Natürlich, wieso denn auch nicht! Ich habe ihn gern, und –“

„Also liebst du ihn?“

„Verflixt nochmal, das habe ich doch nicht gesagt! Ich –“

„Hast du eingewilligt, seine Frau zu werden?“

Verwirrt und verärgert von Coles Fragen, die wie Peitschenhiebe auf sie einprasselten, reckte Vivian trotzig das Kinn vor. „Gütiger Himmel, Cole! Wenn du nicht gleich aufhörst, in diesem Ton mit mir zu reden, bekommst du überhaupt keine Antwort mehr! Genau genommen geht es dich sowieso nicht das Geringste an, wie ich zu John stehe, auch wenn ich –“

„Und ob es mich etwas angeht!“, knurrte Cole. Er packte ihren Arm und wirbelte sie zu sich herum. „Verdammt, Vivian, hast du eingewilligt, ihn zu heiraten?“

„Nein, verflixt nochmal!“

Cole holte tief Luft, und ein Teil der Anspannung schien von ihm abzufallen, obgleich es in seinen Augen immer noch bedrohlich blitzte. Sie loslassend, trat er einen Schritt zurück und fragte mit einer Stimme, der man den mühsam unterdrückten Zorn nur zu gut anhörte: „Und wieso erzählt Arthur mir dann, dass es so wäre?“

Nervös zupfte Vivian an ihrem Rock herum und spähte unter den Wimpern zu ihm hoch. Lieber Himmel, dachte sie entsetzt, er sah wirklich so aus, als würde er sie am liebsten erwürgen! Und sie hatte gehofft, er würde ihr seine Liebe gestehen! Enttäuscht seufzte sie. „Es ... es war ein Missverständnis. Ach bitte, Cole, ich ... ich möchte nicht darüber reden. Am besten, wir vergessen das ganze Thema!"

„Nur zu gern täte ich es, aber ich kann's nicht!", schnappte er, die Arme verschränkend.

„Und ... warum nicht?"

Er schüttelte fassungslos den Kopf. „Ich kann es nicht fassen, dass du derart begriffsstutzig bist! Meine Güte, Vivian, hast du denn wirklich immer noch nicht begriffen, dass ich dich liebe?"

Von einem unendlichen Glücksgefühl erfasst, hielt Vivian den Atem an. Für einen winzigen Augenblick hatte sie das Gefühl, die Erde müsste aufhören sich zu drehen, während sie blinzelnd in Coles erbitterte Miene starrte. Sie war nahe daran, sich voller Freude in seine Arme zu werfen, als sie gerade noch rechtzeitig registrierte, dass Cole sie alles andere als verliebt ansah. In seinen Augen blitzten wütende Funken, und seine ganze Haltung hatte etwas Abweisendes und Bedrohliches an sich. Schlagartig ernüchtert, flüsterte sie: „Ich glaube, ich ... ich will jetzt lieber nichts davon hören!"

„Oh, den Spruch kenne ich!", stieß Cole säuerlich hervor. „Erinnerst du dich, als ich dir auf der Dolphin sagte, ich liebte dich? Da wolltest du auch nichts davon hören. Aber damals sagtest du, es läge daran, dass ich kein Amerikaner wäre!" Er packte sie an den Schultern, und sein Blick bohrte sich in ihren. „Nun, verdammt nochmal, ich bin Amerikaner!"

„Und du meinst, das wäre Grund genug, dass ich dir ohnmächtig zu Füßen sinke, sobald du nur winkst?", konterte Vivian mit dem letzten Fünkchen Widerspruchsgeist, der ihr noch geblieben war.

Coles Augen verengten sich zu schmalen Schlitzen. „Warum, zum Teufel, bist du dann hergekommen?"

„Bestimmt nicht deswegen!", erklärte Vivian, während sie fortwährend gegen den widersinnigen Drang, sich in seine Arme zu werfen, ankämpfte. „Ich wäre auch niemals gekommen, wenn Arthur nicht darauf bestanden hätte. Im Grunde ist dieses Treffen hier die größte Idiotie, die es überhaupt geben kann!"

Sie schrak zurück vor dem wilden Zorn, der erneut in Coles Augen aufblitzte, ehe er hektisch auf und ab zu gehen begann und sie mit einer Stimme, die sie noch nie gehört hatte, anfuhr: „Idiotie! Du nennst es Idiotie, dass ich halb verrückt werde vor Eifersucht, weil dieser englische Einfaltspinsel dich heiraten will? Du hältst es also für Idiotie, dass ich alles unternehme, um die Frau, dich ich liebe, davor zu bewahren, sich in eine alberne Ehe zu stürzen?" Er stieß ein heiseres Lachen aus und schlug wütend mit einer Faust in die andere. „Herrgott nochmal, Vivian! Glaubst du vielleicht, es lässt mich kalt, wenn ich weiß, dass dieser Chapman in Charleston auftaucht und dir den Hof macht? Meinst du vielleicht, ich bin nicht eifersüchtig auf jeden Mann, dem du auch nur ein Lächeln schenkst, während du mich immer wieder behandelst, als wäre ich dein ärgster Feind? – Durchs halbe Feindesland schlage ich mich, nur um dich zu sehen! Aber was ich auch tue oder sage, es dreht sich alles gegen mich und verläuft im Nichts!" Er packte sie an den Schultern und brachte sein Gesicht sehr nahe an ihres. „Kannst du mir erklären, warum ein vernünftiger Mann dir derart hinterherlaufen sollte und ängstlich auf ein Zeichen deiner Zuneigung wartet, wenn es ihn nicht voll erwischt hätte? Während ein Esel von Engländer alles bekommt, was er sich wünscht?"

„Ich glaube, du bist übergeschnappt!", schleuderte Vivian ihm aufbrausend entgegen. „John ist nur freundlich, ansonsten –"

„Oh ja", höhnte Cole, „das kann ich mir schon denken!"

Voller Empörung funkelte Vivian ihn an. „Gar nichts denken kannst du, sonst würdest du dich hier nicht so aufführen wie ein wild gewordener Stier! Und im Übrigen, mein Lieber, bin ich nicht diejenige, die ihre Küsse so großzügig verteilt wie du! Mir reicht es jetzt! Einen schönen guten Tag noch, Captain Ansinger!"

Sie raffte ihre Röcke, wirbelte herum und marschierte auf den Weg zu, den sie gekommen war. Blitzschnell war Cole hinter ihr.

„Vivian –"

„Fass mich nicht an!", fauchte sie, als er nach ihrem Arm langte. „Lass mich in Ruhe!"

Ihm war, als hätte sie ihn geschlagen. Mühsam beherrscht, knirschte er: „Du sollst deine verdammte Ruhe haben, aber erst, wenn du sicher wieder in der Kutsche sitzt!" Mit vor Zorn blitzenden Augen ließ er einen kurzen, scharfen Pfiff ertönen. „Arthur wird gleich wieder hier sein. So lange wirst du wohl noch warten können!"

Unschlüssig blieb Vivian stehen und beobachtete Cole, der finster vor sich hin brütete. Mit verschränkten Armen lehnte er sich an eine alte Eiche und sah ganz aus wie jemand, der kurz vorm Explodieren war. Sie hatte Cole noch nie so wütend und fassungslos erlebt, und es erschreckte sie. Sie hatte das vage Gefühl, zu weit gegangen zu sein, aber sie brachte es einfach nicht fertig, sich bei ihm zu entschuldigen. Wofür schließlich auch? Dass sie einen vernünftigen Antrag von ihm erwartete und nicht ein paar hastig hingekritzelte Worte auf einem zerknüllten Blatt Papier, die nur seiner grundlosen Eifersucht entsprangen?

Endlich kehrte Arthur zurück. Er führte einen dunkelbraunen Hengst am Zügel, den Cole ihm sogleich abnahm. Doch weit davon entfernt, sich sofort in den Sattel zu schwingen und davonzureiten, forderte Cole stattdessen Arthur auf, seine Sachen zusammenzupacken und mit ihm und Vivian zur Kutsche zurückzukehren.

Bei diesen Worten runzelte Arthur die Stirn. „Du und Vivian? Solltest du nicht besser –“

„Ich komme ein Stück mit“, unterbrach Cole in einem Ton, der keinen Widerspruch duldete.

Kopfschüttelnd zuckte Arthur die Achseln und begann den Korb einzupacken. Kurz darauf marschierten sie schweigend im Gänsemarsch den gleichen Weg zurück, den Vivian und Arthur eine Stunde vorher gekommen waren, wobei Arthur voranschritt und Vivian und Cole, mit seinem Pferd am Zügel, ihm folgten.

Den Tränen nahe fragte Vivian sich, wie sie es angestellt hatte, das Treffen mit Cole so zu verderben. Monatelang hatte sie sich nach ihm gesehnt, und jetzt, wo er da war, fiel ihr nichts Besseres ein, als mit ihm zu streiten. Sie fühlte sich jämmerlicher als je zuvor, und die Vorstellung, dass Cole ihr jetzt für immer zürnen könnte, tat zutiefst weh. Nur einmal wandte sie sich zu ihm um, aber sein finsterer Blick und die hart aufeinandergepressten Wangenknochen ließen sie bis ins Mark erschauern.

Erst als sie die Kutsche erreichten und Arthur meinte, jetzt müsste Cole wohl besser zurückbleiben, wagte Vivian, ihn anzusprechen. „Cole, bitte ... Ich möchte nicht so auseinandergehen. Lass uns das Vorgefallene vergessen und ... und vernünftig Auf Wiedersehen sagen.“

„Nein, verdammt.“

Trotz der eisigen Kälte in seinem Blick und ihrem eigenen Herzklopfen riskierte sie ein vorsichtiges Lächeln. „Ich dachte, ich wäre dir böse und nicht umgekehrt.“

„Dann bist du im Irrtum.“

Wieder schwieg Cole beharrlich. Auf Arthurs entsetzte Frage, ob er etwa vorhätte, sie bis nach Charleston zu begleiten, kam nur ein unverständliches Brummen über seine Lippen.

Kopfschüttelnd half Arthur Vivian in die Kutsche und setzte sie in Bewegung. Cole schwang sich in den Sattel und ritt kommentarlos nebenher. Vivian war über sein Verhalten mehr als beunruhigt, zumal der Weg allmählich immer breiter wurde und sie bald wieder auf die Hauptstraße stoßen würden. Wenn ihnen feindliche Soldaten begegneten, konnte das für Cole schlimme Folgen haben. Wie konnte er nur so leichtfertig sein und ihretwegen ein derartiges Risiko eingehen?

Als sie die Hauptstraße nach Charleston fast erreicht hatten, hielt Vivian das Schweigen nicht länger aus. Irgendwie musste sie Cole dazu bringen, wieder mit ihr zu reden. Sie versuchte eine Bemerkung, die oberflächlich klingen sollte, konnte aber das Zittern in ihrer Stimme nicht ganz verbergen: „Cole, du ... du bist mir doch nicht wirklich böse, oder? Ich meine, diese ... lächerliche Geschichte wegen Johns Antrag kann dich doch nicht wirklich so getroffen haben?"

Er warf ihr einen finsteren Blick zu. „So, meinst du?"

Sie biss sich nervös auf die Unterlippe. „Lieber Himmel, Cole! John und ich sind nur Freunde, das weißt du doch ganz genau!"

„Selbst wenn ich es weiß", schnappte er, „meinst du, das ändert etwas?"

Verständnislos stammelte Vivian. „Was sollte es denn ändern? ... Oder nicht ändern? Cole, bitte, hör auf mich so böse anzusehen! Oder möchtest du, dass ... dass mir das Herz bricht aus Kummer über deinen Zorn?"

Cole lachte rau auf. „Da brauchst du wohl keine Angst zu haben, denn ich habe ganz den Eindruck, dass dein Herz aus Stein ist! Das zerbricht nicht so leicht."

Vivian war betroffen über den bitteren Unterton in seiner Stimme. Sie blinzelte zu ihm hoch, und er erwiderte ihren Blick vom Pferderücken aus herunter und sah dabei so unnahbar und grimmig aus, dass es ihr einen Stich gab. Sie verspürte einen überwältigenden Drang, diesen finsteren Ausdruck aus seinen Augen zu verscheuchen, brachte aber nur ein hilfloses Schulterzucken zustande. Cole sah es, presste die Lippen zusammen und wandte abrupt den Blick ab.

Voller Angst, dass er ihr endgültig entglitt, suchte Vivian nach irgendeiner geistreichen Bemerkung, aber ihr fiel nichts Besseres ein, als zu sagen: „Ach, Cole, du bist doch nur böse, weil ich nicht wie die anderen sofort auf dich hereinfalle."

„Welche anderen?", knurrte er gereizt und wandte ihr widerwillig den Blick wieder zu.

Vivian biss sich nervös auf die Lippen, hielt aber Coles vernichtendem Blick stand. „Nun, andere Frauen natürlich. Wie Olivia zum Beispiel."

Seine Brauen schnappten zusammen. „Großer Gott, wer soll bloß deinen Gedankengängen folgen! Was für eine Olivia?"

Arthur unterbrach die beiden mit einem gequälten Grunzen. „Jetzt fangt ihr schon wieder an, und wir sind gleich auf der Hauptstraße!" Mit einem Ruck hielt er die Pferde an. „Solange ihr euch nicht einig seid, was werden soll, bleiben wir wohl besser hier. Ich habe nämlich keine Lust, in der Begleitung eines Rebellen von den Engländern erwischt zu werden. Sonst ist mein ganzer Ruf als guter Tory dahin, und alles war umsonst." Er sprang aus der Kutsche und entfernte sich einige Schritte.

Cole hatte unterdessen sein Pferd angehalten, um mit Vivian auf gleicher Höhe zu bleiben. Stirnrunzelnd blickte er zu ihr auf. Vivian registrierte bewundernd, wie die Sonne sich in seinen blauen Augen spiegelte, was den irrationalen Wunsch bei ihr auslöste, auszusteigen, sich in seine Arme zu schmiegen und allen Ärger zu vergessen, ein Impuls, dem sie nur mit Mühe widerstand.

„Auch auf die Gefahr hin, mich zu wiederholen", versetzte Cole indessen grimmig, „würdest du mir bitte erklären, was du mit deiner Bemerkung eben gemeint hast? Was habe ich mit irgendeiner Olivia zu tun?"

Sie atmete tief ein. „Das weißt du genau. Du ... du hast Olivia geküsst. Oder ... sogar ... noch viel mehr mit ihr angestellt."

Ein Ausdruck ratloser Verwirrung spiegelte sich in seiner Miene. „Was soll ich ...? Ich kenne keine Olivia."

„Natürlich kennst du sie. Sie hat im Kaffeehaus gearbeitet, vor Charlestons Belagerung, und dann mit mir im Haus der Welseys gewohnt."

„Ach, dieses Mädchen meinst du. Und du glaubst allen Ernstes, dass ich irgendetwas mit ihr gehabt habe?"

Vivian versuchte in der Tiefe seiner funkelnden Augen die Antwort zu lesen, doch vergeblich. „Olivia sagt, es wäre so."

„Nun, und ich sage dir, es ist nicht so!"

„Und woher soll ich wissen, dass du nicht lügst?"

Er starrte sie fassungslos an. „Du glaubst also lieber dieser hergelaufenen Intrigantin als mir, ja?"

Zutiefst betroffen von dem Schmerz und der zornigen Verwirrung in seinen Augen, blinzelte Vivian. Und plötzlich wusste sie, dass er nicht log. Im Grunde hatte sie immer gewusst, dass Olivia sich alles nur ausgedacht hatte. Und wenn sie nicht so verwirrt wegen Johns Antrag und Coles seltsamer Reaktion darauf gewesen wäre, wäre sie auch nie auf die Idee gekommen, Cole mit Olivias boshaften Behauptungen zu quälen. Zutiefst beschämt senkte sie den Blick.

„Es tut mir leid", flüsterte sie kaum hörbar.

„So, tut es das!", knurrte Cole, kaum besänftigt. „Vivian, ich habe es allmählich satt! Immer wieder wirfst du mir vor, ich würde irgendetwas mit anderen Frauen haben! Wofür hältst du mich? Für einen Lüstling? Warum, zum Teufel, kannst du es nicht lassen, in mir immer wieder einen Schürzenjäger zu sehen? Seit ich dich kenne, gibt es für mich nur dich, aber sobald ich glaube, du hättest etwas für mich übrig, entwindest du dich mir wieder und kommst mit irgendwelchen Geschichten von anderen Frauen!"

„Ich weiß", erwiderte Vivian kleinlaut. Mit einem Gefühl der Hilflosigkeit hob sie den Blick und suchte in Coles Antlitz nach einem Anzeichen von Verzeihen, fand aber zu ihrem Entsetzen keines. Er wirkte so zornig und unnahbar, wie sie ihn noch nie erlebt hatte, und Panik wallte in ihr auf, dass sie jetzt, wo sie beinahe sicher war, dass er sie liebte, alles verdorben hatte. Tränen stiegen ihr in die Augen, und die Stimme drohte ihr zu versagen.

„Es ... es tut mir so leid", flüsterte sie. „Ich ... ich wollte Olivia nicht glauben, aber ... dann hat mir John seinen Antrag gemacht, und ich ... ich wusste nicht, wie ich ihn ablehnen sollte, ohne ihm wehzutun! Und ich war so wütend, weil er mir einen Antrag gemacht hat, während du .... Nicht einmal auf Summerville, als wir so glücklich waren! ... Und als du es dann doch getan hast ... und das auf diese empörende Weise ... da ... Und dann hast du mich in deinem Brief auch noch einen närrischen Kindskopf genannt!"

Atemlos und völlig durcheinander hielt sie inne und blinzelte zu Cole hoch, als dieser bei ihren letzten Worten scharf einatmete und sie sekundenlang mit einem sonderbaren Gesichtsausdruck betrachtete. Sie wusste nicht, wie sie seine Reaktion deuten sollte, und eine niederschmetternde Verzweiflung überkam sie, dass sie Cole womöglich für immer verloren hatte. Aufschluchzend schlug sie die Hände vors Gesicht. „Ach, Cole, ich glaube, ich … ich habe ein entsetzliches Kuddelmuddel aus allem gemacht!"

Cole verharrte für einen Augenblick regungslos im Sattel. Hatte er das richtig verstanden? Vivian hatte auf einen Antrag von ihm gewartet? – Wenn das so war, dann eröffnete das eine ganz neue Perspektive! Gedankenverloren betrachtete er ihren gesenkten Kopf und bemerkte, wie ihre Schultern bebten. Überwältigt vor Erleichterung hätte er sie am liebsten zu sich in die Arme gezogen, was sich aber kaum bewerkstelligen ließ, solange sie in der Kutsche und er auf dem Pferderücken saß!

Ängstlich, wie Cole auf ihre Entschuldigung reagieren würde, spähte Vivian durch die Wimpern. Was sie sah, war kaum zu glauben und ließ ihr Herz flattern: Coles Laune hatte sich schlagartig gebessert, in seinen Augen lag das vertraute strahlende Leuchten, und ein liebevolles Lächeln umspielte seine Lippen.

„Nun, ich glaube, mit so einem bisschen Kuddelmuddel werden wir doch fertig, oder?", sagte Cole mit einer Stimme, in der trotz einer Spur von Belustigung sehr viel Zärtlichkeit lag.

Vivian hielt den Atem an, als Cole seinen Hengst dicht an den Wagen trieb und mit einem Satz zu ihr in die Kutsche sprang und sich neben sie setzte.

„Kleine Lady", murmelte er sanft, „wie kannst du eigentlich immer wieder daran zweifeln, dass es für mich nur dich gibt? Ist dir denn wirklich nicht klar, was du mir bedeutest?“

„Ich weiß es nicht …“, flüsterte sie.

„Ich liebe dich, Vivian.“

„Ja, aber … ich dachte …“

Er streckte den Arm aus und wischte ihr sanft mit einem Finger die Tränen aus dem Gesicht. „Warum fällt es dir so schwer, mir zu glauben?“

„Ich weiß es nicht. Vielleicht weil … weil du stets dein Spiel mit mir getrieben hast.“

Cole zog zweifelnd eine Braue hoch. „Wann sollte ich das getan haben?“

„Ständig“, jammerte Vivian. „Nicht zuletzt auf der Dolphin. Da sagtest du auch, du liebtest mich, und dann bist du noch in derselben Nacht spurlos verschwunden!“

„Weil ich es musste! Lieber Himmel, Vivian, der Erfolg meines Auftrags hing davon ab, dass ich schnellstens nach Amerika kam! Ich weiß, wie idiotisch es war, in dieser Situation von Liebe zu sprechen, aber, gütiger Himmel, du hast keine Ahnung, wie sehr ich in dich vernarrt war! Und trotzdem hätte ich mich wahrscheinlich nicht ganz so sehr wie ein unerfahrener Jüngling aufgeführt, wenn ich nicht befürchtet hätte, dich vielleicht so schnell nicht wiederzusehen.“

„Aber als wir uns ein paar Wochen später das erste Mal in Charleston begegnet sind, da … da hast du deine Liebe zu mir mit keinem einzigen Wort mehr erwähnt“, warf Vivian ihm halbherzig vor.

„Nach der Abfuhr, die du mir auf der Dolphin erteilt hattest?“, stöhnte Cole und schüttelte den Kopf. „Ich liebte dich, Vivian, aber ich hätte mir damals eher die

Zunge abgebissen, als das dir gegenüber noch einmal zuzugeben! Und du nutztest wirklich jede Gelegenheit, mir deine Abneigung entgegenzuschleudern! Mir war klar, dass ich dich verletzt hatte, aber selbst als wir längst Freundschaft geschlossen hatten, gerietst du jedes Mal in Panik, wenn ich dir näherkam."

„Kannst du dir vorstellen, dass ich Angst davor hatte, mich in einen Mann zu verlieben, der mir schon einmal etwas vorgemacht hatte?", fragte Vivian, während sie vergeblich versuchte, ihrer Tränen Herr zu werden.

Er betrachtete sie nachdenklich. „Wenn das so ist, dann tut mir das leid. Aber ich habe dir nie so viel vorgemacht, wie du zu denken scheinst."

„Du sagtest, du seist zumindest zur Hälfte Franzose!"

„Niemals. Ich habe nur diesbezüglichen Spekulationen nicht widersprochen, da sie meiner Tarnung als Spion dienlich waren."

„Du wolltest nicht mit mir reisen!"

„Ich weiß, das hat deinen Stolz getroffen." Er lächelte matt. „Aber, Vivian, wenn du dich schon aufregst, weil ein Mann, den du verabscheust, vom Schiff verschwindet, wie wärst du erst in Aufruhr geraten, wenn dein Begleiter und Beschützer dich im Stich gelassen hätte? Ich konnte doch unmöglich die Verantwortung für ein junges Mädchen übernehmen, wo ich doch genau wusste, dass eine andere Aufgabe mir dabei im Wege stand. Eine Aufgabe, von der ich dir nichts sagen konnte, weil ich dich viel zu wenig kannte und überhaupt nicht wusste, wie weit ich dir trauen konnte. Aber selbst wenn ich dich eingeweiht hätte, hätte es meiner Auffassung von Ehre widersprochen, einer jungen Lady Schutz zu versprechen und sie dann auf See allein zu lassen. Da war es mir doch lieber, du hieltest mich für einen Taugenichts, als dass ich wirklich einer wurde."

Er hielt kurz inne und wartete offenbar auf eine Erwiderung. Als Vivian beharrlich schwieg, beugte er sich vor und blickte ihr tief in die Augen. „Vivian, vor Charlestons Belagerung war ich mir nie ganz sicher, was du für mich empfindest. Aber als ich verwundet war und du mich pflegtest, da hatte ich den Eindruck, dass ich dir auch etwas bedeute. Und seit Summerville ... nun, seit Summerville glaube ich eigentlich, dass du meine Gefühle erwiderst." Er stieß einen langen Seufzer aus, der seine ganze Sehnsucht und Hoffnung zum Ausdruck brachte. „Liege ich denn mit dieser Einschätzung so falsch?"

Vivian lehnte sich tief in die Polster zurück. Ihr Herz hämmerte gegen ihre Rippen, während sie flüsterte: „Wenn du dir auf Summerville so sicher warst, warum hast du mich dann nicht daran gehindert, nach Charleston zu gehen? Ich meine, dir muss doch klar gewesen sein, dass wir uns dann ... sehr lange nicht würden sehen können."

Er stieß ein ungläubiges Lachen aus. „Und ob mir das klar war! Aber du warst ja nicht davon abzubringen! Also dachte ich, es wäre vielleicht klüger, dir Zeit zu lassen, damit du dir über deine Gefühle für mich klarwirst. Auch wenn es mich bald verrückt gemacht hat, dir nicht sagen zu können, wie sehr ich dich liebe!"

„Oh!", hauchte Vivian. „Wie rücksichtsvoll ..."

Er warf ihr einen verblüfften Blick zu und registrierte verwundert, dass ihre Tränen versiegten und ihr Gesichtsausdruck einen beinahe verträumen Ausdruck annahm. Irritiert ergänzte er: „Wie auch immer, ich war ein Narr zu glauben, dass du in Charleston auf mich warten würdest, bis der Krieg zu Ende ist. John Chapmans Auftauchen hat mich eines Besseren belehrt!"

Vivian brachte ein zaghaftes Lächeln zustande. „Und jetzt gestehst du mir deine Liebe, weil John mich heiraten will?"

Das Aufblitzen seiner Augen zeugte sein scheinbar gleichmütiges Achselzucken Lügen: „Das war der Auslöser, auch wenn ich jetzt weiß, dass du seinen Antrag abgelehnt hast. Aber ich habe nicht vor zu warten, bis er es erneut versucht oder der nächste Bewerber um deine Hand auftaucht!"

„Und du bist dir da ganz sicher? Ich meine ... du sagst das jetzt nicht nur, weil du ... eifersüchtig bist?", gab Vivian stockend zu bedenken, während sie näher an ihn heranrückte und ihn liebevoll anlächelte.

„Du hast überhaupt keine Vorstellung davon, *wie* eifersüchtig ich bin", gestand Cole auflachend. „Aber das hat nicht das Geringste mit meinem Wunsch zu tun, dich zu heiraten! Denn diesen Wunsch habe ich nicht erst, seit Chapman in Charleston aufgetaucht ist."

„Und dieser Wunsch hat auch nichts mit ... Dankbarkeit zu tun?", fragte Vivian mit einem zögernden Lächeln.

„Dankbarkeit?"

Sie blinzelte verlegen. „Na ja ... Ich dachte, du könntest dich möglicherweise verpflichtet fühlen, weil ich dir ... nach deiner Verwundung ... ein klein wenig geholfen habe."

„Ein klein wenig geholfen! Du hast mir das Leben gerettet, wofür ich dir bis ans Ende meiner Tage dankbar sein werde! Aber ich käme nie im Leben auf die Idee, aus Dankbarkeit zu heiraten! Es sei denn", seine Augen fingen an zu glitzern, und er beugte sich zu ihr hinüber, „meine Dankbarkeit bezöge sich vielleicht auf gewisse Fähigkeiten von dir, mein Herz aus dem Takt zu bringen."

„Möchtest du denn, dass dein Herz aus dem Takt gerät?", flüsterte Vivian, wobei sie noch näher an ihn heranrückte.

Aufstöhnend legte Cole den Arm um sie und zog sie dicht zu sich heran. „Du hast keine Ahnung, wie sehr ich es möchte! Ich liebe dich, Vivian. Was immer du denken magst, aber ich habe nie gelogen, wenn ich es sagte."

Eine ganze Weile später, als sie beide atemlos waren und Vivian matt in seinen Armen lag, flüsterte sie glücklich: „Entsprach das in etwa dem, was du damit meintest, dass ich dein Herz aus dem Takt bringen könnte?"

Er lachte leise. „Ja, so in etwa."

Sie kuschelte sich fester in seine Arme und lächelte in seine leuchtenden Augen. „Cole? – Hältst du mich wirklich für ... für einen närrischen Kindskopf?"

„Ja, manchmal", grinste er. „Vor allem, wenn du mir, so wie vorhin, sagst, ich solle dich nicht anrühren und dich in Ruhe lassen. – Andererseits, wenn du mich so küsst wie eben ..."

Sie lächelte unsicher und hob den Kopf. „Ich habe mich so sehr nach dir gesehnt, Cole! Die ganze Zeit über ... in Charleston."

Cole strich sanft mit einem Finger über ihre Lippen. „Kleine Lady ... Meinst du, du bringst es irgendwie fertig, wenigstens einmal ‚Ich liebe dich, Cole‘ zu sagen? Ich meine, ich weiß, dass du es tust, aber ...“

Vivian blickte mit strahlenden Augen zu ihm auf. „Cole, ich –“

„Verdammt!“ Arthurs Fluch war kaum zu überhören. Er stand mitten auf dem Weg und starrte zu einem fernen Punkt am Horizont.

Cole richtete sich abrupt auf und blickte angespannt in die Ferne. Mit einem wilden Fluch schwang er sich blitzschnell aus der Kutsche.

„Was gibt es denn?“, fragte Vivian alarmiert, während sie angestrengt in die Richtung spähte, in die auch Cole und Arthur geblickt hatten, ohne irgendetwas zu entdecken, das die Beunruhigung der Männer erklären konnte.

„Engländer!“, stieß Arthur hervor.

„Engländer? Wieso ... wo ... ich verstehe nicht ...“

„Siehst du da hinten den kleinen schwarzen Punkt, der langsam größer wird? Das sind Engländer, die sich uns nähern. Sie kommen auf diesem Weg geradewegs auf uns zu.“

„Aber woher wisst ihr, dass –“

„Unsere Leute würden niemals in einer so großen Truppe reiten! Es können nur Rotröcke oder Tories sein. Weiß der Teufel, wo diese Mistkerle herkommen!“ Ärgerlich sprang Arthur in die Kutsche und kramte unter dem Sitz nach einer Decke.

Cole hatte sich inzwischen in den Sattel geschwungen und beugte sich noch einmal zu Vivian herüber. „Pass auf dich auf, kleine Lady. Ich muss jetzt los.“

„Werden ... werden dich die Engländer auch nicht kriegen?"

„Mitnichten, meine Süße. Bis die hier sind, bin ich längst verschwunden."

„Viel ... viel Glück, Cole", stotterte Vivian. Die Stimme drohte ihr zu versagen, und in ihren Augen brannten Tränen.

Cole ergriff ihre Hand und hauchte einen Kuss darauf. „Du zitterst? Etwa meinetwegen?"

„Ach, das ... das weißt du doch ganz genau!", schniefte Vivian.

Er lächelte, dann richtete er sich auf und ergriff die Zügel. „Halt noch ein klein wenig durch, Vivian. Irgendwann ist dieser Krieg vorbei."

Sie nickte. „Sehen wir uns wieder?"

„Na, was dachtest du denn? Du bist mir noch eine Antwort schuldig. Ich werde kommen, um sie mir zu holen."

„Nach Charleston?", scherzte Vivian, in dem verzweifelten Versuch, nicht in Tränen auszubrechen.

Cole lachte bitter. „Liebend gern, wenn die Briten nicht wären! Nein, ich schick dir eine Nachricht. Ich liebe dich!"

Er schnalzte kurz mit der Zunge, und mit wenigen großen Sätzen waren Cole und sein Hengst im dichten Wald verschwunden. Blinzelnd schaute Vivian ihm hinterher, bis Arthurs mahnende Stimme an ihr Ohr klang:

„Blick nicht in die Richtung, in die er geritten ist, Vivian. Und stell um Himmels willen diese bekümmerte Miene ab, sonst wissen die Rotröcke gleich, dass hier etwas nicht stimmt."

Vivian bemühte sich, zu gehorchen und fröhlich und entspannt auszusehen. Sie brachte ein zaghaftes Lächeln zustande, woraufhin Arthur anerkennend nickte. „Schon besser. Jetzt brauchst du nur noch so zu tun, als seist du unglaublich in mich verliebt, und keiner der Burschen da hinten wird irgendeinen Verdacht schöpfen, weshalb wir hier sind."

In aller Eile verwischte er mit der Decke die Hufspuren von Coles Pferd, verstaute die Decke wieder unter dem Sitz und schwang sich dann neben Vivian in den Wagen. Dann schlang er beide Arme um Vivian. „Ich bitte tausendmal um Entschuldigung, Vivian, aber es muss sein. Das verstehst du doch, oder?"

Vivian nickte. Ihr Herz schlug zum Zerspringen bei dem Gedanken, dass es davon abhing, wie überzeugend sie wirkten, ob die Engländer die Gegend genauer untersuchten oder nicht. Die britischen Reiter waren mittlerweile deutlich an ihren roten Uniformen zu erkennen und würden jeden Moment hier sein. Sie schlang ihre Arme um Arthurs Nacken und lugte vorsichtig über seine Schulter. Das Hufgetrappel wurde lauter, und als der Trupp nah genug heran war, dass man einzelne Männer und Pferde unterscheiden konnte, begannen Vivian und Arthur so zu tun, als küssten sie sich leidenschaftlich.

Schließlich hielten die Reiter neben der Kutsche. Vivian brauchte ihren panischen Gesichtsausdruck nicht zu spielen, als sie und Arthur bei der Ankunft der Männer wie erschrocken aus ihrer Haltung hochfuhren. Ihr Erröten vertiefte sich noch, als sie in dem Anführer des Beritts, der um die zwanzig Mann zählte, Lieutenant Darrington erkannte.

Dieser erfasste mit einem Blick die Situation und unterdrückte ein Lächeln. Höflich salutierte er, nickte Arthur kurz zu und begrüßte dann Vivian freundlich. „Miss Darcy, welch nette Überraschung. Ich hoffe, es geht Ihnen gut?"

„Oh ja, danke sehr", murmelte Vivian heiser. „Und Ihnen?" Cole war kaum zwei Minuten fort, und hier saß sie und tauschte Höflichkeiten mit einem Engländer aus! Sie hatte das Gefühl, ihr Herz müsste gleich vor Angst zerspringen.

„Besten Dank für die Nachfrage", lächelte Lieutenant Darrington, der offensichtlich keinen Verdacht schöpfte. „Mir geht es ausgezeichnet."

„Ich hoffe nicht, dass Sie zurück an die Front müssen", erkundigte Vivian sich etwas mutiger, nicht ohne die Hoffnung, so etwas über den Grund seiner Anwesenheit zu erfahren.

„Nein, ich werde wohl noch eine Weile in Charleston bleiben", entgegnet er freundlich. „Wissen Sie, Miss Darcy, der Krieg bringt manchmal die seltsamsten Aufgaben mit sich. Ich soll einen Streit auf einer Plantage in der Gegend hier schlichten. Der frühere Besitzer, ein Anhänger der Rebellen, weigert sich, sie zu verlassen, obwohl sie rechtmäßig konfisziert und an den neuen Besitzer übergeben worden ist. Mir sind diese Dinge wirklich unangenehm, aber was soll man machen? Pflicht ist Pflicht."

„Oh ja, gewiss", lächelte Vivian, schwindlig vor Erleichterung, dass keine unmittelbare Gefahr für Cole bestand.

„Ich fürchte, ich muss jetzt weiter, Miss Darcy."

„Natürlich, Herr Lieutenant. Lassen Sie sich durch uns nicht aufhalten.“

Er lächelte und zwinkerte ihr freundlich zu. „Dann wünsche ich Ihnen und Ihrem Begleiter noch einen schönen Tag.“

Vivians Lächeln war geradezu strahlend. „Das wünsche ich Ihnen auch. Auf Wiedersehen, Lieutenant Darrington.“

6

Nach ihrer Rückkehr nach Charleston verstrichen zwei Wochen, in denen Vivian weder von Cole noch von John etwas hörte. Arthur hatte ihr erzählt, dass Cole mit seiner Einheit zum Santee River abkommandiert worden war, was bedeutete, dass von ihm sobald mit keiner weiteren Nachricht zu rechnen war.

Am ersten Mittwoch im April kehrte John nach Charleston zurück und ließ Vivian durch einen Boten bitten, ihn am Sonntagnachmittag zu empfangen. Widerstrebend ließ Vivian ihm ausrichten, sie sei bereit. Sie wusste, dass er kommen würde, um eine Antwort auf seinen Antrag zu holen. Das bevorstehende Gespräch mit ihm lag ihr auf der Seele, und sie hätte es gerne schon hinter sich gehabt.

In quälender Langsamkeit krochen die Tage dahin, bis es endlich Sonntagnachmittag war. Pünktlich wie immer erschien John im Teehaus, mit einem großen Strauß gelber Narzissen in der Hand, die er Vivian überreichte. Sie dankte ihm höflich und, wie ihr selbst auffiel, etwas förmlich und bat ihn, einen Augenblick zu warten, damit sie die Blumen in eine Vase stellen konnte.

Sie eilte auf ihre Kammer, versorgte die Blumen, bürstete noch einmal über ihre blonden Locken und schritt langsam wieder hinunter in die Teestube, wo John vor dem Verkaufstresen unruhig auf und ab schritt. Die Gaststube war voller Gäste und für ein privates Gespräch kaum geeignet, sodass Vivian vorschlug, einen Spaziergang zu unternehmen. Zustimmend führte

John sie hinaus und in Richtung Meeting Street. Er vermied es, den eigentlichen Grund ihres Treffens anzusprechen, bis sie in eine Gegend kamen, wo weniger Leute waren. Dort blieb er stehen, wandte sich Vivian zu und fragte ohne weitere Umschweife: „Nun, Vivian, wie hast du dich entschieden?"

Sein Ton war sachlich und ließ kaum auf seine Gefühle schließen, aber die hoffnungsvolle Erwartung in seinem Blick war nicht zu übersehen. Vivian unterdrückte einen Anflug von Mitleid und erklärte ruhig: „Es tut mir leid, John, aber es bleibt bei meiner Entscheidung. Ich werde dich nicht heiraten."

John atmete tief ein, dann ging er langsam weiter und fragte stirnrunzelnd: „Warum nicht? Du musst mir das bitte schon erklären."

Vivian atmete tief ein und seufzte. „Ich habe es dir bereits erklärt, John. Ich liebe dich nicht."

John stoppte seinen Schritt, nahm Vivian bei den Schultern und drehte sie zu sich. „Ich habe dir gesagt, was ich über Liebe in der Ehe denke."

„Ja, ich weiß. Und ich habe dir geantwortet, dass ich anders darüber denke."

„Du könntest eines Tages Viscountess werden, wenn du mich nimmst. Ich habe einen kinderlosen Onkel, der den Titel führt. Wenn er stirbt, bin ich sein Erbe."

„John!", stöhnte Vivian.

„Ja, ich weiß schon", versetzte er schulterzuckend. „Ihr Amerikaner gebt nicht viel auf Titel, wie? Aber du bist selbst die Enkelin und Nichte eines Baronets!"

„John, es ändert nicht das Geringste, und wenn du ein Earl wärst oder ein Prinz! Ich liebe dich nicht!"

Er kniff die Augen zusammen. „Da du so hartnäckig bist mit deiner Weigerung, meine Frau zu werden, und so sehr auf dem Thema Liebe herumreitest, gestatte mir die Frage: Gibt es da einen anderen?"

Den Blick abwendend, seufzte sie leise: „Ja, John, es gibt einen anderen. Und ich liebe ihn von ganzem Herzen. Du würdest nie an seine Stelle treten können, John. Es tut mir sehr leid."

„Wer ist es?"

„John, das ist doch nicht wichtig! Ich –"

„Oh, es ist sogar sehr wichtig", beharrte John mit ungewohnt harter Stimme, und seine Finger krallten sich fest um ihren Arm, als er sie zwang, ihn anzusehen. „Und ich verlange eine Antwort!"

Vivian befreite sich mit zornig aufblitzenden Augen aus seinem Griff. „Ich verstehe, dass dir meine Entscheidung nicht gefällt, John, aber du hast kein Recht, dich in meine –"

„Kein Recht?", schnaufte John. „Erlaube mal, meine Liebe, als dein einziger Verwandter in dieser verdammten, viel zu heißen Stadt habe ich nicht nur das Recht, sondern sogar die Pflicht, mich um dich zu kümmern!"

„Das ist lächerlich, John! Wir sind nicht verwandt! Du bist lediglich der Schwager meines Onkels! Das gibt dir überhaupt keine Rechte oder Pflichten! Also hör auf mit diesem Unsinn!"

„Als es darum ging, dich in dieses verfluchte Land zu bringen, kam dir die Verwandtschaft sehr gelegen!", schnaubte John. „Und ich dachte wirklich, du würdest mich mögen!"

„Das tu ich ja auch, John, aber –"

„Ja, ich weiß schon, du magst mich, aber du liebst mich nicht! Zum Teufel, ich hätte nicht gedacht, dass du so flatterhaft bist! Damals, auf der Dolphin, da hab ich mich zurückgehalten, weil ja unübersehbar war, dass du diesen anderen Burschen, diesen Dupont, vorzogst. Du kanntest ihn länger als mich, daher hielt ich es für fair, mich nicht dazwischen zu drängen, auch wenn es mir schwerfiel. Aber ich dachte, nachdem ich ihn los war … Und stattdessen hast du dir hier in Charleston bereits den nächsten Kerl geangelt!"

Sprachlos starrte Vivian John an. Schließlich ließ sie matt die Arme sinken. „Lieber Himmel, John, ich hatte keine Ahnung, dass du … Es tut mir wirklich schrecklich leid. Und dass du glaubst, ich wäre … flatterhaft …! Wirklich, du irrst dich."

„Ach, tu ich das? Wie würdest du es denn nennen, wenn binnen weniger Monate ein Verehrer dem nächsten folgt? Oder gab es sogar noch welche dazwischen? Also, wer ist es diesmal?"

„Bitte, John …! Hör auf, so mit mir zu reden!"

„Wer ist es?", beharrte John, sehr bleich im Gesicht.

Vivian atmete zitternd ein und sah John mit einem unendlich traurigen Ausdruck in den dunklen Augen an. „So leid es mir tut, John, aber das geht dich nichts an! Alles, was zählt, ist, dass ich ihn liebe! Und egal, was du denkst, John, daran wird sich nichts ändern. Und was du auch sagen magst, ich werde dich nicht heiraten. Ich mag dich gern, aber das ist alles. Wirklich alles. Und nun entschuldige mich bitte, ich möchte nach Hause."

John fuhr sich mit einer Hand durch das Haar und betrachtete sie mit einem Ausdruck so trostloser

Niedergeschlagenheit, dass Vivian schlucken musste. Erschüttert von dem Ausmaß seiner Enttäuschung seufzte sie leise, woraufhin John den Kopf reckte, kurz die Lippen zusammenpresste und dann widerstrebend hervorpresste: „In Ordnung. Ich bringe dich zurück."

„Danke."

Er hakte sie unter und fing an, langsam mit ihr Richtung Teehaus zu gehen. Nachdem sie eine Weile schweigend nebeneinanderher gegangen waren, blickte John sie sekundenlang so intensiv an, dass sie ihm schließlich widerwillig ins Gesicht sah. Um seine Lippen zuckte ein schmerzliches Lächeln, aber der Ausdruck seiner Augen und sein Tonfall waren ernst: „Dass dir eines klar ist, Vivian: Ich gebe nicht auf! Nicht, solange ich noch irgendeine Chance für mich sehe."

„Es gibt keine Chance, John", erwiderte Vivian mit einem Kloß im Hals.

„Vielleicht nicht. Aber das werde ich ja herausfinden, oder?"

„John, mach es dir doch nicht so schwer, ich –"

„Himmel, unterbrich mich nicht!", fuhr er sie an, als seine vorgetäuschte Selbstbeherrschung riss. „Ich hoffe und kämpfe um dich, und wenn ich diesen verdammten Kerl erwische, der dir den Kopf verdreht hat, drehe ich ihm meinerseits den Hals um!"

Stumm und bleich starrte Vivian ihn an. Auch wenn sie überzeugt war, dass John seine Worte nicht ernst meinte, so erschreckte sie doch die Heftigkeit seines Wutausbruchs.

Sie war froh, dass sie inzwischen das Teehaus erreicht hatten und sie sich vor der Tür von John verabschieden konnte.

Zu ihrer Erleichterung ließ John die nächsten Tage nichts von sich hören, und Vivian hoffte inständig, dass er zur Einsicht kommen und sie seine Freundschaft nicht verlieren würde. Jedoch wusste sie aus eigener Erfahrung inzwischen nur zu genau, zu welch irrationalem Verhalten ein verliebter Mensch sich hinreißen ließ, sodass sie in dieser Hinsicht arge Bedenken hatte.

Nur drei Tage nach ihrem Treffen mit John brachte Arthur ihr erneut eine Nachricht von Cole. Arthur begleitete sie auf ihre Kammer, ließ aber die Tür offen stehen, um Vivian nicht zu kompromittieren.

Der Text war kurz und knapp und besagte nichts weiter, als dass Cole Vivian bat, an dem ihr bekannten Treffpunkt am Donnerstagnachmittag auf ihn zu warten. Arthur wartete schmunzelnd ab, während Vivian die Zeilen las, und fragte dann grinsend, ob sie hinzugehen gedenke. Offenbar kannte er den Inhalt der Nachricht.

Vivian lächelte versonnen vor sich hin und kicherte. „Ich denke schon. – Oh ja, ich gehe!"

Arthur lachte unterdrückt. „Na, das klingt aber ganz anders als beim letzten Mal!"

Vivian spürte, wie sie errötete. „Das kann schon sein."

„Und ich habe schon geglaubt, ihr zwei wärt ein aussichtsloser Fall!"

Vivian lächelte fragend, während sie gedankenverloren den Zettel in ihrer Hand zu einer kleinen Kugel zusammenknüllte.

„Nun ja", erklärte Arthur glucksend. „Willst du vielleicht behaupten, ihr hättet euch neulich nicht abwechselnd wie verliebte Turteltauben und dann wieder wie streitlustige Zankhähne benommen?"

Lachend schnipste Vivian ihm das Papierbällchen ins Gesicht. „Misch dich ja nicht in Dinge, die dich nichts angehen!"

Am selben Abend kam John noch einmal vorbei. Da im Teehaus noch Gäste waren, bat Vivian auch ihn nach oben in ihre Kammer, wo er sich in ihren einzigen Sessel fallen ließ, während sie selbst sich auf das Bett setzte. Wieder ließ sie die Tür offenstehen.

John kam nur zögernd auf den Grund seines Besuchs zu sprechen. Er hätte eine Plantage in der Nähe des Cooper River erworben, erklärte er schließlich, und er habe einige Probleme bei der Einrichtung. Die Vorbesitzer hätten offensichtlich an Geschmacksverirrung gelitten, doch auch ihm fiele es schwer, die passenden Möbel zu finden.

„Kurz und gut, könntest du mir nicht bitte bei der Auswahl der Möbel behilflich sein?", schloss er.

„Heißt das, dass ich dich zu deiner Plantage begleiten müsste?", erkundigte Vivian sich vorsichtig, da sie argwöhnte, dass sich hinter Johns Ansinnen mehr verbarg als nur der Wunsch nach ihrer Hilfe.

„Das wird sich nicht vermeiden lassen, denn du musst ja die Räumlichkeiten kennenlernen. Aber wir brauchen ja nicht lange zu bleiben."

„Tut mir leid, John, aber dann muss ich ablehnen. Ich kann und möchte nicht aus Charleston fort."

„Ach komm, gib dir einen Ruck. Ein paar Tage außerhalb Charlestons würden dir bestimmt guttun."

Sie schüttelte den Kopf. „Nein, es ... es geht wirklich nicht."

„Aber es ist doch wirklich nichts dabei!“, knurrte John und trommelte ärgerlich mit den Fingern auf den Sessel, wobei ihm eine kleine Papierkugel in die Hände fiel. Nervös spielte er damit, ohne dass Vivian merkte, was er da in den Fingern hielt.

„Ob etwas dabei ist oder nicht, ich kann nicht fort. Die Gilberts brauchen mich“, erklärte Vivian und erhob sich.

„Na gut, dann eben nicht!“, brummte John zornig und stand ebenfalls auf. Ohne einen weiteren Gruß marschierte er aus der Tür und knallte sie hinter sich zu. Vivian zuckte zusammen und blickte ihm niedergeschlagen hinterher.

Erst draußen vor dem Teehaus bemerkte John, dass er noch immer eine kleine Papierkugel in den Fingern hielt. Geistesabwesend und eher uninteressiert betrachtete er sie und entdeckte zwischen den Falten überrascht einige Buchstaben. Neugierig geworden, faltete er das Kügelchen auseinander.

In rasendem Tempo ließ Arthur die kleine Kutsche über den holperigen Pfad dahindonnern. Sie waren spät dran, denn im letzten Moment waren sie von Betsy aufgehalten worden, die sich umständlich erkundigte, wohin Vivian und Arthur denn wollten. Nach einer kleinen Ewigkeit erst hatten sie Betsy abwimmeln können, um dann eilig Charleston zu verlassen.

Obwohl der Vormittag schon weit fortgeschritten war, herrschte auf der Hauptstraße, die hinter Charleston ins Land führte, kaum Betrieb. Einige Male sahen sie in der Ferne weit hinter sich einen einzelnen Reiter, aber weder Arthur noch Vivian maßen dem große Bedeutung bei. Als sie dann auf der schmalen

Nebenstrecke waren, konnten sie niemanden mehr ausmachen, und bald hörte Vivian auf, sich umzusehen. An den Reiter, den sie auf der Hauptstraße gesehen hatten, dachte sie nicht mehr, schon gar nicht, als sie endlich zu Fuß den kleinen Pfad entlangeilten, der zu der Lichtung führte, auf der sie und Cole sich treffen sollten. Obwohl sie diesmal wusste, was sie erwartete, war Vivian schrecklich aufgeregt und fieberte mit jeder Faser ihres Seins dem Treffen mit Cole entgegen.

Endlich waren sie auf der Lichtung, und da war er auch schon. Lässig und selbstsicher lehnte er an einem Baum. Die Sonne beleuchtete seine braungebrannte Haut und ließ seine blauen Augen noch stärker blitzen als sonst. Sein rehfarbener Jagdanzug war schmutzbefleckt und seine Haare viel zu lang geworden, aber das bemerkte Vivian kaum.

Von seiner schlanken Figur mit den breiten Schultern blickte sie auf in seine schmalgeschnittenen Züge. Auf seinen Lippen lag ein fragendes Lächeln, während Vivian mit pochendem Herzen langsam näher kam.

Instinktiv nickte sie, als Arthur neben ihr bemerkte, er werde sich wohl besser für einen Augenblick entfernen. Kaum registrierte sie, wie er hinter ihr im Wald verschwand. Das Bewusstsein jedoch, dass sie jetzt mit Cole allein war, ließ ihr Herz noch schneller schlagen.

Langsam ging sie weiter, Schritt für Schritt, bis sie nur noch wenige Meter von Cole entfernt war. Ihre Glieder zitterten, und sie konnte kaum einen klaren Gedanken fassen.

Plötzlich, noch ehe sie recht wusste, wie ihr geschah, lag sie in seinen Armen. Cole flüsterte unverständliche Worte in ihr Haar und senkte seine Lippen sanft auf ihre. Bebend und zitternd spürte Vivian Coles Arme um ihren Körper, fühlte, wie seine Hand zärtlich in ihrem Haar wühlte. Leidenschaftlich erwiderte sie Coles Umarmung. Sie verlor jedes Gefühl für Zeit und Ort, und es gab auf der ganzen Welt nur noch Cole und sie. Atemlos flüsterte sie zwischen seinen heißen Küssen: „Ich liebe dich! Oh, Cole, wie sehr liebe ich dich!"

Sofort lockerte Cole seine Umarmung. Sanft schob er Vivian einen Schritt weit von sich und starrte sie sprachlos an. Vivians Herz schlug einen Purzelbaum beim Blick in seine strahlenden Augen, in denen leuchtende Sterne zu tanzen schienen. „Sag das noch einmal!", bat er heiser und offenbar seiner eigenen Stimme nicht ganz mächtig.

„Ich liebe dich!", lachte Vivian. „Ich liebe dich, ich liebe dich, ich liebe dich!"

Cole stand sehr still, ein zuckendes Lächeln auf den Lippen. Unendlich sanft strich er mit dem Handrücken ihre Wange entlang, als er beinahe ängstlich fragte: „Ist das wahr?"

Sie strahlte ihn an. „Ja! Oh ja!"

Mit einem unterdrückten Stöhnen zog er sie in seine Arme und presste sie an sich. Mit dem Gesicht in ihrem Haar, flüsterte er. „Lieber Himmel, Vivian, du hast keine Ahnung, wie sehr ich auf diesen Augenblick gewartet habe! Und, Vivian ... kleine Lady ... allerliebster närrischer Kindskopf ... du kannst dir nicht vorstellen, wie sehr ich dich liebe!"

„Freust ... freust du dich wirklich?", fragte Vivian mit einem Zittern in der Stimme.

„Ob ich mich freue?", lachte Cole ungläubig auf. „Gütiger Himmel, so eine Frage kannst auch nur du stellen!

– Liebste kleine Lady, weißt du denn immer noch nicht, was du mir bedeutest?"

Vivian lächelte zaghaft. „Ich weiß nicht ... vielleicht."

„Vielleicht!", stöhnte Cole, doch in seinen Augen blitzten lachende Fünkchen.

Vivian blickte voller Liebe zu ihm auf und rechnete damit, dass er sie nun ein weiteres Mal küssen würde. Stattdessen ließ er sie ohne Vorwarnung los und trat einen Schritt zurück.

Er zwinkerte ihr kurz zu, aber zu Vivians Verwunderung wirkte sein Gesichtsausdruck trotzdem beinahe verlegen. „Du hast dich neulich beklagt, dass ich dir in meinem Brief einen unmöglichen Antrag gemacht hätte", erklärte er mit seltsam belegter Stimme, sodass Vivian unwillkürlich den Atem anhielt und ihn mit großen Augen ansah. Er räusperte sich kurz. „Meinst du, ich ... äh ... hätte vielleicht bessere Chancen auf ein Ja von dir, wenn ich es noch einmal versuche? Und zwar diesmal richtig?"

„Cole ...", flüsterte Vivian, während er bereits ihre Hand ergriff und vor ihr auf die Knie ging. Ihr Herz schlug einen wilden Trommelwirbel, und sie hatte das Gefühl, ihre Knie würden gleich nachgeben, als er mit tiefernster Miene und ohne auch nur die geringste Spur des sonst an ihm gewohnten Humors zu ihr aufsah. „Vivian ... liebste kleine Lady ... würdest du ... würdest du mich heiraten?"

Vivian musste schlucken, da ihr ein dicker Kloß im Hals die Stimme raubte, aber die Antwort lag deutlicher als alle Worte in ihren strahlenden Augen. Und Coles Augen leuchteten nicht minder, als sie nach seiner zweiten Hand langte, ihn von den Knien hochzog und zitternd flüsterte: „Ja, von ganzem Herzen ... und mit aller Liebe ... und –"

Weiter kam sie nicht, da Cole sie mit einem heiseren Lachen in seine Arme zog und sie küsste, erst sanft und zärtlich, und dann, als er merkte, wie sehnsüchtig sie ihm entgegenkam, voller Leidenschaft.

Als er seine Umarmung lockerte, klammerte Vivian sich an ihn, als wäre er der einzige feste Halt in einer taumelnden Welt.

Cole lachte leise, dann versetzte er mit einem beinahe schüchternen Lächeln: „Vivian, mein Liebling, ich wollte ja eigentlich warten, bis dieser verdammte Krieg vorbei ist. Aber keiner weiß, wie lange er noch dauert, und ich ... nun ja, ich sehne mich so schrecklich danach, dich zur Frau zu nehmen! Und dass du jetzt Ja gesagt hast ... Lieber Himmel, ich kann es kaum glauben!"

„Ich glaube, ich war in meinem ganzen Leben noch nicht so glücklich! Und du kannst dir nicht vorstellen, wie sehr ich mir wünsche, deine Frau zu sein."

Cole gab ihr einen verliebten Kuss auf die Nasenspitze. „Ich werde mir etwas einfallen lassen, damit wir so schnell wie möglich getraut werden können."

Sie seufzte leise. „Ach, Cole, wie soll das nur gehen? Jeder Pfarrer, den wir bitten, uns zu trauen, könnte dich an die Engländer verraten. Das ist doch viel zu gefährlich."

„Wir können auch nicht damit weitermachen, uns hier zu treffen. Das ist auf Dauer genauso riskant. Aber mach dir keine Gedanken. Ich werde schon eine Lösung finden."

Er zog sie erneut an sich, mit einem solchen Strahlen in den blauen Augen, dass Vivian die Knie weich wurden.

„Ach, Cole", seufzte sie und kuschelte sich in seine Arme, „warum nur war ich so dumm, nicht eher zu erkennen, dass es dir ernst ist! Wenn ich darüber nachdenke, wie lange ich dich schon liebe und so dagegen angekämpft habe, und das nur, weil ich glaubte, du würdest ... nun ja ..."

Er lachte leise. „Kleine Lady, könnte das vielleicht daran liegen, dass du so ein sturer Trotzkopf bist?"

„Oder ein närrischer Kindskopf?", gab sie mit schief gelegtem Kopf und glänzenden Augen zurück.

„Oder das", grinste Cole. Zärtlich strich er mit einem Finger ihre Lippen entlang. „Aber nur mal aus Interesse: Seit wann glaubst du denn zu wissen, dass du mich liebst?"

Sie lächelte verlegen. „Ach, ich weiß nicht. Irgendwann wusste ich es einfach. Mit Sicherheit, als du verwundet warst. Oder eigentlich schon in Charleston bei der Belagerung. Oder vorher. Ja, vielleicht war ich sogar schon auf der Dolphin verliebt."

Cole zog zweifelnd die Brauen hoch. „Mein Liebling, du machtest auf der Dolphin einen alles andere als verliebten Eindruck! Wenn ich allein an deine entsetzte Reaktion denke, als ich dich fragte, ob es etwas ändern würde, wenn ich Amerikaner wäre. Ich hatte das Gefühl, du würdest mich am liebsten über die Reling stoßen, damit ich dir nicht bei deiner Rückkehr nach Charleston in die Quere komme!"

„Oh Gott, so hast du das aufgefasst?", stöhnte Vivian mit einem gequälten Lachen.

„Wie sonst?"

„Ach, Cole! Ich war doch nur so entsetzlich verwirrt, weil ich ... nun ja, ich wünschte mir plötzlich, dass du mich noch einmal küssen würdest! Und dabei wollte ich mich doch eigentlich gar nicht verlieben! Ich war so erschrocken über mich selbst ...!"

Verblüfft starrte Cole sie an. „Ist das dein Ernst? – Lieber Himmel! Wenn ich das gewusst hätte, hätte es mir manch schlaflose Nacht erspart!"

Vivian lachte. „Du hattest schlaflose Nächte? Meinetwegen?"

Er grinste schief. „Unglaublich, nicht wahr? – Ich habe mich lange Zeit oft gefragt, ob es mir jemals gelingen würde, dich davon zu überzeugen, dass wir zusammengehören."

Vivian schlang die Arme um seinen Nacken und lächelte voller Liebe zu ihm auf. „Ich bin sehr froh, dass du so hartnäckig warst. Und ab jetzt wird es daran nie wieder einen Zweifel geben!"

Ein halb spöttisches, halb liebevolles Lächeln auf den Lippen, fragte er gedehnt: „Und keine Verdächtigungen mehr, ich wäre hinter anderen Frauen her?"

Sie schüttelte heftig den Kopf, und Coles Augen fingen an zu leuchten. Langsam näherten sich seine Lippen ihrem Mund. „Ich glaube, kleine Lady, du bist ... nicht nur ... ein Trotzkopf ... und närrischer Kindskopf ...", er küsste sie sanft, „sondern obendrein auch noch ... das begehrenswerteste, liebenswerteste, wunderbarste Geschöpf, das ich ..."

Nach ein paar herrlich schwindelerregenden Augenblicken lehnte Vivian sich liebevoll an ihn und bemühte sich, das Zittern ihrer Glieder unter Kontrolle zu bekommen. Coles warmer Atem strich sanft über ihr Haar, als er leise lachte, und Vivian fühlte sich so geborgen und sicher wie noch nie zuvor und wäre am liebsten für immer in Coles Armen geblieben.

„So, da haben wir also Vivians eifrigen Liebhaber!"

Eine zornige Stimme ließ Vivian und Cole auseinanderfahren. John Chapman ritt auf dem Rücken eines großen braunen Pferdes auf sie zu, das er energisch auf Cole zutrieb, sodass dieser zurücktaumelte.

„John!", schrie Vivian entsetzt auf. „John, was fällt dir ein!"

John schenkte ihr nicht die geringste Beachtung. Sein Blick war auf Cole geheftet, der nach kurzem Stolpern sein Gleichgewicht wiederfand und sich blitzschnell aufrichtete.

„Sie!", stieß John zwischen den Zähnen hervor, als er seinen Widersacher erkannte.

Cole unterdrückte den Impuls, Chapman vom Pferd zu zerren und ihm zu zeigen, was er von seiner Einmischung hielt. Stattdessen deutete er eine spöttische Verbeugung an. „Mr. Chapman!"

Deutlich fassungslos entfuhr es John: „Wie, um alles in der Welt, kommen Sie denn hierher?"

Cole begegnete Johns zornigem Schnauben mit einem breiten Grinsen: „Das Gleiche könnte ich Sie fragen!"

John sprang aus dem Sattel und baute sich vor Vivian auf. „Zum Teufel, Vivian! Du triffst dich ausgerechnet mit diesem Kerl, der sich über dich lustig macht und dich sitzenlässt, wann immer es ihm beliebt?"

„John, du –"

„Oh ja, ich weiß, du hattest ja schon auf der Dolphin ein Faible für den feinen Captain Dupont! Aber ich dachte, nachdem er bei Nacht und Nebel verschwunden war ... Und doch hätte ich's mir ja beinahe denken können!" Voller Verachtung glitt sein Blick über Cole, der abwartend dastand und träge grinste. Doch plötzlich kniff John die Augen zusammen. „Aber Moment mal ...! Der Zettel, den ich fand, war mit Cole unterzeichnet! Was, zum Teufel, machen Sie denn dann hier?"

Cole warf Vivian einen raschen Blick zu. „Du hast die Nachricht nicht vernichtet?"

„Oh Gott! Ich ... ich muss ..."

„Schon gut", winkte Cole ab und erklärte, an John gerichtet, mit einem spöttischen Grinsen: „Ich fürchte, Mr. Chapman, Sie unterliegen da einem Irrtum. Mein Name ist nicht Dupont. Mein Name ist Ansinger. Cole Ansinger."

John blinzelte verwirrt. „Ansinger? Aber ... Zum Teufel, Sie haben mich angelogen? Und Captain sind Sie wohl auch nicht, wie?"

„Verzeihung, ich vergaß, dass ihr Engländer Titel so wichtig nehmt!", spottete Cole. „Wenn ich mich also korrekt vorstellen darf: Captain Cole Ansinger, Sir!"

„Oh, Captain sind Sie immerhin geblieben!", höhnte John. „Und in welchem Hafen liegt Ihr Schiff?"

Cole lachte. „Ich muss Sie enttäuschen, der Titel ist rein militärischer Art."

„So, ist er das?", zweifelte John. Doch plötzlich ging ihm ein Licht auf. „Ooh ... jetzt verstehe ich! – Sie sind ein Rebell! Ein verfluchter Rebell!"

Vivian wimmerte vor Entsetzen, aber Cole lachte nur. „Ihre Auffassungsgabe ist wirklich bemerkenswert, Mr. Chapman."

„Und was, zum Teufel, hatte ein Rebell wie Sie in England zu suchen? Noch dazu unter falschem Namen?“, knurrte John.

Cole hob vielsagend die Brauen und erwiderte nichts. Johns Augen wurden groß, als er begriff. „Oh, Himmel und Hölle! Und ich habe Sie auch noch auf meinem Schiff mitgenommen!“

Cole lächelte süffisant. „Besten Dank im Nachhinein.“

John richtete den Griff seiner Reitpeitsche drohend auf Coles Brust. „Sie werden ab sofort Miss Darcy in Ruhe lassen!“, knurrte er. „Ich werde keinen weiteren Umgang zwischen Ihnen gestatten!“

„Sollten Sie nicht besser Miss Darcy selbst fragen, was sie davon hält?“, schlug Cole gelassen vor.

„Miss Darcy“, ätzte John, „steht als Mitglied meiner Familie unter meinem Schutz und wird mich begleiten, ob es ihr gefällt oder nicht! Ihre Meinung tut nichts zur Sache!“

„Also, das ist ja wohl die Höhe!“, schnaubte Vivian. „Was bildest du dir eigentlich ein, wer du bist!“

Zornig wirbelte John zu Vivian herum: „Du kommst mit mir nach Hause, Vivian, hast du verstanden? Es kommt überhaupt nicht in Frage, dass du dich auch nur noch eine Minute länger mit einem verfluchten Rebellen abgibst!“

„Nichts dergleichen werde ich tun! John, du gehst entschieden zu weit!“

„Herrgott nochmal, Vivian, der Kerl ist ein Landesverräter, ein elender Schurke! Er ist ein verdammter Rebell, dessen Leben keinen Pfifferling mehr wert ist, wenn er gefasst wird! Du kommst mit mir! Ich bestehe darauf!“

„Ich liebe Cole", erwiderte Vivian ruhig und straffte den Rücken. „Ich werde bei ihm bleiben. Und du hast mir gar nichts zu sagen!"

„Und ob ich das habe! Ich habe dich hergebracht in dieses verfluchte Land, und ich werde dich auch wieder fortbringen! Als dein dir nächster Verwandter trage ich im Augenblick die Verantwortung für dich, und ich werde dafür sorgen, dass du nicht in dein Unglück rennst!"

„Ich habe es dir schon einmal gesagt: Wir sind nicht wirklich verwandt. Und außerdem bin ich volljährig. Du kannst mir nichts befehlen."

Mit einem amüsierten Seitenblick auf Vivian versetzte Cole träge: „Wie Sie sehen, Chapman, hat die Lady ihren eigenen Kopf. Was ich zu meinem Leidwesen hin und wieder auch schon zu spüren gekriegt habe. Geben Sie besser nach."

Blitzschnell fuhr Johns Hand in seine Jacke, aus der er eine Pistole hervorzog, mit der er augenblicklich auf Cole zielte. In seinen Zügen war hemmungslose Wut zu lesen. Vivian stieß einen entsetzten Schrei aus, und auch Cole hielt überrascht den Atem an, denn mit einem solchen Angriff hatte er nicht gerechnet. Er selbst hatte keine Waffe in der Hand, und jeder Versuch, seine eigene Pistole zu ziehen, würde nur dazu führen, dass Chapman umso eher abdrückte.

„Nun?", fragte er scharf.

„Ich töte keinen Wehrlosen!", erklärte John grimmig. „Aber ich bestehe darauf, dass Sie mich nach Charleston begleiten und sich vor ein Kriegsgericht stellen lassen!"

„Um dann im Namen seiner Majestät hingerichtet zu werden? – Nein, besten Dank!"

„Ich werde Sie töten müssen, wenn Sie sich weigern!", knurrte John.

Cole breitete einladend die Arme aus. „Nur zu. Worauf warten Sie noch?"

Vivian warf sich mit einem Aufschrei an seine Brust. „Nein! Das lasse ich nicht zu!"

„Geh zur Seite, Vivian!", grollte John.

„Nie und nimmer!"

„Geh aus dem Weg!", drängte auch Cole.

Energisch schüttelte sie den Kopf. John würde nicht wagen, auf Cole zu schießen, solange sie vor ihm stand! Mit aller Kraft klammerte sie sich an Coles breite Schultern, doch er stieß sie mit einer kraftvollen Bewegung hinter sich und bot, trotz ihres schluchzenden Protests, seinen Körper der Mündung der Pistole dar. Er rechnete nicht wirklich damit, dass John Chapman abdrücken würde. Doch wenn er es täte, würde die Kugel bei der geringen Entfernung ihr Ziel kaum verfehlen. Angespannt wartete Cole ab.

John hingegen zögerte. Frustriert erkannte er, dass ihm die Situation über den Kopf wuchs. Er war hergekommen, weil die Eifersucht ihn getrieben hatte und er seinen Nebenbuhler kennenlernen wollte. Nicht im Traum hatte er damit gerechnet, es mit einem Rebellen zu tun zu bekommen, noch dazu mit einem, für den er einst beinahe so etwas wie Sympathie empfunden hätte, wenn er nicht sein Rivale um Vivians Gunst gewesen wäre. Und dennoch: Er war in seiner Eifersucht schon viel zu weit gegangen! Wenn er jetzt abdrückte, so wäre das Mord! Gewiss, er würde keine Strafe zu befürchten haben, denn niemand würde ihn dafür belangen, dass er einen Rebellen getötet hätte. Aber konnte er diese Schuld wirklich auf sein Gewissen laden?

Cole beobachtete unterdessen aufmerksam Johns Mienenspiel. „Chapman", spottete er, ungeachtet der Gefahr, in der er schwebte, „ich an Ihrer Stelle würde allmählich mal eine Entscheidung treffen."

John runzelte finster die Stirn. Für einen winzigen Augenblick blieb Cole beinahe das Herz stehen, als sich Chapmans Finger um den Abzug krümmte und er ihn feindselig musterte, aber dann ließ Chapman mit einem resignierenden Seufzer die Waffe sinken. „Sie haben gewonnen, Dupont. Verschwinden Sie."

„Ansinger", korrigierte Cole aufreizend gelassen. „Mein Name ist Ansinger."

„Überstrapazieren Sie meine Geduld nicht, ich warne Sie!", knurrte John.

„Lieber Himmel, John, jetzt hör schön auf mit diesem Säbelrasseln!", tadelte Vivian erbost. „Du weißt ebenso gut wie ich, dass du nicht auf einen wehrlosen Menschen schießen würdest!"

„Wäre es dir lieber, ich fordere deinen Liebhaber zu einem Duell?", ätzte John herausfordernd. „Wäre das nach deinem Geschmack? Zwei Männer, die auf Leben und Tod um dich kämpfen, und der Sieger bekommt dich zur Frau?"

„Du glaubst doch selbst nicht, dass ich dich heiraten oder dir je verzeihen würde, wenn du Cole tötest?", fuhr Vivian ihn fassungslos an.

„Besten Dank für dein Vertrauen in meine Fähigkeiten!", lachte Cole und drückte beruhigend ihre Hand.

„Um mich in einem Duell zu töten, müsste Chapman ein besserer Schütze sein als ich, und ich bezweifle, dass er das ist. Nichtsdestotrotz –“

„Ich könnte Degen vorschlagen!“, versetzte John kalt. „Fühlen Sie sich da auch noch so überlegen?“

„Soweit ich mich erinnere, hätte ich die Wahl der Waffen, wenn Sie mich fordern“, lächelte Cole spöttisch. „Dennoch kann ich Ihnen versichern, dass Sie mich auch mit der Wahl von Degen nicht einschüchtern könnten. Nichtsdestotrotz, wie ich eben schon sagen wollte, waren Sie mir nie unsympathisch, Chapman, und ich würde es vorziehen, wenn wir ohne ein Duell auskommen könnten. Nicht zuletzt Vivian zuliebe.“

„Sie haben recht“, murrte John, in dessen Augen sehr langsam die Vernunft zurückkehrte. „Keine Frau ist es wert, dass ihretwegen jemand stirbt.“

„Interessant, dass Sie das so sehen“, stellte Cole mit einem nachdenklichen Gesichtsausdruck fest. „Wie auch immer, wenn ich jetzt gehe, dann verlasse ich mich darauf, dass Vivian sicher nach Charleston kommt.“

John kniff in neuerlichem Ärger die Augen zusammen. „Wofür halten Sie mich? Für einen Frauenschänder?“

„Wenn ich das täte, käme ich nicht einmal im Traum auf den Gedanken, Ihnen Vivian anzuvertrauen“, konterte Cole mit einem kalten Unterton. „Aber ich nehme mal an, ich habe Ihr Wort als Gentleman, dass Vivian nichts geschieht?“

„Ich glaube nicht, dass Sie in der Position sind, irgendetwas von mir zu verlangen“, knurrte John und deutete mit einer kaum wahrnehmbaren Kopfbewegung auf seine Pistole. „Nichtsdestotrotz haben Sie mein Wort. Und nun verschwinden Sie!"

„Erst wenn ich mich von Vivian verabschiedet habe", widersprach Cole gelassen und zog Vivian in seine Arme, die sich zitternd an ihn schmiegte. Von Chapman kam ein ärgerliches Schnauben, aber er unternahm nichts, als Cole Vivian kurz und innig küsste und dann, zärtlich ihr Gesicht in seinen Händen haltend, leise und bedauernd wisperte: „Ich muss gehen, kleine Lady, aber wir sehen uns bald wieder, das verspreche ich. Und bis dahin warte auf mich, ja?"

Unendlich bekümmert nickte Vivian. „Ich liebe dich!", flüsterte sie erstickt. „Bitte, bitte, pass auf dich auf!"

„Versprochen", lächelte Cole, sanft ihr Haar streichelnd.

„Genug jetzt, Dupont!", zischte John wütend. „Machen Sie endlich, dass Sie fortkommen!"

Zögernd gab Cole Vivian frei und bewegte sich dann, John im Auge behaltend, zum Rand der Lichtung hin. Dort angekommen, winkte er Vivian noch einmal kurz zu, ehe er schließlich zwischen den Bäumen verschwand. Erst jetzt, da er außer Gefahr war, merkte Vivian, dass sie den Atem angehalten hatte, und holte tief Luft.

„Komm her und lass dir in den Sattel helfen", brummte John und setzte, nach einem Blick in Vivians erboste Miene demütig ein „Bitte!" hinzu.

„Ich werde laufen, bis wir bei unserer Kutsche sind", versetzte Vivian eisig.

Missmutig schwang John sich in den Sattel. „Wie du willst."

„Dass du dich nicht schämst“, schimpfte Vivian, während sie sich in Bewegung setzten. Sie musste zu ihm hochblicken, da er im Schritttempo neben ihr herritt. „Wie kann ein sonst so vernünftiger und freundlicher Mann wie du nur so die Beherrschung verlieren! Mit der Waffe zu drohen! Wirklich, John, ich bin tausend Tode gestorben vor Angst!“

„Ich wollte dich nicht ängstigen“, entgegnete er, den Blick ausdruckslos auf sie gerichtet. „Es tut mir leid.“

„Ach, wirklich? Ich hatte dir doch gesagt, ich liebe einen anderen. Warum musstest du mir nachspionieren?“

Er zuckte in vorgetäuschter Gelassenheit die Achseln. „Als ich neulich bei dir war, da fiel mir dieser Papierfetzen in die Hand. Ich hab mir zunächst nichts dabei gedacht, bis ich die Zeilen las. Da hab ich rotgesehen und mir vorgenommen, herauszufinden, wer der Bursche ist, mit dem du dich triffst.“

„So! Und du konntest dich in der Zwischenzeit auch nicht so weit wieder unter Kontrolle kriegen, dass du dein Vorhaben aufgegeben hättest!“

„Ich weiß, es war nicht richtig“, gestand er mit einem reumütigen Blinzeln. „Aber es ist auch nicht richtig, dass du dich mit diesem Dupont oder Ansinger, oder wie auch immer der Kerl heißen mag, triffst.“

„Ich liebe ihn.“

„Gut und schön, aber er ist ein Rebell!“

„Wofür ich ihn nur umso mehr liebe und bewundere!“

John zügelte sein Pferd und beugte sich zu ihr hinunter. Finster starrte er sie an. „Du kannst doch nicht allen

Ernstes meinen, dass auch du gegen den König bist!"

Vivian seufzte und hielt seinem vorwurfsvollen Blick stand. „Ich habe ein paarmal versucht, mit dir darüber zu reden, John, aber ich hatte den Eindruck, es sei dir unangenehm, und darum habe ich es dann gelassen. Außerdem habe ich gedacht, dir wäre klar, dass ich mit dem Herzen auf Seiten der Rebellen stehe."

„Zum Teufel nochmal, du bist Engländerin, wie kannst du –"

„Meine Mutter war Engländerin, und meine Verwandten sind es, John", unterbrach Vivian erregt. „Aber ich bin es nicht und will es auch nie werden! Ich bin Amerikanerin, und ich bin stolz darauf, John!"

„Ach, so ist das", entgegnete John grimmig und richtete sich im Sattel wieder auf. Nach einer Weile brummte er: „Und Cameron?"

Vivian zuckte zusammen, entgegnete aber ruhig: „Was soll mit ihm sein?"

„Ist er auch ein Rebell?"

Vivian biss sich kurz auf die Lippen. „Du weißt doch genau, dass er ein Tory ist."

„Ach, wirklich? Und wieso gibst du als glühende Anhängerin der Rebellen dich dann mit ihm ab?"

„Ich gebe mich ja auch mit dir ab", gab Vivian lächelnd zu bedenken.

„Stimmt", bemerkte John trocken. „Aber ich habe dich nicht zu einem Rebellen in den Wald gebracht. Cameron muss gewusst haben, auf was er sich da einließ. Dass er als Tory Kontakte zu den Rebellen hat, ist doch sehr merkwürdig, findest du nicht?"

„Arthur und ich waren schon Freunde, ehe der Krieg begann", log Vivian, ohne mit der Wimper zu zucken.

„Ich habe ihn um Hilfe gebeten, um Cole sehen zu können. Er hat mir aus reiner Freundschaft heraus geholfen. Wenn du ihm jetzt einen Strick daraus drehen willst, dass er mir einen Gefallen getan hat –“

„Das ist Verrat“, brummte John.

„Kannst du nicht verstehen, dass es Situationen gibt, in denen man persönliche Freundschaften über die Politik stellt?“, fragte Vivian kopfschüttelnd.

„Vielleicht“, räumte John missmutig ein. „Nichtsdestotrotz hätte Cameron dich davon abhalten müssen, dich in Gefahr zu begeben, nur um einen Rebellen zu sehen.“

„So gefährlich war es gar nicht. Wenn du nicht aufgetaucht wärst –“

„Ich hätte auch ein anderer sein können! Ein britischer Offizier. Oder ein Tory. Einfach jemand, der weniger rücksichtsvoll mit einem verdammten Rebellen umgegangen wäre!“

„Das stimmt“, gab Vivian betroffen zu.

„Bleibt noch eine Frage“, brummte John. „Wer hat dir diese Nachricht von Dupo ... Ansinger überbracht?“

„Warum willst du das wissen?“

„Beantworte einfach meine Frage!“

„Das kann ich nicht.“

„Also war es Cameron!“, stellte John zähneknirschend fest. „Ist er ein Spion?“

„Nein!“, rief Vivian erschrocken aus. „Ich sagte dir doch, Arthur hat mich nur begleitet! Ich ... ich weiß nicht, wer mir die Nachricht gebracht hat. Sie lag eines Abends einfach bei mir in der Kammer.“

„Wie von Geisterhand dahingelegt, ja?", höhnte John mit gefährlich blitzenden Augen. „Für wie einfältig hältst du mich, Vivian?"

„John, bitte …!", stammelte Vivian. „Ich halte dich ganz gewiss nicht für einfältig! Aber wozu wäre es gut, wenn ich dir sagte, wer es war? Was würdest du dann tun? Ihn anzeigen, damit er im Namen des Königs hingerichtet wird? Willst du wirklich mit aller Gewalt unsere Freundschaft riskieren?"

John starrte sie finster vom Pferderücken herab an. Dann stieg er ab, da sie inzwischen die Kutsche erreicht hatten, mit der Vivian und Arthur gekommen waren. Schweigend band er sein Pferd hinten an, half Vivian beim Einsteigen und kletterte auf den Fahrersitz. Als er neben ihr saß, zuckte er resignierend die Achseln und stöhnte: „Also gut. Begraben wir das Thema."

Grenzenlos erleichtert, lächelte Vivian ihn an. Aber ihr Lächeln erstarb, als John die Peitsche ergriff und sie zweimal laut knallen ließ, sodass die Pferde anzogen.

„John, was tust du denn?", rief sie entgeistert und starrte ihn mit großen Augen an. „Wir müssen auf Arthur warten! Er wird sicher bald kommen!"

„Der kann zu Fuß gehen", brummte John. „Zur Strafe, dass er dich diesem verfluchten Rebellen in die Arme geliefert hat."

„John, halt sofort wieder an!"

Vivians empörte Aufforderung ignorierend, trieb John die Pferde unerbittlich zu einer schnelleren Gangart an. Es blieb Vivian nichts anderes übrig, als sich wütend in eine Wagenecke zurückzuziehen, so weit von John entfernt, wie es nur irgendwie ging.

„Das hätte ich nie von dir gedacht, dass du dich einmal so aufführen würdest!", schimpfte sie. John zuckte lediglich die Achseln.

Am frühen Morgen des folgenden Tages humpelte ein übellauniger Arthur Cameron in die Teestube. Careen konnte bei seinem Anblick nur mit Mühe ein Kichern unterdrücken und machte Betsy auf ihn aufmerksam. Eilig lief diese auf ihn zu.

„Arthur, mein Liebling!", jammerte sie. „Was ist denn mit dir passiert?"

„Nichts weiter", stieß er grimmig hervor. „Ist Vivian da?"

Betsy setzte eine indignierte Miene auf. „Ja, natürlich. Musst du denn gleich schon wieder zu ihr rennen?"

Arthurs Miene hellte sich ein wenig auf, und er fasste Betsy unters Kinn. „Betsyleinchen, schimpf jetzt nicht. Ich habe was mit ihr zu besprechen. Etwas Wichtiges. Also sei nicht böse, ja?"

„Hm."

„Wo ist sie?", beharrte Arthur, einen Anflug von Ungeduld in der Stimme.

„Sag mir erst, warum du so komisch gehst. Hast du dir den Fuß verstaucht?"

„Wo ist sie?", wiederholte Arthur, und richtiger Unmut schwang jetzt in seiner Stimme mit.

Betsy deutete mit dem Arm zur Treppe. Dann warf sie die Nase hoch, drehte sich auf dem Absatz um und eilte in die Küche. Arthur achtete nicht darauf, sondern humpelte die Treppe hinauf zu Vivians Kammer.

Nach einem freundlichen „Herein" betrat Arthur die Kammer. Vivian saß auf der Bettkante und kämmte sich die Haare. Als Arthur eintrat, erhob sie sich sofort.

„Oh, Arthur, es tut mir so leid! Ich glaube, ich muss dir erklären –“

„Nein, brauchst du nicht. Ich weiß von Cole, dass dieser Chapman bei euch aufgetaucht ist. Aber warum habt ihr nicht auf mich gewartet?“

„John war so wütend. Er war wohl eifersüchtig, aber … Nun ja, ich konnte ihn einfach nicht dazu bewegen, auf dich zu warten.“ Mitleidig musterte sie Arthur. „Bist du etwa die ganze Strecke nach Charleston gelaufen?“

Arthur ließ sich auf den Sessel fallen. „Cole hat mich auf seinem Pferd bis zur Hauptstraße mitgenommen, den Rest bin ich gelaufen. Meine Güte, ich habe vielleicht ein paar Blasen an den Füßen!“

„Dann hast du Cole also getroffen?“

„Natürlich. Ich habe ja bei seinem Pferd darauf gewartet, dass ihr endlich fertig seid mit euren Liebesschwüren.“ Vivians Gesichtsfarbe verwandelte sich in flammendes Rot, aber Arthur fuhr ungerührt fort: „Wenn ich geahnt hätte, dass dieser Chapman uns folgt und so ein Drama aufführt, wäre ich in Hör- und Sichtweite geblieben. Aber ich dachte, wir wären allein, und ich wollte euch ein paar ungestörte Augenblicke gönnen. Tja, ein verdammter Fehler! Als Cole zu seinem Pferd kam, hat er mir erzählt, was passiert ist, und mich, wie gesagt, ein Stück mitgenommen. Aber er konnte natürlich nicht ganz bis nach Charleston reiten.“

„Oh, Arthur“, lachte Vivian, als sie sein schiefes Grinsen sah.

Doch es machte schnell einem ernsteren Ausdruck Platz. „Vivian, was hast du diesem Chapman über mich erzählt? Doch hoffentlich nicht, dass ich ein Spion bin?"

„Natürlich nicht!", rief Vivian empört aus und erzählte ihm dann von ihrem Gespräch mit John.

„Meinst du, er hat dir das mit dem Freundschaftsdienst abgenommen?", zweifelte Arthur am Ende ihres Berichts.

„Ich weiß es nicht. Vermutlich nicht. Aber ich bin sicher, dass er nichts gegen dich unternehmen wird."

Arthur runzelte die Stirn. „Es wäre ungünstig, wenn ich meine Tätigkeit hier aufgeben müsste. – Vivian, ich kann dich unter diesen Umständen nicht noch einmal zu Cole hinausbringen. Es wäre zu gefährlich, sowohl für Cole als auch für mich. Und Cole sieht das genauso."

„Es war von Anfang an schrecklich leichtsinnig, was wir getan haben", seufzte Vivian. „Cole ist ein viel zu großes Risiko eingegangen."

„Nun, es war überschaubar, ehe dieser Chapman auftauchte. Aber mach dir keine Gedanken. Cole ist erst einmal wieder bei seiner Truppe, ihm kann also nichts passieren. Und sofern Chapman dichthält, sehe ich auch für mich keine Gefahr."

Da er sich nach diesen Worten erhob, begleitete Vivian ihn zur Tür und verabschiedete ihn. Sie war froh, dass Arthur sich bei ihr gemeldet hatte und es ihm gut ging. Doch die Frage, wie es nun weitergehen sollte, bedrückte sie.

Trotz ihrer inneren Unruhe ging Vivian in den nächsten Tagen wie gewohnt ihrer Arbeit nach. Aufmerksamer denn je lauschte sie den Gesprächen der Gäste, wenn von verlorenen Schlachten der Amerikaner die Rede war, immer in Sorge, dass Cole bei einer solchen

Schlacht dabei gewesen sein könnte. Gerade unlängst hatte der amerikanische General Green bei der Schlacht von Guilford House in Nord-Karolina wieder eine Niederlage hinnehmen müssen. Jedoch sprach sich schnell herum, dass die Verluste der Amerikaner in dieser Schlacht deutlich geringer waren als die der Briten. Cornwallis, der die Briten geführt hatte, hatte sich geschwächt nach Wilmington und schließlich Virginia zurückziehen müssen, um auf Nachschub von See zu warten, während Green trotz der Niederlage den Großteil seiner Armee hatte retten können.

Vivian frohlockte insgeheim, dass die Niederlagen der Amerikaner immer unbedeutender wurden. Sie hatte den Krieg so restlos satt! Nicht nur war sie gezwungen, weiterhin vor den Tories und Engländern zu kriechen; vor allem trennte der Krieg sie von Cole. Die ständige Gefahr, in der er schwebte, war bedrückender denn je, und sie sehnte den Tag herbei, an dem endlich Frieden herrschte. Es gab Nächte, da konnte sie vor lauter Angst nicht schlafen, und in anderen Nächten wurde sie von schlimmen Albträumen geplagt. Tagsüber fühlte sie sich, abgelenkt durch die Arbeit, geringfügig besser. Allerdings war in diesen Tagen die Stimmung im Teehaus insgesamt gedrückter als für gewöhnlich, denn sowohl Careen als auch Betsy hatten inzwischen offenbar ihre eigenen Sorgen. Während Betsy allerdings nur mäßig unter Arthurs zunehmendem Desinteresse litt, war Careen geradezu am Boden zerstört. Wie es schien, hatte ihr Verlobter sich den brieflich geäußerten Wünschen seines Vaters, eines Viscounts, gefügt und die Verlobung mit Careen als nicht standesgemäß gelöst. Vivian empfand tiefes

Mitleid mit Careen, doch abgesehen von ein paar netten Worten und Gesten gab es nichts, was sie hätte tun können, um sie zu trösten.

Auch ein neuerlicher Besuch von John trug nicht zur Verbesserung von Vivians Stimmung bei. Sie war gerade dabei, einige Gebäckschnitten an einen britischen Major zu verkaufen, als er eines Vormittags, wie immer tadellos gekleidet, im Teehaus auftauchte. Geduldig wartete er einige Schritte vom Tresen entfernt, bis Vivian ihre Kundschaft fertig bedient hatte. Dann schlenderte er zu ihr herüber und überreichte ihr einen Strauß zartblauer Veilchen.

„Für dich", lächelte er. „Als Entschuldigung für mein Verhalten von letzter Woche."

Vivian nahm die Blumen mit einem zögernden Lächeln entgegen. „Danke schön. Das wäre wirklich nicht nötig gewesen. Ich habe dir längst verziehen."

John drehte seinen Hut in den Händen und warf ihr einen forschenden Blick zu. „Dann darf ich hoffen, dass du deinen nächsten freien Tag mit mir verbringst und bei dem herrlichen Wetter einen Ausflug mit mir unternimmst?"

„Es tut mir leid, aber ich glaube, es ist besser, wenn wir uns nicht mehr so häufig sehen", erklärte Vivian mit einem entschuldigenden Lächeln.

Johns Brauen schnappten zusammen, und sein Ton wurde hart: „Warum nicht? Hat dein Captain Ansinger etwa wieder seine Hände im Spiel? Hat er dir gesagt, dass du mich nicht mehr treffen sollst?"

Vivian wich alle Farbe aus dem Gesicht, und sie senkte die Stimme, sodass nur John sie hören konnte: „Bist du wohl still! Oder möchtest du vielleicht, dass man überall von deiner Begegnung mit einem Rebellen erfährt? Einige der hier anwesenden Tories sind ziemlich tratschsüchtig!"

„Vielleicht hätte ich deinen verdammten Captain doch nicht laufen lassen sollen!", versetzte John eisig. „Auch wenn ich nicht glaube, dass ich irgendetwas zu befürchten hätte!"

„John!", mahnte Vivian, mit einem nervösen Seitenblick auf die Gäste des Teehauses. „Kannst du nicht wenigstens etwas leiser sprechen!"

„Wozu?", murrte John, aber deutlich weniger laut als zuvor.

„Oh, es ist nicht zu fassen, wie stur du sein kannst!", klagte Vivian. „Ich hätte das niemals von dir erwartet! Und im Übrigen hat mir niemand zu sagen, wen ich treffen darf und wen nicht! Weder du noch Cole!"

„So! Und warum willst du dann nicht mit mir ausfahren, wenn dein Captain Ansinger nichts zu melden hat?", brummte John.

„John", erklärte Vivian entnervt, „ich will dich wirklich nicht verletzen. Ich möchte nur nicht, dass du dir unnötige Hoffnungen machst und die Freundschaft, die ich für dich empfinde, womöglich für mehr hältst. Dein Heiratsantrag hat mir gezeigt, dass es ein Fehler war, so oft mit dir auszugehen. Ich werde diesen Fehler nicht wiederholen. Es tut mir leid, John."

„Verdammt, Vivian! Wozu soll deine Beziehung zu einem Rebellen schon führen! Du verrennst dich da in etwas! Ich möchte dich heiraten, und ich –"

„John! Ich werde dich nicht heiraten! Ich heirate Cole!" Sie lehnte sich dicht zu ihm herüber und wisperte gereizt: „Und wenn du noch einmal das Wort

Rebell hier vor allen Leuten in den Mund nimmst, rede ich nie wieder auch nur ein einziges Wort mit dir!“

„Zum Teufel, Vivian –“, begann John, als sich ein älteres Ehepaar dem Kuchentresen näherte.

Mit einem ärgerlichen Stirnrunzeln brach John ab und wartete, während Vivian dem Paar ein paar Kuchenstücke verkaufte. Jedoch kamen anschließend weitere Kunden auf sie zu, sodass John schließlich missmutig die Achseln zuckte und sich mit einem knappen, fast unhöflichen Gruß von ihr verabschiedete.

Vivian war froh, dass er ging. Es ärgerte sie, dass John ihre Entscheidung, nicht ihn, sondern Cole zu heiraten, nicht respektierte. Er hatte kein Recht, derart aufdringlich zu sein. Überhaupt keines! Aber scheinbar hatte er das immer noch nicht begriffen.

Nachdem er fort war und auch die letzten Kunden das Teehaus verlassen hatten, kamen Melissa und Betsy mit einer Tasse Tee für jeden aus der Küche und setzten sich gemeinsam mit Vivian an einen der Tische. Vivian nahm dankbar ihren Tee und nippte vorsichtig daran, doch da er noch sehr heiß war, stellte sie die Tasse sogleich wieder ab.

„Warum sah dein Mr. Chapman denn so wütend aus?“, erkundigte sich Betsy währenddessen mit einem zuckersüßen Lächeln.

„Herrgott nochmal, er ist nicht mein Mr. Chapman!“, fuhr Vivian ungewohnt heftig auf, sodass Melissa ihr einen verblüfften Blick zuwarf.

„Ist ja schon gut, beruhig dich!“, stöhnte Betsy. „Ich meine es doch nicht böse! Ich frag doch nur, weil er sonst immer so freundlich ist.“

„Mr. Chapman war zornig, weil ich ihm ein für alle Mal klarzumachen versucht habe, dass ich ihn nicht heiraten werde!“, erklärte Vivian, aufgebracht und entnervt von Betsys Neugier.

„Oh“, kam es verdutzt von Betsy. „Ich dachte –“

„Ja, ich weiß, was du dachtest! Das hast du ja auch neulich brühwarm Mr. Cameron erzählt, und zwar so, dass er es für bare Münze nehmen musste!“

„Oh, das weißt du? Nun ja, Mr. Cameron, er ... er war sehr böse deswegen, leider. Richtig geschimpft hat er mit mir! Aber, Vivian, ich dachte wirklich ... Es wäre doch so schön gewesen!“

„Aber es ist nun einmal nicht so“, stellte Vivian nachdrücklich klar. „Mr. Chapman ist ein Freund und wird auch niemals mehr sein.“

Betsy legte den Kopf schief und fragte mit einem misstrauischen Unterton in der Stimme: „Aber es ist nicht wegen Mr. Cameron, oder?“

Vivian blinzelte verdattert, doch dann lachte sie auf. „Nein, keine Sorge, ganz bestimmt nicht!“

„Na, dann ist ja gut“, seufzte Betsy. „Aber weißt du, Vivian, Mr. Cameron ist in letzter Zeit so verändert! Manchmal glaube ich, er mag mich nicht mehr. Und ich kann mir noch so große Mühe geben und nett zu ihm sein, er spricht trotzdem nie von Heirat. Dabei kennen wir uns doch nun schon so lange!“

Melissa lächelte verhalten und bemerkte: „Nimm mir die Bemerkung nicht übel, Betsy, aber vielleicht erwartest du zu viel von Mr. Cameron.“

Betsy runzelte die Stirn. „Kann schon sein. Aber wenn Mr. Cameron denkt, ich weine ihm nach, dann hat er sich geirrt. So ein toller Mann ist er nun auch wieder nicht.“

„So verliebt, wie wir dachten, bist du also gar nicht?“, fragte Melissa.

„Ach was“, winkte Betsy ab. „Ich finde ihn süß, das ist alles. Und wenn er mich heiraten wollte, würde ich ihn schon nehmen, denn welches Mädchen wünscht sich keinen reichen Mann. Aber wenn er nicht will, dann finde ich auch noch einen anderen.“

Vivian verkniff sich ein Lachen. Arthur und süß – eine seltsame Vorstellung! „Aber wenn du Mr. Cameron gar nicht liebst, warum regst du dich dann immer gleich auf, sobald ich mich mit ihm verabrede?“

Betsy lächelte entwaffnend. „Weil es ungerecht ist, wenn du gleich mehrere Verehrer hast und ich gar keinen.“

„Na, du hast vielleicht Sorgen!“, lachte Vivian.

„Was soll man machen“, kicherte Betsy.

„Ich bin froh, dass du nicht wirklich verliebt bist, Betsy“, stellte Melissa nachdenklich fest. „Mr. Cameron scheint mir nämlich ein ziemlicher Schürzenjäger zu sein. Erst gestern traf ich ihn in der Tradd Street mit einem hübschen Mädchen am Arm.“

„Also so was!“, keuchte Betsy. „Na, der kann was erleben!“

Als Vivian Arthur bei seinem nächsten Besuch im Teehaus erzählte, dass Careens Verlobung mit Lieutenant Wilberfox gelöst war, grinste er breit. „Deshalb also sah sie so traurig aus, als ich ihr vorhin begegnet bin! Vielleicht sollte ich mich mal ein wenig um die Kleine kümmern. Ein bisschen Abwechslung kann sie jetzt bestimmt gebrauchen.“

Vivian sah ihn unbehaglich an. „Glaubst du, dass das Betsy gefallen würde?“

„Ach, die geht mir schon lange auf die Nerven“, winkte Arthur ab. „Careen wär mal was anderes.“

„Oh, Arthur!“, stöhnte Vivian kopfschüttelnd. „Genau aus diesem Grunde möchte ich dich bitten, Careen in Ruhe zu lassen.“

„Ich soll sie in Ruhe lassen? Wieso denn das?“, entfuhr es Arthur mit einem verblüfften Blinzeln.

„Na, das ist ja wohl klar! Mal was anderes – wenn ich das schon höre!“

„Also, Vivian, wirklich, ich –“

Vivian legte Arthur eine Hand auf den Arm und sah ihn bittend an. „Arthur, wirklich, du bist ein netter Bursche! Aber Careen hat diesen Lieutenant Wilberfox aufrichtig geliebt, und sein Verhalten hat sie zutiefst verletzt! Wenn du jetzt auch nur deinen Spaß mit ihr haben willst, ist das bestimmt nicht gut für sie.“

„So viel Weisheit aus so jungem Munde!“, spottete Arthur und schüttelte lächelnd den Kopf. „Allerdings hast du recht. Careen verdient etwas Besseres als eine kurze Affaire.“

Vivian legte den Kopf schief, von Arthurs Einsicht überrascht, und blinzelte argwöhnisch. „Ich bin froh, dass du mir da zustimmst.“

In Arthurs Augen blitzte es schelmisch. „Oh ja, das tue ich, unbedingt! Ich glaube aber, ich habe die richtige Medizin für Careen.“

„Die richtige Medizin? Wie, um Himmels willen, meinst du das?“

„Wart’s ab!“, lachte er. „Du wirst schon sehen.“

„Bitte, tu nichts, was ihr schadet! Sie ist schon so mitgenommen!“

„Gütiger –, hältst du mich wirklich für einen so großen Schurken, dass ich Careen wehtun würde?“, entgegnete Arthur empört.

„Nein, natürlich nicht, aber ... Arthur, Careen ist nicht der Typ für einen leichten Flirt!“

„Ich bin ja nicht blind, das sehe ich selbst“, schnappte Arthur, nun deutlich verärgert. „Und nun hör schon auf, dir Gedanken zu machen. Im Übrigen muss ich jetzt los. Bis zum nächsten Mal, Vivian.“

Arthur war kaum fort, als Melissa Vivian zu sich in die Küche rief und ihr einen Brief in die Hand drückte, den ein Bote in der Zwischenzeit gebracht hatte. Vivians Herz machte einen Satz, als sie sah, dass der Brief von Ann war. Sie setzte sich auf einen herumstehenden Hocker und riss den Briefumschlag ungeduldig auf.

Ann schrieb, wie sehr sie Vivian vermisste und wie froh sie wäre, endlich jemanden gefunden zu haben, dem sie einen Brief nach Charleston mitgeben könnte. Sie wäre mit ihrer Familie noch immer auf der Plantage ihres Bruders, und allen dort ginge es gut. Georgia hätte sich erholt und erwarte ihr zweites Kind. Ihre kleine Tochter gedeihe prächtig.

Hastig las Vivian weiter und überflog ein paar weniger interessante Zeilen. Dann jedoch folgte ein Absatz, der ihren Pulsschlag rasen ließ:

„In einigen Tagen wird Reverend Graham uns besuchen, ein alter Freund der Familie. Er war schon lange nicht mehr hier, da er eigentlich nur zu Trauungen oder Beerdigungen kommt. Umso mehr freuen wir uns über seinen angekündigten Besuch. Außerdem erwarten wir noch einen lieben Freund der Familie, den auch du gut kennst und dem viel daran liegen würde, dich zu sehen. Auch Herbert und ich würden uns sehr freuen, wenn du kommen könntest. Selbstverständlich bist du herzlich eingeladen, so lange zu bleiben, wie du möchtest. Also, liebe Vivian, ich bitte dich sehr eindringlich: Nimm unsere Einladung an und komm, so schnell es irgendwie geht, zu uns!"

Vivians Herz hämmerte wie wild gegen ihre Rippen. Ein lieber Freund der Familie! Meinte Ann Cole? Und dann der Reverend, der nur zu Hochzeiten und Beerdigungen kam ... Cole hatte versprochen, er würde sich etwas einfallen lassen, damit sie heiraten konnten. Und wenn sie sich jetzt nicht täuschte ... Sie presste den Brief fest an ihre Brust und stieß einen langen, glücklichen Seufzer aus.

„Sind es gute Nachrichten?", erkundigte sich Melissa schmunzelnd.

„Oh ja, sehr gute!", strahlte Vivian. „Ann hat mich zu sich eingeladen. Sie schlägt vor, dass ich eine Weile bei ihr bleibe."

„Oh. Dann willst du uns also verlassen?"

„Ja, und zwar so schnell es nur geht!", lachte Vivian glücklich. Verspätet registrierte sie Melissas betroffenen Blick und setzte eilig hinzu: „Oh Melissa, versteh das bitte nicht falsch! Es ist ja nicht so, dass ich nicht gern hier arbeiten würde! Aber ich habe Ann so lange nicht gesehen, und –"

„Ja, natürlich, ich verstehe dich doch", unterbrach Melissa mit einem herzlichen Lächeln. „Ich war nur ein wenig überrascht, das ist alles. Wann willst du denn abreisen?“

„Würde es morgen oder übermorgen gehen?“, fragte Vivian hoffnungsvoll.

Melissa lachte. „So schnell soll es gehen? Na, wenn es sein muss.“

„Danke!“, jubelte Vivian. „Herzlichen Dank!“

Wenig später stürmte sie aus der Küche, um mit den Reisevorbereitungen zu beginnen. Zwei Stufen auf einmal nehmend, eilte sie die Treppe zu ihrer Kammer hinauf, wobei sie Careen begegnete, die gerade von oben kam und Vivian verwundert ansah. Vivian warf ihr nur eine kurze Erklärung zu: „Ich verreise, Careen! Ist das nicht wundervoll?“

Hastig verfasste sie eine Nachricht an Arthur, mit der dringenden Bitte, sie am Abend noch einmal kurz zu besuchen. Er erschien kurz nach acht, als Vivian gerade ihre Haare gewaschen hatte. Ein Handtuch um den Kopf geschlungen, öffnete sie ihm freudestrahlend die Tür.

„Was gibt's?“, fragte Arthur mit einem Grinsen. „Hattest du solche Sehnsucht nach mir, dass du mich an einem Tag gleich zweimal sehen möchtest?“

Mit einem glücklichen Lachen hielt Vivian ihm Anns Brief hin. „Hier, lies diesen Absatz! – Meinst du nicht auch, dass ... dass Ann Cole damit meint?“

Er ließ sich auf ihren Sessel fallen und überflog stirnrunzelnd die Stelle, auf die Vivian zeigte. „Könnte sein. – Und du willst natürlich hinfahren?“

„Oh ja! Nur ... Arthur, ich habe weder Pferd noch Wagen! Und ich weiß auch nicht, ob ich allein den Weg zur Plantage der Burnhams fände, daher dachte ich –“

„Das wäre viel zu gefährlich!", versetzte Arthur energisch. „Du kannst unmöglich allein reisen!"

„Ja, ich weiß, aber ... Ich hatte gehofft, dass du vielleicht eine Idee hast! Ich meine ... ach, wenn ich doch nur schon da wäre!"

„Du bist ja aufgeregt wie ein kleines Kind!", lachte Arthur kopfschüttelnd.

„Ja, ich weiß, aber ... Oh, Arthur, ich sehne mich einfach so schrecklich nach Cole!"

Mit einem unterdrückten Grinsen zwinkerte er ihr zu. „Nun, wenn die Sache so dringend ist, werde ich dich wohl aus Charleston herausbringen müssen."

„Oh, Arthur, würdest du das tun? Das ist wunderbar!", strahlte Vivian.

„Nicht wahr? – Und vielleicht ist es sogar ganz gut, wenn ich eine Zeitlang aus der Stadt verschwinde. Allerdings muss ich mich erst nach einem Wagen umsehen. Der Zweispänner, mit dem ich dich zu Cole gebracht habe, ist für so eine weite Reise nicht geeignet. Ich werde mich gleich morgen früh darum kümmern. Vermutlich können wir dann übermorgen fahren."

„Ach, Arthur, ich kann dir nicht sagen, wie sehr ich mich freue! Aber ... könnten wir nicht schon morgen fahren?"

„Vivian, wie soll das gehen?", lachte Arthur. „Ich sagte doch, ich muss erst einen Wagen besorgen, und ein paar andere Dinge habe ich auch noch zu erledigen. Aber übermorgen geht's auf jeden Fall los. Und, Vivian, ich freue mich für dich und Cole!"

Einen Tag später klopfte es, als Vivian gerade ihre letzten Habseligkeiten in einem großen Koffer verstaute. In der Annahme, es wäre Arthur oder jemand aus dem Teehaus, öffnete sie fröhlich die Tür. Zu ihrem Verdruss stand John vor ihr. Ohne Aufforderung trat er in ihre Kammer, ließ der Schicklichkeit halber aber die Tür hinter sich offen stehen.

„Du willst verreisen?", stellte er mit einem Blick auf ihren Koffer stirnrunzelnd fest.

„Ja, wie du siehst", entgegnete Vivian unwirsch.

„Wohin?"

„Das ist meine Sache. Was interessiert es dich?"

„Zu deinem Captain Ansinger wohl, nicht wahr?", fragte John eisig.

„Ann hat mich eingeladen", sah Vivian sich genötigt zu erklären, obwohl sie sich sehr wohl bewusst war, dass das nur die halbe Wahrheit war.

„Tatsächlich?", brummte John, ohne dass sich die Falten auf seiner Stirn glätteten. „Auf die Plantage der Welseys?"

„Nein, auf die ihres Bruders. Ihre eigene Plantage ist konfisziert."

„Wie bedauerlich. – Und wer bringt dich hin?"

„Mr. Cameron", gestand Vivian zögernd und mit einem vorsichtigen Blick in seine finstere Miene.

„Mr. Cameron? – *Der* Mr. Cameron?"

„Welcher wohl sonst."

John warf ihr einen grimmigen Blick zu, doch dann zuckte er zu ihrer Überraschung die Achseln. „Nun gut, ich kann ja wohl doch nichts an deinen Absichten ändern. Wie wollt ihr denn reisen? Per Schiff?"

Erleichtert, dass er so vernünftig reagierte, schenkte Vivian ihm ein vorsichtiges Lächeln. „Nein. Arthur will sich um einen Wagen kümmern. Die Plantage liegt im

Landesinneren, ungefähr eine Tagesreise von hier entfernt."

„Eine Tagesreise? Und wo genau?"

„Soweit ich weiß, folgt man eine Weile dem Lauf des Cooper River und biegt dann irgendwann vom Fluss weg ab. Dann sind es noch etwa zehn Meilen. Glücklicherweise kennt Arthur die Strecke besser als ich."

„Wenn ihr einen Wagen braucht, wie du sagtest, könntet ihr mit mir fahren", bot John an. „Meine Kutsche ist zwar nicht riesig, aber für zwei Personen und etwas Gepäck ist sie ausreichend groß und bequem genug. Mr. Cameron könnte nebenher reiten."

„Ja, aber –"

„Es käme mir sehr gelegen", erklärte John mit einem zögernden Lächeln. „Wie du weißt, habe ich mir eine eigene Plantage zugelegt, und es wird höchste Zeit, dass ich mich dort mal um ein paar Dinge kümmere. Deiner Beschreibung nach liegt der Besitz von Mrs. Welseys Bruder auf dem Weg. Ich wäre für eine Übernachtungsmöglichkeit äußerst dankbar. Wenn ich dich zu den Welseys bringe, könnte ich am nächsten Tag zu meinem eigenen Besitz weiterreisen und bräuchte die Strecke nicht in einem Rutsch zu bewältigen. Also, wie wär's?"

„Ich weiß nicht", murmelte Vivian. Eigentlich hatte sie beschlossen, Johns Nähe künftig zu meiden. Mit ihm gemeinsam zu den Burnhams zu fahren, bedeutete, dass sie einen ganzen Tag lang mit ihm zusammen sein musste!

„Nun komm, warum denn nicht?", beharrte John. „Falls du Angst hast, ich könnte zudringlich werden, so solltest du mich eigentlich besser kennen. Ich möchte dich zwar zur Frau, aber ich werde mich dir nicht aufzwingen. Und ich sehe wirklich keinen Grund, warum wir getrennt reisen sollten, wenn wir fast das gleiche Ziel haben."

„Na ja, gut, wenn du meinst", willigte sie widerstrebend ein, als ihr kein plausibler Grund einfallen wollte, wie sie Johns Vorschlag ablehnen konnte. „Dann fahren wir eben mit deiner Kutsche. Aber ich muss erst Arthur Bescheid geben und fragen, ob es ihm etwas ausmacht zu reiten."

„Warum sollte es ihm etwas ausmachen? Er ist doch ein athletischer junger Mann", lachte John, plötzlich ausgesprochen gut gelaunt. „Wann soll es denn losgehen?"

„Arthur und ich planen, morgen früh aufzubrechen."

„Dann werde ich um sieben Uhr mit meinem Wagen hier sein und in der Teestube auf dich und Mr. Cameron warten. Ich bringe mein Pferd mit, dann kann Mr. Cameron darauf reiten."

Vivian nickte zögernd und verabschiedete John kurz darauf. Gedankenversunken marschierte sie im Zimmer auf und ab, nachdem er gegangen war. Nach wie vor widerstrebte es ihr, gemeinsam mit ihm zu reisen. Wenn Cole wirklich bei den Burnhams auf sie wartete – und davon ging sie aus –, bedeutete Johns Begleitung eine nicht zu unterschätzende Gefahr für Cole. Andererseits konnte sie Johns Angebot nicht ablehnen, ohne zu riskieren, dass er misstrauisch wurde. Außerdem wollte sie ihn auch nicht vor den Kopf stoßen, gerade jetzt, wo er sich endlich etwas verständiger zeigte und seine Gefühle allmählich unter Kontrolle zu bekommen schien. Blieb nur die Frage, wie Arthur auf die jüngste Entwicklung reagieren würde.

Dieser zeigte sich, als er am frühen Abend endlich erschien, tatsächlich alles andere als begeistert. „Zum Teufel auch, Vivian! Mit einem Briten reisen zu müssen, weißt du, was du mir da zumutest? Ich hatte gehofft, wenn ich mal ein wenig aus Charleston herauskomme, könnte ich endlich aufhören, einen überzeugten Königstreuen zu spielen! Und dann auch noch ausgerechnet Chapman!"

„Ich weiß, es tut mir leid. Aber –"

„Ja, schon gut, es hilft ja nichts", lenkte Arthur missmutig ein. „Als guter Tory kann ich wohl kaum die Reisegesellschaft eines Engländers abschlagen. Aber sein Pferd kann er sich an den Hut stecken! Ich nehme mein eigenes."

„Gut", lächelte Vivian. „Ich glaube nicht, dass ihn das stören wird."

„Du glaubst nicht, wie egal es mir ist, ob es ihn stört oder nicht!", murrte Arthur. „Der Kerl hat mich meilenweit zu Fuß marschieren lassen! Aber – es gibt noch ein anderes Problem. Cole muss gewarnt werden. Wenn Chapman bei den Burnhams auftaucht, ohne dass Cole sich vorher in Sicherheit gebracht hat –"

„Ja, ich weiß!", nickte Vivian. „Aber ich habe da schon eine Idee!"

„Wirklich?", freute sich Arthur. „Na, dann lass mal hören."

7

Am nächsten Morgen strahlte die Sonne von einem tiefblauen Himmel durch die Fenster in die Teestube hinein, als Vivian dort pünktlich um sieben Uhr in einem leichten Reisemantel und mit ihrem Gepäck in der Hand erschien. John und Arthur waren schon da und hatten es sich auf zwei Stühlen bequem gemacht. Sie unterhielten sich zu Vivians Überraschung angeregt über die verschiedenen Anbaumethoden für Reis. Offenbar hatte Arthur Johns Misstrauen völlig zerstreuen können. John seinerseits gab sich ganz so, wie Vivian ihn auf der Schiffsreise kennengelernt hatte, höflich und freundlich. Beide Männer erhoben sich bei ihrem Eintritt, und Vivian begrüßte sie fröhlich.

Sie fühlte sich so unbeschwert wie schon lange nicht mehr und verabschiedete sich strahlend von den Gilberts und den Mädchen, während John ihre Koffer auflud.

Als alles verstaut war, half John ihr in den Wagen, nahm selbst auf dem Kutschbock Platz, und dann ging es endlich los. Die Sonne schien warm auf sie herab, solange sie über offenes Gelände fuhren, sodass Vivian in ihrem Reisekleid bald zu schwitzen anfing. Es dauerte jedoch nicht lange, und sie bogen auf einen Weg ab, der durch einen Wald führte und sich am Cooper River entlangschlängelte. Der Wald grünte in seinem ersten frühlingshaften Kleid, und die Vögel zwitscherten. Es duftete nach Kiefern und Lindenblüten. Vivian atmete die klare, frische Luft beglückt ein und genoss die Fahrt in vollen Zügen.

Den ganzen Vormittag über waren sie unterwegs, bis
sie nach ein paar Stunden anhielten, um etwas von den
Vorräten zu essen, die Melissa ihnen mitgegeben hatte.
So gestärkt, fuhren sie weiter. Irgendwann am Nachmittag bog der Weg ab vom Fluss ins Landesinnere, wo
er abwechselnd durch offenes Land und dichte Wälder
führte. Manches Mal hatte Vivian das Gefühl, dass es
für die Kutsche fast zu eng wurde, und sie fragte sich
unbehaglich, ob es nicht besser gewesen wäre, wenn sie
auf den Wagen verzichtet hätten und geritten wären.
Indessen schaukelte sie der Wagen sicher über jegli-
ches herumliegende Gehölz und Geäst, sodass sie gegen
Sonnenuntergang nur noch wenige Meilen von ihrem
Ziel entfernt waren.

Als Arthur ankündigte, dass sie jetzt nur noch gerade-
aus fahren müssten und höchstens noch eine Stunde
brauchen würden, gähnte Vivian kräftig.

„Ach", jammerte sie, wie mit Arthur abgesprochen.
„Ich hatte nicht gedacht, dass mich die Fahrt so an-
strengen würde. Wie gut, dass wir bald da sind. Ich
sehne mich so sehr nach einem heißen Bad und einem
frischen Bett."

John reagierte so, wie sie es erwartet hatte: „War es
wirklich so anstrengend, Vivian?"

Vivian blinzelte übertrieben müde. „Findest du nicht?
Also, ich könnte sofort ins Bett fallen!"

„Na ja, ich nehme an, für dich als Lady ist die Reise
beschwerlicher als für Mr. Cameron oder mich", überlegte John besorgt, ohne Arthurs unterdrücktes Grinsen zu bemerken. „Vielleicht wäre Mr. Cameron ja so
freundlich vorauszureiten. Dann könnte man auf der
Plantage schon alles für unsere Ankunft vorbereiten."

„Oh, was für eine wunderbare Idee!", stimmte Vivian begeistert zu und senkte rasch die Wimpern, damit John den erleichterten Ausdruck in ihren Augen nicht sah.

„Mit dem größten Vergnügen!", lachte Arthur. Ehe John es sich anders überlegen konnte, zwinkerte er Vivian, von John unbemerkt, zu, gab seinem Pferd die Sporen und war auf und davon.

John blinzelte ihm verblüfft hinterher. „Ich hätte nicht gedacht, dass Cameron so enthusiastisch auf meinen Vorschlag reagieren würde. Wo er schon den ganzen Tag lang im Sattel sitzt ..."

„Nun, du hast doch selbst gesagt: Mr. Cameron ist ein athletischer junger Mann!", antwortete Vivian mit fröhlich blitzenden Augen.

Als die letzten Sonnenstrahlen hinter einem Hügel verblassten, trafen Vivian und John auf dem Anwesen der Burnhams ein. Ann und Herbert erwarteten sie schon vor dem Haus, und im selben Moment, da die Kutsche am Ende der Auffahrt vor dem großen Eingangsportal zum Herrenhaus hielt, traten auch Anns Bruder Miles Burnham und seine Frau Mary vor die Tür.

Ann und Vivian fielen sich lachend in die Arme, sobald Vivian aus der Kutsche gestiegen war. Danach wandte Ann sich mit einem freundlichen Lächeln an John: „Sie müssen Mr. Chapman sein. Ich freue mich, Sie kennenzulernen. Arthur hat uns erzählt, dass Sie so freundlich waren, ihn und unsere liebe Vivian herzubegleiten. Ich danke Ihnen herzlich und hoffe, Sie hatten eine angenehme Fahrt?"

Höflich und mit einem Lächeln ging John auf Anns Plauderton ein, während Vivian die Burnhams begrüßte, die sie noch von früher gut kannte. Mit der Bemerkung, Vivian müsse doch schrecklich müde sein, bat Mary Burnham die Gäste ins Haus und bot Vivian an, sich von Ann ihr Zimmer zeigen zu lassen, während sie selbst sich um die Bewirtung der Gäste kümmern wollte. Vivian nickte dankbar, während John es vorzog, Mary auf die Terrasse zu begleiten, wo er sich zu Arthur, Miles und Herbert gesellte und sich, genau wie Arthur, einen Sherry einschenken ließ.

„Wo ist denn Georgia eigentlich?", fragte Vivian, während sie Ann ins Haus folgte.

„Sie wird dich später begrüßen. Ich habe dir ja geschrieben, dass sie wieder ein Kind erwartet, und sie fühlte sich nicht ganz wohl. Davon abgesehen, konnte sie es nicht über sich bringen, einen Engländer zu begrüßen."

„Oh, lieber Himmel, ja natürlich! Nach allem, was sie erlebt hat! Es tut mir wirklich leid, dass ich John mitbringen musste!"

„Gut, dass du Arthur vorausgeschickt hast", bemerkte Ann lächelnd. „So waren wir zumindest vorbereitet. Obwohl du das bestimmt nicht Georgias wegen gemacht hast, nehme ich an."

Vivian horchte auf und ihr Pulsschlag beschleunigte sich bei Anns Worten, aber inzwischen hatten sie das für sie bestimmte Zimmer erreicht, und Ann wandte sich ab und öffnete die Tür. Kaum waren sie in dem Raum, verriegelte Ann zu Vivians Verblüffung die Tür und schloss Vivian anschließend fest in die Arme.

„Oh, Vivian, liebes Kind, ich freue mich ja so!" Vivian lachte glücklich, als Ann mit einem vielsagenden Lächeln hinzusetzte: „Du weißt natürlich, warum ich dich eingeladen habe, nicht wahr?"

„Ann, ich freue mich riesig, euch alle wiederzusehen! Aber ... ich glaube ... ich hoffe ..."

„Oh ja, ich weiß, was du hoffst! Und du hast ganz recht!" Mit einem Lachen schloss Ann Vivian erneut in die Arme. „Ach, ich freue mich ja so für euch! Cole hat mir alles erzählt. Ich mag ihn gern, und es freut mich, dass ihr heiraten wollt."

Errötend gestand Vivian: „Du mochtest ihn schon immer, nicht wahr? Auch als ich ... als ich so irrational auf ihn reagiert habe."

Ann drückte ihre Hand. „Ich wusste, dass du ihn gernhattest. Und eine gewisse Irrationalität – nun, die gehört wohl dazu, wenn man verliebt ist."

Vivian seufzte. „Ach, Ann, ich glaube, ich war entsetzlich dumm!"

„Aber nun bist du es ja nicht mehr!", schmunzelte Ann. „Und wenn morgen dieser lästige Mr. Chapman weg ist, kann Cole auftauchen, ohne dass ihm Gefahr droht."

„Ich glaube nicht, dass John ihm etwas antun würde, aber ..."

„Er ist eifersüchtig", setzte Ann Vivians angefangenen Satz fort. „Und noch dazu Engländer."

„Ja, genau. Aber eigentlich ist John ein schrecklich netter Mensch. Wenn er sich nur damit abfinden könnte, dass ich ihn nicht liebe. Ich mag ihn wirklich gern, aber ..."

„Ja, Cole deutete so etwas schon an. Irgendwann wird
Mr. Chapman schon darüber hinwegkommen.“

„Wo ist Cole eigentlich? Er ist doch hier, oder?“, fragte
Vivian mit einem leichten Zittern in der Stimme.

„Ja, er ist hier. Als Arthur die Nachricht brachte, dass
Mr. Chapman hier übernachten möchte, ist Cole in eine
der Sklavenhütten umgezogen. Wir hielten es für siche-
rer, ihn dort unterzubringen, bis Mr. Chapman wieder
fort ist.“

„Ist er schon lange hier?“

„Wo denkst du hin? Bei aller Liebe zu dir, er ist immer
noch Offizier! Er war zwar vor einiger Zeit hier, um alles in die Wege zu leiten, aber dann musste er wieder
fort in den Kampf. Gestern Nachmittag kam er dann
wieder, um hier auf dich zu warten.“ Ann zwinkerte
Vivian zu. „Cole war sicher, dass du so schnell wie möglich kommen würdest. Aber du hättest einmal sein Gesicht sehen sollen, als er vorhin hörte, dass Mr.
Chapman dich begleitet! Ich habe noch nie zuvor gesehen, dass seine Augen so wütend blitzen können! Ich
kenne Cole bisher ja eigentlich nur als netten Menschen!“

Vivian brachte ein zittriges Lächeln zustande. „Ich …
ich kann mir vorstellen, wie er aussah. Und dass er sich
jetzt verstecken muss … Lieber Himmel, das gefällt ihm
bestimmt überhaupt nicht.“

„Nein, ganz und gar nicht!“, lachte Ann. „Am liebsten
wäre er hiergeblieben und hätte deinen Mr. Chapman
direkt nach seiner Ankunft zum Teufel geschickt,
glaube ich. Aber Herbert konnte ihn überzeugen, dass
es besser wäre, einer Konfrontation aus dem Weg zu
gehen.“

„Ach, Ann, ich wünschte, ich könnte zu ihm gehen und ihn sehen!“

„Und riskieren, dass Chapman dir folgt und er und Cole sich in die Haare geraten? Nein, das lässt du schön bleiben!“

Vivian seufzte, und Ann setzte lachend hinzu: „Vivian, es hat noch keinem Mann geschadet, ein bisschen auf eine Frau zu warten. Und morgen verschwindet dieser Chapman ja, und dann kannst du Cole sehen und ihr könnt in Ruhe Hochzeit feiern.“

„Ja, kommt denn der Reverend schon so bald?“

„Wir erwarten ihn morgen. Es muss leider alles sehr schnell gehen, denn Cole hat nur eine Woche Urlaub, ehe er zurück zu seinen Leuten muss. Er hatte wohl gehofft, ein paar Tage mehr zu bekommen, aber wie es scheint, stehen wichtige Kämpfe an.“

Vivian verdrängte den Gedanken, dass diese Kämpfe erneut Gefahr für Cole bedeuteten, und lehnte den Kopf an Anns Schulter. „Ach, Ann! Wenn doch John nur schon fort wäre. Ich kann es kaum abwarten, Cole zu sehen!“

Nach dem Abendessen kam Georgia mit der kleinen Gwen auf dem Arm zu Vivian ins Zimmer. Kaum, dass sie ihre Tochter abgesetzt hatte, fielen sie und Vivian sich in die Arme. „Oh, Vivian, ich freue mich ja so!“, strahlte Georgia.

„Oh, Georgia, wie gut du aussiehst!“, rief Vivian bewundernd aus, wobei sie Georgia unauffällig musterte. Offensichtlich bekam ihr die Schwangerschaft gut, denn ihr schwarzes Haar schimmerte seidig, und ihre großen Augen glänzten. Darüber hinaus strahlte sie eine Ruhe und Gelassenheit aus, die früher nicht da gewesen war, sodass Vivian hinzusetzte: „Ich wusste nicht, dass eine Schwangerschaft jemanden so schön werden lässt."

„Es ist doch etwas Wundervolles, ein Kind zu bekommen, findest du nicht?", lachte Georgia. „Mir ist das dieses Mal viel bewusster als damals bei Gwen."

Vivian lächelte und warf einen Blick auf das kleine Mädchen. Gwen krabbelte auf dem Boden herum und spielte mit den Schnallen an Vivians Koffer, der noch mitten im Zimmer stand. „Wie süß Gwen ist", staunte Vivian. „Sie muss jetzt ungefähr zehn Monate alt sein, nicht wahr? Und sie sieht dir so ähnlich."

„Das sagen alle. Aber sie hat Simons Mund."

„Ja, das stimmt", stellte Vivian lachend fest. „Sie sieht euch beiden ähnlich!"

Da Georgia wissen wollte, wie es Vivian ergangen war, nachdem sie Lakewood verlassen hatte, erzählte Vivian ihr, was sie seitdem erlebt hatte und bat dann Georgia, von sich zu erzählen. So tauschten sie Erinnerungen und Neuigkeiten aus, bis es weit nach Mitternacht war. Vivian stellte dabei zufrieden fest, dass Georgia wieder Freude am Leben hatte. Georgia erzählte freimütig, wie lange sie gebraucht hatte, um über den Verlust ihrer Eltern und ihres Bruders Brad hinwegzukommen. Es hatte ihr sehr geholfen, dass sie ein Kind hatte, und natürlich war auch Simon enorm wichtig für sie. Und da waren immer noch ihre Brüder Luke und Henry, die sie schon bald nach ihrer Ankunft bei den Burnhams besucht hatten. Georgia war, wie sie selbst sagte, glücklich. Nur die ständige Sorge, dass Simon im Kampf etwas zustoßen könnte, bedrückte sie, zumal sie von ihrem Bruder Luke erfahren hatte, dass Simon wie ein Besessener kämpfte.

Vivian seufzte leise, als sie das hörte. „Ach, Georgia, wenn du nur wüsstest, wie gut ich dich verstehen kann! Du glaubst nicht, was für eine Angst ich manchmal um Cole ausstehe! Und nachdem er damals beinahe gestorben wäre ...“

„Weißt du, was ich am schlimmsten finde? Dass ich Simon nie zeigen darf, was für eine Angst ich habe.“ Georgia starrte gedankenverloren an einen Punkt an der Wand, während sie leise erklärte: „Weißt du, Vivian, ich glaube, wenn Simon wüsste, wie mir manchmal zumute ist, würde der Gedanke daran ihn beim Kämpfen höchstens ablenken und gefährden. Aber es ist gut, dass ich es dir sagen kann und dass du mich verstehst, weil es dir mit Cole genauso ergeht. Und ich habe Gwen und das Baby, das ich erwarte. Selbst wenn Simon etwas zustoßen sollte, was der Himmel verhüten möge, ich ... ich würde immer etwas von ihm behalten. In seinen Kindern wird er fortleben.“

„Oh Georgia, um Himmels willen, sprich nicht so, bitte!“, entfuhr es Vivian erschrocken. „Simon wird nichts geschehen! Und Cole auch nicht!“

„Das hoffe ich. Aber es ist doch besser, sich rechtzeitig mit dem Schlimmsten, was einem passieren kann, vertraut zu machen, findest du nicht? Man sieht dann alles viel ruhiger und gelassener.“

„Meinst du?“, zweifelte Vivian erschüttert.

Georgia lächelte verzerrt und ergriff Vivians Hand. „Was reden wir nur für ein dummes Zeug! Heute ist wirklich nicht der Tag, um trübsinnigen Gedanken nachzuhängen! Du und Cole, ihr werdet morgen heiraten! Das ist wundervoll! Da sehen wir doch, wie schön das Leben sein kann."

Mit einem bekümmerten Lächeln erwiderte Vivian ihren Händedruck. „Ganz genau! Dann lass uns jetzt am besten schlafen gehen! Umso schneller ist der nächste Morgen da, und ich sehe Cole! Du ahnst nicht, wie sehr ich mich nach ihm sehne!"

„Oh doch, das tue ich", lachte Georgia, auf einmal wieder fröhlich und mit strahlenden Augen. „Allerdings frage ich mich, ob du wirklich schlafen kannst, wenn morgen dein Hochzeitstag ist!"

Vivian schlief tief und fest nach der langen Fahrt in der Kutsche und erwachte am nächsten Morgen ausgeruht und erholt. In Hochstimmung erschien sie am Frühstückstisch, wo John bereits saß und offenbar zu Ende gefrühstückt hatte. Dennoch ließ er sich für ihren Geschmack viel zu viel Zeit, bis er sich endlich erhob und ankündigte, seine Sachen zusammenpacken zu wollen, um wenig später aufbrechen zu können.

Als er in Reisekleidung die Treppe hinunterkam, begleitete Vivian ihn ins Freie, wo Herbert bereits Johns Kutsche vorfahren lassen hatte. Voller Ungeduld eilte sie zu seinem Wagen, was John mit einem Stirnrunzeln und einem nachdenklichen Seitenblick in ihr Gesicht quittierte. Doch er fragte nicht nach, sondern marschierte schweigend neben ihr her.

Sobald sie den Wagen erreicht hatten, verabschiedete Vivian sich von John mit einem flüchtigen Kuss auf die Wange und einem kurzen Händedruck. Dann trat sie ein paar Schritte zurück, um ihn einsteigen zu lassen. Doch er sah sich noch einmal zu ihr um, während er das Trittbrett des Wagens bestieg, und sah sie stirnrunzelnd an. In Vivian keimte der Verdacht auf, dass John irgendwie ahnte, dass sie ihn dringend loswerden wollte, da er ungewohnt lange zögerte, bis er sich endlich entschloss, sich in den Wagen zu schwingen. Vivian atmete erleichtert auf. Im nächsten Moment jedoch schrie sie erschrocken auf, als die Kutschpferde im selben Augenblick einen Satz nach vorn machten, sodass John abrutschte, den Halt verlor und der Länge nach hinschlug. Fluchend versuchte er sich sofort wieder aufzurichten, sank aber mit einem schmerzvollen Stöhnen zurück. Arthur beruhigte die Pferde, eilte an Johns Seite und half ihm auf, was ein weiteres unterdrücktes Stöhnen zur Folge hatte.

„Du meine Güte, John, hast du dich verletzt?", rief Vivian entsetzt.

Er verzog das Gesicht. „Ich weiß nicht. Möglicherweise habe ich mir die Rippen gebrochen. Und meine Hand schmerzt auch."

„Lassen Sie mal sehen", bat Mary Burnham. Ohne auf Johns entrüstetes Blinzeln zu achten, knöpfte sie ihm den Rock auf, zog das Hemd aus der Hose und betastete vorsichtig die Gegend um seine Rippen. „Gebrochen ist nichts", verkündete sie. „Schlimmstenfalls ist es eine Prellung, würde ich sagen. Was Ihre Hand betrifft, Mr. Chapman, so wird sie wohl verstaucht sein. Aber um sicherzugehen, werde ich nach Bundy schicken. Er versteht sich ausgezeichnet auf Verletzungen. Setzen Sie sich doch so lange einfach auf die Bank dort vor dem Blumenbeet."

„Wer ist Bundy?", brummte John zwischen zusammengebissenen Zähnen, während er schwerfällig die paar Schritte bis zu einer kleinen, schmiedeeisernen Bank schwankte.

„Einer unserer Sklaven. Er kümmert sich normalerweise um unser Vieh, aber im Notfall versteht er auch etwas von Krankenpflege.“

„Sie wollen einen Viehhirten auf mich loslassen?“, fuhr John entgeistert auf.

„Wieso nicht? Er ist ein ausgezeichneter Fachmann.“

Obwohl John ärgerlich das Gesicht verzog, wurde der schwarze Viehdoktor geholt. Er sah sich Johns Verletzungen sorgfältig an und kramte dann eine bräunlichgelbe Tinktur hervor, die er darauf strich.

„Abgesehen von einer Prellung kann ich nichts allzu Schlimmes feststellen, Sir“, erklärte Bundy schließlich. „Aber ich werde einen Verband um Ihre Rippen anlegen, damit die Erschütterungen während der Fahrt mit Ihrer Kutsche nicht so unangenehm sind.“

„Und meine Hand?“

„Verstaucht. Bekommt auch einen Verband.“ Bundy grinste mitleidig. „Wird kein Vergnügen für Sie, mit Ihrer Kutsche über unsere holperigen Wege zu fahren, Sir. Aber lässt sich ja wohl nicht ändern.“

John warf ihm einen finsteren Blick zu. Mit Mühe verkniff er sich ein weiteres Stöhnen, als Bundy mit dem Verbinden seiner Rippen begann und stechende Schmerzen durch seinen Körper fuhren.

Mary Burnham und ihr Mann sahen sich sekundenlang an. Vivian wunderte sich kurz über den mitleidigen Ausdruck in Marys Augen, als sie ihrem Blick begegnete, aber dann schnappte sie nach Luft und starrte Mary wie vom Donner gerührt an, als sie sie sagen hörte: „Bundy hat recht, Mr. Chapman, Sie sollten in diesem Zustand nicht reisen. Bitte betrachten Sie sich als unser Gast, bis es Ihnen besser geht."

Vivian biss sich vor Enttäuschung auf die Lippen und schloss kurz die Augen. Natürlich war John verletzt, aber bestimmt hätte er doch reisen können?

John seinerseits bemerkte anscheinend, dass etwas nicht stimmte, denn statt Mary Burnham höflich zu danken, wie er es ganz offensichtlich vorgehabt hatte, wandte er sich abrupt zu Vivian um und musterte sie scharf. Die Augen zusammenkneifend, versetzte er tonlos: „Du scheinst etwas dagegen einzuwenden zu haben, dass ich bleibe."

Innerlich knirschte Vivian mit den Zähnen, aber sie brachte ein höfliches Lächeln zustande. „Nein, wieso sollte ich."

„Bist du sicher?", fragte er stirnrunzelnd.

„Natürlich", schnappte Vivian. Dann wirbelte sie herum und stürmte geradezu ins Haus. In ihrem Rücken spürte sie Johns Blick, der sie nachdenklich verfolgte.

Sobald Ann von Johns Unfall erfuhr, ließ sie Cole durch einen Bediensteten eine Nachricht bringen, dass er sich noch eine Weile fernhalten müsste, bis John Chapman fort wäre. Vivian setzte noch ein paar persönliche Zeilen hinzu und setzte sich dann missmutig zusammen mit Ann und Georgia in den Salon. Während sie vergeblich versuchte, sich ein Buch von Daniel Defoe zu Gemüte zu führen, dachte sie niedergeschlagen darüber nach, dass dies eigentlich ihr Hochzeitstag hätte sein sollen.

Am späten Vormittag traf schließlich Reverend Graham ein und wurde von Mary Burnham umgehend über die veränderte Lage informiert. Als angeblicher Freund der Familie wurde er auch John vorgestellt, der jedoch so von seinen schmerzenden Rippen geplagt wurde, dass er kaum Notiz von dem neuen Besucher nahm.

Auch am folgenden Tag war John reiseunfähig oder hielt sich zumindest dafür. Man hatte es ihm im Salon bequem gemacht, und Vivian leistete ihm dort pflichtschuldigst eine Zeitlang Gesellschaft. Sie wusste nicht, ob John sich wirklich darüber freute, denn er reagierte abweisend und einsilbig auf ihre Bemühungen, ihn freundschaftlich zu unterhalten. Ihr Angebot, Schach zu spielen, schlug er aus, und ihr Vorschlag, dass sie ihm etwas vorlesen könnte, erntete höhnisches Gelächter. Er leide unter geprellten Rippen und nicht an einer Sehschwäche, gab John ihr zu verstehen, sodass Vivian weitere Versuche, John die Zeit zu vertreiben, von da an unterließ. Seltsamerweise schien er genauso erpicht darauf, abreisen zu können, wie sie ihn loswerden wollte. Nichtsdestotrotz wurde Vivians Geduld, bis es so weit war, auf eine harte Probe gestellt. Und sie wusste von Ann, dass auch Cole voller Ungeduld darauf wartete, dass der ungebetene Gast endlich aufbrach, damit sie getraut werden konnten.

Die nächste Nacht war schwül und heiß, und Vivian konnte nicht schlafen. Unruhig marschierte sie in ihrem Zimmer auf und ab, voller Sehnsucht nach Cole und zornig auf John. In der Hoffnung auf etwas Abkühlung öffnete sie ein Fenster und lehnte sich weit hinaus. Doch die feuchtwarme Brise brachte kaum eine Erfrischung. Frustriert legte sie sich wieder auf ihr Bett und fiel in einen unruhigen Schlummer.

Wilde Träume quälten sie, und immer wieder hörte sie Coles Stimme, die sie leise rief. Schweißgebadet wachte sie auf und presste ihren Kopf in die Kissen, um die Sinnestäuschung zu verscheuchen. Doch plötzlich fuhr sie mit einem Ruck hoch, als ihr klar wurde, dass sie sich die leisen Rufe keineswegs einbildete. Sie sprang aus dem Bett und eilte ans Fenster. Direkt darunter stand Cole und blickte zu ihr nach oben.

„Cole!", flüsterte sie. „Was, um Himmels willen, machst du hier?"

„Was für eine Frage!", lachte er, ebenso leise. „Ich wollte dich sehen!"

„Bitte geh!", raunte Vivian.

„Nein. Nicht ohne dich."

„Cole, bitte! John ist hier! Wenn er dich sieht –"

„Genau das ist der Grund, weshalb ich bald verrückt werde! Nicht zu dir zu können, obwohl du so nah bist …"

„Oh bitte, Cole, sei doch vernünftig! Du musst gehen! Sofort!"

„Wie könnte ich, da ich dich in so reizender Aufmachung erblicke!", grinste er mit einem vielsagenden Blick auf ihr dünnes Nachtgewand.

Vivian hatte das Gefühl, sie würde bis zu den Fußspitzen erröten. Dennoch seufzte sie: „Also gut, warte einen Augenblick. Ich komme hinunter."

Hastig zog sie einen Morgenmantel über, öffnete, so leise es ging, ihre Zimmertür und lief leichtfüßig zur Eingangstür. Da ihr Zimmer am hinteren Ende des Hauses lag, musste sie um das Gebäude herumlaufen, ehe sie dort ankam, wo Cole unter ihrem Fenster gestanden hatte. Doch überraschenderweise war er nicht mehr dort.

Unruhig sah sie sich um. Schließlich erblickte sie seine Silhouette am Rand des Waldes, von dem sie sich undeutlich abhob. In Windeseile lief sie auf ihn zu, doch Cole entfernte sich immer mehr, bis er ganz zwischen den Bäumen verschwunden war.

„Cole?", wisperte sie ängstlich, als sie im Dunkeln nichts mehr erkennen konnte. „Cole, wo bist du?"

„Hier!", kam seine heiser lachende Stimme aus der Dunkelheit. Dann spürte sie, wie seine Arme sie von hinten umfingen. Cole drehte sie zu sich um und zog sie zu sich heran. Stürmisch küsste er sie, bis Vivian der Atem wegblieb und sie hilflos in seinen Armen lag.

„Oh Cole! Wie konntest du nur herkommen!", schimpfte sie, als er sie schließlich freigab.

Er lächelte träge. „Macht es dich so unglücklich?"

Sie schlang die Arme um seinen Nacken und presste sich an ihn. „Ich habe solche Angst, dass dir etwas passieren könnte. Wenn John dich entdeckt und dir etwas antut ..."

Cole strich mit einem Finger zärtlich ihre Wange entlang. „Ich wollte nicht, dass du dich ängstigst. Aber ich hielt es einfach nicht mehr aus. Die Sehnsucht nach dir hat mir fast den Verstand geraubt."

„Ach, Cole! Mir geht es ja genauso! Aber –"

Er seufzte leise und presste seine Wange in ihr Haar. „Musste dieser Bursche sich denn auch ausgerechnet dann die Rippen prellen, wenn wir heiraten wollen."

Vivian blinzelte erschrocken zu ihm hoch. „Meinst du, es war Absicht?"

Cole atmete scharf ein. „Dann müsste er einen Verdacht haben.“

„Ich bin mir nicht sicher, ob er etwas ahnt. Er ist neuerdings immer so misstrauisch. Und wenn er jetzt nicht abreist ... Obwohl er eigentlich eher so wirkt, als würde er lieber irgendwo anders sein, nur nicht hier.“

„Er ist nicht schwer verletzt, also wird er nicht mehr lange bleiben. Aber falls er tatsächlich nicht abreist, ehe ich fortmuss, bleibst du auf jeden Fall hier und wartest, bis ich wiederkomme.“

„Aber der Reverend will spätestens übermorgen wieder fort“, klagte Vivian. „Wie sollen wir heiraten, wenn –“

„Kopf hoch, kleine Lady“, unterbrach Cole mit einem sanften Lächeln. „Wir werden heiraten, das verspreche ich. Wir lassen uns doch nicht von irgendeinem Engländer einen Strich durch die Rechnung machen!“

„Ach, Cole“, seufzte Vivian, sich an ihn schmiegend. „Ich sehne mich so sehr danach, endlich deine Frau zu werden! Wenn doch nur John endlich verschwinden würde!“

Cole lachte leise. „Armer Chapman. Nicht einmal mehr Mitleid hast du für ihn übrig?“

Vivian blinzelte verlegen. „Nun ja, doch, natürlich. Aber –“

Cole strich ihr sanft über das Haar. „Der Bursche tut mir leid. Allerdings kann ich nur so großmütig sein, da ich weiß, dass du mich heiraten willst und nicht ihn. Wenn es andersherum wäre – gütiger Himmel, ich glaube, da denke ich lieber gar nicht erst drüber nach!“

„Ich liebe dich!", flüsterte Vivian erstickt. „Und wenn wir nicht heiraten können, dann ... dann werde ich deine Frau ohne Trauschein!"

Coles Augen glitzerten, aber er widersprach: „Eine verlockende Option, aber ich denke, wir gedulden uns noch ein wenig. Du weißt, dass ich zurück in den Kampf muss. Und der Gedanke, dass du möglicherweise schwanger zurückbleiben könntest und unser Kind als Bastard aufwachsen würde, falls ich –"

Vivian schüttelte heftig den Kopf. „Wag es ja nicht, das auszusprechen! Bitte nicht!"

Er nickte bedächtig. „Dann spreche ich es nicht aus. Aber es ändert nichts. Und nun lass uns die Zeit besser nutzen als mit reden."

Vivian lächelte zittrig. „Gern. Und wie?"

„So!", entgegnete er heiser und senkte den Kopf.

Diesmal küsste er sie sanft und voller Liebe, und Vivian erwiderte seinen Kuss ebenso zärtlich und von dem berauschenden Gefühl erfüllt, dass sie für immer zu Cole gehörte, ganz egal, ob sie verheiratet waren oder nicht. Eine Weile standen sie dann eng umschlungen und ohne ein Wort zu sagen im Schutz des dunklen Waldes und genossen einfach nur das Beisammensein. Doch irgendwann lockerte Cole seine Umarmung und fragte mit einem bedauernden Seufzer: „Soll ich dich jetzt zurückbringen?"

Sie schüttelte den Kopf. „Nein, ich gehe besser allein. Du könntest gesehen werden."

„Dann bleibe ich zumindest hier stehen und sehe dir nach, bis du im Haus bist."

Vivian hauchte ihm einen Kuss auf die Wange. „Ich komme morgen Nacht wieder – wenn du willst."

„Ob ich will?", lachte Cole. „Kleine Lady, so eine Frage kannst auch nur du stellen!"

Am nächsten Morgen hatte John sich endlich so weit erholt, dass er abreisen konnte. Gleich nach dem Frühstück brach er auf, nach einem kühlen Abschied, der Vivian gleichermaßen bedrückte wie erleichterte.

Ann schickte einen Schwarzen, um Cole zu holen, sobald die Kutsche außer Sichtweite war. Schon fünf Minuten später erschien Cole. Als er Vivian, die auf der Terrasse auf ihn wartete, erblickte, lief er über den Rasen und sprang mit zwei großen Sätzen die Treppe hinauf. Augenblicklich riss er Vivian in seine Arme und küsste sie stürmisch, ungeachtet der lachenden Gesichter der Umstehenden.

Dieses wurde ihr Hochzeitstag. Sie wurden am Nachmittag in dem großen Wohnzimmer der Burnhams getraut. Herbert spielte den Brautvater und übergab Vivian mit feierlicher Miene dem stattlichen Bräutigam. Ann und die Burnhams fungierten als Trauzeugen.

Coles Stimme war fest und klar, und er lächelte liebevoll auf Vivian herab, als er ihr den schlichten, goldenen Ring an den Finger steckte, den Miles Burnham für ihn besorgt hatte. Ihre eigene Stimme kam Vivian seltsam klein und gepresst vor, als sie die Worte nachsprach, die der Reverend ihr vorsprach. Ihre Knie zitterten, so aufgeregt war sie, aber auf ihren Lippen lag ein glückliches Lächeln.

Georgia und die kleine Gwen, die schon laufen konnte, verstreuten Blumen, als die Zeremonie vorüber war und sie an Coles Arm die Glückwünsche der Trauzeugen entgegennahm. Alles war so feierlich und

schön, dass Vivian es kaum glauben konnte, dass sie es
war, die soeben geschworen hatte, Cole eine treue Gattin zu sein.

„Wie schön du bist!", murmelte Cole zärtlich, als sie
kurz allein waren. „Ich glaube, es gibt keine entzückendere Braut als dich."

Vivian lächelte verträumt. Sie sah in ihrem zartblauen Seidenkleid und dem Perlenschmuck ihrer
Mutter gewiss nicht gerade aus wie eine Braut. Aber
ihre Kleidung war festlich, und das genügte. Auch dass
Cole einen Jagdanzug und keinen Frack trug, störte sie
nicht. Es war eine Vorsichtsmaßnahme, damit er
schnell verschwinden konnte, falls sich doch einmal
Fremde auf die Plantage verirrten.

Als es dann so weit war, dass Cole sie spät abends, am
Ende der Feier, auf ihr Zimmer begleitete, überkam sie
erneut ein leichtes Zittern. Sie war aufgeregt und ängstlich zugleich, als Cole mit glühenden Augen begann, sie
langsam auszuziehen.

Ann hatte sie vage darauf vorbereitet, was sie als Ehefrau erwartete, aber Vivian hatte nicht geahnt, dass
sich das herrliche Schwindelgefühl, das sie jedes Mal
bei Coles Küssen überkam, noch steigern ließ. Sie erschauerte, als Cole sie an Stellen ihres Körpers küsste
und streichelte, wo noch nie zuvor sie jemand berührt
hatte. Cole flüsterte Worte der Liebe in ihr Ohr, küsste
sie, bis ihr der Verstand aussetzte und trieb sie mit immer kühneren Berührungen an den Rand der Ekstase.
Irgendwann spürte sie einen stechenden, scharfen
Schmerz, aber er verebbte rasch unter Coles Liebesspiel, das sie zu Höhen ungeahnter Leidenschaft trug,
in der sie vor Wonne stöhnte und ihr Körper zuckte.

Hin und wieder spähte sie kurz in Coles Gesicht, in dem sich die gleiche Erregung und Leidenschaft spiegelten wie in ihrem, und sie hörte ihn keuchen und ihren Namen flüstern.

In entrückter Seligkeit lag sie schließlich ermattet in seinen Armen, und sie sah an dem strahlenden Lächeln in seinen Augen, dass er ebenso glücklich war wie sie.

„Cole?", wisperte sie und strich zärtlich mit dem Zeigefinger die Kontur seiner Lippen entlang. „Wenn ich gewusst hätte, wie wundervoll es ist, deine Frau zu sein, hätte ich schon auf der Dolphin darauf bestanden, dass du mich heiratest."

Er lachte heiser. „Und wenn ich gewusst hätte, was mich in deinen Armen erwartet, hätte ich bestimmt nicht widersprochen."

Vivian kuschelte sich fester in seine Arme, und er zog sanft die Decke über ihre Schultern. „Cole?", flüsterte Vivian, kurz vor dem Einschlafen. „Ich liebe dich."

Er presste sein Gesicht in ihr Haar. „Ich weiß, kleine Lady. Ich glaube, ich wusste es sogar schon vor dir. Aber soll ich dir etwas verraten? – Ich liebe dich noch viel mehr!"

Cole konnte nach der Trauung noch drei Tage bleiben, und diese Zeit kam Vivian vor wie ein kurzer, schöner Traum. Nachts schwebten sie gemeinsam in höheren Sphären, in die ihr Liebesspiel sie brachte. Tagsüber gingen sie in den nahegelegenen Wald und träumten im Schatten der mächtigen Bäume von einer glücklichen Zukunft.

„Cole, wenn du fortgehst, möchte ich nicht zurück nach Charleston", erklärte Vivian an ihrem vorletzten

Nachmittag, als sie es sich im Gras bequem gemacht hatten und Cole mit dem Kopf auf ihrem Schoß lag.

„Keine Sehnsucht mehr nach Charleston?", zwinkerte er. „War es dir dort zu einsam?"

„Ich hatte ständig Sehnsucht nach dir", bekannte Vivian. „Ich hätte auf dich hören sollen. Und darum möchte ich jetzt auch nicht zurück."

„Du könntest erst einmal hier bei den Burnhams bleiben", erwiderte Cole. „Ich hab sie schon gefragt, sie hätten nichts dagegen. Wir könnten uns hin und wieder sehen. Und ich würde mich wohler fühlen, wenn ich dich gut behütet weiß. Später, wenn der Krieg irgendwann vorbei ist, werde ich dich nach Hause bringen."

„Nach Hause", lächelte Vivian, während sie ihm zärtlich durchs Haar fuhr. „Wie gut das klingt. Aber – du hast mir noch nie gesagt, wo das eigentlich ist. In der Nähe Charlestons, meintest du irgendwann einmal. Aber wo genau?"

„Am oberen Lauf des Santee Rivers", erwiderte er vollkommen entspannt mit geschlossenen Augen.

„Und wie groß ist deine Farm?"

„Meine was?", lachte Cole und blinzelte zu ihr hoch.

„Deine Farm. Als wir uns das erste Mal im Haus der Welseys begegneten, sagtest du, deine Familie lebe auf einer Farm im Umland von Charleston. Oder meintest du nur deinen Onkel, während du selbst –"

„Ach du gütiger Himmel!", stöhnte Cole und setzte sich abrupt auf, sodass Vivian ihn verwundert ansah. „Vivian … liebste kleine Lady … wärst du mir sehr böse, wenn ich … wenn ich kein richtiger Farmer wäre?"

Völlig verwirrt, schüttelte Vivian den Kopf. „Natürlich nicht, aber –"

Mit einem verlegenen Lächeln unterbrach er sie: „Ich hatte völlig vergessen, dass ich diesen Blödsinn damals nicht gleich richtiggestellt habe."

„Blödsinn?"

Er räusperte sich und sah sie mit einem schiefen Grinsen an. „Nun ja, ich … äh … habe damals ein wenig untertrieben. Also, um es kurz zu machen: Meine Familie besitzt keine Farm, sondern eine Plantage. Und zwar eine der größten am ganzen oberen Santee River. Oder vielleicht sollte ich eher sagen, besaß. Denn augenblicklich leben dort irgendwelche Tories."

„Eine … Aber warum … warum hast du mir erzählt, ihr hättet eine Farm?"

„Das habe ich nicht", widersprach Cole energisch. „Du hast das behauptet. Und als ich andeutete, ich besäße keine Farm, sondern eine Plantage, da hast du das als lächerlich abgetan, weil ein Spion deiner Meinung nach kein Plantagenbesitzer sein konnte! Nichtsdestotrotz fand ich es ganz nützlich, dass du mir nicht geglaubt hast."

„Und … warum?", fragte Vivian, hilflos verwirrt.

Er stand auf und zog sie hoch in seine Arme. „Weil du damals kein gutes Haar an mir gelassen hast! Ich war rettungslos vernarrt in dich, Vivian, aber völlig verunsichert, wie ich dich für mich gewinnen könnte. Und ich –"

„Ja, aber … was hat denn das damit zu tun, ob du Farmer oder Plantagenbesitzer bist?", unterbrach Vivian fassungslos.

Um seine Lippen zuckte ein schwaches Lächeln. „Ich wollte sichergehen, dass du mich nicht nur nehmen würdest, weil ich reich war."

„Nehmen, weil du … Gütiger Himmel, Cole, was hast du eigentlich für eine Vorstellung von mir!“, keuchte Vivian und löste sich mit einem empörten Blinzeln aus seinen Armen.

Kurz auflachend, fuhr Cole sich mit den Fingern durchs Haar. „Kleine Lady … Versuch doch, mich zu verstehen! Auf der Dolphin, bevor du wusstest, dass ich Amerikaner bin, da warst du so abweisend. Und dann, in Charleston, als du freundlicher wurdest, da dachte ich zunächst, es wäre, weil … na ja, weil ich plötzlich deinen Vorstellungen entsprach – weil ich ein amerikanischer Rebell war! Ich wollte dir aber nicht wegen meiner Nationalität oder meiner politischen Gesinnung oder eben meines Vermögens wegen gefallen! Da kamen mir deine Zweifel an meiner Identität als Plantagenbesitzer ganz recht!“

Vivian starrte ihn mit großen Augen an. „Du hattest tatsächlich Angst, ich könnte dir etwas vormachen, nur weil du reich warst?“

„Dass du mich meiner funkelnden blauen Augen und meines Lachens wegen nehmen würdest, ist mir ja erst später klar geworden“, grinste Cole, doch Vivian erkannte sehr genau die Unsicherheit, die er dahinter zu verbergen versuchte.

Sie schüttelte den Kopf, doch dann schmiegte sie sich auflachend in seine Arme. „Ach, Cole, ich glaube, ich habe dir das Leben manchmal ganz schön schwer gemacht, nicht wahr? Und du bist so viel verletzlicher, als ich dachte! Aber zumindest verstehe ich jetzt auch, wieso du so weltgewandt wirktest, als du bei Onkel William zu Besuch warst! Ich habe mich oft gefragt, wieso ein einfacher Farmer auftreten konnte wie ein

Mitglied der Oberschicht! Und wieso du Französisch sprechen kannst."

Er lachte leise. „Es tut mir leid, dass ich dich so in die Irre geführt habe. Aber wenn du nicht immer so widerspenstig gewesen wärst …"

„Ich weiß", seufzte Vivian und schlug verlegen die Augen nieder. Cole setzte sich auf einen Baumstamm und zog sie mit sich auf seinen Schoß. Vivian merkte, dass er anderes im Sinn hatte als zu reden, aber obwohl sie es genoss, wie er mit den Fingern langsam durch ihr Haar strich, hob sie den Kopf und sah ihn stirnrunzelnd an. „Cole? Da wir gerade von Onkel William sprechen … da gibt es etwas, was ich nicht verstehe."

„Dann frag", lächelte Cole, während er sanft mit dem Zeigefinger ihre Lippen entlangfuhr, sodass sie wohlig erschauerte.

„Na ja, was ich bis heute nicht verstehe, ist, was du bei Onkel William zu suchen hattest. Dort konntest du doch nun wahrhaftig nicht spionieren."

Seine Finger wanderten weiter abwärts über ihren Hals, als er mit einem unterdrückten Lachen erklärte: „Nein, das nicht. Aber Lord Wimsey war ein Parlamentsmitglied und wusste über die politische Situation in England gut Bescheid. Also habe ich mich bei ihm einführen lassen, nachdem ich durch einen glücklichen Zufall in Antwerpen seinen Sohn kennengelernt hatte. Als ich dann durch einen weiteren Zufall erfuhr, dass Wimsey mit Sir Bannister befreundet war, konnte mich nichts davon abhalten, ihn bei seinem Besuch dorthin zu begleiten."

„Ja, aber warum? Ich verstehe das nicht."

„Nun, es ist ganz einfach", lächelte Cole und küsste dabei zärtlich ihren Hals. „Ann und Simon hatten dich oft erwähnt, wenn ich zu Besuch war, und viel davon gesprochen, wie gern sie dich hätten. Und sie hatten wiederholt auch den Namen deines Onkels erwähnt. Als ich dann nach England kam und sich mir die Möglichkeit bot, Sir Bannister zu besuchen, ergriff ich sie natürlich. Ich dachte einfach, dass Simon und seine Eltern sich freuen würden, wenn ich ihnen bei meiner Rückkehr nach Charleston erzählen könnte, wie es dem jungen Mädchen ging, an dem ihnen so viel lag. Ich konnte ja nicht ahnen, dass ich mich dabei Hals über Kopf verlieben würde."

„Und wenn du es geahnt hättest, hättest du Onkel William dann nicht besucht?", kicherte Vivian und lehnte ihren Kopf zurück, um ihm in die Augen zu sehen.

„Und mir entgehen lassen, einen närrischen Kindskopf zur Frau zu bekommen? – Niemals!", grinste Cole.

Vivian musste lachen, und auch Cole lachte. Doch die Zeit verging viel zu schnell, genau wie am Tag darauf, und ehe sie sich beide versahen, war der Morgen da, an dem Cole fortmusste.

Sie verabschiedeten sich kurz vor Sonnenaufgang an ihrem Lieblingsplatz im Wald.

„Sei vorsichtig", flüsterte Vivian, mühsam die Tränen zurückhaltend. „Ich liebe dich so sehr!"

„Versuch dir keine Sorgen zu machen!", bat Cole heiser und hielt sie ein letztes Mal so fest in den Armen, dass ihr die Luft wegblieb. Er küsste sie zum Abschied, lange und leidenschaftlich, und raunte ihr noch einmal zärtlich ins Ohr, wie sehr er sie liebe.

Wenige Augenblicke später verschwand er zwischen den Bäumen im Wald und war fort. Ein Schluchzen unterdrückend, rannte Vivian zurück in ihr Schlafzimmer und legte sich in das Bett, das sie noch vor Kurzem mit Cole geteilt hatte. Hier erst ließ sie ihren Tränen freien Lauf.

Einen Tag später reiste auch Arthur ab. Er wollte weiter zur Plantage seiner Eltern, die ihn schon erwarteten. Vivian blieb bei den Burnhams, die sie wie ein liebes, willkommenes Familienmitglied behandelten.

Die nächsten Tage verbrachte Vivian größtenteils damit, gemeinsam mit Ann und Georgia spazieren zu gehen und dabei endlos lange Gespräche mit ihnen zu führen. Ann erwies sich dabei, wie erwartet, als geduldige und verständnisvolle Zuhörerin, als Vivian ihre Zeit in Charleston schilderte. Auf Vivians Nachfrage, wie es inzwischen den Welseysöhnen ginge, war es Georgia, die endlich wieder einen Teil ihrer alten Lebhaftigkeit zeigte. Mit leuchtenden Augen erzählte sie, dass Paul jetzt bei irgendeiner Einheit in Nord-Karolina war, während Simon in der Nähe von Fort Watson am oberen Santee kämpfte. Zumindest war das sein Ziel gewesen, als Georgia das letzte Mal mit ihm gesprochen hatte. Simon kam oft nach Beaujardin, wie Georgia berichtete, und konnte meistens ein oder zwei Stunden bleiben, ehe er wieder fortmusste. Beim letzten Mal hatte er Sam bei sich gehabt, erwähnte Georgia beinahe nebensächlich.

„Oh, wirklich?“, entfuhr es Vivian überrascht. „Ich wollte Cole nach Sam fragen, aber die Tage sind so schnell gelaufen, dass ich es ganz vergessen habe. Aber ich hatte gedacht, Sam würde zusammen mit Cole kämpfen!"

„Das tut er wohl auch meistens", erläuterte Georgia. „Soviel ich weiß, kämpfen Cole, Sam und Simon recht häufig zusammen. Aber als Cole seine Angelegenheiten mit dir klären wollte, musste er sich wohl eine Weile von seinen Leuten trennen."

„Du hast recht, Cole hat erwähnt, dass er sich vorübergehend einer anderen Einheit angeschlossen hatte, um ... um näher an Charleston zu sein", erwiderte Vivian.

„Du meinst wohl eher, in deiner Nähe", versetzte Ann lachend.

„Nun ja ... wohl eher in meiner Nähe", gestand Vivian errötend. „Aber nun ... nun ist er wieder im Kampf, und ich habe schreckliche Angst um ihn. Und wer weiß, wann er wiederkommt."

Ann legte ihr tröstend einen Arm um die Schultern. „Bestimmt kommt er eher zurück, als du denkst. Aber er ist nun einmal Offizier, Vivian."

„Ich weiß", seufzte Vivian. „Wenn doch nur dieser Krieg schon vorbei wäre. Dann müsste er nicht immer wieder fort."

Bald jedoch war Vivian heilfroh, dass Cole weit weg war. Zwei Wochen nach ihrem Abschied von Cole rollte John Chapmans Kutsche die Zufahrt hinauf, als Vivian zusammen mit den anderen Frauen am frühen Abend auf der Terrasse saß. Vivian hatte nicht damit gerechnet, dass John noch einmal auf der Plantage der Burnhams aufkreuzen würde, und erhob sich mit einem Stirnrunzeln.

Georgia, plötzlich sehr bleich im Gesicht, sprang von ihrem Stuhl hoch. „Oh Gott, schon wieder dieser Engländer! Das ertrage ich nicht! Wenn ihr mich bitte entschuldigen würdet ..." Und mit fliegenden Röcken flüchtete sie ins Haus.

John war unterdessen vom Kutschbock gesprungen und kam mit einem höflichen Lächeln die Treppe zur Terrasse herauf. „Meine verehrte Mrs. Burnham!", grüßte er mit einer Verbeugung und erklärte sofort darauf: „Ich hoffe, Sie verzeihen mir mein erneutes Eindringen. Wie Sie wissen, war ich auf meiner Plantage. Ich dachte, ich schaffe die Rückfahrt nach Charleston in einem Tag, aber ... dummerweise habe ich mich verkalkuliert. Ich frage mich daher, ob Sie eventuell die Güte hätten, mir noch einmal Ihre Gastfreundschaft zu gewähren."

„Aber das ist doch selbstverständlich, Mr. Chapman", erwiderte Mary Burnham mit einem säuerlichen Lächeln und rief den Hausburschen, um Johns Gepäck auf sein Zimmer zu bringen.

Nachdem John auch die übrigen Damen mit zuvorkommender Höflichkeit begrüßt hatte, nahm er Mary Burnhams Angebot eines kleinen Imbisses dankbar an. „Wie ist es, Vivian, würdest du mir beim Essen Gesellschaft leisten?", fragte er mit einem Lächeln in den Augen.

Vivian wollte schon ablehnen, doch Ann nickte ihr aufmunternd zu, sodass sie zögernd mit John ins Speisezimmer ging. Doch statt sich an den Tisch zu setzen, als sie dort allein waren, stellte John sich vor Vivian und ergriff ihre Hände.

„Vivian, ich wollte mich entschuldigen, wegen meiner brüsken Art beim letzten Mal. Ich glaube, ich war wohl ein wenig ... nun, entnervt wegen dieses dummen Unfalls."

„Das ist verständlich. Sicher hattest du Schmerzen. Du brauchst dich wirklich nicht zu entschuldigen."

John lächelte verzerrt. „Ich hätte mich trotzdem nicht so gereizt aufführen sollen. Wie auch immer, was ich dich eigentlich fragen wollte ... Vivian, möchtest du mit mir nach Charleston zurückkehren? Ich bin extra hier vorbeigekommen, um dir die Möglichkeit zu geben, Beaujardin zu verlassen, falls du es wünschst."

Vivian entzog ihm ihre Hände und schüttelte den Kopf. „Nein, John, ich möchte nicht fort. Ich fühle mich hier sehr wohl."

Er hob eine Braue. „Ich dachte, du hättest nur einen kurzen Besuch geplant und keinen Daueraufenthalt."

„Nein, es ist ... es ist mehr als nur ein Besuch", erwiderte Vivian beklommen.

Das Lächeln auf seinen Lippen erstarb, und er verschränkte die Arme. „Das dachte ich mir. Da steckt Ansinger hinter, oder?"

Vivian schluckte und legte ihm eine Hand auf den Arm. „Bitte sei mir nicht böse, John."

Plötzlich atmete John scharf ein. Ohne ein Wort zu sagen, ergriff er ihre Hand und betrachtete sie sekundenlang mit ausdrucksloser Miene. Vivian ließ ihn gewähren. Schließlich fragte er tonlos: „Was ist das für ein Ring? Ich habe ihn noch nie an dir gesehen."

„Das ist ein Ehering, John", entgegnete Vivian, den Blick auf seine Augen gerichtet, in denen sich eine schmerzliche Verwirrung spiegelte. „Cole und ich haben vor zwei Wochen geheiratet. Und ich bin unendlich glücklich!"

John starrte sie an, seine Miene bleich und angespannt. Dann reckte er das Kinn vor und versetzte heiser und mit einem gekünstelten Lächeln: „Dein Rebellenoffizier hat dich also tatsächlich geheiratet. – Meine Glückwünsche."

„Es tut mir so schrecklich leid, John", flüsterte Vivian mit Tränen in den Augen.

Er straffte die Schultern. „Was tut dir leid? Dass du glücklich bist? – Das muss es nicht. Ich gönne dir alles Glück auf Erden."

„Ich wünschte so sehr, du wärst nicht so verletzt!"

Er zuckte die Achseln, und sein Blick wurde hart. „Ich werde schon darüber hinwegkommen. Es gibt ja noch genug andere Frauen, nicht wahr?"

„John ..."

„Ach lass, vergiss es!", schnappte John und marschierte mit energischen Schritten zur Tür. „Du bist verheiratet, damit ist ja wohl alles gesagt."

„Es tut mir leid", wiederholte Vivian mit belegter Stimme.

John legte die Hand an die Klinke, doch dann wandte er sich noch einmal um und sah sie stirnrunzelnd an. „Sag mir nur noch eines: Liebst du ihn wirklich so sehr?"

Sie würgte die Tränen herunter, die ihr den Hals zuschnürten, und nickte. „Mehr als ich sagen kann. Mehr als mein Leben oder –"

„Nun denn ...", unterbrach John sie, sehr blass im Gesicht. „Dann leb wohl."

„Aber John, du … du hast ja noch gar nichts gegessen!“, versuchte Vivian ihn voller Mitleid aufzuhalten.

Doch John kehrte ihr bereits wieder den Rücken zu. „Danke, ich habe keinen Appetit.“

John reiste am nächsten Morgen ab, ohne sich von Vivian zu verabschieden. Als sie aus ihrem Zimmer kam und zum Frühstück erschien, war er schon seit über zwei Stunden fort.

Von nun an kehrte in ihr Leben wieder eine gewisse Routine ein, die wochenlang durch nichts unterbrochen wurde. Vivian gewöhnte sich schnell an den Tagesablauf auf der Plantage der Burnhams, der sich nur wenig von dem auf Lakewood unterschied. Sie bekam von Mary einen Ballen Baumwollstoff geschenkt, aus dem sie neue Hemden für Cole anfertigte. Sollte er irgendwann einmal vorbeikommen, wollte sie ihm die fertigen Kleidungsstücke geben. Außerdem arbeitete sie weiter im Garten und las viel, um sich von der ständigen Sorge abzulenken.

So verging der Mai, und der nächste Monat brach an. Das Wetter war herrlich, die Sonne schien, und es war wunderbar warm. Und dann, eines Tages spät im Juni, war Cole plötzlich wieder da.

Der Abend war bereits weit fortgeschritten, und Vivian schlief bereits, als sie sich von seinen Armen umfangen fühlte. Sie schlug die Augen auf und sah ihn neben ihrem Bett knien. Sie stieß einen unterdrückten Freudenschrei aus und warf ihm die Arme um den Hals. Nach einem langen, schwindelerregenden Kuss fragte sie ihn, wie lange er bleiben könnte.

„Nicht länger als bis zum Morgengrauen", lachte Cole. „Aber diese kurze Zeit wollte ich mir nicht entgehen lassen."

Er entkleidete sich und ließ sich gähnend neben Vivian auf das Bett fallen. Glücklich kuschelte sie sich in seine Arme und genoss es, wenigstens diese eine Nacht seine Frau zu sein. „Ich habe dich so sehr vermisst", flüsterte sie.

„Und ich dich nicht minder", wisperte Cole in ihr Ohr. „Lieber Himmel, wie sehr sehne ich den Tag herbei, an dem wir endlich anfangen, eine richtige Ehe zu führen!"

„Wird es dir nicht langweilig werden? Ich meine ... nach so langer Zeit als Soldat? Glaubst du, du kannst dich wieder daran gewöhnen, ein ... ein ganz normales Leben zu führen?"

Er gab ihr einen zärtlichen Kuss auf die Nasenspitze. „Wie sollte es langweilig werden, wenn du an meiner Seite bist? Und davon abgesehen, ich habe immer gern auf dem Land gelebt und gearbeitet."

Er schwieg eine Weile, und Vivian glaubte schon, er würde einschlafen, als er in die Dunkelheit hinein sehr leise und schleppend fragte: „Und was ist mit dir, kleine Lady? Meinst du, du kannst dich an das Leben auf einer Plantage gewöhnen? Oder würdest du dich einsam fühlen und Charleston vermissen? Ich erinnere mich, dass du mir einmal erzählt hast, Charleston sei für dich die schönste Stadt auf Erden."

Vivian kuschelte sich enger an ihn. „Das ist sie auch immer noch und wird sie auch immer bleiben. Und trotzdem fühlte ich mich in Charleston einsam, weil du nicht da warst! Weißt du, ich habe inzwischen eines begriffen: dass es gar nicht so sehr die Stadt war, die ich in England vermisst habe, sondern das Gefühl, an dem Ort zu sein, wo ich hingehöre. Bei den Menschen, die ich liebe. Und dieses Gefühl habe ich vor allem bei dir! Ich brauche Charleston nicht, wenn du bei mir bist, Cole. Ich brauche nur dich. Und wenn du erst aus dem Krieg zurück bist, dann ... dann werde ich glücklich sein, wo immer du bist."

Er presste sie an sich und strich ihr sanft mit einer Hand über das Haar. Seine Stimme klang seltsam belegt, als er nach ein paar Augenblicken voller Ergriffenheit gestand: „Ich ... ich hatte gehofft, dass du das sagen würdest, kleine Lady. Und ich verspreche dir, dass wir oft genug nach Charleston fahren werden, damit du es nicht allzu sehr vermisst!"

„Cole?"

„Hm?"

„Habe ich dir schon einmal gesagt, wie ... wie großartig du bist?"

Er lachte leise, und die Ergriffenheit in seiner Stimme wich einer liebevollen Belustigung. „Nein, ich glaube nicht. Aber ich bin immer offen für Neues."

Gegen Morgengrauen musste Cole wieder fort, doch er ging nicht ohne das Versprechen, bei der nächsten Möglichkeit wieder vorbeizukommen. Und Vivian, die jetzt gesehen hatte, wie überraschend er auftauchen konnte, litt dieses Mal nicht so sehr unter dem Abschied wie beim letzten Mal.

Drei Wochen später kam Simon nach Beaujardin. Er hatte einen mehrere Monate alten Bart und sein Haar war eine wilde Mähne, sodass Vivian ihn kaum wiedererkannte. Georgia wurde sichtbar munterer, während er da war. Für Vivian war das Wichtigste, dass er ihr Grüße von Cole brachte. Ihm ging es nach wie vor gut, und er kämpfte inzwischen wieder gemeinsam mit Sam in der gleichen Einheit, in der auch Simon war. Von Robert Maine wusste Simon zu berichten, dass er bei der Einnahme Fort Watsons einen Schulterschuss erlitten hatte. Er lag jetzt in einem Farmhaus in der Nähe des Forts, aber die Wunde heilte gut, und er würde bald wieder auf den Beinen sein.

Auf die Frage, wie es denn nun überhaupt um den Krieg stünde, antwortete Simon, es sähe allmählich ganz gut aus. Er konnte nichts Genaues berichten, aber wie es hieß, wollten die Franzosen eine Flotte aus West-indien schicken, die den Amerikanern zu Hilfe kom-men sollte. Schon einmal, im August 1778, hatten die Franzosen eine Flotte entsandt, um die in Newport auf Rhode Island stationierten Engländer anzugreifen. Doch dann war die Flotte bei einem Sturm so stark be-schädigt worden, dass sie sich wieder zurückziehen musste. Aber der französische König hatte verspro-chen, eine weitere Flotte zu schicken, und wenn Simon seinen Informationen trauen konnte, sollte das nun endlich bald so weit sein. Wenn es wahr wäre, begeis-terte er sich, dann würden sie früher oder später den Krieg gewinnen. Die Engländer konnten unmöglich Franzosen und Amerikaner zusammen schlagen.

Spät im August lernte Vivian schließlich Georgias Brüder Luke und Henry kennen, die eines Abends über-raschend auf Beaujardin erschienen. Sie waren müde und abgespannt, nachdem sie drei lange Tage auf den angeschwollenen Flüssen und Creeks gerudert hatten. Es hatte in der letzten Zeit oft so stark und anhaltend geregnet, dass es manchmal sogar völlig unmöglich gewesen war, die größeren Flüsse zu befahren.

Luke und Henry Meunier sahen sehr verschieden aus. Luke glich mit seinen schwarzen Haaren und den dunklen Augenbrauen sehr seiner jüngeren Schwester. Seine Haut war von einem dunklen Ton, was ihm etwas Südländisches gab und an seine französischen Vorfahren erinnerte. Auch seine lebhafte Art ähnelte dem Temperament Georgias, ehe die Ereignisse auf Bellarbres sie verschlossener hatten werden lassen. Henry dagegen war strohblond und hatte leuchtend grüne Augen, deren Ausdruck ihn sensibel und zerbrechlich wirken ließ. Kaum traute Vivian ihm zu, dass er eine Waffe halten konnte, obwohl er den kräftigen Körper eines jungen Mannes besaß. Sie wurde jedoch bald eines Besseren belehrt, als die Brüder von den Abenteuern berichteten, die sie in den letzten Monaten erlebt hatten. Es wurde Vivian schnell klar, dass es Henry war, der den Kampf genoss und sich freudig in jede neue Gefahr stürzte, während Luke zu verstehen gab, dass er den Kampf eigentlich hasste, aber er nun einmal notwendig war.

Die beiden brachten die Nachricht mit, dass ein Gefangenenaustausch zwischen Briten und Amerikanern vereinbart worden war. Mary Burnham strahlte, denn ein Neffe von ihr war in britischer Gefangenschaft und würde dadurch wohl bald freikommen. Ann und Herbert fielen sich vor Freude in die Arme, als sie erfuhren, dass auch Tom, der irgendwo im Norden in einem britischen Gefangenenlager saß, aller Wahrscheinlichkeit nach ausgetauscht werden würde.

Und dann war da noch etwas, was sie ihnen sagen mussten, begann Luke geheimnisvoll, woraufhin sich die Blicke aller Anwesenden gespannt auf ihn richteten. „Die Franzosen kommen! Sie sind unterwegs von Westindien auf die amerikanische Küste zu! Und Washington marschiert nach Virginia!"

„Warum nach Virginia?", erkundigte sich Georgia, die zwischen ihren Brüdern saß und sich von beiden eine Hand halten ließ.

„Weil dieser verdammte Rotrockgeneral Cornwallis dort auf seinem Marsch nach Norden mittlerweile angekommen ist!", grinste Luke. „Es wird ihm nicht gefallen, wenn er aufgehalten wird!"

„Warum will Cornwallis denn unbedingt nach Norden?"

„Um sich dort mit Clintons Armee, die von New York aus nach Süden marschiert, zu vereinigen. Wenn ihm das gelänge, hätten die Briten die gesamten Kolonien unter ihrer Kontrolle. Dann würden sie den Krieg mit Sicherheit gewinnen. Aber Gott sei Dank ist es Clinton nicht gelungen, Washington im Norden festzunageln. Stattdessen ist Washington unterwegs nach Süden und erhält bald Unterstützung durch die Franzosen. Wenn wir es jetzt noch schaffen zu verhindern, dass Cornwallis Verstärkung aus Süd-Karolina erhält, dann dürfte es Washington nicht schwerfallen, ihn zu schlagen."

„Und ... wie wollt ihr das verhindern?", fragte Ann stirnrunzelnd.

„Nun, es bedeutet, dass es hier in Süd-Karolina jetzt verstärkt zu Kämpfen kommen wird. Wir müssen die

Engländer, die noch hier sind, aufhalten, ehe sie Cornwallis zu Hilfe kommen können", erklärte Luke.

„Verstärkte Kämpfe?", entfuhr es Georgia. „Heißt das, dass ihr ... und Simon ... dass ihr jetzt alle in noch größerer Gefahr seid?"

„Es heißt, dass wir uns in einer entscheidenden Phase befinden", versetzte Luke achselzuckend. „Da wird jeder Mann gebraucht, Gefahr hin oder her. Und wir müssen unser Bestes geben! Denn in den nächsten Wochen wird sich zeigen, was aus unserem Land wird."

Henry Meunier tätschelte beruhigend die Hand seiner Schwester. „Macht euch keine Sorgen, wenn ihr eine Weile nichts von uns hören werdet. Wir werden alle im Kampf stecken und keine Zeit haben herzukommen."

„Du meinst dich und –"

„Ich meine uns alle. Mich und Luke, Simon und jeden Mann, der noch kämpfen kann."

„Oh Gott!", stöhnte Georgia. Vivian konnte ihr insgeheim nur zustimmen.

Auch wenn sich in den folgenden Wochen an dem gleichmäßigen Ablauf auf Beaujardin nichts änderte, so waren doch alle von einer nervenzehrenden Unruhe ergriffen. Den ganzen September hindurch erhielten sie nicht eine einzige Nachricht, und auch kein Besucher kam, der ihnen irgendetwas Neues mitgeteilt hätte. Irgendwie erinnerte Vivian der Zustand an die Zeit vor der Schlacht von Camden, was ihre Ängste nicht gerade minderte, da Cole dort damals verwundet worden war.

Der Herbst näherte sich unterdessen mit großen Schritten, und die Tage und Nächte wurden kälter.

Vivian gab ihre Tätigkeiten im Garten auf und beschäftigte sich fast nur noch im Haus. Sie fühlte sich einsamer denn je. Sie vermisste Cole und bangte um ihn, wann immer ihre Gedanken sich dem Krieg zuwandten, was beinahe ständig der Fall war. Die Gewissheit, dass es den übrigen Bewohnern Beaujardins nicht besser erging, minderte ihre Angst nicht, gab ihr aber zumindest das Gefühl, mit ihren Sorgen und Ängsten nicht so allein dazustehen.

Für eine Nacht Anfang Oktober wurden ihre Ängste zumindest kurzzeitig verjagt, als Cole überraschend vorbeikam. Es war am späten Abend, als er plötzlich im Wohnzimmer stand. Vivian, die über eine Näharbeit gebeugt saß, bemerkte ihn zunächst gar nicht. Erst die erstaunten Ausrufe Anns und Marys ließen sie hochblicken. Lächelnd lehnte Cole im Türrahmen, die Kleidung schmutzig und nass, und dabei von einer so virilen Ausstrahlung, dass Vivian kurz der Atem stockte. Dann aber ließ sie ihr Nähzeug fallen und lief ihm mit einem Freudenschrei in die Arme.

Cole konnte nur diese eine Nacht bleiben. Er hatte an einer Schlacht bei Eutaw Springs teilgenommen, bei der sich die Engländer nach langen, harten Kämpfen zurückziehen mussten. Jetzt war er auf dem Weg zu einem Lager am Cooper River. Im Morgengrauen wollte er mit einem Boot den Fluss entlangfahren, um das Lager zu erreichen, in welchem Sam, der nicht an der Schlacht bei Eutaw Springs teilgenommen hatte, bereits auf ihn wartete.

„Und nun habe ich noch eine gute Nachricht", erklärte Cole, während er genüsslich den kalten Rehbraten verzehrte, der vom Abendessen übrig geblieben war und den Mary in der Zwischenzeit für Cole bringen lassen hatte.

„Was für eine gute Nachricht?“, fragte Vivian neugierig.

Coles Augen funkelten lebhaft. „Die Franzosen haben die britische Flotte unter Admiral Thomas Graves im September geschlagen.“

„Oh Cole, ist das wahr?“, freute sich Georgia, die sich inzwischen zu ihnen gesellt hatte.

„Ja, es ist wahr. Und nach dem Sieg der Franzosen hat Washington die Chesapeake-Bucht erreicht, um zusammen mit der französischen Flotte Cornwallis einzuschließen. Außerdem ist ein weiteres französisches Geschwader eingetroffen, ich glaube von Newport aus. Das Schöne ist, dass Graves mit seinen Schiffen nach New York segeln musste, um sie reparieren zu lassen. Die Franzosen beherrschen jetzt die See. Das hat Washington die Möglichkeit gegeben, seine Truppen nach Williamsburg zu bringen. Gemeinsam mit den Franzosen sind unsere Truppen daraufhin nach Yorktown marschiert und haben mit der Belagerung von Cornwallis Heer begonnen. Ich finde, das sind die besten Neuigkeiten, die es seit langem gegeben hat, meint ihr nicht auch?“

Alle waren seiner Meinung. Cole sprach mit einer Begeisterung, die ansteckte. Wenn man ihn reden hörte, fand Vivian, konnte man meinen, dass der Krieg schon halb gewonnen wäre. Wenn es doch nur wirklich so wäre!

„Übrigens“, bemerkte Cole mit einem breiten Grinsen, „noch eine gute Nachricht: Tom ist frei.“

Ann fuhr hoch. „Und das sagst du uns erst jetzt? Wo ist er? Wie geht es ihm?“

Cole lachte. „Er hat sich unseren Truppen angeschlossen. Er ist freigekommen unter der Bedingung, dass er für die Briten kämpft. Wie es scheint, suchen die Engländer händeringend neue Leute. Natürlich hat Tom die erste Möglichkeit genutzt, zu uns überzulaufen. Und es geht ihm gut, Ann. Ich habe ihn selbst letzte Woche gesprochen.“

„Ach, Cole! Ich bin so froh“, seufzte Ann. „Und Simon? Weißt du etwas von ihm? Oder Paul?“

„Paul habe ich länger nicht gesehen, aber soweit ich weiß, geht es ihm gut. Simon war bei Eutaw Springs dabei, und ich glaube, er wollte an einem der nächsten Tage hier vorbeischauen. Ach, und Robert ist auch wieder auf den Beinen. Ich soll euch von ihm grüßen.“

Alles in allem hatte Cole so gute Neuigkeiten gebracht, dass alle an diesem Abend ausgesprochen guter Stimmung waren. Sie tranken noch etwas Wein zusammen, dann zogen sich Vivian und Cole auf ihr Zimmer zurück, und auch die anderen legten sich schlafen.

Cole legte sich neben Vivian ins Bett, und sie kuschelte sich glücklich in seine Arme. Es tat so gut, ihn wieder einmal neben sich zu spüren, selbst wenn Cole so müde war, dass er schon nach wenigen Minuten einschlief. Doch wenigstens diese Nacht brauchte sie sich keine Sorgen um ihn zu machen.

Bei Morgengrauen schlich Cole sich aus dem Haus, nachdem er sich mit einem langen, innigen Kuss von Vivian verabschiedet hatte. Sie blieb im Bett liegen, und presste ihr Gesicht in das Kissen, auf dem eben noch sein Kopf gelegen hatte. Mit seinem Bild vor Augen schlief sie wieder ein.

Als sie schließlich am Morgen erwachte, durchlief sie ein Schauer. Kalt war es geworden, und ein heftiger Regen prasselte gegen die Fensterscheiben. Vivian zog die Vorhänge auf und blinzelte hinaus. Trübe und neblig war es draußen, und sie wäre am liebsten wieder in ihr Bett gekrochen, doch sie riss sich zusammen und kleidete sich an.

Nach dem Frühstück riskierte sie einen Blick auf die Terrasse, und jetzt erst wurde ihr das ganze Ausmaß des Unwetters bewusst. Der Boden vor der Terrasse war matschig und durchgeweicht, die Auffahrt zum Haus sah geradezu unpassierbar aus. Es musste schon mehrere Stunden lang geregnet haben, wenn der Boden in einem solchen Zustand war, und es sah nicht so aus, als würde es bald aufhören.

Vivian stieß einen langen Seufzer aus. Sie bemerkte Ann hinter sich, die ebenfalls mürrisch in das trübselige Wetter hinaus starrte, und machte ihrer Sorge Luft: „Cole will den Cooper River hinunterrudern. Meinst du, dass der Wasserpegel dort stark gestiegen ist?"

„Lieber Himmel!", stieß Ann erschrocken hervor. „Bei dem Wetter auf jeden Fall!"

Äußerlich ruhig, aber innerlich voller Unbehagen, setzte Vivian sich auf einen Stuhl. Ann ging kurz hinaus und kehrte mit zwei Tassen Kaffee wieder zurück. Sie setzte sich Vivian gegenüber. „Cole war doch gestern Abend schon ganz durchnässt", wunderte sie sich. „Er muss doch gewusst haben, wie stark es gießt und dass der Cooper River dann kaum befahrbar ist."

„Ich weiß es nicht. Jedenfalls ist er fortgegangen", erklärte Vivian bekümmert.

„Er wird sicher versuchen, das Lager zu Fuß zu erreichen", versuchte Ann sie zu beruhigen.

„Bestimmt", nickte Vivian. Es war dumm, sich zu viele Sorgen um Cole zu machen, das sagte sie sich ja selbst. Wäre er nicht die Nacht über hier gewesen, hätte sie auch nicht gewusst, was er im Augenblick tat. Als Soldat war er schließlich ständig in irgendeiner Gefahr, und er hatte in der Vergangenheit schon genug Situationen gemeistert, von denen sie gar nichts wusste. Was bedeutete es da schon, dass die Flüsse so stark angeschwollen waren? Nur, dass er seine Pläne vermutlich eben ändern musste und kein Boot nehmen konnte, wie er es ursprünglich vorgehabt hatte.

Sie trank ihren Kaffee mit Ann und versuchte der inneren Unruhe Herr zu werden, indem sie mit ihr und später mit Georgia und Mary, die sich dazugesellten, plauderte. Sie war zu nervös, um allein zu sein, und war froh über die Gesellschaft.

Cole fluchte leise, als ihm die Strömung zum wiederholten Male beinahe das Paddel entriss. Er hatte gewusst, dass es schwer werden würde, nach den Unwettern der letzten Tage den reißenden Fluss zu befahren. Doch er hatte nicht damit gerechnet, dass er derart zu kämpfen hätte. Entwurzelte Bäume, im Wasser treibende dicke Äste und aufgewühlter Schlamm machten die Fahrt derart beschwerlich, dass ihm immer wieder der Schweiß ausbrach. Seine Arme schmerzten bereits von der Belastung, und er war atemlos und völlig durchnässt. Nichtsdestotrotz war er zuversichtlich, dass er sein Ziel ohne zu kentern erreichen würde. Er hatte den Fluss oft genug mit dem Kanu befahren, um zu wissen, wo die Untiefen waren oder gefährliche Strömungen, die einem unerfahrenen Paddler schnell zum Verhängnis werden konnten.

Im Augenblick näherte er sich einer Furt und glaubte seinen Augen nicht zu trauen, als er dort ein paar offene Wagen entdeckte, die dem tobenden Wasser zum Trotz offenbar über den Fluss zur anderen Uferseite gelenkt werden sollten. Er atmete auf, als der Fahrer des ersten Wagens augenscheinlich entschied, dass die Furt unpassierbar war, und dem folgenden Gespann einen Wink zur Umkehr gab.

In diesem Moment geschah das Unglück. Der umkehrende Wagen geriet ins Schlingern und schaukelte gefährlich hin und her. Irgendwie gelang es dem Fahrer, ihn aufrecht zu halten, doch ein halbwüchsiger Junge, der neben ihm saß, stürzte ins Wasser.

Cole fackelte nicht lange. Mit kräftigen Stößen paddelte er auf den Jungen zu, dessen Kopf nach ein paar schreckvollen Sekunden mehrere Meter von den Wagen entfernt wieder an der Wasseroberfläche erschien. Hilflos trieb der Junge im Fluss und ging immer wieder unter, aber Cole gelang es, sein Kanu an ihn heranzulenken. Er konnte nicht riskieren, nach dem Jungen zu langen, ohne sein Boot zum Kentern zu bringen, also warf er ihm eine am Heck befestigte Ankerleine zu.

„Halt dich fest!", brüllte er, und der Junge gehorchte augenblicklich, hustend und Wasser speiend.

Verzweifelt kämpfte Cole darum, sein Kanu mit dem zusätzlichen Gewicht an den Uferrand zu bringen, wo Männer und Frauen von den Wagen heruntergesprungen waren und mit ängstlichen Mienen auf den

Ausgang der Rettungsaktion warteten. Als es Cole, allen Erwartungen zum Trotz, gelang, sein Kanu ans Ufer zu lenken, brandete Beifall auf und jubelnde Rufe.

Mit letzter Kraft zog sich der aus dem Fluss gezogene Junge ans Ufer, wo sich ihm helfende Hände entgegenstreckten. Cole ließ blitzschnell seinen Blick über die am Uferrand versammelte Menschenmenge gleiten. Seine Augen weiteten sich, als er in einem der Männer John Chapman erkannte, der stirnrunzelnd in seine Richtung blickte. Und auch einige der übrigen Anwesenden kamen ihm bekannt vor. Zu seinem Verdruss waren es ausnahmslos Tories!

„Verdammt, wenn das nicht die großartigste Rettungsaktion ist, die mir je untergekommen ist!", staunte unterdessen ein vierschrötiger Mann, den Cole zu seinem Unmut als ehemaligen Pächter einer seiner Jagdhütten und ebenfalls als eingefleischten Tory erkannte. Soweit er sich erinnerte, war der Name des Mannes Wilson. „Steigen Sie aus, Sir, damit ich Ihnen danken kann, dass Sie meinem Sohn das Leben gerettet haben!"

Cole blieb im Boot sitzen, bereit, sofort wieder abzulegen. Trotzdem lächelte er. „War mir ein Vergnügen. Aber ich muss weiter. Wenn Sie –"

Weiter kam er nicht. Irgendetwas, das er nicht näher identifizieren konnte, flog gegen seinen Oberkörper und raubte ihm den Atem. Verspätet erkannte er, dass es ein Messer war, das, nicht sehr tief, in seiner Schulter steckte. Mehr verblüfft als erschrocken blinzelte er.

„Du elendiger junger Welpe!", hörte er jemanden brüllen und erkannte zu seiner Überraschung, dass es John Chapman war, der auf den Jungen losging, welcher offenbar das Messer geworfen hatte. „Ist dir klar, dass der Mann dich gerade aus dem Wasser gefischt hat?“

„Das ist Cole Ansinger!“, schrie der halbwüchsige Junge. „Ich kenne ihn! Er ist ein verdammter Rebell!“

„Zum Teufel, hast du den Verstand verloren!“, bellte sein Vater. „Der Mann hat dir gerade das Leben gerettet!“

„Aber er ist ein Rebell!“, rebellierte der Junge und griff nach einer Muskete, die auf einem der Wagen lag. „Ich weiß es genau, denn die Engländer haben seine Plantage konfisziert!“

Cole hielt den Atem an, aber der Vater des Jungen schlug ihm die Waffe aus der Hand. „Ja, das ist er! Aber ich kenne ihn auch! Er ist ein Rebell, aber er ist auch ein ehrenwerter Mann, genau wie sein Vater vor ihm. Und er hat dich gerade aus dem Fluss gezogen!“

„Aber, Vater! Die Rebellen haben Jerry umgebracht!“

„Ja, aber man tötet nicht seinen Lebensretter!“, donnerte sein Vater. „Und es macht deinen Bruder nicht wieder lebendig, wenn du es tust!“

Mit schmerzverzerrtem Gesicht langte Cole nach seinem Paddel und stieß sich vom Ufer ab. „Besser Sie regeln das untereinander. Wenn Sie mich jetzt entschuldigen würden.“

Er hatte nicht mit einem weiteren Angriff gerechnet, doch der Junge riss sich von seinem Vater los, packte die Muskete und schoss.

Die Musketenkugel streifte Cole am Arm, sodass ihm das Paddel aus der Hand glitt. Cole fluchte lauthals, aber schlimmer als der brennende Schmerz war, dass das Kanu ohne das lenkende Paddel sofort von der Strömung ergriffen wurde. Kurz schaukelte es noch hin und her, dann neigte es sich zur Seite, und Cole stürzte kopfüber in die Fluten.

Gegen die Wassermassen kämpfte er sich wieder an die Oberfläche und japste keuchend nach Luft. Aus den Augenwinkeln heraus registrierte er, dass die aufgeregten Menschen am Uferrand auf ihre Wagen sprangen und hektisch davonstoben. Einzig John Chapman stand noch am Ufer und brüllte ihm eine Warnung zu.

Zuerst begriff Cole nicht, was er von ihm wollte. Doch dann sah er den Baumstamm, der gnadenlos auf ihn zutrieb. Er wusste, dass er keine Chance hatte ihm auszuweichen, ganz gleich, wie schnell er auch zu schwimmen versuchte. Mit der letzten Kraft der Verzweiflung versuchte er ein paar energische Stöße, die von den Wunden an seinem Arm und seiner Schulter behindert wurden. Dann schlug der Stamm gegen seine Schläfe. Das Letzte, was er spürte, war ein explodierender Schmerz.

Der Vormittag auf Beaujardin verlief ereignislos und blieb regnerisch. Vermutlich lag es am Wetter, dass nicht nur Vivian reizbar und unruhig war, sondern die Stimmung aller seltsam gedrückt war. Umso mehr freute sich die kleine Runde, als ein Diener gegen Mittag verkündete, eine Kutsche schliche durch den Matsch die Auffahrt empor. Gespannt und neugierig, wer da kam, stürmten alle auf die Terrasse.

Vivian erkannte schon nach wenigen Augenblicken, wessen Gespann sich durch den Schlamm kämpfte: „Ach du liebe Güte, schon wieder John!", stöhnte sie auf.

„Bist du sicher?", fragte Ann mit einem Stirnrunzeln.

„Absolut", bestätigte Vivian missmutig. Das Verdeck war zwar diesmal geschlossen, und sie kannte die

Kutsche nur offen, doch die beiden stattlichen Pferde, die sie zogen, waren eindeutig zu erkennen.

„Dann entschuldigt mich bitte“, seufzte Georgia und eilte ins Haus zurück.

„Der Herr nimmt unsere Gastfreundschaft aber reichlich oft in Anspruch“, bemerkte Mary trocken. Vivian stimmte ihr insgeheim zu.

Noch während das Gefährt ein ganzes Ende vom Haus entfernt war, rief John ihnen schon aufgeregt gestikulierend etwas zu, das sie wegen des strömenden Regens aber nicht verstehen konnten. Erst als die Kutsche das Haus fast erreicht hatte, konnten sie einzelne Wortfetzen vernehmen: „Holt … Arzt … verwundet … durchnässt … Feuer an!“

Erschrocken sahen Ann und Vivian sich an, während Mary schon Anweisungen gab und ins Haus lief, obwohl auch sie nur die Hälfte verstanden hatte. Schließlich hielten die Pferde direkt vor der Terrasse. John sprang vom Kutschbock, öffnete die Wagentür und zog etwas aus dem Wageninneren heraus, das aussah wie ein Männerkörper. Er schwang sich den Körper über die Schultern und lief damit auf die Treppe zu.

„Vivian, dein Mann!“, rief er ihnen zu. „Er ist verwundet!“

Vivian stieß einen Entsetzensschrei aus und sprang die Stufen hinunter. Aber John hatte die Treppe schon erreicht und eilte hinauf, sodass Vivian nichts weiter tun konnte, als ihm, jetzt völlig durchnässt, wieder nach oben zu folgen.

Verzweifelt glitt ihr Blick zu Cole, dessen dunkler Kopf schlaff und hilflos nach unten baumelte, während John ins Haus marschierte.

„Um Gottes willen, was ist passiert?", jammerte Vivian mit vor Angst zitternder Stimme. „Wie schwer ist er verletzt?"

„Wie schwer er auch verletzt sein mag, er ist völlig durchnässt und durchgefroren", stellte John mit vor Erschöpfung müder Stimme fest. „Dein Mann wird sich noch eine Lungenentzündung holen, wenn er nicht bald ins Warme kommt!"

Erschüttert und bleich vor Sorge stellte Vivian keine weiteren Fragen. Schon kam Mary, die im Haus Anweisungen erteilt hatte, wieder heraus. Als sie Cole erkannte, ließ auch sie einen erschrockenen Laut hören.

Stumm und verängstigt führte Vivian John in ihr Zimmer, wo er Cole auf das Bett gleiten ließ. Vivian wimmerte kurz, als sie sah, wie blass Cole war. Er war besinnungslos, und seine nassen Haare waren über der Stirn mit Blut verschmiert. Vivian betastete vorsichtig seinen Kopf und stellte fest, dass er eine böse Platzwunde hatte. Und auch an der Schulter und am Oberarm waren vom Wasser verwaschene Blutflecken im Jagdhemd zu entdecken, sodass Vivian erschrocken nach Luft schnappte.

Zusammen mit Ann beeilte sie sich, Cole die nassen Kleider vom Leib zu ziehen. Ann presste ein Handtuch auf die Schulterwunde, während Vivian Cole eine Decke überlegte, um ihn zu wärmen. Mary hatte in der Zwischenzeit heißes Wasser und Verbandszeug bringen lassen. Als sie sah, dass John zitternd und ebenso nass wie Cole unschlüssig neben dem Bett stand, rief sie nach Miles, der John aus dem Raum führte, damit er sich umziehen und wärmen konnte. Unterdessen eilte Mary hinaus und kam gleich darauf mit einer Flasche

Branntwein wieder herein, von dem sie Cole mit einem Löffel etwas einzuflößen versuchte. Offenbar belebte ihn das Mittel, denn hustend und prustend und mit einem unterdrückten Stöhnen kam er allmählich zu sich.

Blinzelnd und verwirrt blickte er sich um. Als er begriff, wo er war, blitzte es in seinen Augen überrascht auf. Dann stahl sich ein schmerzverzerrtes Lächeln auf seine Lippen, und er versuchte, sich auf einem Ellenbogen aufzurichten, wurde aber von Vivian sanft aufs Lager zurückgedrängt.

Sie ergriff seine kalte Hand und rieb sie zwischen ihren Fingern. „Wie geht's?", lächelte sie zittrig, unendlich erleichtert, dass Cole wieder ansprechbar und offenbar weniger schlimm verletzt war, als sie zunächst befürchtet hatte. „Was ist denn passiert?"

„Mit … dem Boot … gekentert", krächzte er mühsam. Aber sein Blick war klar, und es lag sogar ein Anflug von Humor darin, sodass Vivians Besorgnis sich endgültig legte, obgleich Cole, jetzt da er bei Bewusstsein war, vor Kälte zitterte.

„Bei dem Wetter ist das kein Wunder", hörte Vivian Ann sagen, während sie vorsichtig das Handtuch von der Wunde an Coles Schulter schob und die Wunde abtastete. „Der Cooper River muss doch gewaltig gestiegen sein!"

Cole riss seinen blinzelnden Blick von Vivian los und wandte seine Aufmerksamkeit Ann zu. „Ja, ziemlich, aber … das Kanu ließ sich … halbwegs steuern, da ich ja mit der Strömung ruderte", erklärte er, wobei seine Stimme mit jedem Wort fester wurde. „Gegen den Strom hätte ich es gar nicht erst versucht."

„Aber du bist verletzt! Und du hast gesagt, du wärst –
“

„Gekentert?“, keuchte er, da Vivian ihm gerade ein großes Verbandsstück auf seine Wunde presste. „Nun, das bin ich. Aber nur dank eines verdammt undankbaren Torybengels, der sich vorher von mir aus dem Wasser ziehen ließ!“

„Wie das?“, fragte Herbert, der inzwischen auch im Raum war.

„Er war an einer Furt in den Fluss gestürzt, als ich gerade vorbeipaddeln wollte“, erklärte Cole, leicht atemlos. „Ich brachte ihn an Land, aber der Bursche hatte nichts Besseres zu tun, als mich mit einem Messer zu bewerfen, sobald er wieder festen Boden unter den Füßen hatte. Obwohl sein Vater ihm jeden weiteren Angriff untersagte, langte er gleich darauf nach einer Muskete und schoss auf mich. Ich verlor das Paddel und bekam das Boot nicht mehr unter Kontrolle, sodass ich schließlich kenterte.“

„Es ist zum Glück nur ein Streifschuss“, bemerkte Vivian leise, während sie den Verband um Coles Schulter mit einem Knoten über der Brust befestigte. „Er wird in wenigen Tagen verheilt sein. Ich glaube, die Kopfverletzung ist schlimmer. Wie ist das passiert?“

Cole setzte zu einer Antwort an, brach aber mit einem schmerzverzerrten Zucken ab, als Vivian die Wunde an seinem Kopf abtastete. Vivian schossen die Tränen in die Augen, aber Cole langte nach ihrer Hand und brachte ein schwaches Lächeln zustande. „Mach nur weiter … meine entzückende Krankenschwester. Ist ja halb so schlimm.“

In diesem Augenblick erschien Bundy, den Mary rufen lassen hatte. Obwohl Vivian schon beinahe fertig mit der Versorgung von Coles Wunden war, war sie doch dankbar für die Hilfe.

„Da muss Ihnen aber einer mächtig eins übergebrummt haben, Mr. Cole", staunte Bundy nach einem kurzen Blick auf die Kopfwunde.

„Ich glaube, es war ein dicker Ast oder Baumstamm, der im Wasser trieb", erwiderte Cole mit einem nachdenklichen Blinzeln und betastete dann selbst vorsichtig die Wunde über seiner Stirn.

„Was heißt, du glaubst?", wunderte sich Ann.

Er runzelte die Stirn. „Ich erinnere mich nur noch, dass das Boot kenterte, als mir durch den Schuss das Paddel aus der Hand glitt, und ich ins Wasser fiel. Irgendjemand, ich glaube Chapman, rief mir eine Warnung zu. Als ich mich umsah, sah ich irgendetwas Dunkles, Großes auf mich zutreiben, konnte dem aber nicht ausweichen, und ehe ich mich versah, spürte ich einen kräftigen Schlag am Kopf."

„Ein Ast oder Baumstamm, ja, das kann angehen", nickte Bundy. „Ist ne ziemlich üble Platzwunde, die Sie da haben, Mr. Cole. Und ich wette, Sie haben eine Gehirnerschütterung und üble Kopfschmerzen. Aber wenn sie ein paar Tage ruhig liegen bleiben, sind Sie bald wieder auf den Beinen, vorausgesetzt, Sie bekommen keine Lungenentzündung von dem kalten Wasser. Und jetzt scher ich Ihnen erstmal die Haare ab und verbinde Ihren Kopf."

„Oh nein, die Haare bleiben dran!", protestierte Cole entrüstet und richtete sich dabei so hastig auf, dass er mit einem schmerzvollen Keuchen zusammenzuckte.

„Werden Sie wohl ruhig halten, Sir!", schimpfte
Bundy. „Wenn Sie so herumzappeln, machen Sie's nur
schlimmer!"

Cole legte sich vorsichtig wieder zurück, entgegnete
aber mit einem unterdrückten Grinsen: „Wag es ja
nicht, zu einer Schere oder einem Rasierer zu greifen!
Die Wunde wird auch so verheilen."

Ann lachte, beinahe ebenso erleichtert wie Vivian,
dass es Cole augenscheinlich relativ gut ging: „Aber
Cole, du bist doch nicht etwa eitel?"

„Und wenn schon. Ich lass mich nicht kahlscheren."

„Hm, na gut", brummte Bundy. „Vielleicht geht's auch
so. Aber ein Verband muss rum, auf jeden Fall."

Cole nickte und zwinkerte Vivian aufmunternd zu.
Sie drückte seine Hand, wohl wissend, dass er Schmerzen haben musste, und voller Bewunderung für seine
unerschütterliche Tapferkeit.

Bundy machte sich unterdessen daran, Coles Kopf zu
versorgen, und überlegte laut vor sich hin: „Wundert
mich aber, Sir, dass Sie mit der Wunde nicht das Bewusstsein verloren haben und ertrunken sind. Ich
hätte gewettet, dass ein solcher Schlag gegen den Kopf
selbst den stärksten Mann außer Gefecht setzt."

Cole rieb sich das Kinn. „Das hat er auch. Gleich nach
dem Zusammenprall mit dem Baumstamm wurde mir
schwarz vor Augen. Und ich kann mich beim besten
Willen nicht daran erinnern, wie ich aus dem Wasser
und anschließend hierhergekommen bin."

„Nun", warf Ann ein, „das ist in der Tat ein merkwür-
diger Punkt. Du wirst es sicher nicht glauben, aber es
war Mr. Chapman, der dich hergebracht hat."

„Ja, John kam hier an mit seiner Kutsche und hatte dich im Wageninneren“, ergänzte Vivian. „Nie im Leben hätte ich damit gerechnet, dass er dir einmal das Leben retten würde.“

„Ich auch nicht“, versetzte Cole, die Augen nachdenklich zusammengekniffen. „Ist er noch hier?“

„Miles hat ihm trockene Kleider gegeben und ihn zum Kamin im Wohnzimmer geführt. Der arme Mann war ja beinahe genauso durchnässt wie du“, erklärte Mary.

„Du bist auch ganz nass, kleine Lady“, bemerkte Cole mit einem lächelnden Blick in Vivians Richtung. „Bist du etwa durch den Regen gelaufen?“

„Ich habe gar nicht gemerkt, dass ich so nass bin“, lachte Vivian verlegen.

Cole zwinkerte ihr zu. „Vielleicht solltest du dich erst einmal umziehen, sonst erkältest du dich noch.“

„Mir ist nicht kalt.“

„Du solltest dir trotzdem etwas Trockenes anziehen“, beharrte Cole. „Und anschließend kannst du gleich John Chapman fragen, ob er vielleicht kurz zu mir kommen könnte und mir wohl sagt, wie ich aus dem Wasser und hierhergekommen bin.“

„Mr. Cole“, warf Bundy stirnrunzelnd ein, „ich glaube, Sie sollten sich lieber erst einmal ausruhen. Sie haben bestimmt eine Gehirnerschütterung. Reden Sie besser morgen mit dem Mann.“

„Wer weiß, ob er dann noch da ist. Nein, mir geht's gut, und ich würde das gerne heute noch klären.“

Da Bundy den Kopfverband inzwischen fertig befestigt hatte, wollte Cole sich aufsetzen, wurde aber umgehend von Bundy daran gehindert. „Nun, wie Sie meinen, Sir. Aber liegen Sie zumindest still und hören Sie auf, so herumzuzappeln."

Cole grinste, und Vivian unterdrückte ein Kichern. Sie war jetzt sicher, dass Cole wirklich nur leicht verletzt war, und konnte ihn beruhigt der Obhut Bundys überlassen. Sie holte sich rasch ein paar trockene Kleider aus dem Schrank und ging ins Nebenzimmer, um sich umzuziehen. Anschließend suchte sie nach John und fand ihn im Wohnzimmer, wo er vor dem Kamin stand, um sich zu wärmen. Leise trat sie hinter ihn.

„John?"

Er wirbelte so hastig herum, dass sie erschrocken einen Schritt zurückwich. „Wie geht es ihm? Kommt er wieder in Ordnung?"

Mit einem Nicken stammelte Vivian: „Ich … ich möchte dir danken, John. Was du getan hast …"

„Komm, lass sein", winkte er lahm ab, drehte sich wieder zum Kamin und starrte ins Feuer. „Ich konnte ihn doch nicht einfach ertrinken lassen."

„Ja, aber …" setzte Vivian an und brach dann ab, da sie auf einmal nicht mehr wusste, was sie sagen sollte.

„Ich werde zurück nach England gehen", kam es von John, ohne dass er sich zu ihr umwandte. „Sobald ich die Plantage wieder verkauft habe."

„Du willst deine Plantage wieder verkaufen?", entfuhr es Vivian überrascht. „Aber du hast sie doch gerade erst erworben! Und willst du denn nicht mehr selbst anbauen, was du verkaufst? Du hast einmal gesagt –"

„Oh, ich habe einmal sehr viel gesagt!", unterbrach John, sich ihr wieder zuwendend, mit zornig aufblitzenden Augen. „Aber das war nur, weil ich besessen von einer fixen Idee war: dass ich dich bekommen könnte, wenn ich mir in deinem Amerika eine Existenz aufbaue! Und die Plantage – was soll ich noch damit? Sie war für uns beide bestimmt. Allein kann ich damit nichts anfangen."

„Gütiger Himmel, John …", murmelte Vivian betroffen.

„Spar dir dein Mitleid!", schnauzte John, sodass Vivian zusammenzuckte. Er streckte die Schultern, und in seinen Augen lag ein bitterer Glanz, als er finster hinzusetzte: „Oh ja, du hast recht, wenn du glaubst, dass ich deinen Mann zum Teufel wünsche! Er stand mir im Wege, von Anfang an! Er war immer der Erste bei dir! Sogar eher kennengelernt hat er dich, obwohl du in England lebtest, in meiner unmittelbaren Nähe also! Und als ich ihn dann hier in den Kolonien wiedertraf, da glaubte ich meinen Augen nicht zu trauen. Und schon wieder hatte er dich als Erster ausfindig gemacht und dein Herz erobert!"

John nahm sich ein Holzscheit und stocherte damit in der Asche herum. Vivian stand sehr still und wartete, was er als Nächstes sagen würde. John atmete tief durch und sprach dann beinahe zu sich selbst weiter: „Als ich heute Morgen beobachtete, wie der Baumstamm ihn am Kopf traf und er in den Fluten versank, da überkam mich im ersten Moment der dringende Wunsch, ihn ertrinken zu lassen. Die Toryfamilie, der ich durch Zufall kurz vorher an der Furt begegnet war, machte, dass sie wegkam, und dachte gar nicht daran, ihm zu helfen. Ich blieb am Ufer stehen und starrte auf die Fluten. Ich wusste nicht, ob Ansinger den Zusammenstoß mit dem Baum überhaupt überlebt hatte, und ich freute mich, dass ich ihn bald los wäre. Und dann fand ich mich auf einmal im Wasser wieder, wie ich ihn packte und im Kampf gegen die Fluten an Land zog. Ich schleppte ihn zu meiner Kutsche und versteckte ihn unter dem Sitz, die ganze Zeit über betend, dass mich niemand anhielt und herausfand, dass ich einen verdammten amerikanischen Rebellenoffizier unter meinem Sitz versteckt hatte. Und wenn mir das irgendjemand eine Stunde vorher gesagt hätte, hätte ich ihn einen Verräter geschimpft oder ihn gar niedergeschlagen, zumal wenn ich gewusst hätte, dass es sich bei diesem Rebellen um Mr. Cole Ansinger alias Gérard Dupont handelte. Und du kannst mir glauben, dass ich bis jetzt nicht weiß, weshalb ich meine Ehre als Engländer aufs Spiel gesetzt habe für einen verfluchten Rebellenoffizier!"

John hatte sich in Fahrt geredet, und nun stand er mit zornesblitzenden Augen vor Vivian, die vor Aufmerksamkeit ganz ruhig geworden war. Jetzt, nachdem John zu Ende gesprochen hatte, nahm sie all ihren Mut zusammen und erklärte leise: „Ich denke, du hast ihm geholfen, weil du ein Ehrenmann bist, der nicht mitansehen kann, wie jemand hilflos ertrinkt. Und ich denke außerdem, dass du Cole, allen gegenteiligen Behauptungen zum Trotz, doch immer geschätzt hast, und wäre ich nicht, und stünde er in diesem Krieg nicht auf der anderen Seite der Fronten, dann hättet ihr vielleicht sogar Freunde werden können."

„Aber er steht auf der anderen Seite, und es gibt dich nun einmal!", fuhr John mit blitzenden Augen auf. „Meine Pflicht als Engländer wäre es gewesen, ihn, wenn auch nicht ertrinken zu lassen, so doch

zumindest einer Patrouille zu übergeben!" In seiner
Stimme schwang ein verzweifelter Unterton mit: „Verstehst du denn nicht, Vivian? Ich habe mein Vaterland
und meinen König verraten!"

Vivians Stimme war sehr ruhig, als sie antwortete:
„Nein, das hast du nicht. Du hast einem Freund geholfen. Oder zumindest dem Ehemann einer Freundin.
Das ist alles. Und das ist kein Verbrechen."

John sah sie lange an, dann seufzte er und zuckte die
Achseln. „Nun gut, was bringt es, darüber noch zu grübeln. Tatsache ist, dass ich ihm geholfen habe. Und vermutlich würde ich es wieder tun, und wenn es mich um
den Verstand brächte."

„Ich weiß", lächelte Vivian zaghaft. „Und dafür mag
ich dich so sehr: dass du ein wirklicher Freund bist."

Er warf ihr einen zermürbten Blick zu und schwieg.
Dann zuckte er mit einem resignierenden Lächeln die
Achseln.

„Nun, was soll's. Offenbar sind wir Engländer augenblicklich die Verlierer. Ich habe dich verloren ... und wir
werden den Krieg verlieren. Hier in Amerika hätte ich
wahrscheinlich sowieso keine guten Zeiten vor mir."

„Du willst wirklich zurück nach England?"

„Ja."

„Bestimmt wirst du ... irgendwann eine andere Frau
finden. Eine Frau, die dich liebt und –"

„Und noch einmal mein Herz aufs Spiel setzen? –
Nein, Vivian! Ich war einmal so närrisch, mich zu verlieben. Es wird mir kein zweites Mal passieren."

Vivian schluckte, da sie keine passende Antwort
wusste. Schließlich fragte sie zögernd: „Würdest du
vielleicht jetzt mit zu Cole kommen? Er würde sich gern

selbst bei dir bedanken und dich fragen, wie es zu seiner Rettung gekommen ist."

„Ich habe wohl keine andere Wahl, oder?", brummte John missmutig, ging aber mit Vivian mit.

Als sie zu Cole ins Zimmer kamen, saß er, dick in Decken verpackt, aufrecht im Bett. Offenbar hatte er sich Bundy gegenüber durchgesetzt, der es lieber gesehen hätte, wenn er liegen geblieben wäre.

John trat an sein Bett und ergriff widerwillig Coles ausgestreckte Hand. Er wehrte Coles Dank mit einem Kopfschütteln ab. Dann trug er ihm die Geschichte seiner Rettung in kühlem, sachlichem Ton vor und ging danach, so schnell es ging, wieder aus dem Zimmer.

Coles Lippen verzogen sich zu einem verblüfften Grinsen. „Ich hätte nie gedacht, dass ich John Chapman einmal zu Dank verpflichtet sein würde. Und, Vivian, ganz ehrlich – er tut mir leid."

Ann stimmte zu und ergänzte: „Wie es aussieht, gibt es also auch ehrenhafte Engländer."

„Wieso denn auch nicht?", warf Vivian halb empört ein. „Schließlich sind sie genauso Menschen wie wir! Und vergiss nicht, dass meine ganze noch lebende Familie aus Engländern besteht!"

„Ja, ja, schon gut, das weiß ich ja", wehrte sich Ann aufbrausend. „Aber du weißt selbst, wie es ist: Im Augenblick sind die Engländer unsere Feinde. Ich lebe in ständiger Sorge, dass einer meiner Söhne von einem Engländer getötet wird. Die Engländer haben mir mein Heim weggenommen. Also nimm es mir nicht übel, dass ich in ihnen zurzeit keine Heiligen sehe!"

„Das tue ich ja auch nicht", stimmte Vivian bedrückt zu. „Ich habe ja selbst ständig Angst. Und ich will die

Engländer auch gewiss nicht verherrlichen. Aber … es ist eben alles so kompliziert. John ist Engländer, und trotzdem mag ich ihn. Und er ist so davon überzeugt, dass die Engländer im Recht sind! Und alle meine Verwandten in England waren davon überzeugt! Keiner von ihnen ist böse … Sie sind einfach Menschen wie wir und glauben an ihre Sache!"

„Du hast recht, kleine Lady", pflichtete Cole ihr mit absolut ernstem Gesichtsausdruck bei. „Und dennoch müssen wir gegen sie kämpfen."

„Ich hoffe nur, dass das bald ein Ende hat", seufzte Vivian. „Dieser Krieg geht mir allmählich entsetzlich auf die Nerven. Und wie lange ich es noch aushalte, in ständiger Sorge zu leben …"

Cole legte seine Hand auf ihre. „Es kann nicht mehr lange dauern, Vivian."

„Ich hoffe es", seufzte Vivian. „Oh, Cole, du ahnst nicht, wie sehr ich das hoffe."

Am nächsten Morgen verließ John Beaujardin, diesmal jedoch nicht, ohne sich von Vivian verabschiedet zu haben. Er wollte weiter zu seiner Plantage, um den Verkauf vorzubereiten, anschließend würde er nach Charleston zurückkehren, um dann so bald wie möglich Richtung England in See zu stechen.

Obwohl Vivian eine tiefe Freundschaft für ihn empfand und ihm ihr Leben lang dankbar für Coles Rettung sein würde, war sie doch froh, dass er ging. Sie hatten sich im Frieden getrennt, und für John wäre es mit Sicherheit besser, wenn er sie nicht mehr ständig sah. Und auch für sie und Cole vereinfachte es das Leben, wenn John daraus verschwand.

Jedoch ließ sie John nicht gehen, ohne ihm Grüße an ihre Verwandten in England aufgetragen zu haben. Am Abend hatte sie noch schnell einen Brief an Sir William, einen an ihre Tante Sophie und einen weiteren an Elise Bannister geschrieben, in denen sie ihnen mitteilte, dass sie geheiratet hatte und wie glücklich sie war. Diese Briefe gab sie John mit.

Der Tag von Johns Abfahrt war grau und düster, aber zumindest regnete es nicht mehr. Im Kamin knisterte ein fröhliches Feuer, das eine gemütliche Wärme verbreitete und zumindest etwas Licht in den trüben Tag brachte. Vivian setzte sich mit einem Buch davor und ging nur ab und zu in ihr Zimmer, wo Cole den Tag verschlief. Zwar hatte er schon am Morgen aufstehen wollen, aber Ann und Vivian hatten ihn mit viel Überredungskunst davon abhalten können. Eine Lungenentzündung hatte er nicht bekommen, wohl aber eine leichte Erkältung, und er musste zugeben, dass sein Kopf doch ziemlich heftig pochte, was angesichts der von Bundy diagnostizierten Gehirnerschütterung nicht verwunderlich war.

Am nächsten Tag jedoch war Cole nicht mehr im Bett zu halten, und schon zwei weitere Tage später war er fest entschlossen, zu seiner Truppe zurückzukehren.

„Aber, Cole“, protestierte Vivian. „Du kannst doch mit deiner Schulter und deinem Arm noch gar nicht rudern!“

Diesem Argument musste Cole sich widerwillig fügen. Als aber am nächsten Tag Simon auftauchte, der ebenfalls auf dem Weg zum Lager war und nur eine kurze Zwischenstation auf Beaujardin einlegte, war

Cole nicht mehr zu halten. Zusammen mit Simon brach er auf, allen Widersprüchen Vivians zum Trotz.

„Und wann werde ich wieder von dir hören?", fragte Vivian beim Abschied bedrückt.

„Ich weiß es nicht", entschuldigte er sich leise. „So bald wie möglich, obwohl ich fürchte, dass es lange dauern wird, bis ich wieder herkommen kann."

„Ach, Cole", seufzte Vivian. „Warum musst du denn unbedingt schon wieder los? Du bist kaum gesund ..."

„Gesund genug, kleine Lady. Und du weißt genau, warum ich losmuss."

„Weil jetzt jeder Mann gebraucht wird, um zu kämpfen. Ja, ich weiß, das hast du mir gesagt. Aber damit sind bestimmt nur unverletzte Männer gemeint", versuchte Vivian ein letztes Mal, ihn zum Bleiben zu überreden.

„Damit ist jeder Mann gemeint, der kämpfen kann. Und bis wir im Lager sind, kann ich das wieder." Er zog sie an sich, und in seinen Augen schimmerte ein tiefernster Ausdruck, der seinen leichten Ton Lügen strafte: „Vivian, meine Süße, wir wollen diesen Krieg gewinnen. Und wir sind kurz davor! Aber wir schaffen es nur, wenn alle zusammenhalten."

Vivian küsste ihn auf die Wange. „Ja, ich weiß. Und ich bin unheimlich stolz auf dich, dass du so tapfer und mutig bist. Es ist nur, dass ich ... dass ich eben so entsetzliche Angst um dich habe, wenn du kämpfst."

Er küsste sie sanft aufs Haar. „Es ist bald vorbei, Vivian. – Versprochen!"

Dann war er fort.

8

Anfang November wurde Georgias Sohn geboren. Sie nannte ihn Brad, nach ihrem verstorbenen Bruder. Es war ein kräftiges kleines Bürschchen, das von seinem Schwesterchen Gwen eifrig bestaunt wurde. Georgia ging es nach der Geburt prächtig, und sie erholte sich rasch.

Wenige Tage später stellte Vivian fest, dass sie auch ein Kind bekommen würde. Zunächst konnte sie es kaum glauben, doch als sie dann sicher war, wusste sie sich vor Freude kaum zu beherrschen. Sie teilte es den anderen Frauen mit, und alle freuten sich mit ihr. Inbrünstig wünschte sie, dass Cole käme und sie es ihm sagen könnte. Sie stellte sich im Geiste sein Gesicht vor, wenn er es erfuhr. Ob er sich wohl freute? Und wünschte er sich einen Jungen oder lieber ein kleines Mädchen? Vivian selbst war es ziemlich egal, für sie war nur wichtig, dass sie überhaupt ein Kind bekam.

Georgia kam, sobald sie von Vivians Schwangerschaft erfuhr, mit einem Stapel Babywäsche zu Vivian ins Zimmer und überreichte sie ihr feierlich.

„Für dein Kind", erklärte sie mit einem Lächeln. „Wer weiß, wann du in diesen Zeiten Stoff für Babywäsche kaufen kannst. Vielleicht noch lange nicht. Und ich selbst brauche die Wäsche nicht, ich habe wirklich genug davon. Du kannst es also ruhig annehmen."

„Oh, Georgia! Das ist wirklich sehr lieb. Ich weiß gar nicht, was ich sagen soll."

„Alles, was ich selbst gekauft und ausgesucht habe, ist auf Bellarbres verbrannt", erklärte Georgia gefasst.

„Das meiste hiervon hat mir Ann geschenkt. Sie war so gut zu mir. Und von Mary habe ich auch manches erhalten. Und einige Babysachen hast du ja sogar selbst genäht, als wir noch alle auf Lakewood waren, bevor es konfisziert wurde und du nach Charleston gegangen bist. Aber dieses hier, sieh einmal, das haben schon Simon und Paul und Tom getragen, hat mir Ann erzählt." Georgia lachte auf und umarmte Vivian. „Ach, Vivian, du glaubst ja nicht, wie schön es ist, ein Kind zu haben. Ich freue mich so für dich."

Vivian lächelte gerührt. „Ja, ich freue mich auch. Aber es ist ja noch so lange hin."

„Ja, aber die Zeit läuft so schnell, du weißt gar nicht, wie sehr. Nimm doch nur Gwen. Jetzt ist sie schon ein Jahr und drei Monate alt, und dabei weiß ich heute noch genau, wie ich Simon erzählt habe, dass ich schwanger bin. Ach Vivian, die Zeit damals war so schön! Simon hat sich so gefreut. Und meine Eltern waren so stolz." Sie seufzte und lächelte traurig. Vivian schwieg bedrückt, doch Georgias Wehmut hielt nicht lange an, schon redete sie weiter: „Schade, dass Cole nicht hier ist. Er würde sich bestimmt auch freuen."

Vivian nickte. „Ja, das würde er bestimmt. Aber er kann ja nicht kommen."

Aber Cole kam doch. Nur wenige Tage, nachdem Vivian von Georgia die Babywäsche erhalten hatte, hörten Vivian und Ann, die an einem strahlend sonnigen Nachmittag auf der Veranda saßen und strickten, Hufgetrappel. Sie blickten von ihrer Handarbeit auf, und Vivian sprang mit einem Freudenruf auf, denn die Männer, die da auf sie zugeritten kamen, waren Cole, Simon und Sam.

Cole sprang vom Pferd und lief die Stufen hinauf. Im nächsten Augenblick lag Vivian in seinen Armen. Kurz darauf kam auch schon Georgia aus dem Haus gestürmt und fiel Simon um den Hals. Schließlich umarmte Vivian auch Sam, der abwartend danebengestanden hatte und jetzt vor Freude über das Wiedersehen Tränen in den Augen hatte.

„Oh, Miss Vivian, ich freue mich so für Sie! Sie und Mr. Cole haben geheiratet! Da gratulier ich aber ganz herzlich!"

Vivian lachte glücklich. „Oh ja, danke Sam. Vielen Dank."

Sie spürte, wie Cole sie von hinten an den Schultern fasste und sie zu sich umdrehte. In seinen Augen lag ein strahlender Glanz, und er wirkte seltsam aufgeregt.

„Vivian, hör zu! Hört alle zu!" Er wartete, bis die Aufmerksamkeit aller auf ihn gerichtet war. Selbst die Schwarzen waren vor der Terrasse erschienen und hatten sich dort versammelt, denn dass Anhänger der Rebellion am helllichten Tage so offen und noch dazu zu Pferde erschienen, war schon eine merkwürdige Sache. Auch sie warteten nun gespannt darauf, was Cole zu sagen hatte.

Cole stellte sich auf die Veranda und richtete sich hoch auf. Dann verkündete er mit feierlicher Miene und blitzenden Augen: „Ich darf euch allen mitteilen, dass General Cornwallis am siebzehnten Oktober vor General Washington bei Yorktown kapituliert hat!"

„Cole!", jubelte Vivian und starrte ihn in fassungsloser Freude an.

„Oh Gott, das ist zu schön, um wahr zu sein!", rief Ann und schlug die Hände über dem Kopf zusammen.

Georgia strahlte Simon an, die Burnhams fielen sich in die Arme, und Herbert legte Ann seinen Arm um die Schultern.

Simon stellte sich grinsend neben Cole und ergriff das Wort: „Ja, es stimmt. Cornwallis hat die Waffen gestreckt und mit ihm etwa achttausend Mann der britischen Armee!“

„Oh, Cole!“, strahlte Vivian. „Dann sind wir die Engländer jetzt also wirklich los?“

„Nicht ganz. Clinton hat sich noch nicht ergeben. Aber das ist jetzt nur noch eine Frage der Zeit.“

Simon fuhr unterdessen aufgeregt fort: „Washington wollte, dass der französische Admiral De Grasse ihn nach New York begleitet und die Stadt mit ihm gemeinsam angreift, aber das hat De Grasse abgelehnt. Stattdessen segelt De Grasse jetzt wieder nach Westindien zurück. Aber Washington wird es auch so schaffen, New York einzunehmen.“

„Und was passiert jetzt hier in Süd-Karolina?“, fragte Herbert ruhig dazwischen.

„Hier im Süden gilt es jetzt, möglichst alle Briten und Tories nach Charleston hineinzujagen und die Stadt dann zu belagern“, erklärte Cole. „Diesen Leuten wird es dann ergehen, wie es uns damals ergangen ist: Charleston ist auf eine Belagerung nicht vorbereitet, sodass es nicht schwer sein wird, die Engländer auszuhungern. Unweigerlich werden die Briten schnellstens zusehen, dass sie aus der überfüllten Stadt verschwinden und mit ihren Schiffen davonsegeln.“

„Aber ... was ist mit unseren Leuten in Charleston?“, fragte Ann. „Es gibt doch auch genug Rebellen, die dort leben.“

„Für sie wird es eine harte Zeit werden, wenn es ihnen nicht rechtzeitig gelingt, aus der Stadt zu entkommen“, stimmte Simon finster zu. „Aber sie wissen, wofür sie leiden. Auch sie wollen schließlich die Engländer loswerden.“

Ann runzelte besorgt die Stirn, aber nun ergriff wieder Cole das Wort und fuhr fort: „Zu den ersten Schritten, um dieses Ziel zu erreichen, gehört, dass augenblicklich jeweils dreißig oder vierzig Mann unserer Leute durchs Land geschickt werden, um die von Tories oder Briten konfiszierten Plantagen wieder ihren rechtmäßigen Eigentümern zu übergeben. Die ursprünglichen Besitzer können also alle bald nach Hause zurückkehren, während die unrechtmäßigen Besetzer nach Charleston geschickt werden.“

Simon sah seine Mutter fest an und hob die Stimme: „Cole, Sam und ich gehören einem solchen Trupp an. Und deshalb sind wir jetzt hier, um dir, Mutter, und dir, Vater, mitzuteilen, dass die Tories von Lakewood weggeschickt worden sind und ihr zurückkehren könnt. Unsere Diener warten schon auf euch und können kaum erwarten, dass ihr wieder da seid!“

Ann und Herbert sahen sich sprachlos an, dann fielen sie sich ein weiteres Mal in die Arme. „Du meine Güte!“, lachte Ann fassungslos.

Herbert drückte ihr schmunzelnd einen Kuss aufs Haar. „Siehst du, mein Herz, ich habe dir doch immer gesagt, es wird alles wieder gut. Nun war all dein Jammern umsonst.“

„Ich habe nicht gejammert!“, schnappte Ann, halb im Scherz, halb im Zorn. Doch dann lächelte sie und gestand: „Aber recht hast du doch gehabt!“

Als Vivian und Cole sich abends nach dem Essen in ihr Zimmer zurückzogen, streckte Cole sich sofort lang auf dem Bett aus, während Vivian sich erst einmal vor ihre Frisierkommode setzte und sich die Haare bürstete. Sie war glücklich, dass Cole da war, aber auch seltsam angespannt, da sie nicht wusste, wie sie ihm die Neuigkeit, dass er Vater wurde, am besten beibringen sollte.

Cole schien ihre Unruhe zu bemerken, denn er musterte sie ein paarmal eindringlich, wie Vivian aus den Augenwinkeln heraus sehr wohl bemerkte. Es wunderte sie daher nicht, als er sich mit einem Lächeln in der Stimme nach einem Augenblick schleppend erkundigte: „Wie sieht's aus, kleine Lady? Möchtest du lieber mit Ann nach Lakewood gehen, oder soll ich dich jetzt, wo die Tories fort sind, nach Hause bringen?"

„Ich weiß nicht", antwortete Vivian zögernd. „Nach Hause ... das klingt herrlich. Und trotzdem ... Ich glaube, ich ... ich würde es vorziehen, erst dorthin zu gehen, wenn auch du ganz und gar zuhause bleiben kannst."

Cole lächelte liebevoll. „Das dachte ich mir. Und ehrlich gesagt, es ist mir sogar lieber, wenn ich dich bei Freunden weiß. Nicht, dass es dir auf Topelo Hill nicht gut gehen würde. Aber abgesehen von der Dienerschaft wärst du ganz allein dort."

„Ich dachte, dein Onkel würde dort leben?", fragte Vivian verwundert.

„Nicht mehr. Nachdem die Tories Topelo Hill konfisziert hatten, ist er nach Philadelphia gezogen. Es gefällt ihm dort, und er würde gern bleiben. Solange ich weiterkämpfen muss, wäre außer der Dienerschaft also niemand da, der sich um dich kümmern könnte. Ich kann mir vorstellen, dass es unter diesen Umständen schwer für dich wäre, dich einzuleben."

Vivian erhob sich und schenkte sich ein Glas Wasser ein. Unter den Wimpern warf sie Cole ein zittriges Lächeln zu. „Vielleicht wäre es so. Aber ... eigentlich gibt es einen anderen Grund, weshalb ich lieber bei Ann bleiben würde."

„Einen anderen Grund? Und welchen?", fragte Cole lächelnd.

Vivian schwieg. Sie trank ein paar Schluck Wasser aus ihrem Glas und spähte über den Rand des Glases hinweg zu Cole hinüber. Er hatte die Hände hinter dem Kopf verschränkt und sah ihr erwartungsvoll entgegen.

„Du machst es aber geheimnisvoll!", lachte er, als ihr Schweigen andauerte. „Willst du mir nicht endlich verraten, was für einen Grund du meinst?"

In zitternder Erwartung, wie er ihre Neuigkeit aufnehmen würde, wandte Vivian sich ihm zu und stieß atemlos hervor: „Cole, ich ... ich bekomme ein Kind!"

Einen kurzen Augenblick lang war Cole sprachlos. Dann aber sprang er vom Bett und stieß einen kurzen Jubelruf aus. Vivian strahlte, als sie das glückliche Leuchten in seinen Augen sah, während er sie in seine Arme zog und zärtlich küsste.

„Hoffentlich wird es ein Mädchen", überlegte er, sanft mit dem Zeigefinger ihre Lippen entlangfahrend. „Ein süßes, kleines Mädchen, das aussieht wie du."

„Mir ist es ganz egal, was es wird", flüsterte Vivian. „Hauptsache, du freust dich."

Cole presste sie an sich und lachte heiser. „Ich kann dir gar nicht sagen, wie sehr! Wenn wir später nach

Topelo Hill zurückkehren, wird es dort endlich wieder eine richtige Familie geben. Großer Gott, wenn du wüsstest, wie sehr ich mich danach sehne, mit dir endlich ein normales Leben zu führen!"

„Wirklich? Und es wird dir nicht langweilig werden, nachdem du so lange Zeit ein so aufregendes Leben geführt hast?"

„Langweilig?", entfuhr es Cole mit einem ungläubigen Lachen. „Glaubst du wirklich, ich brauche Kämpfe und die ständige Gefahr, mein Leben zu verlieren, um glücklich zu sein?"

„Nein, wohl nicht", entgegnete Vivian mit einem sanften Lächeln. „Aber was brauchst du dann, mein Liebster? Vielleicht eine Ehefrau, die dir zeigt, wie sehr sie dich liebt?"

„Zum Beispiel", grinste Cole, packte sie an der Taille und zog sie mit sich aufs Bett. „Und ich hätte nichts dagegen, wenn meine Ehefrau das gleich hier und jetzt tun würde."

Vivian lachte atemlos, als er sich, mit glitzernden Augen, über sie beugte. „Und ... was wären deine konkreten Vorstellungen, mein Liebster?"

„Das, meine Süße, wirst du gleich sehen", murmelte Cole, und seine Augen wurden dunkel vor Verlangen. Augenblicke später gab es nur noch sie beide, Vivian und Cole. Und Vivian wünschte, dass es immer so sein würde. Mehr zu denken – dazu war sie nicht länger fähig.

Auch wenn Vivian es noch so sehr herbeisehnte, so war es dennoch noch lange nicht so weit, dass sie und Cole ein normales Leben führen konnten. Cole musste zurück zu seiner Einheit, und Vivian ging vorerst mit

Ann, Herbert und Georgia zurück nach Lakewood. Simon begleitete sie dorthin, aber schon wenige Tage nach ihrer Ankunft auf der Plantage musste auch er wieder fort.

Ann hatte fortan alle Hände voll zu tun, das Haus wiederherzurichten. Die Tories, die es das letzte Jahr über bewohnt hatten, hatten einige wertvolle Dinge mitgehen lassen, und außerdem hatten sie eine Unordnung in das Haus gebracht, die Ann nahezu aus der Fassung brachte. Vivian und Georgia bemühten sich redlich, Ann so gut es ging zur Hand zu gehen.

Mit dem Fortschreiten des Winters fiel es Vivian jedoch immer schwerer, morgens aus dem Bett zu kommen. Ihr war jetzt fast jeden Morgen übel, und es dauerte eine Zeitlang, bis sie in einem Zustand war, in dem sie Ann beim Hausputz helfen konnte. Aber obwohl Ann sah, dass Vivian das viele Treppauf- und Treppabsteigen zunehmend schwererfiel, war sie doch unerbittlich:

„Sieh, Vivian, du wirst bald selbst einen großen Haushalt führen. Topelo Hill ist, soweit ich weiß, deutlich größer als Lakewood. Und wenn es so weit ist, dass du dort Hausherrin wirst, dann musst du zumindest wissen, was mit diesem Amt alles verbunden ist. Schließlich hast du ja noch nie ein Haus geführt.“

Vivian wurde bei der Aussicht angst und bange. Von dem Moment an, da Cole gesagt hatte, er wäre Plantagenbesitzer, hatte sie gewusst, dass sie einmal Herrin auf seiner Plantage sein würde. Aber die Pflichten, die auf sie zukamen, wenn sie erst auf Topelo Hill wäre, kamen ihr erst jetzt zu Bewusstsein. Nicht, dass sie glaubte, ihnen nicht gewachsen zu sein. Aber es war dennoch eine merkwürdige Vorstellung.

Die ersten Heimkehrer, die ihre Waffen in die Ecke stellten, waren Paul und Tom Welsey und Robert Maine. Es war einer der letzten Maiabende, als sie im Schein der untergehenden Abendsonne auf das Haus zugeritten kamen. Sie sprangen vor der Terrasse von ihren Pferden und wurden jubelnd begrüßt. Vor allem Ann unternahm keinen Versuch, ihre Tränen zurückzuhalten. Sie hatte sich all die Jahre des Krieges über tapfer beherrscht. Vivian hatte sie nicht ein einziges Mal weinen sehen, nicht einmal, als Simon die Nachricht von Toms Verwundung bei Charlestons Belagerung gebracht hatte. Jetzt aber umarmte sie abwechselnd Paul, Tom und auch Robert, und die Tränen rannen ihr in Strömen über die Wangen.

„Ach, ihr verrückten Jungen!", lachte sie, als sie sich etwas gefasst hatte, „dass ihr endlich wieder da seid!"

Noch einmal umarmte sie ihre Söhne. Anschließend schloss Herbert die beiden in die Arme. Aber noch ehe er seine Hände völlig von Pauls Schultern genommen hatte, drängte Ann sich auch schon wieder dazwischen.

„Lasst euch ansehen!", befahl sie. „Seid ihr auch völlig in Ordnung?"

Trotz des eifrigen Nickens der drei Ankömmlinge musterte Ann sie kritisch von Kopf bis Fuß. Und Vivian, die es ihr gleichtat, konnte den halb entsetzten, halb belustigten Ausdruck in Anns Augen gut verstehen.

Paul und Tom waren stets zwei frisch aussehende, ordentliche junge Männer gewesen. Und auch von Robert Maine hatte man immer sagen können, dass er penibel auf eine gepflegte Erscheinung geachtet hatte. Die Gestalten, die jetzt aber vor ihnen standen, hatten mit den früheren Welseysöhnen und ihrem Cousin nur noch wenig Ähnlichkeit.

Wilde Bärte zierten ihre Gesichter, ihre Haare waren lang und zerzaust, und ihre Kleidung war zerfetzt und wahllos zusammengestellt. Alle drei waren sie drahtig und muskulös geworden, und selbst Tom, der mehrere Monate in einem britischen Gefangenenlager verbracht und stark abgenommen hatte, war von einer sehnigen Vitalität, die er früher nie gehabt hatte.

Ja, seufzte Vivian, der Krieg hatte sie verändert. Er hatte aus den unschuldigen, lustigen Jungen von einst selbstbewusste Männer gemacht, die alle Schrecken des Krieges kennengelernt hatten. Wie sehr ihre Freunde sich verändert hatten, würde sich wahrscheinlich erst im Laufe der Zeit zeigen. Aber dass sie sich verändert hatten, war bereits jetzt unübersehbar. Selbst Robert Maine, der Vivian auf der Eagle mit seiner schüchternen Art amüsiert und noch fast wie ein Junge gewirkt hatte, hatte nichts Jungenhaftes mehr an sich. Vollkommen lässig und entspannt ließ er sich auf einen Sessel fallen, und seine ganze Haltung zeugte davon, dass er ein Mann war, der sich durch niemanden mehr einschüchtern ließ.

Aus den Augenwinkeln heraus beobachtete Vivian, wie Ann der Dienerschaft Anweisungen gab, heißes Wasser in die Zimmer der Ankömmlinge zu bringen, sodass diese baden und sich waschen konnten. Stirnrunzelnd dachte sie darüber nach, wie sehr wohl erst Ann die Veränderung der jungen Männer auffallen musste. Paul und Tom waren ihre Söhne. Was musste das für ein merkwürdiges Gefühl sein, sie als idealistische Jungen in den Krieg ziehen und als kampferprobte Männer zurückkehren zu sehen? Doch andererseits, auch sie als Frau hatte eine Veränderung durchgemacht. Vielleicht nicht so drastisch und nach außen hin sichtbar wie ihre Freunde. Aber das unbedarfte Mädchen, das sich in England nach Charleston gesehnt hatte, war sie schon lange nicht mehr.

Als die drei Kriegsheimkehrer sich nach ausgiebiger Körperpflege zwei Stunden später wieder zu ihrer auf der Terrasse versammelten Familie gesellten, wirkten sie tatsächlich wieder halbwegs gepflegt und manierlich. Sie hatten sich ihre Bärte abrasiert, sodass ihre Gesichter zweifarbig waren. Stirn und Nase waren gebräunt von der Sonne, Kinn und Wangen dagegen blass, wo die Bärte gewesen waren. Statt Jagdkleidung trugen alle drei jetzt gestärkte, weiße Hemden mit Rüschen am Ausschnitt und elegante Breeches. Einzig auf Frack oder Weste hatten sie noch verzichtet. Ansonsten aber sahen sie wieder aus wie die reichen Söhne von Plantagenbesitzern, die sie eigentlich waren.

Nach und nach fingen sie dann an zu erzählen, wie es ihnen in den letzten Monaten ergangen war. Paul erwähnte nur knapp, wie er sich von seiner Truppe verabschiedet und sich auf den Weg nach Hause gemacht hatte und dann unterwegs Robert und Tom getroffen hatte. Ausführlicher erzählte er von dem Fortgang des Krieges. Inzwischen, so berichtete er zur Freude seiner Familie, war es gelungen, so ziemlich alle Briten und Tories, die sich noch in der Gegend aufgehalten hatten, nach Charleston zu treiben. Die Stadt erlebte nun ihre zweite Belagerung, diesmal durch die Amerikaner. Im

Norden gab es zwar noch vereinzelte Kämpfe, doch eigentlich wartete Washington nur noch darauf, dass die Friedensverhandlungen zwischen Engländern und Amerikanern begannen. Vier Unterhändler, unter ihnen Benjamin Franklin, waren zu diesem Zweck in Paris. Das britische Parlament, so hieß es, sollte bereits gegen eine Fortführung des Krieges gestimmt haben.

„Ja, und deshalb sind wir jetzt hier", schloss Paul. „Hier bei uns im Süden, da finden keine Kämpfe mehr statt. Milizsoldaten werden nicht mehr gebraucht."

„Heißt das ... heißt das, dass jetzt alle Soldaten nach Hause kommen?", stammelte Vivian, voller Hoffnung, dass dann auch für Cole die Gefahren endlich vorbei wären.

„So in etwa. Wir müssen das Land wieder in Schwung bringen, da heißt es jetzt pflanzen, säen, bebauen ... Na ja, ihr kennt das ja."

Genau wie Vivian schossen auch Georgia Tränen der Freude in die Augen, und sie schluchzte laut: „Oh Gott! Ich kann es nicht fassen! Das würde bedeuten, dass Simon endlich für immer bei mir bleiben könnte!"

„Oh, kommt schon, lasst die Heulerei!", lachte Tom und begann nun seinerseits zu schildern, wie er nach seiner Entlassung aus dem britischen Gefangenenlager, wo es ihm im Übrigen gut ergangen war, eine Truppe gesucht hatte, der er sich anschließen konnte. Schließlich war er auf eine Gruppe gestoßen, bei der auch Robert war, und er war bei ihnen geblieben.

„Aber jetzt kommt's!", grinste er, als er an diesem Punkt seiner Schilderung angekommen war. „Ihr ahnt ja nicht, was mir unterwegs passiert ist!"

In seiner Stimme lag ein neuer Ton, erregter und, Vivian konnte es nicht anders deuten, irgendwie gleichzeitig sanfter.

„Na, nun sag schon!", drängte Ann, die nie gern im Ungewissen schwebte.

„Nun, es war in der Nähe von Lenud's Ferry, einen Tag, nachdem ich Cole getroffen hatte, als ich bei dem Versuch, den Fluss zu überqueren, von zwei britischen Spähern entdeckt und angeschossen wurde."

„Oh Himmel, schon wieder!", stöhnte Ann auf und verdrehte die Augen. „Ich wusste ja schon immer, dass du Verletzungen anziehst wie Honig die Bienen! Aber weshalb bist du dann so aufgeregt? Dass du verwundet wirst, ist doch nichts Neues!"

„Das vielleicht nicht." Tom lächelte verhalten. „Aber es gelang mir, an Land zu kommen und im Schutz der Bäume zu entwischen. Nachdem ich einige Zeit lang gelaufen war, kam ich zu einem Anwesen, einer kleinen Plantage. Ich versteckte mich hinter den Bäumen, denn der Besitz war bewohnt, und ich wusste nicht, was mich dort erwartete. Aber ich war mittlerweile ganz schön benommen, und irgendwann bin ich einfach umgekippt. Tja, und als ich wieder zur mir kam, war ich in dem Haus, und an meiner Seite saß das wunderschönste Mädchen, das ich je gesehen habe."

„Nun, und?", fragte Ann.

„Nun und?", wiederholte Tom entrüstet. „Reicht das denn nicht?"

„Was soll reichen?", konterte Ann mit einem unterdrückten Lachen.

„Nun, das Mädchen, meine ich! Sie war so lieb und hilfsbereit und ist die ganze Zeit für mich da gewesen."

„Das war sicher sehr freundlich von ihr“, bemerkte Herbert trocken.

„Freundlich? Das Mädchen war ein Engel! Ihr Name ist Ruth Clandon. Und ich werde sie heiraten!“

„Oh!“, hauchte Ann, der es nun doch die Sprache verschlug.

„Oh“, staunte auch Herbert.

„Wunderbar!“, lachte Georgia, sprang auf und umarmte Tom. „Und weiß sie es schon?“

Tom grinste. „Natürlich. Wir wollten nur warten, bis ich es euch gesagt habe. Aber sobald es geht, wollen wir unsere Verlobung bekannt geben.“

Bei diesen Worten fingen alle an, durcheinanderzureden und zu lachen. Vivian freute sich ungemein für Tom, der so glücklich aussah, wie sie ihn noch nie gesehen hatte.

„Und das Schönste ist, dass kein Engländer die Feier stören wird!“, kommentierte Ann strahlend.

„Ruths Bruder ist bei Camden gefallen, und ihr Vater ist schwer krank“, erklärte Tom unterdessen, deutlich nüchterner als zuvor. „Der Plantagenbetrieb ist ziemlich heruntergekommen, aber ich denke, ich kann ihn wiederaufbauen. Ich habe Ruths Vater versprochen, so schnell wie möglich zu ihm und Ruth auf die Plantage zu ziehen, damit ich mich um alles Nötige kümmern kann, selbst wenn Ruth und ich anfangs noch nicht verheiratet sein werden.“

Ein leises „Oh“ war zunächst alles, was Ann hervorbrachte. Doch dann seufzte sie und lächelte Tom an. „Na ja, ich hatte nicht gedacht, dass du so schnell wieder gehen würdest. Aber wenn du das Mädchen liebst …“

„Ich wusste, ihr würdet es verstehen", lächelte Tom mit einem erleichterten Gesichtsausdruck. „Und glaubt mir, ihr werdet Ruth mögen."

„Wenn du sie liebst, habe ich daran keinen Zweifel", versetzte Ann. „Du musst sie uns so schnell wie möglich vorstellen. – Aber nun zu dir, Robert. Hast du etwa auch die Absicht, uns so schnell wieder zu verlassen?"

Robert lachte. „Ja, sicher, was dachtet ihr denn! Sobald die Engländer aus Charleston raus sind, werde ich meine Mutter besuchen. Und dann fahre ich endlich wieder zur See."

„Vermisst du das Meer so sehr?", fragte Vivian, wohl wissend, wie sehr sie Robert vermissen würde.

„Ein Seemann ohne Wasser ... na ja, ihr kennt doch den Spruch!", grinste Robert. „Und eine neue Nation wie Amerika, die braucht doch tüchtige Seeleute! Wir dürfen uns nicht von der Außenwelt isolieren! Die Welt muss sehen, dass es jetzt die Vereinigten Staaten von Amerika gibt! Und dafür brauchen wir Schiffe und Seeleute, die sie fahren! Die Bedeutung des Handels kann man gar nicht hoch genug einschätzen."

„Aber ... was ist mit einer Familie?", gab Georgia zu bedenken. „Du wirst doch bestimmt irgendwann eine gründen wollen. Und dann deine Mutter. Für sie wäre es doch bestimmt auch schöner, du würdest an Land bleiben."

„Auf gar keinen Fall!", versetzte Robert energisch. „Ich war wirklich lange genug an Land! Und eine Familie – ja, du meine Güte, das hat doch wirklich noch Zeit. Erst einmal will ich zur See fahren und mein Leben genießen, ehe ich mich fest binde. Ich bin jetzt siebenundzwanzig, da läuft das doch noch nicht weg! Heiraten und eine Familie gründen kann ich auch noch später. Im Augenblick jedenfalls sehne ich mich nach nichts mehr als nach den Planken eines Schiffes unter meinen Füßen!"

„Na ja", lachte Vivian. „Wenn du meinst ..."

Einige Tage später konnte eine glückstrahlende Georgia ihren Simon in die Arme schließen. Und Ann konnte, wenngleich sie heftig über sich selbst schimpfte, wieder die Tränen nicht zurückhalten. Anders als seine Brüder war Simon jedoch zunächst nur beurlaubt. In zwei Wochen sollte er sich wieder bei seiner Einheit melden, da noch einige Milizen um Charleston herum gebraucht wurden, um darüber zu wachen, dass es zu keinen Feindseligkeiten mehr kam und die Engländer endlich abzogen.

So vergingen die Tage, und alle waren sie heimgekehrt, nur Cole fehlte immer noch. Jeden Tag setzte Vivian sich, mit einem Stapel Näharbeiten ausgerüstet, auf einen Sessel, den die Dienstboten auf ihren Wunsch hin auf dem Rasen vor dem Haus aufgestellt hatten, und wartete darauf, dass ein Reiter erschien. Sehnsüchtig blickte sie während des Nähens immer wieder die Auffahrt hoch, aber diese blieb lange Zeit leer.

Doch Mitte Juni war es dann endlich so weit. Wie gewöhnlich saß Vivian vor dem Haus, über ein paar Wollsöckchen, die sie für ihr Baby strickte, gebeugt, als sie den Hufschlag herannahender Pferde vernahm. Hoffnungsvoll blickte sie auf.

Ihr Herz machte einen Satz, denn es war tatsächlich Cole, der gemeinsam mit Sam die Auffahrt zum Haus hochgaloppiert kam. Vivian stieß einen Jubelschrei aus und rief Coles Namen, während sie sich bereits so schnell erhob, wie es der fortgeschrittene Zustand ihrer Schwangerschaft erlaubte. Sie wollte Cole entgegenlaufen, doch er sprang schon vom Pferd und war mit wenigen großen Sätzen bei ihr und schloss sie in die Arme. Vivian schossen die Tränen in die Augen, während sie sich an ihn klammerte und er seine Wange in ihre weichen Locken presste.

Einige Augenblicke später wusste sie kaum, wie sie zurück auf ihren Sessel gekommen war. Sie erinnerte gerade eben noch, dass Cole sie ausgiebig und lange geküsst hatte. Jetzt saß er im Gras zu ihren Füßen, und aus dem Haus strömten die Bewohner, um nun endlich auch die letzten Heimkehrer in Empfang zu nehmen.

Vivian seufzte tief auf und blickte mit einem zittrigen Lächeln in Coles funkelnde Augen, als er zu ihr aufsah. „Ist es endlich vorbei? Musst du nicht wieder fort?"

Er streichelte ihre Wange und lächelte zärtlich. „Nie wieder. Der Krieg ist vorbei, kleine Lady."

Vivian kamen erneut die Tränen, aber ihr Lächeln war umso strahlender.

„Ist der Krieg wirklich vorbei?", fragte Herbert. „Oder ist es nur eine Waffenruhe?"

„Die Engländer sind noch in Charleston. Aber darum kümmert sich jetzt die Kontinentalarmee. Für die Milizen sind die Kämpfe vorbei. Und ein endgültiger Waffenstillstand ist nur noch eine Frage der Zeit."

„Oh, Gott sei Dank", stöhnte Ann. „Endlich."

„Cole? Heißt das, wir ... wir können jetzt nach Hause? Nach Topelo Hill?", fragte Vivian leise.

„Kommt gar nicht in Frage!", entfuhr es Ann, ehe Cole antworten konnte. „Du bekommst erst einmal in Ruhe dein Kind! Wenn Topelo Hill in einem ähnlichen Zustand ist wie Lakewood, als wir hier ankamen, ist es für dich als junge Mutter viel zu anstrengend, alles in Ordnung zu bringen. Ihr bleibt erst einmal hier!"

Vivian öffnete den Mund, um zu protestieren, doch Cole lachte und ergriff ihre Hand. „Ann hat recht, Vivian. Ich war vor ein paar Tagen auf Topelo Hill. Die Tories haben dort ziemlich gewütet. Es muss eine Menge instand gesetzt werden, dafür brauchen wir neue Geräte. Und für den Plantagenbetrieb muss auch vieles neu angeschafft werden. Wahrscheinlich ist es tatsächlich am besten, du bleibst erst einmal hier, bis ich in Charleston alles Nötige besorgt habe. Und in deinem augenblicklichen Zustand ist es ohnehin besser, wenn Ann bei dir ist."

„Das will ich wohl meinen", stimmte Ann energisch zu. „Aber du brauchst Vivian nicht allein hierzulassen, Cole. Ihr könnt beide bleiben, so lange ihr wollt. Wenn die Tories auf Topelo Hill so viel zerstört haben und alles Mögliche fehlt, was willst du dann dort, Cole? Wenn Charleston befreit ist, kehren wir alle gemeinsam in die Stadt zurück, und du kaufst, was du brauchst, um euer Heim wieder bewohnbar zu machen. Und bis dahin bist du hier genauso willkommen wie Vivian."

„Es gibt zwar einiges, was ich auf Topelo Hill bereits tun könnte", entgegnete Cole lächelnd, „aber eigentlich ist es mir tatsächlich viel lieber, wenn ich Vivian nicht schon wieder allein lassen muss. Ich bleibe also gern hier, wenn es euch wirklich nichts ausmacht."

„Dann ist es beschlossen!", strahlte Ann. „Ihr bleibt."
„Na, wenn ihr meint", seufzte Vivian.

Cole erhob sich und zog sie mit einem Lächeln in seine Arme. „Kleine Lady … Das Schlimmste ist doch vorbei. Es dauert nicht mehr lange, bis wir nach Hause können."

„Nach Hause", lächelte Vivian. „Wie schön das klingt."

Er gab ihr einen zärtlichen Kuss auf die Nasenspitze. „Ich hoffe, es gefällt dir. Wir haben Glück gehabt, dass im Haus selbst von den Tories nichts verändert oder zerstört worden ist. Ein paar Sachen fehlen, aber das hält sich in Grenzen. Du wirst also nicht ganz so viel zu tun bekommen, wie Ann befürchtet."

„Ach, Cole, ich freue mich so sehr darauf, mit dir dort zu leben!" Mit glänzenden Augen sah sie zu ihm auf. „Aber ganz egal, wie es dort auch sein mag, das Wichtigste ist, dass du von nun an bei mir bleibst. Endlich brauche ich keine Angst mehr zu haben, was der nächste Tag bringt! Du bist hier, unverletzt und gesund, und der Krieg ist so gut wie vorbei. Und wir können endlich eine richtige Ehe führen!"

Er sah sie mit so viel Liebe und einem vielsagenden Glitzern in den blauen Augen an, dass Vivian ein Flattern im Bauch spürte. „Ja, kleine Lady, das können wir. Und du kannst dir gar nicht vorstellen, wie sehr ich mich danach sehne!"

Ann und Herbert lachten und schlenderten Arm in Arm ins Haus.

An einem Julimorgen wurde Vivians und Coles Tochter geboren. Cole schlug vor, dass das Kind Helen heißen sollte, nach Vivians Mutter. Vivian war gerührt und liebte Cole dafür nur umso mehr. Wenn sie nachts in seinen Armen lag und seinen warmen Atem spürte, konnte sie immer noch nicht ganz fassen, dass er nun für immer bei ihr sein würde und dass das winzige Wesen in der kleinen Wiege neben ihrem Bett ihr gemeinsames Kind war. Sie fühlte sich so glücklich und zufrieden wie noch nie zuvor in ihrem Leben und fragte sich manchmal, ob es wohl jeder Ehefrau und Mutter so erging.

Was Cole betraf, so war er in der ersten Zeit nach seiner Ankunft noch von einer unterschwelligen Unruhe erfüllt, die er nur nach und nach abstreifen konnte. Wie vielen anderen ehemaligen Soldaten auch fiel es ihm nach den harten und rauen Zeiten des Kampfes schwer, sich wieder an ein ziviles Leben zu gewöhnen. Nichtsdestotrotz war er dem Schicksal jedes Mal dankbar, wenn er Vivian oder seine kleine Tochter betrachtete, dass sie den Krieg überstanden hatten und nun eine gemeinsame Zukunft vor ihnen lag.

Auch als er an diesem milden Abend nach einem ausgedehnten Spaziergang Vivian auf der Terrasse von Lakewood sitzen sah, übermannte ihn ein derartiges Glücksgefühl, dass er es kaum fassen konnte. Die Strahlen der untergehenden Sonne beleuchteten ihre goldblonden Locken und ließen sie für ihn beinahe wie einen Engel erscheinen, während sie ihm, mit einer Stickarbeit in der Hand, entspannt lächelnd entgegensah. Ihr Anblick ließ sein Herz schneller schlagen, und es fiel ihm schwer, der vielen Emotionen, die wie ein tosender Schwall auf ihn einstürmten, Herr zu werden.

Um Gelassenheit ringend, schlenderte er ihr entgegen und setzte sich schweigend neben sie, da er sich seiner Stimme nicht ganz sicher war. Vivian sah ihn fragend an, aber er lehnte sich zurück, streckte die Beine aus und schaute gedankenverloren in den rotgoldenen Sonnenuntergang.

„Du bist so still", meinte Vivian nach einer Weile mit einem prüfenden Seitenblick. „Wo bist du gewesen?"

Er räusperte sich und entgegnete erst nach einigen Sekunden sehr leise, ohne sie anzusehen: „Bei der kleinen Jagdhütte, in der du mich gesund gepflegt hast."

„Oh. So weit bist du gegangen?"

„Nicht absichtlich. Es war eigentlich ein Zufall, dass ich auf die Hütte gestoßen bin."

„Du bist hineingegangen?", fragte sie und, als er wortlos nickte: „Und haben die Engländer darin etwas verändert?"

„Verändert? – Nein. Sie sah tatsächlich noch genauso aus wie ..." Er brach ab, blickte Vivian kopfschüttelnd an und sagte dann nach einem langen Atemzug sehr ruhig: „Vivian, ich wäre damals gestorben, wenn du nicht bei mir gewesen wärst!"

Vivian schluckte, legte ihren Kopf auf seine Schulter und flüsterte: „Ich glaube, ich habe in meinem ganzen Leben nicht solche Angst ausgestanden wie in dem Moment, als ich dich dort auf den Fellen liegen sah."

Cole brachte ein zuckendes Lächeln zustande, legte einen Arm um sie und zog sie dichter zu sich heran. „Selbst wenn ich heute darüber nachdenke, kann ich es manchmal noch nicht fassen, wie viel Glück ich damals gehabt habe. Und ich werde niemals – auch nur ansatzweise – beschreiben können, was ich empfunden habe, als ich dich mit Tränen in den Augen neben mir sitzen sah."

Vivian streichelte sanft seine Wange. „Das brauchst du auch nicht. Alles, was zählt, ist, dass du wieder gesund geworden und jetzt bei mir bist. Ich liebe dich nämlich, Captain Cole Ansinger!"

Mit dem Gesicht in ihrem Haar murmelte Cole: „Das trifft sich gut, Mrs. Ansinger! Ich liebe Sie nämlich auch! Und ich bin mindestens ebenso froh wie du, kleine Lady, dass ich nicht mehr zurück in den Kampf muss. Auch wenn es mir hin und wieder noch seltsam vorkommt. Selbst als ich vorhin zu der Hütte gegangen bin – manchmal hab ich mich umgesehen, um sicherzugehen, dass nicht irgendwo feindliche Soldaten oder versteckte Heckenschützen lauern. Es wird wohl eine Weile dauern, bis ich mich daran gewöhnt habe, nicht hinter jedem Busch einen Feind zu vermuten."

„Georgia hat mir erzählt, dass Simon etwas ganz Ähnliches gesagt hat", bemerkte Vivian lächelnd.

Er brachte ein Grinsen zustande. „Wirklich? Das ist ja dann immerhin beruhigend. Zumal es Sam genauso ergeht, wie er mir erzählt hat. – Ich habe ihn übrigens gefragt, ob er mit uns nach Topelo Hill gehen möchte. Er war fast empört, dass ich überhaupt frage und meinte, es sei ja wohl selbstverständlich, dass er uns nicht allein gehen ließe."

„Sam gehört ja auch schon fast zur Familie", lachte Vivian.

„Er hat gesagt, er wäre stolz darauf, uns zu begleiten", fuhr Cole nachdenklich fort. „Nichtsdestotrotz habe ich ihm gesagt, dass er ein freier Mann ist und gehen kann, wohin er will. Aber er besteht darauf, bei uns zu bleiben."

„Meine Tante hat ihm nach Vaters Tod die Freiheit geschenkt. Aber für mich war Sam sowieso immer mehr ein Freund und kein Sklave. Er hat irgendwie immer dazugehört."

Cole nickte und ließ seinen Blick gedankenverloren in die Ferne schweifen. Erst nach längerem Nachdenken entgegnete er schließlich: „Sam und ich haben lange Zeit Seite an Seite gekämpft. Er ist auch für mich zu einem Freund geworden. Aber auch wenn ich glaube, dass er sich auf Topelo Hill wohlfühlen wird, und ich mich freue, dass er uns begleiten will, wird er es in dieser Gegend als freier Schwarzer nicht immer leicht haben."

„Ich weiß", seufzte Vivian und runzelte die Stirn. „Eigentlich ist es nicht gerecht, Menschen als Sklaven zu halten."

„Nein, ist es nicht", pflichtete Cole ihr bei. „Aber noch gehört die Sklaverei in unserer Gesellschaft dazu, zumindest hier bei uns im Süden. Vielleicht werden eines Tages alle Menschen frei sein. Ich wünsche es mir. Wir haben für ein freies Amerika gekämpft. Und in einem freien Land sollten alle Menschen frei sein. Aber es ist noch nicht so weit."

Vivian warf Cole einen betrübten Blick zu. „Wir ... wir haben auch Sklaven auf Topelo Hill, oder?"

Cole lächelte verzerrt und nickte. „Ich glaube, du wirst im ganzen Süden keine einzige Plantage finden, wo keine Sklaven arbeiten, Vivian. Aber würden wir diese Menschen nicht auf Topelo Hill beschäftigen, würden sie woanders arbeiten müssen. Und wer weiß, wie es ihnen da erginge."

„Mein Vater hat Sam gekauft, als er noch ein kleiner Junge war, und er war immer gut zu ihm. Und mein Onkel hatte Sklaven auf Summerville. Wir alle halten

Sklaven, auch Ann und Herbert oder die Burnhams. Und trotzdem glaube ich, dass es nicht richtig ist."

„Ist es auch nicht", stimmte Cole ohne zu zögern zu. „Und, falls dich das beruhigt, wir sind nicht die Einzigen, die so denken. Ich bin daher auch felsenfest davon überzeugt, dass die Schwarzen eines Tages genauso frei sein werden wie wir. Auch wenn dafür vielleicht ein neuer Krieg nötig sein wird."

„Gott bewahre!", entfuhr es Vivian. „Wir haben gerade erst den einen Krieg hinter uns … da mag ich nicht schon wieder an den nächsten denken!"

„Nein, ich auch nicht", lächelte Cole, sanft ihre Wange streichelnd. „Ich habe auch keineswegs gemeint, dass unsere Generation diesen Krieg führen wird, kleine Lady. Ehrlich gesagt, ich fürchte, dass unsere Gesellschaft noch lange nicht so weit ist und eine Abschaffung der Sklaverei noch in weiter Ferne liegt. Wir haben einen Krieg geführt, und unser Land muss wieder aufgebaut werden. Wer in dieser Situation eine Befreiung der Sklaven fordert, wird jämmerlich scheitern."

Vivian schluckte. „Ja, wahrscheinlich. Dennoch ist es so paradox! Alle behaupten, wir hätten diesen Krieg gegen die Engländer geführt wegen des Rechts auf Freiheit und Gleichheit, zur Abschaffung von Klassenunterschieden und mit gleichen Chancen für jeden! Und trotzdem halten wir Sklaven, während die Engländer mit ihrer Klassengesellschaft von Adel und Bürgertum die Sklaverei längst abgeschafft haben!"

„Ja, es ist paradox", seufzte Cole. „Und bis der Traum von Freiheit wirklich für jeden erreichbar ist, ist es vermutlich noch lange hin. Trotzdem bin ich im Augenblick einfach nur froh, dass wir den Krieg gegen die

Briten gewonnen haben und das Kämpfen vorerst ein Ende hat. Du kannst dir nicht vorstellen, wie satt ich es habe!"

Vivian kuschelte sich fester in Coles Arme. „Ich bin jedes Mal beinahe vor Angst gestorben, wenn du wieder in den Kampf ziehen musstest! Dass ich dich jetzt endlich bei mir zuhause haben werde ..."

Cole fasste mit einem Finger unter ihr Kinn und hob es an. „Du wirst mich wohl für den Rest deines Lebens zuhause haben, kleine Lady."

„Ich kann mir nichts Schöneres vorstellen!", strahlte Vivian, sodass Cole leise lachte und versetzte:

„Ich bin gespannt, wie es dir auf Topelo Hill gefällt. Was mich betrifft, so habe ich vor dem Krieg sehr gern dort gelebt. In den Krieg gezogen bin ich nur, weil ich es für nötig hielt. Und jetzt kann ich mich kaum daran gewöhnen, zu geregelten Zeiten meine Mahlzeiten einzunehmen oder in einem richtigen Bett zu schlafen."

„Gefällt es dir nicht?", fragte Vivian mit einem verblüfften Blinzeln.

„Doch. Besonders, wenn du in meinen Armen liegst", grinste Cole.

„Du wirst dich bestimmt bald wieder an ein normales Leben gewöhnen", versicherte Vivian mit einem zärtlichen Lächeln. „Und wenn ich dir dabei irgendwie helfen kann ..."

„Ich denke, das kannst du", entgegnete Cole schleppend, den Blick vielsagend auf ihre Lippen geheftet.

Vivian lachte und küsste ihn flüchtig auf den Mund. „In etwa so?"

Coles Augen fingen an zu glitzern, er zog sie fest an sich und senkte seinen Kopf. „Ganz genau so! Nur noch etwas ... intensiver ... mein Liebling ..."

Wenige Tage später traf auf Lakewood erneut Besuch ein. Sie waren gerade alle im Begriff, sich nach dem gemeinsamen Abendessen im Speisezimmer zu erheben, als eines der Hausmädchen erschien und meldete, dass sich eine Kutsche dem Herrenhaus näherte. Darauf brennend, Neuigkeiten aus Charleston zu erhalten, stürmten sie auf die Terrasse vor dem Hauseingang und warteten darauf, dass die Kutsche das Haus erreichte.

Als das Gefährt näher kam, zeichnete sich auf den Gesichtern von Alt und Jung die erste Verwunderung ab. Das, was da heranrollte, hatte nur wenig Ähnlichkeit mit einer richtigen Kutsche. Es sah eher aus wie ein wackeliges Gestell auf vier Rädern, das wohl einmal dem Transport von Vorräten gedient haben mochte, aber irgendwann aus Altersgründen ausrangiert worden war, gezogen von einem abgemagerten Grauschimmel, bei dem sich die Knochen unter dem stumpfen Fell abzeichneten. Auf dem Wagen kauerten mehrere Gestalten, die nicht weniger verhungert aussahen. Groß war die Verblüffung, als die Bewohner Lakewoods unter diesen merkwürdigen Ankömmlingen Arthur Cameron entdeckten. Und Vivian, die als einzige seine Begleiter gut genug kannte, um sie wiederzuerkennen, erschrak noch mehr beim Anblick der völlig abgemagerten Gilberts und Careens.

Cole und Tom eilten die Treppe hinunter, um den völlig Erschöpften aus dem Wagen zu helfen.

„Himmel, Arthur!", rief Tom aus, während er seinem Freund herzlich auf die Schulter schlug, sobald er neben ihm stand. „Was haben sie denn mit dir angestellt?"

„Gott sei Dank, endlich da!", stöhnte Arthur mit erschöpfter Stimme, ohne auf Toms Frage einzugehen. „Bitte entschuldigt unseren Überfall! Ich falle ja wirklich nur ungern jemandem zur Last, aber ... könnten wir wohl heute hier übernachten? Und etwas essen, wenn ihr etwas übrig habt?"

„Aber Arthur, was für eine Frage!", unterbrach Ann lachend, gab umgehend Anweisungen, dass noch einmal Essen aufgetragen werden sollte, und richtete dann das Wort an die übrigen Ankömmlinge: „Kommen Sie um Gottes willen erst einmal ins Haus und stärken Sie sich! Gütiger Himmel, Sie armen Geschöpfe, Sie sehen ja völlig fertig aus! Ich nehme an, Sie kommen alle aus Charleston?"

„Ja, und es war die Hölle!", bestätigte Arthur mit einem schiefen Grinsen, um sofort darauf Careens Arm zu ergreifen und sie, gefolgt von den Gilberts, ins Haus zu führen.

Im Speisezimmer waren bereits frische Gedecke aufgelegt und ein paar übrig gebliebene kalte Platten aufgetischt worden. Heißhungrig fielen die Ankömmlinge darüber her. Es sah wirklich so aus, überlegte Vivian voller Mitleid, als hätten sie seit einer Ewigkeit nichts mehr zu essen bekommen.

Melissa Gilbert war die Erste, die sich ihres Benehmens schämte. „Oh, du meine Güte, Mrs. Welsey! Was müssen Sie nur von uns denken!", rief sie entsetzt aus, während sie weiter ihr Essen herunterschlang. „Dabei haben wir uns noch nicht einmal vorgestellt!"

Ann lächelte mitleidig. „Das hat Zeit. Essen Sie sich erst einmal satt."

Melissa nickte dankbar, aber Arthur, der inzwischen seinen ärgsten Hunger gestillt hatte, begann kauend zu erklären, was sie alle nach Lakewood geführt hatte.

„Alles hat mit der verdammten Belagerung begonnen. Ihr könnt euch nicht vorstellen, wie schnell in Charleston die Nahrung knapp wurde! Und auch wenn es diesmal unsere Leute waren, die Charleston belagerten, und ich mich eigentlich freute, dass sie die Rotröcke verjagen wollten, so war es doch ein verflucht unangenehmer Zustand für jeden aufrechten Rebellen, der noch in der Stadt war! Als es immer schlimmer wurde und meine Kleidung schon zu schlottern anfing, sagte ich mir, dass es wohl das Beste wäre, die Stadt zu verlassen und zu meinen Eltern aufs Land zu ziehen. Aber, zum Teufel auch, nicht ein Pferd oder Boot war aufzutreiben! Also blieb mir nichts anderes übrig, als mich zu Fuß auf den Weg zu machen." Er warf Vivian einen lachenden Blick zu. „Mit dem Zufußgehen habe ich so meine Erfahrungen, und ich war nicht gerade wild darauf, aber – na ja, was sollte ich machen. Na, und dann erzählte mir Careen, dass auch die Gilberts die Stadt verlassen wollten."

„Weshalb ihr gemeinsam aufgebrochen seid", schlussfolgerte Tom grinsend.

Arthur nickte, hob den Schal auf, der Careen beim Essen von der Schulter gerutscht war und legte ihn ihr vorsichtig wieder um, was ihm ein strahlendes Lächeln von ihr einbrachte. Vivian bemerkte es voller Überraschung, aber Arthur erzählte schon weiter:

„Der Fußmarsch war beschwerlich, aber kurz hinter Charleston habe ich dann durch einen glücklichen Zufall diesen Klepper und den Wagen aufgetrieben. Wir hofften, damit bis zur Plantage meiner Eltern zu kommen. Aber so müde und halb verhungert, wie wir waren, und dieser klapprige Gaul nicht minder, mussten wir bald erkennen, dass das nicht so leicht zu schaffen war. Und da kam mir dann die Idee, einen Umweg über Lakewood zu machen. Denn auch wenn es nicht gerade auf unserer Strecke lag, so war es für uns doch deutlich schneller zu erreichen. Und zumindest müssen wir diese Nacht nicht unter freiem Himmel verbringen."

„Du weißt, dass du bei uns immer herzlich willkommen bist, Arthur!", versetzte Ann energisch. „Und selbstverständlich gilt das auch für Sie, Mr. und Mrs. Gilbert. Und Sie, junge Dame, darf ich sicher Careen nennen, da Arthur uns Ihren vollen Namen bisher verschwiegen hat?"

Sanft errötend, lächelte Careen und nickte, doch ihr Blick blieb an Arthurs Gesicht hängen, nicht an Anns.

Verwundert runzelte Vivian die Stirn und ließ ihren Blick nachdenklich über Careen und Arthur gleiten. Schon zu Beginn der Mahlzeit war ihr aufgefallen, dass Arthurs Finger immer wieder leicht Careens Hände streiften, wenn sie ihm eine Schüssel reichte oder er ihr etwas Brot langte. Und dann die zärtliche Geste mit dem Schal ... Arthur war doch nicht etwa dabei, allen Beteuerungen zum Trotz, das unschuldige und sanftmütige Mädchen um seinen Finger zu wickeln? Schon wollte Vivian tadelnd den Kopf schütteln, aber dann fiel ihr Blick auf den goldenen Ring mit einem Brillanten in der Mitte, der an Careens Hand funkelte.

Vivian schnappte buchstäblich nach Luft und starrte die beiden Verliebten fassungslos an. Cole sah sie verwundert an, und auch Arthur bemerkte ihr Erstaunen und blickte sie fragend an. Doch dann blitzte ein amüsiertes Lächeln in seinen Augen auf. Mit zuckenden Mundwinkeln erhob er sich und trat hinter Careens Stuhl.

„Ach ja, fast hätte ich vergessen, euch etwas Wichtiges mitzuteilen", bemerkte er wie nebenbei. Er hielt einen Augenblick inne, damit alle ihm ihre Aufmerksamkeit schenkten, und verkündete dann mit einem fröhlichen Grinsen: „Darf ich euch allen meine zukünftige Frau vorstellen: Miss Careen O'Connor, bald Mrs. Arthur Cameron!"

„Oh, Careen!", rief Vivian und sprang von ihrem Stuhl hoch. Strahlend trat sie neben Careen, die sich mit einem verlegenen Lächeln erhob, und umarmte erst sie und dann Arthur. Unter den amüsierten Blicken der übrigen Anwesenden überschüttete sie die frisch Verlobten mit allen möglichen Glückwünschen, die ihr gerade einfielen.

Arthur stand stolz erhoben neben seiner jungen Braut und nahm einen Händedruck nach dem anderen entgegen, als Cole und die Welseys in die Glückwünsche einstimmten. Schließlich wandte er den Kopf wieder in Vivians Richtung und fragte mit einem entwaffnenden Lächeln: „Nun, Vivian, bist du nun endlich überzeugt, dass ich kein so großer Schurke bin, wie du gedacht hast?"

Vivian starrte ihn völlig entgeistert an: „Also wirklich, Arthur, ich habe nie gedacht –"

„Ich weiß, was du gedacht hast", lachte Arthur, und seine Augen blitzten nur so vor Vergnügen. „Du hast es mir ja deutlich genug zu verstehen gegeben! Dieser böse Schürzenjäger, der sich doch tatsächlich an die arme, von ihrem Engländer verlassene Careen heranmacht!"

„Ich ... es tut mir leid", stammelte Vivian errötend und fing einen Blick von Cole ein, der sie mit einem amüsierten Grinsen beobachtete. „Aber, Arthur, du hattest gesagt, du wolltest sie in Ruhe lassen und –"

Arthur lachte schallend. „Oh nein, das habe ich nicht gesagt! Ich habe nur gesagt, sie verdient etwas Besseres als einen Flirt. Und das ist eine Heirat mit mir doch wohl, oder etwa nicht?"

„Ja, natürlich", stimmte Vivian mit einem schuldbewussten Lächeln zu. „Aber du hattest nie angedeutet, dass du so etwas im Sinn hattest. Und dann war da ja auch immer noch Betsy. Ist sie nicht sehr ärgerlich?"

Arthur zuckte die Achseln. „Nicht sonderlich. Sie hat sich längst für irgendeinen britischen Sergeant entschieden, der kurz nach deiner Heirat mit Cole anfing, ihr hinterherzuscharwenzeln."

Vivian unterdrückte ein Kichern, und Arthur fuhr gutgelaunt fort: „Ich hatte schon lange ein Auge auf Careen geworfen, Vivian. Aber sie war ja mit diesem grässlichen britischen Lieutenant verlobt. Sehr zu meinem Unmut! Aber als du mir dann erzähltest, dass die Verlobung gelöst war und wie unglücklich Careen war, da sah ich endlich eine Chance für mich. Und wie du siehst, habe ich sie genutzt."

Vivian lachte. „Oh ja, das sehe ich. Und ihr seht wirklich glücklich aus!"

Careen nickte lächelnd, und Arthur drückte kurz ihre Hand. Vivian sah zufrieden zu Cole herüber, der immer noch breit grinste. „Was amüsiert dich denn so?“, fragte sie verwundert.

Er trat neben sie und legte einen Arm um ihre Schulter. Seine Augen blitzten vergnügt. „Dass ich offensichtlich nicht der einzige Mann bin, den du in die Kategorie Schürzenjäger eingeordnet hast!“

„Oh!“, entfuhr es Vivian. „Aber das ist doch bei dir etwas ganz anderes!“

„Na, das will ich ja wohl auch hoffen!“, lachte Cole und drückte ihr zur Freude der Umstehenden einen Kuss auf die Lippen.

Arthur klopfte Cole vergnügt auf die Schulter. „Wenn ich dich und Vivian so sehe, dann kann ich es kaum noch abwarten, selbst in den Stand der Ehe zu treten. Und was das Schürzenjägerdasein betrifft, so dürften wir ja wohl als geläutert gelten! Sofern wir denn jemals welche waren!“

„Darauf hat bestimmt Vivian eine Antwort parat!“, grinste Cole.

Vivian fing an, leise zu kichern. „Oh ja, habe ich! Aber ich behalte meine Meinung lieber für mich! Offensichtlich irre ich mich ja doch immer! Aber in diesem Fall bin ich darüber nicht unglücklich.“

„Nun hör dir diese jungen Leute an, Herbert!“, stöhnte Ann, lachte dabei aber unterdrückt. „Also, ich finde, wir sollten jetzt zur Feier des Tages ein Glas Champagner trinken! Was meint ihr? Dann lasst uns mal rüber in den Salon gehen.“

Während sie langsam hinüberschlenderten, lächelte Careen Vivian schüchtern zu, sodass Vivian leise fragte: „Du bist wirklich sehr glücklich, nicht wahr, Careen?“

„Über alle Maßen!“, gestand Careen und strahlte dabei über das ganze Gesicht. „Ich hätte nicht gedacht, dass ich jemals wieder so glücklich sein könnte, nachdem … nachdem Jamie mich verlassen hat. Ach, Vivian, Arthur ist so lieb zu mir, und es stört ihn überhaupt nicht, dass ich nur … ich meine, ich habe nicht gerade reiche Eltern! Und seine Eltern wissen es sogar schon! Arthur hat ihnen seine Absichten längst mitgeteilt, sogar noch bevor er wusste, ob ich seinen Antrag annehmen würde. Und er sagt, sie sind einverstanden!“

„Ach, Careen, ich freue mich so für dich!“, lachte Vivian und umarmte sie noch einmal, ehe sie gemeinsam den Salon betraten.

„Ich weiß, dass ich so viel Glück gar nicht verdient habe“, entgegnete Careen mit einem verlegenen Lächeln. Sie warf einen schüchternen Seitenblick auf Cole, der sich inzwischen, lässig auf den Kamin im Salon gestützt, angeregt mit Arthur und Tom unterhielt, und ergänzte: „Aber du bist auch verheiratet. Arthur hat mir alles erzählt. Da hast du uns mit deinem Mr. Chapman aber ganz schön an der Nase herumgeführt. Aber ich glaube, Mr. Ansinger passt tatsächlich besser zu dir. Er sieht sehr nett aus.“

„Cole ist mehr als nett. Er ist der wunderbarste Mann der Welt!“, schwärmte Vivian.

„Nein, das ist Arthur!“, widersprach Careen – und brach zusammen mit Vivian in fröhliches Lachen aus.

Am nächsten Morgen brach Arthurs kleine Reisegesellschaft wieder auf, um die Fahrt zu Arthurs Eltern fortzusetzen. Auf Lakewood hingegen wartete man weiterhin ungeduldig darauf, dass die Briten und ihre Anhänger endlich das Land verließen.

Tatsächlich liefen im September Hunderte britischer Schiffe in den Charlestoner Hafen ein, um ihre geschlagenen Armeen heim nach England zu holen. Viele Toryfamilien, die sich in den ehemaligen Kolonien durch ihre Gesinnung mehr Feinde als Freunde gemacht hatten, beschlossen, mit den Soldaten zusammen das Land zu verlassen. Andere glaubten, alte Freundschaften wieder aufleben lassen zu können, und blieben in Amerika, um dort als nun freie Amerikaner eine neue Existenz aufzubauen. Doch bis die Reisewilligen tatsächlich an Bord der Schiffe gehen konnten, verging noch einige Zeit. Während im November in Paris ein vorläufiger Frieden von den amerikanischen Unterhändlern und dem britischen Bevollmächtigten unterzeichnet wurde, warteten in Charleston die Loyalisten immer noch darauf, eingeschifft zu werden.

Erst im Dezember 1782 war es dann endlich so weit. Neuntausend Männer, Frauen und Kinder – Toryfamilien allesamt – gingen unter einem Hagel von Schimpfworten der amerikanischen Patrioten an Bord der britischen Schiffe. Ihnen folgten am nächsten Morgen die britischen Truppen. Noch am selben Tag marschierte die amerikanische Kontinentalarmee unter den Jubelrufen der Bevölkerung in Charleston ein.

Auf Lakewood atmeten Weiße wie Schwarze gleichermaßen auf, als dieses alles bekannt wurde. Noch am selben Tag, an dem Simon, der nun auch endlich aus der Armee entlassen war, die Nachricht vom Abzug der Engländer brachte, beschlossen Cole und Vivian, nach Charleston zu fahren, ebenso wie die Welseys. Auch

Simon und Georgia fuhren mit. Jeden von ihnen drängte es danach, zu sehen, wie die Briten ihnen Charleston hinterlassen hatten. Und alle warteten sie darauf, endlich ihr neues Leben aufbauen zu können.

Die Sonne stand hoch am Himmel und gab der Stadt einen leuchtenden Anstrich, als die kleine Yacht der Welseys zwei Tage später in den Charlestoner Hafen einlief. Mit zwei Mietkutschen fuhren sie vom Hafen aus durch Charlestons Straßen zum Haus der Welseys am King's Square.

Vivian sah sich während der Fahrt aufmerksam um. Wo man hinsah, waren Menschen damit beschäftigt, die Schäden zu beseitigen, welche Kanonen, zwei Belagerungen und die Besetzung durch eine fremde Militärherrschaft angerichtet hatten. Dächer wurden ausgebessert und Häuser gestrichen, an deren Wänden noch die Einschläge der Kanonenkugeln zu sehen waren. Zäune wurden repariert, Bäume beschnitten und verwilderte Gärten umgegraben und neu bepflanzt.

Anns und Herberts Haus war, verglichen mit vielen anderen, in einem relativ guten Zustand. Lieutenant Darrington und Colonel Munrose, die hier bis zuletzt gewohnt hatten, waren anständige Offiziere gewesen, und in den verschiedenen Räumen fanden sich keinerlei Anzeichen von Zerstörung oder Verschmutzung. Einzig einige Wertgegenstände fehlten, und Vivian vermutete, dass das wohl auf Olivias Konto ging.

Ann begann gleich nach ihrer Ankunft, die Dienerschaft einzuteilen und ihnen ihre Aufgaben zuzuweisen. Ihr vorrangiger Wunsch bestand darin, das Haus von oben bis unten einem sorgfältigen Hausputz zu unterziehen, denn wenn es auch oberflächlich sauber wirkte, so störte sie doch das Gefühl, dass hier alles von Engländern berührt worden war. Herbert und Tom verließen schon kurz darauf das Haus, um sich, wie sie sagten, nach alten Bekannten umzuhören, in Wahrheit jedoch, um Anns hektischer Aufräumwut zu entgehen.

Simon und Cole zogen ebenfalls los, um Geräte für die Landarbeit zu besorgen. Vivian und Georgia boten Ann ihre Hilfe beim Hausputz an, doch Ann schüttelte lachend den Kopf und erklärte, sie würde das alles schon selbst in die Hand nehmen. Außerdem hätte sie ja genug Mädchen.

Georgia bat Vanessa, das ehemalige Hausmädchen, das nun zum Kindermädchen aufgestiegen war, einen Blick auf die Kinder zu haben und schlug Vivian vor, ebenfalls einen Bummel durch die Stadt zu machen. Vivian willigte freudig ein. Cole hatte ihr Geld für etwaige Besorgungen gegeben. Alle ihre Kleider waren mittlerweile ziemlich aufgetragen, und sie wollte sehen, ob sie hübschen Stoff für ein neues Kleid bekommen konnte.

Letztendlich brachten sie von ihrem Einkaufsbummel mehr mit, als sie vorgehabt hatten. Außer einem leichten Sommerstoff in lachsrosa für sich selbst, hatte Vivian allerlei Kleinigkeiten für Helen erstanden, darunter ein kleines, geblümtes Käppchen, das sie ihr sofort aufsetzte. Georgia hatte ein paar zierliche Schuhe gekauft, und Vivian hatte eine Brokatweste für Cole mitgebracht. Gemeinsam lachten sie über so viel Verschwendungssucht, aber es machte so viel Spaß, endlich einmal wieder alles kaufen zu können, wonach einem der Sinn stand.

Am Nachmittag kamen Luke und Henry Meunier vorbei, die sich schon seit ein paar Tagen in Charleston aufhielten. Sie hatten bei Freunden Unterkunft gefunden und hatten es in der Zwischenzeit bereits geschafft, ein paar neue Arbeitskräfte aufzutreiben, obwohl sie kaum Geld besaßen. Sie hatten während des Krieges alles verloren, selbst ihre Eltern, aber ihr Kampfgeist war ungebrochen. Sie gedachten beide, Bellarbres wiederaufzubauen, wenngleich sie noch nicht genau wussten, wie sie das ohne Geld und genügend Sklaven anstellen sollten. Herbert bot ihnen finanzielle Unterstützung an, aber das lehnten sie ab. Sie wollten es ohne fremde Hilfe schaffen, erklärten sie, auch wenn es schwer war. Vivian konnte nicht umhin zu bewundern, mit welcher Energie die beiden die schweren Schicksalsschläge, die sie getroffen hatten, meisterten. Aber – so war schon ihr Eindruck gewesen, als sie durch die Stadt gefahren waren – die ganze Bevölkerung schien jetzt von einer Energie und Tatkraft erfüllt, die ihr früher nie aufgefallen war. Viele hatten durch den Krieg Angehörige oder Besitz verloren, aber allen Leuten, die Vivian heute gesehen hatte, schien gemein zu sein, dass sie die Ärmel hochkrempelten und ihre Zukunft selbst in die Hand nahmen.

Als es Abend wurde, versammelten sich Familie und Freunde zu einem improvisierten Abendessen in Anns Salon, allesamt in fröhlicher und ausgelassener Stimmung. Selbst Georgias Wangen glühten vom vielen Lachen, wie Vivian voller Freude bemerkte.

Am Vormittag des nächsten Tages bat Vivian Cole, mit ihr zu dem Teehaus der Gilberts zu gehen. Sie hatte noch immer einige Sachen dort, die sie abholen wollte.

Außerdem wollte sie sehen, ob Melissa schon wieder
zurück war und das Kaffeehaus wiedereröffnet hatte.

Tatsächlich waren bei den Gilberts einige Mädchen
schon eifrig dabei, die Fenster der oberen Stockwerke
zu putzen. Die ersten Gäste saßen bereits in Gilberts
Kaffeehaus, wie es von nun an wieder hieß.

Vivian und Cole gingen gutgelaunt hinein und wurden von Melissa stürmisch begrüßt. Anstelle von Betsy
und Careen arbeiteten jetzt zwei neue Mädchen im
Gastzimmer, und auch hinter dem Tresen stand eine
junge Frau, die Vivian noch nie zuvor gesehen hatte.

„Wo ist denn Betsy?", fragte Vivian, sich weiter eifrig
umblickend.

Melissa lachte. „Sie ist seit gestern fort. Mit ihrem britischen Soldaten. Er ist von seiner Truppe desertiert,
kurz bevor die Engländer Charleston verließen. Vor einer Woche haben er und Betsy geheiratet. Betsys Eltern
besitzen eine kleine Farm im Umland. Dort sind Betsy
und ihr Mann jetzt hingegangen, um beim Farmbetrieb
zu helfen. Betsys Mann war in England Bauer, bevor er
zum Militär ging, und Betsy sagt, ihr Vater könnte eine
tüchtige Hilfe gut gebrauchen."

Vivian nickte gedankenvoll. So hatte also auch Betsy
gefunden, was für sie das Richtige war. Vivian fragte
sich, ob Betsy als Farmersfrau wohl glücklich werden
würde, und entschied sich, die Frage zu bejahen. Betsy
hatte sich schließlich immer gewünscht zu heiraten.
Vivian war überzeugt, dass Betsy es mit ihrer jetzigen
Wahl weit besser getroffen hatte als mit Arthur, der
mehr oder weniger nur mit ihr gespielt hatte.

Vivian packte ihre Sachen zusammen, die sie bei ihrer Abreise aus Charleston im Teehaus zurückgelassen

hatte, und nach einem herzlichen Abschied von den Gilberts kehrte sie mit Cole zum King's Square zurück. Cole brachte sie zur Haustür, dann ging er noch einmal fort, um noch einige Säcke Saatgut zu kaufen.

Er kam gegen Nachmittag zurück. Zusammen mit Ann, Georgia, Vivian und Herbert setzte er sich in den Salon, um die erste Tasse Kaffee seit langer Zeit zu genießen. Die übrigen Familienmitglieder waren noch in der Stadt und machten Besorgungen.

Cole fragte die anderen, ob sie sich noch an das Mädchen erinnerten, das Ann für kurze Zeit, kurz vor der Belagerung, aufgenommen hatte.

„Du meinst Olivia?", fragte Vivian stirnrunzelnd.

Cole nickte. „Ja. Ich habe sie heute zufällig in der Tradd Street gesehen."

„Hast du sie gesprochen?"

„Nein. Ich hab sie nur von weitem gesehen und hätte sie auch kaum wiedererkannt, wenn nicht ihr Auftreten meine Aufmerksamkeit geweckt hätte."

„Wieso, was war denn?", erkundigte Ann sich überrascht.

„Na ja", bemerkte Cole mit einem Grinsen, „sie sah ziemlich aufgetakelt aus, geschminkt und gepudert und in einem Kleid ... Lieber Himmel, man musste einfach hinsehen."

„Oh, musste man das!", schnappte Vivian.

Cole lächelte unbußfertig. „Ich habe ja nicht gesagt, dass mir ihre Aufmachung gefiel! Und ich wette mit dir, du hättest auch hingesehen, so wie sie aussah. Wie auch immer, sie stieg lachend mit zwei ziemlich übel aussehenden Burschen an ihrer Seite in eine Kutsche, und was die beiden von ihr wollten, war absolut eindeutig.“

Ann sah Cole stirnrunzelnd an. „Du meinst, sie ist eine … Prostituierte?“

„Wenn sie das nicht ist, bin ich ein Heiliger“, gab Cole gelassen zurück.

„Sie war ja auch schon die Geliebte Colonel Munroses“, nickte Vivian. „Es würde mich also nicht wundern, wenn –“

„Das hast du mir aber nie erzählt“, unterbrach Ann mit einem überraschten Stirnrunzeln.

Vivian zuckte die Achseln. „Es gab so viel Wichtigeres als Olivia. Außerdem mochte ich sie nicht besonders. Cole weiß auch, warum. Sie ist schrecklich verlogen, Ann. Na ja, im Grunde ist es mir auch völlig egal, was aus ihr geworden ist.“

„So hartherzig, kleine Lady?“, lächelte Cole.

„Nur manchmal“, gab Vivian errötend zurück, und Cole lachte und beantwortete anschließend eine von Herbert an ihn gerichtete Frage.

Vivian betrachtete Cole nachdenklich, wie er dasaß, gerade und aufrecht und doch so locker im Gespräch mit Ann und Herbert, und für einen Augenblick überwältigte sie der Gedanke, wie leer und sinnlos ihr Leben geworden wäre, wenn er nicht mehr da wäre. Umso dankbarer war sie dem Schicksal, das alles so glücklich gefügt hatte, sodass ein warmer Glanz in ihre Augen trat und sie unbewusst lächelte.

Sie fing einen Blick von Georgia auf, und in ihren Augen lag das gleiche Lächeln. Vivian wusste instinktiv, dass Georgia Simon gegenüber genauso empfand wie sie für Cole, und in diesem Augenblick fühlte sie sich ihr innig verbunden. Ihr war bewusst, dass Georgia viel mehr Schreckliches durchgemacht hatte als sie selbst, aber die Sorge um die Männer, die sie liebten, war ihnen gemein.

Cole brauchte ungefähr eine Woche, bis er alles zusammen hatte, was er für die Plantagenwirtschaft auf Topelo Hill benötigte. Sogar einen Wagen konnte er auftreiben, auf dem so viel verstaut wurde, dass auf der Sitzbank gerade eben noch Platz für zwei Erwachsene blieb.

Beim Abschied von den Welseys floss manche Träne, sowohl bei Vivian als auch bei Ann und Georgia, und Vivian und Cole durften nicht ohne das Versprechen fortgehen, die Welseys bald wieder zu besuchen. Im Gegenzug lud Vivian die ganze Familie ein, nach Topelo Hill zu kommen, sobald sie und Cole sich dort eingelebt hätten. Auch Cole wurde zum Abschied von Ann fest in die Arme genommen. Mit einem verlegenen Räuspern befreite er sich schließlich aus der Umarmung, dann half er Vivian auf den Sitz, legte ihr Helen auf den Schoß und bestieg sein Pferd, während Sam vorn auf dem Kutschbock Platz nahm und die Zügel ergriff. Unter den lauten Abschiedsrufen ihrer Freunde und mit Tränen in Vivians Augen brachen sie schließlich auf.

Mehrere Tage waren sie unterwegs. Sie übernachteten bei verschiedenen Freunden und Bekannten von Cole, deren Häuser auf der Strecke lagen. Überall wurden sie herzlich aufgenommen und bewirtet, und doch konnte Vivian es kaum noch erwarten, endlich ihr eigenes neues Zuhause in Augenschein zu nehmen. Gegen Sonnenuntergang des sechsten Tages legten sie dann endlich die letzten Meilen ihrer Reise zurück und näherten sich ihrem Ziel.

Vivian hatte sich Topelo Hill als großen Besitz vorgestellt, aber sie hatte nicht gewusst, wie riesig die Plantage tatsächlich war. Während das Haus noch in weiter Ferne lag, deutete Cole schon auf das Land ringsum und erklärte stolz, dass das alles zu Topelo Hill gehörte. Vivian sah weite Flächen, zum Teil dicht bewachsen mit hohen Urwaldriesen, deren Kronen weit in den Himmel ragten. Sie fuhren an fruchtbarem Ackerland vorbei, und Vivian konnte sich gut vorstellen, wie darauf im Sommer die Baumwolle blühte.

Dann näherten sie sich dem Herrenhaus, und Vivian bekam große Augen. Das Haupthaus war aus hellroten Backsteinen gemauert und bestand aus einer Vorderfront mit zwei seitlichen Flügeln. Rundherum lief eine weiß gestrichene Galerie, und vorne herunter führte eine breite Treppe, an deren oberem Ende es sich wie auf einer Terrasse sitzen ließ. Um das Haus herum waren Blumenbeete angelegt, die im Frühjahr und Sommer einen herrlichen Anblick bieten mussten. Im seitlichen Hintergrund standen kleine Häuschen, ebenfalls aus rotem Backstein, und Cole erklärte, das wären die Sklavenquartiere.

Als der Wagen vor dem Haupthaus hielt, stand schon ein Teil der Schwarzen zur Begrüßung bereit. Ein munteres Stimmengewirr erhob sich, und eine tiefe Männerstimme rief: „Mr. Cole ist wieder da! Der Herr sei gepriesen, Mr. Cole ist wieder da!"

Eilige Schritte aus allen Richtungen waren auf einmal zu hören, und eine beeindruckende Schar schwarzer Männer, Frauen und Kinder versammelte sich auf dem Platz vor dem Haus.

Cole half Vivian mit dem Kind auf dem Arm aus dem Wagen, und ein großer Schwarzer trat aus der Menge heraus auf ihn zu. Cole begrüßte ihn mit einem herzlichen Händedruck, sodass die Augen des Mannes vor Freude glänzten.

„Willkommen daheim, Mr. Cole", grüßte der Mann freundlich, aber ohne das geringste Zeichen von Unterwürfigkeit. Offenbar stand Cole mit seinen Sklaven auf Topelo Hill auf gutem Fuß. Vivian hatte es nicht anders erwartet – und doch beglückte es sie.

Coles Augen blitzten fröhlich, während er seinen Leuten Vivian als seine Frau vorstellte. Unter freudigen Rufen gab Vivian jedem von ihnen zur Begrüßung die Hand. Cole stellte Sam vor, der schon nach wenigen Minuten in ein angeregtes Gespräch mit einigen der Männer vertieft war.

Glückliche und zufriedene Blicke folgten Vivian und Cole auf dem Weg ins Haus, das von einer imponierenden Geräumigkeit war. Cole führte Vivian lächelnd durch das Gebäude und zeigte ihr jedes einzelne Zimmer. Vivian war beeindruckt, aber trotz der Größe des Hauses begann sie sofort, sich wohlzufühlen, denn jeder Raum strahlte Wärme und Behaglichkeit aus. Alles zeugte von Geschmack und Stil und passte vortrefflich mit dem Bild zusammen, das Vivian sich aufgrund von Coles Erzählungen von seinem Zuhause und seiner Familie gemacht hatte. Ihre Augen leuchteten, und sie warf Cole einen glücklichen Blick zu, den er mit einem herzlichen Lachen quittierte.

Vivian warf sich in seine Arme und schmiegte den Kopf an seine Brust. „Es ist wunderbar!", flüsterte sie. „Wirklich, Cole, ich hätte nie gedacht, dass Topelo Hill so schön ist!"

Zufrieden drückte Cole ihr einen Kuss auf die Nasenspitze. Dann ließ er eine hübsche Mulattin rufen, die von nun an für Vivians persönliche Wünsche zuständig sein sollte. Vivian, die noch nie ein eigenes Mädchen gehabt hatte, war gleichermaßen erfreut wie verlegen.

Als sie sich spät in der Nacht behaglich in Coles Arme kuschelte, kam ihr alles noch viel zu unwirklich und fremd vor. Sie, Vivian Darcy, nein, Vivian Ansinger, war auf einmal Herrin über einen großen Besitz! Das war schon höchst merkwürdig. Aber Topelo Hill war jetzt ihr Heim. Sie spürte vom ersten Moment an, dass sie hier glücklich sein konnte. Und Cole war an ihrer Seite, das war das Wichtigste! Sie lauschte seinen regelmäßigen Atemzügen und stellte sich vor, wie sie mit ihm gemeinsam noch viele ungewohnte Wege gehen würde. Sie war nicht mehr das unbedarfte junge Mädchen, das einen Beschützer suchte, wenn es eine Reise machen wollte. Cole war bei ihr, und gewiss würde er sie beschützen, wenn eine konkrete Gefahr drohte. Aber in gewisser Weise wachte sie genauso über ihn. Er hatte jetzt die Leitung einer Plantage vor sich, mit allen Problemen, die eine solche Aufgabe mit sich brachte. Sie würde ihn darin unterstützen, so gut sie konnte.

Vivian stützte sich auf den Ellenbogen und betrachtete Coles ihr halb zugewandtes Profil. Wie sie ihn so musterte, begann ein Gefühl tiefster Zufriedenheit in ihr zu wachsen. Sie wusste, woher es kam. Es war die berauschende Gewissheit, dass sie liebte und geliebt wurde und vor allem, dass sie endlich in ihrem Leben von jemandem wirklich gebraucht wurde. Nicht, dass Cole nicht auch ohne sie alles erreichen konnte, was er wollte. Aber dieses glückliche Lächeln, das er heute auf den Lippen gehabt hatte, als sie ihre Begeisterung über seinen Besitz zum Ausdruck gebracht hatte, das konnte nur sie bei ihm hervorrufen.

Unwillkürlich musste sie daran denken, wie sehr sie Cole früher einmal verwünscht hatte. Sie hätte ihn zum Teufel geschickt, wenn das möglich gewesen wäre. Und nun lag ihr ganzes Glück darin, bei ihm zu sein. Sie war seine Frau und die Mutter seines Kindes. Sie wusste jetzt, worin der Sinn ihres Lebens lag.

EPILOG

Einige Monate später, im Hochsommer, saß Vivian auf einer ausgebreiteten Decke auf dem Rasen vor dem Haus und sah Helen zu, wie sie eifrig mit einem Stapel Holzklötzchen spielte, die Ann ihr bei ihrem letzten Besuch auf Topelo Hill mitgebracht hatte. Cole war draußen auf den Feldern, auf denen jetzt schneeweiß die Baumwolle blühte. Die tiefen Bassstimmen der Feldarbeiter wurden vom Wind leise zu ihr herübergetragen. Irgendwo zwitscherte eine Lerche, und aus dem Haus drang das zufriedene Lachen des Küchenpersonals.

Alles erweckte den Eindruck friedlichster Harmonie, als Cole im Schein der Abendsonne von der Arbeit zurückkehrte. Sein Haar war windzerzaust, das Hemd klebte feucht auf seiner Haut, und das verschwitzte Gesicht war sonnengebräunt. Seine ganze Haltung zeugte von zurückgehaltener Energie, obwohl er bereits einen anstrengenden Tag auf den Feldern hinter sich hatte, denn er verlangte von sich selbst einen genauso großen Einsatz wie von seinen Arbeitern. Vivian hatte schnell festgestellt, dass seine Leute ihn nicht nur schätzten und achteten, sondern ihm aufrichtige Zuneigung entgegenbrachten und seinen Anordnungen willig folgten. Vielleicht, überlegte sie manchmal, lag es daran, dass Cole die Menschen mit Respekt behandelte, selbst wenn er Befehle erteilte, und jede unnötige Strenge vermied. Cole war einfach herzlich zu jedem, ohne dabei an Autorität einzubüßen, und Vivian bewunderte ihn oft für seinen gelassenen Umgang mit den Leuten.

Ganz besonders aber liebte sie diese Augenblicke am
Abend, wenn Cole zu ihr heimkam und sich, nachdem
er sich gewaschen und umgezogen hatte, zu ihr und
Helen auf die Terrasse setzte, bevor sie gemeinsam ins
Haus gingen, um das Abendessen einzunehmen. Vivian
konnte sich kaum noch vorstellen, ihre Abende je anders als mit ihm zusammen verbracht zu haben. Sie
hatte ihn, seit sie endlich ein richtiges Eheleben führten, so gut kennengelernt. Das, was sie verband, ging
weit über die körperliche Anziehungskraft hinaus,
auch wenn diese immer noch berauschend war. Von
Anfang an war es Coles ganzes Wesen gewesen, das
Vivian faszinierte, und diese Faszination verstärkte
sich eher noch, je länger sie zusammenlebten. Nicht
nur war er ein aufmerksamer und fürsorglicher Ehemann, der viel auf ihre Meinung gab, wenn es etwas zu
entscheiden galt, sondern sie stellte auch fest, dass sie
starke gemeinsame Interessen hatten. Genau wie sie
selbst liebte Cole Tiere und Pflanzen, und sie teilte mit
Cole die Zufriedenheit, die er beim Anblick der gedei-
henden Baumwolle empfand. Cole liebte das Land, das
er besaß, und Vivian hatte schnell angefangen, seine
Liebe zu Topelo Hill zu teilen. Darüber hinaus hatte sie
voller Freude entdeckt, was für ein liebevoller Vater er
war, was sich auch an diesem Abend zeigte, als er nach
Hause kam und zuerst seine kleine Tochter auf den
Arm nahm, die ihm lachend entgegenlief, als sie ihn erblickte. Cole wirbelte sie munter durch die Luft, und lief
dann mit ihr um die Wette zu der Decke, auf der Vivian
saß, wobei er Helen natürlich gewinnen ließ.
Grinsend übergab Cole die fröhliche Kleine anschließend dem Kindermädchen, das Helen mitnahm, um sie

für das Abendessen zu waschen und umzuziehen. Danach drehte er sich zu Vivian um und bemerkte einen nachdenklichen Ausdruck in ihren Augen, als sie sich erhob und ihn mit einem Kuss begrüßte. Die letzten Sonnenstrahlen fielen auf ein paar weiße Blätter Pergamentpapier, die sie in ihren Händen hielt. Als Vivian sich wieder setzte, nahm Cole neben ihr Platz, blickte kurz auf die Briefe und fragte, ob es irgendwelche Neuigkeiten gäbe.

„Die Briefe kommen aus England", erklärte Vivian sofort. „Einer ist von Onkel William und der andere von Elise Bannister. Sie sind vorhin gerade von einem Boten aus Charleston gebracht worden. Sie waren an Anns Adresse geschickt worden."

Cole lehnte sich entspannt zurück und streckte die Beine aus. „Etwas Wichtiges?"

„Onkel William gratuliert uns zu unserer Hochzeit und hofft, dass es uns gut geht." Sie lächelte verwirrt. „Ich habe sogar den Eindruck, er vermisst mich."

„Wieso auch nicht?", schmunzelte Cole. „Das würde ich auch tun. Sehr sogar!"

Vivian warf ihm einen lachenden Blick zu, dann fuhr sie ernster fort: „Der andere Brief ist von Elise. Sie gratuliert uns ebenfalls und schreibt, dass es allen in England gut geht. John ist zurück in England, schon seit mehreren Monaten. Elise schreibt, er hätte geheiratet."

„Tatsächlich?", entfuhr es Cole überrascht. „Ich freue mich für ihn, aber damit hätte ich jetzt eher nicht gerechnet!"

Vivian reichte Cole den Brief mit einem bekümmerten Gesichtsausdruck in den dunklen Augen. „Hier, am besten, du liest die Stelle selbst."

Cole ergriff das Blatt Papier und überflog die Zeilen, auf die Vivian zeigte:

Übrigens, du erinnerst dich sicher an Lady Ashleys Tochter Agnes und ihren Verlobten Major Stainsworth? Kurz nach der Hochzeit musste der Major bereits in die Kolonien und ist dort irgendwo in eurem schrecklichen Krieg gefallen. Die arme Agnes, so jung noch und schon Witwe! Und nun hat John sie geheiratet. John war kaum zurück, und da hat er schon um ihre Hand angehalten. Kurz nach der Hochzeit ist er dann mit ihr zusammen in See gestochen, und ich weiss noch nicht einmal, wohin! Es ging alles so fürchterlich schnell! Wenn ich wenigstens wüsste, wann und wo John Agnes kennengelernt hat! John behauptet, er würde Agnes von früher kennen. Aber ob die beiden wirklich zueinander passen? Ich hoffe wirklich, dass ich mich irre, aber auf mich wirkt das Ganze sehr wie eine Vernunftehe. Ich frage mich nur, was ihre Beweggründe dafür sind. Möglicherweise ist Agnes Stainsworth als Witwe nicht so gut versorgt, wie ich dachte. Aber John? Er hat immer gesagt, er würde nur aus Liebe heiraten. Eine Zeitlang hatte ich gehofft, du könntest vielleicht die Richtige sein, denn als John dich das erste Mal sah, da hatte er etwas im Blick ... Nun, es ist anders gekommen. Du hast in den Kolonien geheiratet, und ich freue mich für dich. Ich wünsche dir Glück, auch wenn ich andere Pläne mit dir hatte. Denn ich muss dir da noch etwas gestehen, auch wenn es mir schwerfällt, darüber zu schreiben. Als ich damals deinen Onkel William überzeugt habe, dich nach Amerika fahren zu lassen, habe ich es nicht ganz uneigennützig getan. William hatte mir von deiner fixen Idee, nach Charleston zurückzukehren, geschrieben. Als ich nun merkte, dass John ein Auge auf dich geworfen hatte, da schrieb ich deinem Onkel einen Brief und machte ihm darin den Vorschlag, dich auf Johns Schiff nach Amerika fahren zu lassen. Wir hatten die alberne Vorstellung, dass eine gemeinsame Reise eine wunderbare Möglichkeit wäre, damit du und John eure Zuneigung füreinander entdecken könntet. Dein Onkel wusste jedoch, wie starrköpfig du manchmal sein kannst, und hatte die Befürchtung, dass du John von vornherein ablehnen würdest, wenn du von unseren Plänen etwas mitbekommen würdest. Daher kamen wir auf die Idee, zum Schein nach einem geeigneten Reisebegleiter für dich zu suchen. Dass du dann auf die Idee kamst, Captain Dupont fragen zu wollen, kam für uns überraschend, aber nicht allzu beunruhigend. Wir waren überzeugt, dass er ablehnen würde, denn welcher abenteuerlustige Junggeselle halst sich schon gern so etwas Ähnliches wie ein Mündel auf! Zu unserer Freude tat uns der Captain dann ja auch den Gefallen, und wir konnten John ins Spiel bringen. Nun musste ich nur noch einen Weg finden, ihn dazu zu bringen, dich auf seinem Schiff mitzunehmen. Tatsächlich war es einfacher, als ich gedacht hatte, denn John war von der Idee, dich mitzunehmen, geradezu begeistert. Und William und ich, wir waren so fest überzeugt, dass du und John euch mögen und gemeinsam nach England zurückkehren würdet! Du kannst dir unser Entsetzen nicht vorstellen, als John dann ohne dich heimkehrte. Dennoch hofften wir ein weiteres Mal, als John beschloss, nach Charleston zu segeln. Doch leider war unser Hoffen *wieder vergeblich. Ich frage mich manchmal, was John zu dieser weiten Reise in die Kolonien bewogen haben mag. Er hat sich geweigert, mit mir darüber zu sprechen. Er war so schrecklich verschlossen nach seiner Rückkehr aus Charleston. Manchmal hege ich die Befürchtung, dass unser Plan vielleicht, zumindest was ihn angeht, aufgegangen ist und John sich in dich verliebt hat. Eine schreckliche Vorstellung, denn dann wäre ich schuld an Johns Verbitterung und seiner überstürzten Heirat mit Agnes.*

Wie auch immer, ich kann nicht ändern, was geschehen ist und kann dich, liebe Vivian, nachdem ich dir nun alles gebeichtet habe, nur noch bitten, uns zu verzeihen. Vielleicht kannst du es, denn trotz all unserer Intrigen ist es dir ja gelungen, dein Glück zu finden. Und immerhin musst du zugeben, dass du deinem Gatten Mr. Ansinger alias Captain Dupont wahrscheinlich niemals wieder begegnet wärst, wenn wir dich damals nicht fortgehen lassen hätten. Unsere Beweggründe waren falsch, gewiss, aber das Resultat ist für dich ja nicht unbedingt traurig. Nichtsdestotrotz habe ich deswegen ein schlechtes Gewissen, auch wenn du es dir wahrscheinlich nicht vorstellen kannst. Mit der inständigsten Bitte um Verzeihung hoffe ich, dass wir trotz allem Freunde bleiben. Und glaub mir, Vivian, nichts könnte mich glücklicher machen, als dich einmal zusammen mit deinem Mann und deinen Kindern in London begrüssen zu können.

Herzlichst,

deine dir ergebene Elise Bannister.

Als Cole geendet hatte, ließ er die Hand mit dem Brief langsam auf sein Knie sinken und blickte Vivian kopfschüttelnd an.

„Nun, was hältst du davon?", fragte sie gespannt.

„Was ich davon halte?", versetzte Cole mit hochgezogener Braue. „Ich denke, dass John Chapman einem leidtun kann! Und ich denke, dass deine Verwandten in England eine höchst merkwürdige Methode gewählt haben, eine Ehe zu stiften."

Vivian nickte betreten. „Aber findest du es nicht allerhand, dass sie mich so hintergangen haben?"

Cole lächelte matt und schüttelte den Kopf. Bevor Vivian erstaunt aufbrausen konnte, erklärte er: „Sieh mal, sie haben dich nicht wirklich hintergangen. Sie haben dich ja nach Amerika fortgehen lassen. Dass aus ihren Plänen eventuell nichts werden würde, das mussten sie einkalkulieren."

„Ja, aber ich sollte John heiraten! Sie haben mich ihm praktisch auf einem Silbertablett serviert!"

Coles Augen funkelten belustigt. „Ja, nur dass das Tablett dann dicht vor Chapmans Nase stand und er trotzdem nicht herankam. Armer Kerl."

„Tut er dir wirklich leid?"

„Er schon. Du nicht", lächelte Cole.

„Wieso nur er? Meine Familie hat mich belogen und betrogen!"

„Wie man's nimmt", erwiderte Cole ruhig. „Du wolltest unbedingt zurück nach Amerika. Und deine Familie hat dich gehenlassen. Was ihren kindischen Plan betrifft, nun, da haben sie lediglich eine Situation geschaffen, in der du dich hättest verlieben können, wenn du gewollt hättest. Oder eben auch nicht. Sie haben dich aber zu nichts gezwungen. Du solltest ihnen nicht böse sein. Außerdem glaube ich, sie bereuen es wirklich."

„Sie hätten mich niemals gehenlassen, wenn sie gewusst hätten, dass ich mich nicht in John, sondern in dich verlieben würde!"

„Dann sollten wir froh sein, dass sie diesen idiotischen Plan gefasst haben, dich mit ihm fortzuschicken! Denn wenn du in England geblieben wärst, hätten wir uns vermutlich nie wiedergesehen, wie deine Tante ganz richtig bemerkte."

„Das stimmt", seufzte Vivian.

„Der eigentlich Leidtragende bist nicht du, sondern John Chapman", fuhr Cole auflachend fort. „Der Mann kann einem wirklich leidtun! Und trotzdem, wenn ich mir vorstelle, du hättest dich für ihn und gegen mich entschieden ..."

„Was hättest du dann getan? So wie John irgendeine Frau geheiratet, die du nicht liebst?"

„Ich hätte genau das getan, was ich getan habe, als Arthur mir erzählte, du wolltest John Chapman heiraten", erwiderte Cole lächelnd.

„Du hättest ... einen Wutanfall bekommen?"

„Ja, auch", grinste Cole. „Und anschließend wäre ich daran gegangen, dich zu überzeugen, dass du mich liebst und nicht ihn."

„John wollte mich heiraten, obwohl er wusste, dass ich ihn nicht liebe. Das hättest du nie getan, oder?"

„Lieber Himmel, nein! Nie im Leben!"

„John meinte, Liebe wäre nicht unbedingt notwendig für ... für eine gute Ehe."

„Das sehe ich anders. Was hast du ihm geantwortet?"

„Genau das", lächelte Vivian.

Cole grinste sie an.

„Meinst du, dass John mit Agnes glücklich werden wird?", fragte Vivian zweifelnd.

„Keine Ahnung", bekannte Cole. „Ich würde es ihm wünschen. Eigentlich ist er ja ein netter Kerl. Und wenn er wirklich glaubt, Liebe wäre nicht so wichtig ..."

„Er glaubt, sie könnte während der Ehe wachsen."

„Vielleicht hat er ja recht. Vielleicht entwickeln er und diese Agnes ja im Laufe der Zeit eine gewisse Zuneigung füreinander."

„Ich hoffe es", seufzte Vivian. „Ich wünsche ihm so sehr, dass auch er glücklich wird."

Cole streckte sich auf der Decke lang aus und blickte mit funkelnden Augen zu ihr nach oben. „So wie wir?"

Sie antwortete nicht und sah ihn auch nicht an, sondern wandte den Kopf ab und blinzelte in die andere Richtung. Mit einer Spur von Verwunderung darin drang Coles tiefe Stimme an ihr Ohr: „Was mich betrifft, so bin ich geradezu unverschämt glücklich. Also ich finde, wir können doch sehr dankbar sein für alles, kleine Lady. Oder etwa nicht?"

Vivian schwieg hartnäckig, sodass Cole sich beunruhigt wieder aufsetzte. Er fasste ihr unter das Kinn, drehte ihr Gesicht zu sich und blickte ihr tief in die Augen, in denen er zu seiner Fassungslosigkeit Tränen schimmern sah.

„Vivian? ... Was ist denn los?"

Mit einem zittrigen Lächeln schlang sie ihm die Arme um den Hals und flüsterte: „Ich ... ich denke nur darüber nach, wie recht du hast, wenn ... wenn du sagst, dass wir dankbar sein können! Für alles! Und vor allem für dieses Glück, das ich … das ich bestimmt überhaupt nicht verdient habe! Früher einmal, da habe ich gedacht, nach Charleston heimzukehren, das wäre das größte Glück auf Erden, und nicht einmal durch so etwas wie Liebe dürfte ich mich davon abhalten lassen! Und dann habe ich festgestellt, dass das überhaupt nicht stimmt, dass es eigentlich nie um die Sehnsucht nach dieser Stadt ging, sondern nach … nach etwas, das ich einfach nicht benennen konnte! Und alles, wonach ich mich unbewusst gesehnt habe, das hast du mir gegeben, auch wenn ich lange Zeit zu blind war, um das zu erkennen! Ach, Cole, ich liebe dich einfach so sehr! Und dich zu heiraten war das Beste, was ich jemals getan habe! Ich würde es jederzeit wieder tun!"

Cole sagte eine ganze Weile lang nichts und sah sie nur mit einem sonderbaren Gesichtsausdruck an, der beinahe ehrfürchtig wirkte. Aber dann huschte ein liebevolles Lächeln über seine Züge, und in seine Augen trat dieser dunkle Glanz, der Vivians Herz immer wieder aus dem Takt brachte. „Und den Rest deiner Tage mit mir verbringen?", murmelte er heiser.

„Genau das", antwortete Vivian mit vor Rührung zitternder Stimme. „Denn deine Frau zu sein, das ist für mich … das höchste Glück auf Erden."

Cole legte sich zurück, zog sie in seine Arme und küsste sie.